Ton dernier mensonge

MARY KUBICA

Ton dernier mensonge

Traduit de l'anglais (États-Unis) par
LAURE MANCEAU

Harper Collins
NOIR

Titre original:
EVERY LAST LIE

HARPERCOLLINS FRANCE
83-85, boulevard Vincent-Auriol, 75646 PARIS CEDEX 13
Tél.: 01 42 16 63 63

www.harpercollins.fr

ISBN 979-1-0339-0180-8 — ISSN 2551-0096

À papa et maman
Mes plus grands fans

CLARA

Il paraît que la mort frappe toujours trois fois. D'abord, il y a eu l'homme qui vit en face de chez mes parents. M. Baumgartner, décédé d'un cancer de la prostate à l'âge de soixante-quatorze ans. Ensuite, une de mes anciennes camarades de lycée, épouse et mère, morte à seulement vingt-huit ans d'une embolie — un caillot de sang qui a migré droit vers les poumons.

Puis ça été le tour de Nick.

Je suis assise sur le canapé lorsque mon téléphone se met à sonner. Son nom apparaît à l'écran, sa voix familière résonne à l'autre bout du fil comme les milliers d'autres fois où il m'a appelée. Mais là, c'est différent, parce que c'est la dernière.

— Salut, toi.

— Salut.

— Tout va bien ?

— Impeccable, je réponds.

— Felix dort ?

— Ouaip.

Felix est éveillé toute la nuit et dort toute la journée, comme souvent les nouveau-nés. Il est dans mes bras, je ne peux pas bouger. Je ne peux rien faire d'autre que le regarder dormir. Il a quatre jours et trois heures. Dans dix-sept minutes, il aura quatre jours et quatre heures. Le travail a été long et intense. J'ai souffert malgré la péridurale, et poussé trois heures, bien que la délivrance soit censée être plus facile au fil des accouchements. La naissance de Maisie a été beaucoup plus simple et rapide en comparaison.

— Tu devrais peut-être le réveiller, suggère Nick.

— Et comment je suis censée m'y prendre ?

Mes mots ne trahissent aucune colère. Rien que de la fatigue. Nick le sait bien.

— J'en sais rien, il répond, et je vois presque son haussement d'épaules, son sourire d'enfant, fatigué aussi, à l'autre bout du fil, son visage rasé de près qui commence à s'ombrer de barbe à cette heure-ci, au niveau de la moustache et du menton.

Ses mots sont étouffés. Le téléphone a glissé, et je l'entends murmurer à Maisie en aparté, *On va aux toilettes avant de partir.* J'imagine ses mains agiles qui remplacent la paire de chaussons de danse rose pastel par les Crocs rose fuchsia. Je vois les pieds de Maisie qui frétillent, se dérobent à lui. Elle veut rejoindre le groupe des autres fillettes de quatre ans qui font leurs arabesques et sauts carpés maladroits.

Mais papa, gémit-elle de sa petite voix, *j'ai pas envie d'aller aux toilettes.*

La réponse douce mais ferme de Nick : *Il faut quand même que tu essayes.*

Nick est meilleur parent que moi. Moi, j'ai tendance à céder, à dire *Comme tu voudras*, et je le regrette toujours quand une fois en route vers la maison, au bout de cinq kilomètres, Maisie commence à se tortiller en criant qu'elle a envie d'aller aux toilettes, avec dans les yeux cette honte qui me dit qu'elle a déjà mouillé son siège-auto.

La voix de Maisie disparaît dans le vestiaire des filles, et Nick est de retour à l'appareil :

— Je prends quelque chose pour le dîner ?

Je baisse les yeux sur Felix, qui dort à poings fermés sur mon ventre encore distendu. Une montée de lait a taché ma chemise en coton blanc. Je suis assise sur une poche de glace pour soulager les douleurs de l'accouchement. Il a fallu pratiquer une épisiotomie, il y a donc des points de suture, et du sang. Je ne me suis pas lavée aujourd'hui, et les heures de sommeil que j'ai engrangées en quatre jours se comptent sur les doigts d'une seule main. Mes paupières sont lourdes, sur le point de se fermer.

La voix de Nick me parvient à nouveau, il a décidé à ma place :

— Clara, je passe prendre quelque chose pour le dîner. J'arrive bientôt avec Maisie, et après tu pourras te reposer.

Notre soirée se déroulera à peu près comme ceci : je dormirai, Nick me réveillera quand ce sera l'heure de la tétée. Et à minuit, c'est Nick qui ira se coucher et moi qui passerai le reste de la nuit debout avec un Felix bien réveillé dans les bras.

— Chinois ou mexicain ? demande-t-il, et je réponds *chinois*.

Ce sont les derniers mots que j'échangerai avec mon mari.

J'attends une éternité avec Felix, les yeux perdus dans le noir nébuleux de la télé éteinte, la télécommande à l'autre bout de la pièce. Je ne veux pas prendre le risque de réveiller Felix pour aller la chercher. Mon regard navigue entre l'écran et la télécommande, comme si je pouvais l'allumer par télépathie, et balayer l'extrême lassitude qui accompagne les premiers jours d'un nourrisson — tétée, dodo, caca, on recommence — grâce à quelques minutes de *La roue de la fortune* ou aux infos du soir.

Mais quand est-ce qu'il va rentrer ?

Harriet, notre border collie couleur sable, roulée en boule à mes pieds, se fond dans le tapis en jute — à la fois élément du décor et gardienne de notre famille. Elle entend la voiture avant moi. Une de ses oreilles se dresse, elle se lève. J'attends, en vain, le bruit de la porte du garage, l'entrée fracassante de Maisie, ses pirouettes de ballerine sur le parquet. Mon ventre émet un gargouillis à l'idée de la nourriture qui arrive. J'ai faim.

Mais c'est du côté de la porte d'entrée que le bruit arrive, un toc-toc sérieux contre le bois, et Harriet comprend avant moi qu'il ne s'agit pas de Nick.

Je me lève du canapé et j'ouvre la porte.

Un homme se tient devant moi, ses mots sont flous, je ne saisis pas. Ils flottent entre nous comme des lucioles qui s'échappent lorsqu'on essaye de les attraper.

— Vous êtes bien Mme Solberg ? me demande-t-il, puis, après ma confirmation, il ajoute : Madame, il y a eu un accident.

Il porte une chemise noire, un pantalon noir. Sur sa chemise, il y a des écussons, un insigne. Sur la voiture garée dans l'allée, je lis *Protéger & Servir.*

— Madame ? répète-t-il, comme je ne réagis pas.

Felix dort toujours dans mes bras. Inerte, avachi, de plus en plus lourd. Assise à mes pieds, Harriet scrute cet homme étrange.

Mes oreilles entendent, mais mon cerveau ne percute pas. Je mets cela sur le compte du manque de sommeil, à moins que ce ne soit du déni. Je dévisage l'homme qui se tient devant moi et je me dis : *Mais qu'est-ce qu'il me veut ? Qu'est-ce qu'il vend ?*

— Ça ne peut pas attendre ? je demande en pressant Felix contre ma poitrine pour cacher les auréoles de lait sur ma chemise.

Mes entrailles pèsent une tonne ; mon entrejambe est en feu. Je boitille, un effet secondaire de l'accouchement.

— Mon mari ne va pas tarder à rentrer, dis-je sur un ton convaincu.

Un masque de pitié factice s'affiche sur son visage à la place de son air blasé. Ce n'est pas la première fois qu'il fait ça, loin de là. Je lui dis que Maisie avait son cours de danse, que Nick est en train de la ramener à la maison au moment même où nous parlons, qu'ils seront là d'une minute à l'autre. Je précise qu'il doit s'arrêter en chemin pour prendre le dîner et qu'il va rentrer tout de suite après. Je ne sais pas pourquoi je jacasse comme ça. J'ouvre la porte en grand.

— Vous voulez attendre à l'intérieur ? je propose, avant de répéter que Nick n'en a plus pour longtemps.

Dehors, il fait presque trente degrés. On est le 23 juin.

Une main se pose sur mon coude ; il a ôté sa casquette. Il fait un pas dans la maison sans me lâcher, de façon à pouvoir amortir le choc pour Felix au cas où je tomberais.

— Madame, il y a eu un accident.

Notre traiteur chinois habituel se trouve dans la ville voisine. Nick a un faible pour leurs raviolis, moi pour leur soupe à l'œuf battu. Ils sont à huit kilomètres à peine, mais en général Nick préfère prendre la route de campagne pour éviter la circulation de la nationale, surtout aux heures de pointe. Harvey Road est une longue route plate mais étroite, il est difficile de passer à deux voitures, surtout au niveau du tournant en épingle à cheveux où les automobilistes n'hésitent pas à se déporter allègrement de l'autre côté de la double ligne jaune médiane. Une série de ranchs équestres longent Harvey Road : de grandes maisons modernes entourées de clôtures qui abritent des pur-sang et des quarter horse américains. La campagne version haut de gamme, un coin de verdure entre deux banlieues florissantes où grands magasins, commerces de proximité, stations-service et cabinets dentaires poussent comme des champignons.

Il fait grand beau temps, c'est le genre de journée splendide qui se termine par un magnifique coucher de soleil, change le monde en or à la façon du roi Midas. Niché dans le ventre du ciel comme un lampion, doré et éclatant, le soleil éblouit les conducteurs. Il se faufile jusque dans les rétroviseurs et rappelle la domination qu'il exerce en ce monde, aveuglant aussi bien ceux qui vont dans sa direction que ceux qui s'en éloignent. Mais le soleil n'est qu'en partie responsable de l'accident. Il y a aussi le virage et la vitesse à laquelle conduisait Nick, va-t-on me dire bientôt, choses qui ne font pas bon ménage, comme l'eau de Javel et le vinaigre.

C'est ce que m'explique l'homme en chemise et pantalon noirs planté devant moi et qui me tient par le coude, s'attendant à ce que je tombe. La lumière du soleil entre par la porte et gagne du terrain dans la maison, elle nimbe d'or l'escalier, le plancher en caryer délavé, et les cheveux de la petite tête fragile de Felix.

Il parle d'accident, il prononce d'autres mots dont le sens m'échappe : trop vite, collision, arbre. Je demande s'il y a des blessés, sachant que Nick a tendance à foncer au volant, et je visualise soudain dans ma tête une voiture en face de lui, obligée de faire un écart, qui termine sa course contre un arbre.

Il y a toujours cette main sur mon coude, une main robuste qui me soutient.

— Madame. Madame Solberg.

Il me dit qu'il n'y avait personne d'autre. Pas de témoins, Nick a pris le virage à plus de quatre-vingts kilomètres-heure, la voiture a été projetée dans les airs du fait de ses propriétés physiques, de la vitesse et de la première loi du mouvement de Newton selon laquelle tout corps persévère dans l'état de mouvement uniforme dans lequel il se trouve jusqu'à ce qu'il entre en collision avec un chêne blanc.

Je pense : si j'avais choisi mexicain, Nick serait rentré à l'heure qu'il est.

***

Les néons du plafond se succèdent comme une file de voitures à un feu rouge, à l'infini. Le lino du couloir reflète leur lumière crue qui semble venir de tous côtés et qui me heurte avec d'autant plus de force, comme tout ce qui m'arrive en même temps à cet instant précis : Felix qui décide subitement qu'il a faim ; des hommes et des femmes en blouse d'hôpital ; des lits roulants ; une main sur mon bras ; un sourire plein de sollicitude ; un verre d'eau glacée dans ma main tremblante ; une chaise froide, raide ; Maisie.

On m'enlève Felix et, l'espace d'une seconde, je suis perdue. Soudain mon père est là, devant moi, Felix dans les bras, et je me blottis contre lui moi aussi. Il est mince mais robuste, mon père. Il n'a plus que quelques fines mèches de cheveux gris sur un crâne tout lisse, assombri par des taches de vieillesse. Un *Oh ! papa* m'échappe et ce n'est qu'à cet instant, dans les bras de mon père, que j'assimile la vérité : mon mari, Nick, gît sur une table d'opération, il est en état de mort cérébrale, des machines le maintiennent en vie tandis qu'une liste de receveurs d'organes arrive — qui prendra ses yeux, ses reins, sa peau ? Un respirateur artificiel travaille à sa place parce que son cerveau n'est plus en mesure d'en donner l'ordre à ses poumons. Il n'y a plus d'activité cérébrale, son sang ne circule plus. C'est ce que m'explique le docteur qui se tient devant moi, avec mon père ils sont comme des serre-livres qui m'aident à me tenir droite.

— Je ne comprends pas, dis-je au médecin, plus par refus de croire que par réelle incompréhension, et il me conduit jusqu'à une chaise où il me suggère de m'asseoir.

Il attend que mes yeux regardent dans les siens, marron et rigoureux, pour m'expliquer à nouveau.

— Votre mari a subi d'importantes lésions cérébrales.

Ce qui a entraîné un hématome et des saignements, déclare-t-il en croisant les bras devant sa petite stature. Une hémorragie cérébrale. Le sang s'est répandu à la surface de son cerveau.

Et c'est à ce moment-là que je décroche, parce que, tout ce que j'arrive à me représenter, c'est un océan de sang sur une plage, qui colore le sable en rose fuchsia.

Je ne suis plus ce qu'il dit, bien qu'il ne ménage pas ses efforts pour que je comprenne et qu'il choisisse des mots plus simples à mesure que la confusion se lit sur mon visage. Une femme s'arrête à côté de nous et me demande de signer une autorisation de don d'organes, tout en m'expliquant en quoi consiste le formulaire sur lequel je suis déjà en train de gribouiller mon nom.

On me permet d'entrer dans le service de traumatologie pour voir un deuxième médecin, une femme cette fois, pratiquer sur Nick les mêmes tests que son confrère : y a-t-il encore une dilatation des pupilles, des réflexes ? Elle fait basculer sa tête vers la gauche, vers la droite, contrôle le mouvement de ses yeux bleu acier. Son regard à elle est austère ; sa mine, sombre. Elle relit le scanner, encore et encore, puis j'entends ces mots se répandre dans la pièce : *lésion axonale* et *hémorragie intracrânienne*, et, tout ce que je voudrais, c'est qu'ils mettent juste un pansement par-dessus pour qu'on puisse rentrer à la maison. J'exhorte les yeux de Nick, et sa gorge, à faire ce que les médecins attendent d'eux. Je le supplie de tousser, de faire en sorte que ses pupilles se dilatent, de se redresser et de parler. Il me demandera *chinois ou mexicain ?* et cette fois, je dirai *mexicain*.

Je ne mangerai plus jamais chinois.

Je fais mes adieux. Plantée à côté du corps toujours en vie mais déjà mort de Nick, je dis au revoir. Rien d'autre.

Je pose une main sur celle qui tenait la mienne, celle qui, il y a quelques jours encore, caressait mes cheveux humides pendant que j'accouchais. Celle qui quelques heures plus tôt se cramponnait à celle de Maisie pour l'accompagner à son cours de danse classique — elle en justaucorps rose pastel et tutu, lui dans cette tenue désormais éclaboussée de sang, découpée par une infirmière comme des bons de réduction — pendant que je restais à la maison avec Felix. Je passe une main tremblante sur ses cheveux. Je touche sa barbe naissante. Je lèche mon pouce et j'essuie quelque chose de collant au-dessus de son œil. Mes lèvres se posent sur son front et je pleure.

Ce n'est pas l'image que je veux garder de lui, ce lit aseptisé, ces tuyaux dans ses bras, sa bouche, son nez ; ces bouts de scotch collés sur son visage ; ces machines aux bips agaçants qui me rappellent que, sans elles, Nick serait déjà mort. Son apparence a changé et, d'un coup, je me rends compte que ce n'est pas lui. Il s'agit d'une terrible erreur. Mon cœur bondit dans ma poitrine. La figure de cet homme est couverte de contusions, elle est tellement enflée qu'elle est méconnaissable. Ils l'ont amené dans cette pièce — croyant à tort que c'était Nick — et sa femme, sa pauvre femme, doit être en train d'errer dans les couloirs monochromes de l'hôpital en se demandant où il est passé. Peut-être que lui aussi s'appelle Nick, mais mon Nick à moi est ailleurs, avec Maisie. Je scrute ce corps léthargique, les cheveux tachés de sang, la peau blême et ductile, les vêtements découpés — ceux de Nick, me disais-je quelques instants plus tôt, mais je vois à présent qu'il s'agit d'un banal polo bleu qui pourrait appartenir à n'importe qui. Je fais volte-face, je franchis le rideau de séparation en quête de quelqu'un à qui annoncer ma découverte : l'homme agonisant sur ce lit d'hôpital n'est pas mon mari. Je plante mon regard dans celui d'une infirmière déconcertée et j'exige de savoir ce qu'ils ont fait de lui.

— Où est-il ? Où est-il ? je la supplie en lui secouant le bras.

Mais c'est bien lui, sur ce lit d'hôpital. Mon Nick. Et maintenant tout le monde me regarde avec pitié, soulagés qu'ils sont de ne pas être à ma place.

On me conduit dans une autre pièce, où Maisie est assise sur une table d'examen à côté de mon père ; elle est en train de lui expliquer tout ce qu'il y a à savoir sur sa prof de danse, Mlle Becca : elle est belle, elle est gentille. Le personnel hospitalier m'a informée que Maisie allait bien, mais c'est une véritable vague de soulagement qui me submerge quand je la vois de mes propres yeux. Mes jambes se dérobent sous moi, je m'appuie au chambranle de la porte en me répétant que c'est vrai. Elle va bien. La pièce tourne autour de moi comme si j'étais le soleil et elle la Terre. Felix est dans les bras de mon père, Maisie tient une sucette à la cerise, ses préférées, qui colore sa langue et sa bouche en rouge vif. Elle a un pansement sur la main — rien qu'une petite entaille, m'assure-t-on — et elle sourit. De toutes ses dents, de toute sa naïveté. Elle ne sait pas que son père est en train de mourir en ce moment même. Que c'est comme s'il était déjà mort.

Elle se tourne vers moi, pleine de vitalité, comme à chaque fois qu'elle revient de la danse.

— Regarde, maman, Boppy est là ! s'écrie-t-elle.

C'est le surnom qu'elle a donné à son grand-père quand elle avait deux ans et qu'elle n'arrivait pas à prononcer ses *g* et ses *r*. Elle pose une main collante de sucre sur la sienne, trois fois plus grande. Elle ne fait absolument aucun cas des larmes qui roulent sur mes joues. Ses jambes toutes fines se balancent dans le vide, elle a manifestement perdu une chaussure dans le chaos de l'accident. Son collant est déchiré au genou. Mais elle s'en fiche. Une de ses couettes s'est défaite aussi, ses boucles lâchées dansent sur ses épaules et dans son dos.

— Il est où, papa ? demande-t-elle en plissant les yeux pour voir s'il arrive.

Je n'ai pas le courage de lui dire ce qui s'est passé. Je vois d'ici son enfance paisible et innocente brisée par trois mots : papa est mort. Elle continue à regarder au-delà de la porte en attendant son père, et tapote son petit ventre en me disant qu'elle a faim.

— J'ai une faim de cochon, piaille-t-elle.

Je m'apprête à la corriger, *une faim de loup*, mais je me rends compte que ça n'a aucune importance. Plus rien n'a d'importance maintenant que Nick est mort. Elle a ce regard plein d'espoir, son grand sourire.

Qui disparaissent d'un coup.

On annonce une urgence au haut-parleur, c'est le branle-bas de combat. Des médecins et des infirmières courent dans tous les sens, poussent un chariot d'urgence sur le lino dans un vacarme incroyable. Les roues grincent, les éléments du chariot bringuebalent sur leurs plateaux métalliques. Aussitôt, Maisie hurle de peur, bondit de la table et se roule en boule par terre.

— Il est là, gémit-elle.

Je m'agenouille pour la prendre dans mes bras ; elle tremble. J'échange un regard avec mon père.

— Il nous a suivis jusqu'ici ! crie Maisie, mais je lui soufflc quc non, quc papa n'est pas là, et, en la serrant contre moi et en caressant ses cheveux ébouriffés, je ne peux pas m'empêcher de me demander ce qu'elle veut dire par là et pourquoi, en une poignée de secondes, elle est passée de l'espoir de voir son père à cette peur panique.

— Qu'est-ce que tu as, Maisie ? Qu'est-ce qui ne va pas ?

Elle secoue la tête et ferme très fort les yeux. Elle refuse de me le dire.

NICK

Avant

Clara est debout face à l'évier de la cuisine, son T-shirt rayé se déforme brusquement au niveau du ventre. C'est notre bébé. La matière doit contenir une sorte d'élasthanne, elle colle bien à la peau et dessine une bosse toute lisse. De dos, on ne devinerait jamais qu'elle est enceinte. Son jean foncé épouse parfaitement ses formes, et la large ceinture élastique qui maintient le bébé est cachée par le T-shirt. Mais, de profil, c'est une autre histoire. De là où je me tiens, totalement hypnotisé par ses mains qui récurent, à l'aide d'une éponge grattante, les restes d'œuf trop cuit au fond de la poêle, son ventre paraît énorme, si bombé qu'il heurte le rebord de l'évier. Des filets de Tabasco ont coulé sur les rayures du T-shirt, à cause de cette bosse toujours en travers du chemin.

Ses vêtements de maternité ne vont pas tarder à ne plus lui aller.

On commence à se demander si elle n'a pas un *linebacker* logé là-dedans, un boxeur professionnel, un défenseur de l'équipe de hockey des Blackhawks. Quelque chose dans ce goût-là.

Elle pose son éponge et se masse le bas du dos, très sollicité à cause du poids du bébé. Puis elle reprend son récurage. Des vapeurs d'air chaud s'élèvent de l'évier et la font transpirer. Elle a tout le temps chaud en ce moment. Elle a les jambes et les pieds qui gonflent comme une vieille femme dont le corps lutte contre les effets de la gravité, ses pieds ne rentrent plus dans ses chaussures. Au niveau des aisselles, le bleu du T-shirt rayé commence à jaunir à cause de la sueur.

Mais je n'arrive pas à la quitter des yeux. Ma Clara est belle comme une reine.

— Jackson, dis-je en me forçant à détacher mon regard de son corps et à débarrasser la vaisselle du petit déjeuner : le bol de céréales que Maisie n'a pas fini, mon assiette propre.

Je jette les miettes à la poubelle et mets le bol, l'assiette et la cuillère au lave-vaisselle.

— Trop tendance, répond Clara, toujours concentrée sur la poêle et le jet d'eau chaude qui coule du robinet en inox que j'ai changé récemment.

Notre maison, construction de style Craftsman du début du siècle, est sans cesse en travaux. Clara voulait une maison plus contemporaine, moi une maison avec plus de caractère, de vécu. Avec une âme. C'est moi qui ai gagné, mais parfois — vu qu'il y a toujours un truc à réparer et que ça me gâche mes soirées et mes week-ends — j'aurais aimé que ce soit elle.

— Partout où il ira, il se retrouvera avec trois autres Jackson, ajoute Clara.

Je sais qu'elle a raison, alors je tente autre chose.

— Brian ?

Ça fait un bon bout de temps que je n'ai pas rencontré de Brian âgé de moins de vingt-cinq ans. Mon Brian sera le seul Brian à être encore un gamin alors que les autres seront des hommes d'affaires à la calvitie naissante.

— Trop classique, objecte Clara. Autant l'appeler William, Richard ou Charles.

— Qu'est-ce qui cloche avec Charles ?

Son regard mutin vert prairie se pose sur moi et elle

sourit. Charles, c'est mon deuxième prénom, celui de mon père. Pour Clara, c'est hors de question.

— Trop classique, répète-t-elle en secouant la tête, de sorte que des mèches de cheveux ondulent sur son T-shirt jusque dans le bas de son dos.

— Et pourquoi pas Birch ? propose-t-elle.

Alors là, je ris franchement, sachant que c'est la racine de notre désaccord : les prénoms du type Birch. Ou Finbar. Ou encore Sadler.

— Certainement pas, dis-je en l'enlaçant par-derrière, le menton sur son épaule anguleuse et les mains sur son ventre. Mon fils ne sera pas un Birch.

Au même moment, je sens le bébé bouger — un « tope là » in utero. Il est dans mon camp.

— Tu me remercieras plus tard, j'ajoute, sachant que les gamins de dix ans sont sans pitié avec les Birch, les Finbar ou les Sadler.

— Et Rafferty ?

Je masse doucement ses vertèbres meurtries. C'est une sciatique, a diagnostiqué l'obstétricienne avant d'évoquer les ligaments distendus qui la faisaient souffrir, le déplacement de son centre de gravité, le surpoids. Il ne fait aucun doute que le petit Brian sera un gros bébé, bien plus que Maisie en tout cas — 3,4 kg à la naissance.

Clara gémit sous la pression de mes doigts, de soulagement autant que de douleur.

— Mais ce n'est pas une sorte de ruban ? je lui demande, me représentant les cadeaux de Noël qu'elle emballe soigneusement et qu'elle décore de rafferty rouge et vert.

— Tu confonds avec le raphia.

— Tout est dit, alors, dis-je en riant dans son oreille. Raphia, Rafferty, où est la différence ?

— Crois-moi, il y en a une.

Elle repousse mes mains. Elle en a assez pour l'instant, mais elle en redemandera ce soir, une fois que Maisie sera couchée. Elle s'étalera sur le lit, morte de fatigue, et dirigera mes mains vers les endroits les plus douloureux. Plus bas. À gauche. Elle soupirera quand ensemble nous aurons trouvé l'endroit de son bassin où le petit Rafferty appuie avec sa tête. Elle ne peut plus s'allonger sur le dos, bien que ce soit la chose dont elle ait le plus envie au monde. Mais le gynécologue a dit que ce n'était pas bon pour le bébé. Alors on dort avec entre nous un coussin de maternité qui prend plus de place que moi et je sais que dans peu de temps je dormirai par terre. Ces derniers temps, on a aussi la visite régulière de Maisie, qui s'inquiète de la taille du ventre de sa mère, sachant qu'elle devra bientôt partager sa maison, ses jouets, ses parents, avec un petit garçon.

— Va t'asseoir un moment, dis-je. Je vais finir la vaisselle.

Mais Clara est têtue. C'est l'une des nombreuses choses qui me font craquer chez elle.

— J'ai presque fini, affirme-t-elle en s'acharnant sur cette pauvre poêle.

Alors je rassemble les pages du journal du dimanche éventré qui jonchent le coin repas où Maisie dévore les bandes dessinées, qu'elle aime bien appeler les vannes dessinées parce que c'est comme ça que Clara les surnomme. Elle glousse, je lui demande ce qui la fait rire en ôtant une céréale Lucky Charm collée sur son menton. Sans répondre, elle montre de son petit doigt gluant le dessin d'un énorme éléphant qui aplatit littéralement une espèce de rongeur. Je ne vois pas ce qu'il y a de drôle, mais je ris quand même en lui ébouriffant les cheveux. Je ramasse les pages éparpillées et, au moment où je dis que c'est rigolo, une photo de la dernière attaque terroriste en date flotte devant les yeux de Maisie. Son regard passe instantanément de la bande dessinée à la une : un brasier infernal, un immeuble effondré, des gravats qui bouchent une rue, des gens en pleurs la tête entre les mains, des forces de sécurité qui patrouillent, M16 en bandoulière.

— C'est quoi, ça ? demande Maisie en pointant cette fois son doigt sur la photo d'un homme armé qui se tient dans une rue en Syrie.

Les taches de sang apparaissent en marron poussiéreux, alors on ne comprend pas forcément qu'il est blessé. Sans attendre ma réponse, le doigt de Maisie voyage jusqu'à la femme qui se tient derrière l'homme, le visage ruisselant de larmes.

— Elle est triste, déclare-t-elle, et un air intéressé se peint sur ses traits, où s'épanouissent fièrement ses taches de rousseur à présent que s'annonce la chaleur estivale.

Elle n'a pas l'air inquiète. Elle est trop jeune pour s'en faire au sujet de cette femme qui pleure dans le journal. Mais elle la remarque, et je vois à son air perplexe la question qu'elle se pose : *Les adultes, ils pleurent pas. Alors pourquoi, elle, elle pleure ?*

Elle pose la question tout haut.

— Pourquoi ?

Son regard curieux et celui de Clara, m'enjoignant le silence, se posent sur moi en même temps. À ses yeux, en ce qui concerne notre fille, l'ignorance est synonyme de félicité absolue.

— Il est temps d'aller s'habiller, décrète Clara en posant la poêle dans l'égouttoir.

Elle enchaîne quelques pas rapides pour ramasser le reste du journal avec ses mains mouillées, se penchant tant bien que mal pour récupérer les pages qui ont volé au sol. Ma routine du dimanche matin, le journal que je laisse choir par terre au fur et à mesure que je le lis, est aussi sa bête noire. En s'inclinant, elle porte instinctivement ses mains à son ventre, comme si elle craignait que notre bébé tombe.

— Laisse, je m'en occupe, je lui dis alors que quelques feuilles retombent, et avec elles l'immeuble écroulé, la femme en pleurs, les fusils énormes.

Clara espère effacer ces images de l'esprit de Maisie, mais notre fille a la curiosité tenace et je sais qu'elle attend toujours ma réponse. *Elle est triste*, me disent ses yeux, *mais pourquoi ?*

Je pose une main sur la sienne, minuscule. Elle se tortille sur sa chaise. Se tenir tranquille est presque impossible pour un enfant de quatre ans. Ses jambes se balancent sous la table malgré elle, elle change de position toutes les cinq secondes. Elle a les cheveux en bataille et des taches de lait sur son pyjama, qui va prendre cette odeur rance si on n'y remédie pas, cette odeur que les enfants traînent souvent avec eux.

— Il y a beaucoup de gens sur cette planète, tu sais, des méchants et des gentils. Et il y a des méchants qui ont fait de la peine à cette femme. Mais tu ne dois pas avoir peur que ça t'arrive. Tant que maman et moi on est là, on ne permettra jamais qu'il t'arrive une chose pareille.

Elle me fait un large sourire et demande si on peut aller au parc. Oubliés, la femme triste, les fusils d'assaut. Tout ce qui occupe son esprit maintenant, ce sont les balançoires et la cage à écureuil. J'acquiesce. Je vais l'emmener au parc et laisser Clara se reposer.

Je me tourne vers Clara, elle me fait un clin d'œil ; je m'en suis bien sorti. Elle est contente de mon petit baratin.

J'aide Maisie à se lever de table et je lui rappelle de passer aux toilettes avant de partir.

— Mais, papa, j'ai pas envie d'aller aux toilettes ! gémit-elle, bien que je sois persuadé du contraire : comme tous les gamins de quatre ans, elle s'oppose aux pauses pipi, à la sieste, et à tout ce qui est vert et qui se mange.

— Il faut quand même que tu essayes.

Elle file aux toilettes et laisse la porte ouverte tout du long.

C'est pendant ces trente-huit secondes d'intimité, pas une de plus, que Clara vient me trouver, qu'elle presse son ventre contre moi et me dit que je vais lui manquer. Ses mots, pareils à un sort vaudou, à de la magie noire, me font fondre. Je suis littéralement sous l'emprise de son charme. Pendant les quarante-cinq prochaines minutes, pendant que je me promènerai au parc avec Maisie, ma femme enceinte se languira de moi. J'en souris de contentement. Je n'ai aucune idée de ce que j'ai bien pu faire pour mériter ça.

Clara est grande, à peine quelques centimètres de moins que mon mètre quatre-vingt-deux, elle n'est pas douchée, sent la sueur et les œufs frits, mais elle est d'une beauté incomparable. De toute ma vie, je n'ai jamais aimé quelqu'un autant qu'elle. Elle m'embrasse comme elle seule sait le faire, sa bouche diaphane effleure la mienne, me laissant à la fois pleinement satisfait et avide de beaucoup plus. Je pose mes mains sur sa taille presque effacée ; elle glisse les siennes, mouillées, sous ma chemise en coton.

Mais le moment se termine trop vite, comme toujours. Avant qu'on comprenne ce qui se passe, Maisie déboule et m'appelle à tue-tête. Lentement, Clara se détache et part en quête de l'antimoustiques et de la crème solaire.

On s'en va à vélo sous les yeux de Clara, qui nous observe depuis le seuil de la maison. On n'a pas fait dix mètres que j'entends une voix débiter des injures. Maisie l'entend aussi. Elle voit également son copain Teddy assis tout seul sur la pelouse, en train d'arracher des brins d'herbe et d'essayer de ne pas entendre les cris de son père qui s'énerve après sa mère. Ils sont debout dans le garage grand ouvert, Theo et Emily Hart, nos voisins, et en même pas une fraction de seconde Theo bouscule Emily contre le mur. Je freine aussitôt, mais je dis à Maisie de continuer à pédaler, de s'arrêter au niveau de la maison rouge quelques mètres plus loin.

— Tout va bien chez vous ? je demande depuis le

trottoir en descendant de vélo, prêt à sprinter si jamais il l'agresse à nouveau.

Je m'attends à une réponse de Theo — laconique et brutale, voire menaçante —, mais c'est Emily qui réagit. Elle essuie ses mains sur son jean et se recoiffe un peu avant de se détacher du mur. Theo reste tout près derrière elle, la guette comme un faucon.

— Ça va super, répond-elle, mais ses mots sonnent aussi faux qu'un spam. Quelle belle journée, ajoute-t-elle avant d'appeler Teddy pour qu'il rentre prendre son bain.

Le petit se lève aussitôt, pas du tout comme Maisie, qui traîne les pieds quand c'est l'heure du bain. Il s'exécute, mais je me demande si c'est par obéissance ou quelque chose d'autre. Qui s'apparenterait à de la peur. Emily ne me semble pas vulnérable de prime abord — elle est grande, tonique —, et pourtant c'est exactement ce qu'elle est. Ce n'est pas la première fois que je le vois la bousculer comme ça, poser les mains sur elle d'une façon qui frise l'agression. S'il se permet cela à la vue de tous, de quoi est-il capable derrière des portes closes ?

Clara et moi avons eu cette conversation des tas de fois.

Mais on ne peut pas aider quelqu'un qui ne veut pas se faire aider.

Je regarde Emily et Teddy disparaître à l'intérieur, main dans la main. En me dépêchant de reprendre mon chemin pour retrouver Maisie qui m'attend au bout de la rue, j'aperçois du coin de l'œil Theo et son regard assassin.

CLARA

Le chagrin m'accable de différentes façons.

Mes matins sont tristes, mes soirées mélancoliques. Quand je suis seule, je pleure. Impossible de me résoudre à dire à Maisie pourquoi Nick n'est pas là, alors je me suis mise à mentir, à dire à la petite fille qui se plante devant moi avec détermination que son père est sorti, parti faire des courses, au travail. Je compte sur mes réponses fatiguées — il ne va pas tarder, il sera là bientôt — et je souffle quand elle me sourit et me dit d'accord avant de repartir en sautillant. Une amnistie, un répit. Le moment viendra où je lui dirai. Bientôt. Mon père va et vient. Il m'apporte le dîner, s'assoit à table à côté de moi et me dit de manger. Il met de la nourriture sur ma fourchette, la fourchette dans ma main. Il propose d'emmener Maisie au square, mais je refuse, si elle part sans moi j'ai trop peur qu'elle ne revienne pas. Alors on reste à la maison, on marine dans la tristesse. On s'y noie. On la laisse nous affaiblir, s'infiltrer en nous par la moindre petite porte. Même notre chienne Harriet est triste, roulée en boule à mes pieds, inerte, tandis que je tiens Felix dans mes bras à longueur de journée, face aux dessins animés de Maisie qui défilent à la télé et que je regarde sans les voir. *Max et Ruby*, *Georges le petit curieux*. Harriet dresse l'oreille à chaque voiture qui passe ; un livreur de pizzas qui s'arrête chez les voisins la fait se lever d'un bond parce qu'elle croit qu'il s'agit de Nick. J'ai envie de lui dire : *Ce n'est pas lui. Harriet, Nick est mort.*

Maisie montre quelque chose à l'écran et s'esclaffe. Regarder des lapins qui parlent à la télé huit heures par jour, manger du pop-corn éclaté au micro-ondes matin, midi et soir est un programme qui lui convient parfaitement — elle me demande *Tu as vu ?* et j'acquiesce machinalement, bien que je n'aie rien vu. Je ne vois rien. Nick est mort. Que reste-t-il à voir ?

Quand je ne suis pas triste, je suis en colère. Contre Nick. Je lui en veux de m'avoir abandonnée. De s'être montré insouciant. D'avoir conduit trop vite alors que Maisie était avec lui. D'avoir conduit trop vite tout court. D'avoir perdu le contrôle et de s'être jeté tête la première contre cet arbre, son corps continuant sa course, la voiture, elle, s'arrêtant brusquement. J'en veux aussi à l'arbre. Je le déteste. Sous la puissance de l'impact, la voiture s'est enroulée autour du vieux chêne de Harvey Road, tandis que, par miracle, Maisie, assise à l'arrière du côté opposé, s'en est sortie indemne. Tout autour d'elle, la tôle s'est affaissée, comme une mine s'effondre, la prenant au piège, et pendant ce temps, à l'avant, Nick respirait de façon autonome pour la dernière fois. La faute à la vitesse, au soleil, au virage. C'est ce qu'on me dit, c'est ce qu'on répète *ad nauseam* à la télé et dans les journaux. *Un mort dans un accident de la route sur Harvey Road. Conduite imprudente en cause. Il n'y a pas d'enquête.* Si Nick était encore en vie, il se prendrait des P-V pour excès de vitesse et conduite dangereuse, pour ne citer que quelques exemples. On m'annonce avec une certitude absolue que tout est sa faute. Il est responsable de sa propre mort. C'est à cause de lui que je me retrouve seule avec deux enfants en bas âge, une voiture en pièces et des factures d'hôpital à payer. Je découvre que ça coûte très cher, de mourir.

Si seulement il avait ralenti.

Mais il y a d'autres choses, en plus de sa tendance à conduire comme un cinglé et de son imprudence, qui me rendent folle. Sa collection de chaussures de course éparpillée derrière la porte d'entrée, par exemple. Elles me font enrager. Elles sont encore là, et le matin, dans le brouillard qui suit une énième nuit blanche, je trébuche dessus et je le maudis de ne pas avoir eu la politesse de les ranger avant de mourir. Merde, Nick.

On peut dire la même chose de son mug abandonné au bord de l'évier et du journal étalé sur la table du coin repas de telle sorte que des pages descendent en cascade jusqu'au sol. Je les ramasse et les flanque sur la table d'un coup sec, excédée par son bazar.

C'est la faute de Nick, c'est sa faute s'il est mort.

Le lendemain matin, son réveil hurle à 6 heures, comme tous les jours de la semaine — la force de l'habitude, comme celle qui pousse Harriet à se lever dans l'espoir d'être promenée. Mais aujourd'hui Harriet n'ira pas en promenade, et demain non plus. *Votre mari, madame*, a dit cet agent de police avant de me faire monter dans son véhicule de patrouille avec Felix pour nous conduire à l'hôpital, où j'ai signé un formulaire les autorisant à prendre les yeux de mon mari, son cœur, sa vie, *conduisait trop vite.* Je me dis : évidemment. Nick conduit toujours trop vite. *Le soleil,* a ajouté le flic, avant de répéter : *Il conduisait trop vite.*

Est-ce qu'il y a des blessés ? avais-je sottement demandé, m'attendant à ce qu'il réponde que non. Non, personne. Qu'est-ce que je peux être bête. On n'envoie pas un agent de police chercher le parent le plus proche s'il n'y a pas de blessés. Je m'en veux d'être aussi stupide. Je m'en veux et je suis gênée.

J'autorise Maisie à dormir dans ma chambre. Mon père trouve que ce n'est pas une bonne idée. Mais je le fais quand même. Je la laisse passer la nuit là parce que, d'un coup, mon lit est trop grand, je m'y sens toute petite, seule, perdue. Maisie a un sommeil agité. Elle parle en dormant, réclame son papa à demi-mot, et je lui caresse les cheveux en espérant qu'elle prendra ma main pour celle de son père. Elle donne des coups de pied. Au réveil, elle a la tête à l'endroit où devraient être ses pieds et vice versa.

Quand on se met au lit le soir à 19 h 30, Felix bien calé dans son berceau à côté de moi, elle me demande pour la millième fois *Il est où, papa ?* et je réponds quelque chose d'évasif, *Il va bientôt rentrer.* Nick ferait les choses différemment. Si c'était moi qui étais morte, il ne s'y prendrait pas comme ça. Comme je voudrais être morte à sa place. Il est meilleur parent que moi. Lui, il mettrait des mots doux sur ce qui s'est passé, il utiliserait des euphémismes, des expressions familières. Il l'assoirait sur ses genoux et il l'entourerait de ses bras rassurants. *Elle repose en paix*, dirait-il, ou *Elle est mieux là où elle est*, et Maisie m'imaginerait à Disney World, en train de faire un petit somme dans la plus haute tour du château du roi Stéphane, ma mort ne serait l'objet d'aucune incertitude, ni d'aucune tristesse. Elle m'imaginerait à jamais sur un lit somptueux, dans une magnifique chemise de nuit, mes cheveux délicatement arrangés autour de mon visage, une couronne sur la tête. J'accéderais au statut de princesse. La princesse Clara.

Mais je ne suis pas Nick. Et je n'arrive pas à le transformer en prince.

— Quand est-ce que papa va rentrer à la maison ?

Je passe une main dans ses cheveux, me force à sourire et lui sors une de mes réponses standard.

— Bientôt.

Je tourne vite la tête vers un Felix grognon pour qu'elle ne me voie pas pleurer.

***

Le jour de l'enterrement de Nick, il pleut, comme si le ciel, compatissant, pleurait avec moi. Le soleil, refusant de montrer son visage coupable, se cache derrière les nuages couleur bleuet qui obstruent le ciel. À l'horizon, ils s'amoncellent de façon spectaculaire, c'est un vrai mont Saint Helens. Connor, le meilleur ami de Nick, se tient à ma gauche. Mon père est à ma droite, avec Maisie nichée entre nous deux. Tandis que les paroles du prêtre accompagnent le corps de Nick au fond de son trou, on jette des poignées de terre sur le cercueil.

Nos pieds s'enfoncent dans la boue et Maisie me serre fort la main. Elle porte des bottes de pluie, bleu canard avec des chiots dessus, pour aller avec sa robe trapèze noire. Elle en a assez de demander où est son père, et ne se doute absolument pas qu'on est en train de l'enterrer.

— On fait quoi, maman ?

Elle se demande pourquoi tous ces gens à la mine sombre se sont réunis sous une canopée de parapluies noirs face à une caisse qu'on enterre, un peu comme Harriet enterre ses os dans le jardin.

— C'est inacceptable, me dit la mère de Nick un peu plus tard tandis que nous quittons le cimetière pour rejoindre nos voitures.

— Clarabelle, tu devrais lui dire la vérité, renchérit doucement mon père.

C'est le surnom qu'il me donne. J'ai appris à l'aimer, mais auparavant il me faisait horreur. Au loin, Maisie sautille avec une petite cousine de trois ans, elles sont toutes deux indifférentes à la tristesse qui imprègne l'atmosphère au même titre que cette chape d'humidité posée sur nous. Il fait chaud et lourd, les moucherons et les moustiques semblent proliférer sous nos yeux. Je pousse tant bien que mal Felix dans son landau, sur l'herbe constellée de trous, entre les stèles en granit. Les morts. Dont je me demande comment ils sont arrivés ici.

— Je lui dirai quand je serai prête, je réponds, agacée, à mon père et à la mère de Nick.

Quand je ne suis pas triste, je suis hargneuse. Mon père est bien intentionné. La mère de Nick, non. Elle ne m'a jamais appréciée, et bien que ce sentiment ne soit pas forcément réciproque dans les relations belle-mère et belle-fille, dans notre cas, il l'est.

Mon père est la seule personne à venir à la maison après l'enterrement. Les autres partent chacun de leur côté, après m'avoir donné une accolade un peu trop longue et maladroite. Ils ne restent pas de peur que la mort et la poisse ne soient contagieuses. Par crainte que cela ne leur tombe dessus s'ils me côtoient trop longtemps. Même Connor s'en va précipitamment, bien qu'il me demande juste avant s'il peut faire quelque chose pour moi, si j'ai besoin de quoi que ce soit. Je dis que non.

Emily est la seule à s'attarder un peu.

— Appelle-moi quand tu veux, me dit-elle.

J'acquiesce, sachant pertinemment que je n'en ferai rien. À trois pas derrière elle, son mari, Theo, regarde deux fois sa montre au cours des vingt secondes que dure notre échange et, en le voyant, Maisie se colle à moi, se cramponne à ma main et se cache derrière mes jambes. Elle pousse un petit cri étouffé, et Emily souffle *Pauvre petite*, comme si la peur de Maisie avait plus à voir avec la mort de Nick qu'avec Theo. Emily est une voisine. On passe des après-midi entiers à paresser sur la galerie, soit chez moi, soit chez elle, pendant que les enfants jouent, ma Maisie et son Teddy, qui a quatre ans lui aussi. Teddy est le diminutif de Theodore, le même prénom que son père, qui lui se fait appeler Theo. Sauf qu'on ne laisse pas Maisie aller jouer avec Teddy quand Theo est là. C'est un homme bourru, qui peut se montrer violent quand il est en colère. Ou même quand il ne l'est pas. C'est Emily qui me l'a confié, et Nick, Maisie et moi avons entendu plus d'une fois la voix de son mari tonitruer dans les paisibles soirées d'été à travers les fenêtres ouvertes, s'en prendre à elle et à Teddy pour des raisons connues de lui seul.

Theo me terrifie, moi aussi.

— Promets-moi de m'appeler, dit-elle avant que Theo pose une main autoritaire sur son bras.

Emily fait demi-tour et quitte le cimetière avec les dernières personnes qui se sont attardées, marchant à un mètre derrière son mari. Je ne lui promets rien. Maisie n'ose pas me lâcher la main avant qu'ils soient complètement hors de vue.

— Tout va bien ? dis-je en sondant son regard.

Elle me répond que oui. Je lui promets qu'il est parti, et elle me sourit prudemment.

Mon père ne reste pas longtemps à la maison non plus. Il ne peut pas. Car bien sûr, pendant que lui s'occupe de moi, ma mère reste chez eux avec une baby-sitter qu'il faut payer. Il est sollicité de toutes parts. Mais il n'a pas le don d'ubiquité.

— Elle commence à voir des choses, me dit-il à contrecœur. Elle a des hallucinations, le docteur avait prévenu. Elle a aperçu une corneille sur la tringle à rideaux. Des insectes.

— Quel genre d'insectes ?

— Des fourmis, qui montent le long des murs.

— Va la retrouver, dis-je, démoralisée d'apprendre que la démence de ma mère s'est aggravée. Je vais bien.

Je pose une main sur son avant-bras maigre et marqué de taches de vieillesse pour le rassurer. Felix dort, Maisie virevolte dans le salon, en pleine répétition de danse.

Tandis que sa voiture recule dans l'allée, je surprends l'air résigné de mon père. Il n'est pas sûr d'avoir pris la bonne décision. Je lève mon pouce à son intention pour l'encourager. *Je vais bien, p'pa.*

Mais est-ce que c'est vrai ?

Cette nuit, Maisie dort encore avec moi. Elle arrive en trottinant dans ma chambre avec un ours en peluche miteux qui m'appartenait quand j'étais petite. Elle lui a pratiquement dévoré une oreille, un tic nerveux qui s'accentue ces temps-ci. Elle se plante au pied de mon lit avec sa chemise de nuit printanière, au motif de dahlias dans différentes teintes de rose — fuchsia, saumon, cerise —, et ses socquettes blanches. Ses cheveux cuivrés, à peine retenus à la pointe par un élastique, descendent en cascade dans son dos.

— Maman, j'arrive pas à dormir, dit-elle en mâchouillant l'oreille de ce pauvre ourson.

Nous savons toutes les deux que cela fait à peine trois minutes que je lui ai fait un câlin dans son lit pour lui dire bonne nuit. Que j'ai remonté ses draps jusqu'à son cou et embrassé le front duveteux de son ours avant de le border lui aussi. Que je lui ai répondu, lorsqu'elle a réclamé un bisou de son père, qu'il monterait la voir sitôt qu'il serait rentré à la maison.

Felix s'endort doucement dans mes bras, tandis que je lui tapote doucement le dos. Il est dans sa gigoteuse jaune et doit avoir chaud dans cette chambre déjà étouffante. On dirait que la climatisation a cessé de marcher. Qu'est-ce que je suis censée faire ? Seul Nick le saurait, et je me retrouve à lui en vouloir de m'avoir laissée en plan avec une climatisation en panne. Il aurait dû dresser une liste de ce genre d'imprévus, au cas où il viendrait à mourir subitement. Qui doit réparer le chauffage, tondre la pelouse, payer le livreur de journaux ?

Les fenêtres sont ouvertes. Le ventilateur tourne

au-dessus de mon grand lit. Maisie est à côté de moi, Harriet au pied du lit et Felix à un mètre de là, dans son berceau. Je ne dors pas, parce que j'ai arrêté de dormir. Le sommeil, comme la plupart des choses ces temps-ci, me fuit. La veilleuse de Maisie brille dans le noir. Elle projette des ombres sur les murs, que j'observe pendant qu'autour de moi Felix dort, Harriet ronfle et Maisie fait le tour du lit dans son sommeil, comme un débris spatial en orbite autour de la Terre, tirant à elle le drap en coton qui découvre mon corps en sueur.

Quand, à 1 h 37, elle se redresse brutalement.

Elle parle autant dans son sommeil qu'éveillée, alors je ne m'inquiète pas de la voir marmonner. On comprend rarement ce qu'elle dit. Mais il y a quelque chose de différent cette fois-ci. Elle parle de Nick. Ses yeux s'ouvrent d'un coup et se braquent sur moi, grands, verts, apeurés. Sa petite main moite cherche la mienne, et elle crie, d'un ton désespéré, implorant :

— C'est le méchant, papa. Le méchant, il nous poursuit !

— Qui ça, Maisie ? dis-je en la secouant gentiment pour la réveiller, même si elle a l'air tout à fait consciente.

Au pied du lit, Harriet s'agite, et Felix, lui, se met à pleurer. Ce n'est pour l'instant qu'une faible plainte, à peine audible, mais je sais que dans quelques secondes il va se mettre à hurler à pleins poumons. Il est prêt à manger et, comme si ma poitrine se préparait, une montée de lait vient tacher ma chemise de nuit.

— Lui ! crie Maisie en plongeant sous les couvertures.

Elle se cache. Pour échapper à quelqu'un. À un méchant qui la poursuit, elle et son père. Mais Maisie n'a jamais rencontré de véritables méchants dans sa vie, ou du moins je ne le crois pas, alors j'essaye de me convaincre que c'est son imagination, les chasseurs qui ont tué la mère de Bambi, ou bien le capitaine Crochet, qui s'invitent dans ses rêves. Mais lorsqu'elle répète encore une fois *le méchant nous poursuit,* bien réveillée et bien trop effrayée pour qu'il s'agisse d'un rêve ou d'un jeu, je me mets à imaginer quelqu'un lancé à la poursuite de Nick sur Harvey Road. Et alors mon cœur s'emballe.

— Maisie, dis-je d'une voix aussi apaisante que possible, bien que je sois tout sauf détendue.

Mais elle se mure dans le silence malgré mes questions, mes supplications.

Je finis par m'énerver. Il faut que je sache de quoi elle parle.

— Maisie, si tu m'expliques, on pourra avoir des donuts au petit déjeuner, dis-je en lui promettant un beignet au glaçage à la fraise.

J'offre d'autres choses — une nouvelle peluche, un hamster — dans l'espoir de la faire sortir du monde noir et étouffant qu'elle s'est créé sous les couvertures. Mais elle s'y sent en sécurité et préfère y rester. Pendant ce temps-là, Felix s'est mis à pleurer.

— Maisie, je répète, plus fort, pour couvrir la voix de Felix, en essayant de tirer la couverture à laquelle elle se cramponne. Quel méchant ? Est-ce qu'il était dans une voiture ?

C'est une pure spéculation de ma part, mais je perçois un hochement de tête, accompagné d'un *Oui* murmuré. Je n'en reviens pas.

Ils ont été pris en chasse. Maisie et Nick.

Je lui caresse les cheveux et m'efforce de respirer à fond, de ne pas céder à la panique alors que tout s'écroule autour de moi, mais j'ai la sensation d'étouffer.

— Le méchant, bredouille-t-elle à nouveau.

Je glisse son ours en peluche sous les couvertures.

— Qui, Maisie, qui ? Quel méchant ? je lui demande d'une voix posée, bien que je sois dans tous mes états.

Qui peut bien être cet homme qui les suivait ? Qui est celui qui a pris la vie de mon mari ?

Sans s'asseoir dans le lit ni repousser les couvertures, elle se met à parler d'une voix grondante :

— Le méchant nous poursuit ! Il va nous attraper !

D'un seul coup, Maisie jaillit du lit et court se réfugier dans la salle de bains, dont elle claque la porte avec tant de violence qu'un cadre se décroche du mur de la chambre et se fracasse au sol en mille morceaux.

NICK

Avant

Ce matin-là, planté au pied de notre lit, à regarder Clara dormir à poings fermés, jamais je n'aurais pu savoir le tournant qu'allaient prendre notre vie. Je suis resté là plus longtemps que je ne l'avais prévu, totalement hypnotisé par le mouvement de ses yeux sous ses paupières closes, par la courbe de son nez, la délicatesse de sa bouche et de ses cheveux. J'écoutais sa respiration régulière, interrompue de temps à autre par une inspiration plus profonde. Le drap fin et bleu, remonté jusqu'à son menton, cachait son ventre, montait et redescendait au rythme de son souffle.

J'aurais voulu retourner au lit, passer la journée pelotonné contre elle, comme il nous arrivait de le faire avant, à caresser son ventre rebondi et à chercher un prénom pour notre futur petit garçon.

Jamais je n'aurais pu savoir, en déposant un baiser sur son front, qu'à l'extérieur un orage se préparait, une véritable tornade sur le point de dévaster notre existence, et que toute cette masse d'air instable nous attendait juste derrière la porte.

Jamais je n'aurais pu savoir que le temps me filait entre les doigts.

Je sors de la chambre et je tombe sur Maisie, les bras croisés, les cheveux emmêlés. Encore à moitié endormie, elle essaye de s'habituer à la lumière qui entre par la fenêtre du couloir.

— Bonjour, Maisie.

Je m'agenouille pour la prendre dans mes bras, et elle se blottit contre moi, minuscule chose toute fatiguée.

— Viens, on va aller te préparer un petit déjeuner et laisser maman dormir.

Elle se pend à mon cou et on descend l'escalier. Je sais que Clara dort mal ces temps-ci, ses nuits sont hachées par ses difficultés à trouver une position confortable. Sans compter les crampes dans les jambes qui la réveillent en pleine nuit, ou les coups du bébé qui commence à se sentir à l'étroit. *Il confond le jour et la nuit*, me dit Clara, bien que j'aie du mal à croire qu'il y ait une sorte d'agenda in utero, que le bébé sache quand il fait jour et quand il fait nuit. Mais qui sait.

Je suis impuissant face aux crampes ou aux coups du bébé mais, distraire un peu Maisie pour que Clara récupère, c'est dans mes cordes.

Je mets des gaufres surgelées dans le grille-pain et je les sers à Maisie accompagnées de sirop d'érable. Je me fais un café — un déca, comme si j'étais une femme enceinte, car j'ai fait le serment à Clara de ne pas boire de vrai café tout le temps de sa grossesse pour qu'elle ne soit pas la seule à souffrir — et je donne du jus à Maisie. J'allume la télé et je règle le minuteur sur une heure.

— S'il te plaît, ne réveille pas maman avant au moins deux épisodes de *Max et Ruby*, ou avant que le minuteur ait sonné, lui dis-je en déposant un baiser sur son front. C'est d'accord, Maisie, tu m'as bien entendu ? Quand est-ce que tu peux réveiller maman ?

Maisie est une petite fille intelligente — parfois trop —, mais elle a aussi quatre ans, et les yeux et les oreilles accaparés par les lapins qui ont envahi l'écran de la télé.

— Quand ça sonne, répond-elle sans me regarder.

Harriet s'installe à côté d'elle, dans l'espoir qu'une gaufre finisse par terre.

— C'est bien, tu es mignonne. À plus tard, têtard, dis-je avant de filer par la porte du garage.

— À bientôt, chameau, répond-elle, la bouche pleine.

À peine arrivé à la voiture, je reçois un message. Je m'arrête pour voir de qui il s'agit en râlant parce que, de toute évidence, il s'agit d'une mauvaise nouvelle. Les bonnes nouvelles n'arrivent jamais à 7 heures du matin par texto.

Prends ton temps. Nouvelle annulation. Wilsons a changé de crémerie. — N

CLARA

Le matin. Un sursis pour ceux qui sont en deuil. Les premières traces de lumière apparaissent dans le ciel brun, et avec elles le monde qui étouffe retrouve un peu d'oxygène.

Je me réveille par terre, dans le couloir, Felix allongé sur mes jambes étendues. La porte de la salle de bains, dont je secoue la poignée pour la énième fois, est verrouillée. C'est une poignée ancienne en cristal ciselé qui date des années 1920, nous n'avons plus la clé. On ne l'a peut-être jamais eue, d'ailleurs, mais même si c'était le cas ça ne changerait rien. Je n'avais pas prévu que Maisie s'enfermerait à double tour avec le loquet intérieur.

Ça fait quatre heures qu'elle est enfermée là-dedans.

Il y a des éclats de verre partout.

J'ai écouté ses cris de panique se muer en pleurnicheries, elle a encore appelé son papa quelques fois puis elle a fini par s'endormir en sanglotant doucement. Le soleil qui se lève chasse à présent les ombres des murs.

J'ai passé des heures à me répéter les paroles de Maisie, encore et encore : *Le méchant nous poursuit. Il va nous attraper.*

— S'il te plaît, Maisie, allez, dis-je pour la trente-sixième fois. S'il te plaît, sors de là.

Mais il n'y a rien à faire.

***

Assise dans le coin repas, elle fixe les trois pancakes réchauffés au micro-ondes posés sur son assiette. Il ne restait que quelques gouttes de sirop d'érable dans le flacon, alors c'est un peu sec. Mais ce n'est pas à cause de cela qu'elle refuse de manger. Moi non plus je n'ai pas faim. Il faudrait qu'on me force. Ce qui ne va pas tarder à arriver.

Mon père me remplit un mug de café et me l'apporte. Il me tapote la tête, me demande de boire. Dit à Maisie de manger ses pancakes.

À l'étage, dans ma chambre, la porte de la salle de bains est posée par terre, à côté du marteau qui a servi à la sortir de ses gonds. Mon père m'a expliqué comment faire par téléphone. Je lui ai dit qu'il n'avait pas besoin de venir, qu'on allait bien, Maisie, Felix et moi. Mais il ne m'a pas crue un seul instant. Peut-être à cause de la peur panique qui perçait dans ma voix. Ou bien à cause de Felix qui hurlait à l'arrière-plan, hystérique, l'estomac vide. Je ne peux pas être dans deux endroits en même temps.

— Il n'y a pas de mal à demander de l'aide, affirme mon père.

Maisie attaque ses pancakes avec une fourchette d'enfant dont le manche bleu est orné d'une adorable vache. Elle les lacère, les met en pièces, mais sans les manger.

— Tu n'es pas obligée de subir ça toute seule, tu sais.

Pourtant, je le suis, non ? Peu importe le nombre de personnes ici à la maison avec moi. Je suis seule.

Mon père n'est pas encore allé à l'étage pour voir la porte de la salle de bains qui gît par terre, les éclats de verre du cadre photo éparpillés sur le plancher, le tas de mouchoirs en papier qui ont absorbé le lac de larmes que j'ai pleuré ; j'ai les yeux si rouges et si bouffis que je peine à les ouvrir.

— Mais j'ai demandé de l'aide, dis-je à mon père qui

me tend mon assiette de pancakes réchauffés au micro-ondes, sans sirop, et m'ordonne de manger. C'est pour ça que tu es là.

Il remplit sa tasse d'eau savonneuse à l'évier, l'agite avant de la vider et de l'essuyer. Il ne me laissera pas faire la vaisselle. Je le trouve maigre ; ses rares cheveux m'évoquent ceux de Felix. Il s'habille comme un vieillard, avec son pantalon trop remonté et son polo aux motifs passés de mode, mais désormais considérés comme vintage. Ses vêtements flottent autour de sa silhouette décharnée, son corps tout entier semble englouti par le tissu. Il vieillit beaucoup trop vite à mon goût.

— Au fait, tu as trouvé le chèque ? je lui demande.

Le fameux chèque de deux mille dollars que ses locataires lui ont remis, qu'il a endossé, mais n'a pas encore remis à la banque car il a disparu. Sûrement grâce à ma mère, ma pauvre mère qui erre dans la maison, déplace et égare les objets. Juste avant la naissance de Felix et la mort de Nick, ce chèque manquant nous avait beaucoup préoccupés. Je me revois il y a moins d'une semaine, en train d'éplucher en vain les papiers de mes parents avec l'aide d'Izzy, la baby-sitter qui s'occupe de ma mère quand mon père et moi ne sommes pas là. Le père d'Izzy est mort d'une crise cardiaque quand elle avait dix-huit ans et sa mère d'une leucémie de stade IV un an après, la laissant responsable de sa petite sœur de huit ans. C'était il y a dix ans, et elle travaille dur pour lui permettre d'aller à l'université.

Izzy s'occupe de ma mère depuis le début de sa démence, ou du moins depuis que nous avons mis un mot sur ce qui ne pouvait pas être de simples étourderies. Elle est employée comme garde-malade par une société d'aide à domicile et, comme dit mon père, c'est une vraie bénédiction. Elle a les cheveux courts — une coupe à la fois très masculine et très féminine —, décolorés, presque blancs, dans lesquels elle pique souvent des fleurs. Son corps est une vitrine d'accessoires hétéroclites : jupes et collants, bijoux fantaisie, chaussettes originales remontées jusqu'au genou. Elle porte un collier et un pendentif argenté avec son prénom écrit dessus en grosses lettres, de sorte que les personnes âgées ou handicapées puissent facilement le lire. Quand ma mère la regarde, l'air de ne pas savoir qui elle est, Izzy lui agite son pendentif sous le nez. *Regardez, c'est Izzy.*

Izzy fait la cuisine, le ménage, aide ma mère dans la salle de bains, lui rappelle quoi laver, quoi brosser. Elle a l'œil sur tout, évite que ma mère saute dans la voiture pour aller faire une balade ou se serve un bol de litière pour chats avec du lait et engloutisse le tout, ce qu'elle a déjà fait. Plus d'une fois. À l'époque, j'avais demandé à mon père pourquoi ils achetaient de la litière alors qu'ils n'avaient pas de chat, et il avait répondu dans un haussement d'épaules que c'était ma mère qui avait insisté pour en prendre. Pour elle, il y a toujours un chat à la maison, le pauvre Oliver qui s'est fait écraser par un camion il y a des années.

Elle continue à le voir régulièrement, caché derrière les rideaux.

Mais, l'incident qui remporte la palme, c'est la fois où elle a voulu couper les cheveux de Maisie. Elle s'est éclipsée dans la cuisine et en est revenue avec une paire de ciseaux à la main. Quand on lui a demandé pourquoi elle avait fait ça, elle a dit : *Les cheveux de Clara sentent mauvais, comme une vieille éponge toute sale. Voilà pourquoi*, a-t-elle poursuivi tandis qu'Izzy l'emmenait doucement et que Maisie s'effondrait en larmes. *Le peigne ne passe même plus dedans. Il fallait couper. C'est tout.*

Les cheveux de Clara.

Les miens.

Elle nécessite une surveillance accrue ces derniers temps,

elle se réveille la nuit, fait les cent pas dans la maison, se met à pleurer sans raison apparente. Son cerveau ne reçoit plus les messages de sa vessie quand elle a besoin d'uriner, et elle s'oublie sur elle presque tous les jours. Elle s'est défendue bec et ongles contre la maladie au début, elle enchaînait jeux de mémoire, mots croisés, grilles de sudoku. Elle a appris des comptines pour se prouver qu'elle en était capable, puis s'est mise à valser dans le salon en fredonnant *Ah! vous dirais-je, maman* sans savoir pourquoi. Elle lisait le journal, exerçait sa mémoire aussi souvent que possible, se souvenait de prendre ses vitamines. Elle a découvert que le saumon était bon pour la mémoire, alors elle en a mangé tous les jours, et s'est même portée volontaire pour tester l'efficacité de médicaments expérimentaux. Elle a ressorti mon vieux jeu de mémorisation Simon et y a joué pendant des heures.

Mais rien n'a fonctionné, elle a continué à perdre la tête.

Izzy n'avait pas voulu que je l'aide à chercher le chèque disparu ce jour-là pour des raisons évidentes: enceinte jusqu'au cou, je pouvais à peine marcher. *Faites donc une pause*, m'avait-elle dit pendant qu'on fouillait le bureau, et j'avais alors tenté de me connecter au site de la banque de mes parents pour vérifier que mon père n'avait pas remis le chèque sur son compte et oublié l'avoir fait. Ma mère sortait rarement de la maison; le chèque aurait dû être là, quelque part, mais il demeurait introuvable. Et puis, en m'asseyant devant l'ordinateur avec le bout de papier où mon père consignait la liste de ses comptes et de ses identifiants, j'avais senti ma première contraction. Doucement, Izzy avait retiré la souris de ma main et m'avait fermement invitée à rentrer m'allonger chez moi, avec dans le regard une peur panique à l'idée que j'accouche là. Elle s'occupait de toutes sortes de pathologies — femmes atteintes de sénilité, vieillards incontinents —, mais elle ne mettait pas les bébés au monde.

Je suis sûre que ce n'est rien, avais-je dit en essayant de reprendre mon souffle une fois passé le choc de la douleur. *Ce sont de fausses contractions.* Mais j'étais quand même rentrée à la maison et Izzy avait continué à chercher toute seule. Je pensais vérifier le compte bancaire une fois chez moi, mais avant le lendemain matin Felix était né, et bien sûr j'avais oublié le mot de passe, oublié toute cette histoire de chèque disparu.

Debout dans la cuisine, mon père secoue la tête. Non, ils n'ont pas retrouvé le chèque.

— Mais ne t'en fais pas pour moi. Tu as beaucoup de préoccupations en ce moment, et l'argent ne manque pas.

Il me tapote la tête comme il le faisait quand j'étais petite. Beaucoup de préoccupations, c'est juste. Bien qu'il y en ait une qui sorte du lot. Mon regard se perd au-delà de la fenêtre à guillotine, dans le jardin de derrière, et je laisse refroidir mes pancakes. Il fait chaud dehors, aussi chaud qu'à l'intérieur, à présent que la climatisation est en panne. La pluie joue à cache-cache, se montre un jour, disparaît pour les six d'après. La pelouse, assoiffée, jaunit, se transforme en paille sous cette chaleur écrasante. Il est à peine plus de 9 heures et le thermomètre affiche déjà vingt-sept degrés. Les oiseaux attendent, perchés sur le rebord de l'abreuvoir désespérément vide. C'est une tâche qui incombe normalement à Nick : nourrir les oiseaux, remplir le petit bassin. Même eux se languissent de lui, le chardonneret posé au bord de la vasque en résine, le cardinal rouge femelle perché sur la branche d'un conifère.

Le méchant nous poursuit. Il va nous attraper.

Voilà ma seule préoccupation pour l'instant. Maisie m'a fait comprendre sans ambiguïté possible que l'accident de voiture de Nick n'avait justement rien d'accidentel. Ses mots ne cessent de me revenir, et suscitent tout un tas de questions. Est-ce qu'elle connaît l'homme dont elle parle ?

A-t-elle eu le temps de l'apercevoir avant que la voiture décolle et heurte l'arbre de plein fouet ? J'ai envie de le lui demander, mais je ne veux pas la perturber. Et pourtant, une fois mon père parti chercher notre linge sale, je me penche par-dessus la table et l'interroge prudemment :

— Est-ce que papa a vu l'homme dans la voiture, Maisie ? Est-ce qu'il a vu le méchant ?

Ses yeux se font tristes et elle hoche à peine la tête. Nick l'a donc vu. Avant de mourir, il a vu l'homme qui s'apprêtait à le tuer.

Mon père revient dans la pièce.

Comme Maisie, je lacère mes pancakes. Je les mets en pièces. Mon père me dit de manger.

Il se trouve que, ce matin, Felix a rendez-vous chez le pédiatre.

— Emmène Felix, et moi je reste avec Maisie, dit mon père en débarrassant la table du petit déjeuner. Prends ton temps, ta mère est avec Izzy.

En temps normal je refuserais, mais aujourd'hui j'accepte. Aujourd'hui, j'ai autre chose derrière la tête, et je sais que si Maisie était là, près de moi sur les gravillons en bordure de Harvey Road, il y aurait des questions.

Alors je me lève et je m'éclipse dans ma chambre, seule, où j'enfile des vêtements de grossesse, parce que je ne rentre dans rien d'autre. Bien que je ne porte plus le bébé, mon corps doit encore retrouver ses formes originelles. Je suis encore grosse. Mon utérus se contracte, il essaye tant bien que mal de rétrécir. On appelle ça l'involution, l'utérus de la taille d'une pastèque qui revient à la taille d'une poire, une réduction qui s'accompagne d'un écoulement de lochies et d'une douleur dans tous les ventricules, oreillettes et artères de mon cœur. Lui aussi est broyé, comme mon ventre.

Ça me revient de plein fouet, encore, pendant que j'enfile des leggings gris et une tunique sans manches : Nick est mort. Je plonge une main dans un tiroir de la commode, je pioche des T-shirts au hasard et j'enfouis mon visage dedans, dans l'espoir de respirer son odeur, un mélange enivrant de déodorant, de parfum et d'après-rasage, mais elle a disparu, remplacée par celle de la lessive à la lavande. Alors je pleure. Je cherche jusqu'au fond du tiroir, je les sens tous, un par un, décidée à en trouver un qui aura retenu son parfum. En vain. Ce que je trouve, en revanche, caché sous une pile de débardeurs blancs, c'est un bout de papier qui pique ma curiosité — il s'agit d'un endroit incongru pour ranger une note, ou plutôt un reçu qui provient d'une bijouterie du coin et dont le montant est de quatre cents dollars. Il date de plusieurs mois, et correspond apparemment à un collier avec pendentif. Machinalement, je porte les mains à mon cou, sachant qu'aucun collier ne s'y trouve. Nick ne m'a jamais offert de collier, ce n'est pas bientôt mon anniversaire, pas plus que celui de notre rencontre. Mon estomac se noue. Ce collier n'est pas pour moi.

Nick a dépensé quatre cents dollars pour un collier qui ne m'est pas destiné. Comment est-ce possible ?

Ça doit être une erreur. J'essaye de me rassurer, de lui trouver des excuses, sans franc succès. Je finis par décider que ce reçu appartient à un autre homme, à un homme qui a acheté un collier à quatre cents dollars pour sa ravissante épouse. Le papier a atterri dans les affaires de Nick au pressing. Voilà, ce reçu était dans la poche de chemise d'un autre homme, et il s'est retrouvé dans notre commode.

Ma logique n'est pas imparable, loin s'en faut, mais c'est bien mieux que d'envisager l'autre éventualité.

Nick n'aurait jamais eu de liaison.

Dans la chambre, je refuse de poser les yeux sur les

éclats de verre du cadre photo brisé ou sur la porte qui gît sur le parquet. J'évite aussi de croiser mon regard rougi dans le miroir.

J'attrape les clés de ma voiture et, après un baiser sur la tête de Maisie et une pression sur le bras de mon père, je pars avec Felix.

NICK

Avant

Stacy m'attend sur le parking quand j'arrive au cabinet. Elle tient deux gobelets de chez Starbucks à la main, un pour elle et un autre pour le Dr C, chacun contenant une overdose de caféine. Elle prend un malin plaisir à me les agiter sous le nez en lançant exactement les mots qui me traversent l'esprit à ce moment-là, *Encore deux mois*, car nous savons tous les deux que je fêterai la naissance de mon fils avec un gobelet de café XXL rempli à ras bord pour compenser mes neuf mois d'abstinence.

Les maux de tête étaient très violents au début, au point que j'ai failli craquer au bout de deux jours. Comme une sorte d'alcoolique en pleine orgie, je me glissais dans le café franchisé le plus proche deux fois par jour et je faisais la queue, sans intention de commander, juste pour respirer l'odeur du café fraîchement moulu ou passé, histoire de voir si cela suffisait à faire démarrer ma journée au quart de tour. Une fois, j'ai même commandé un double expresso mais, avant que la barista me le serve, j'ai changé d'avis. La confiance est la clé d'un mariage réussi, le pilier sur lequel repose la stabilité de l'union. J'avais fait une promesse à Clara, et j'avais l'intention de la tenir.

— Laisse-moi te dire que je suis très impressionnée par ta volonté, me lance Stacy alors que je lui emboîte le pas dans le cabinet dentaire qui porte mon nom, Soins dentaires Solberg & Associés.

C'est un endroit très chic — pas du tout à mon goût. On y retrouve la patte de Clara, le seul moyen pour qu'elle accepte l'idée que j'ouvre mon propre cabinet. Pour moi, cela tombait sous le sens. Certes, il y avait plus de dépenses au départ, mais sur le long terme on verrait les avantages qu'il y a à posséder son cabinet, ainsi qu'à profiter de l'indépendance financière que ne permet pas un simple poste d'employé dans un centre médical. C'est en tout cas ce que j'ai expliqué à Clara il y a quelques années, alors que nous étions attablés dans le coin repas de la maison à retaper qu'on avait eue pour une bouchée de pain grâce à mes talents de fin négociateur. Elle m'écoutait plus ou moins, le regard dans le vague, tandis que je me répandais sur ce que coûtaient la location d'une structure commerciale existante, un prêt, l'assurance contre l'erreur médicale, sans compter les frais de fonctionnement — salaire des employés, équipement de bureau, la cafetière hors de prix que je n'utiliserais pas pendant neuf mois.

Il se trouve que j'avais un diplôme de premier cycle en gestion des entreprises plus mon diplôme de chirurgien-dentiste. Ça m'apparaissait comme la suite logique, mon créneau : un homme d'affaires diplômé en médecine dentaire. Et Clara, à qui je donnais carte blanche pour la déco avec un budget généreux à la clé, a fini par dire oui. Ma capacité d'emprunt était assez bonne et, bien qu'on ait eu une maison et des voitures à rembourser, ainsi que mes prêts étudiants, emprunter davantage n'a pas posé de problème, même à hauteur de quatre cent mille dollars, même s'il fallait que je souscrive dans le même temps à une assurance-vie et un contrat épargne handicap, pour le cas où je viendrais à me retrouver invalide ou à mourir. C'était terrifiant, mais bon, à vingt-six ans, j'avais du temps devant moi avant de passer l'arme à gauche. J'ai également affecté la maison au nantissement de mon prêt.

L'industrie médicale et dentaire ne subissait pas la récession qui frappait d'autres secteurs d'activité à l'époque, mais il fallait que je prouve à mes créanciers que je n'allais pas leur faire défaut.

L'emplacement que Clara et moi avons choisi était proche de la maison, moins de quinze kilomètres, soit un trajet d'à peine treize minutes dans un sens comme dans l'autre. Nous avons payé plus cher pour bénéficier d'une parcelle en bordure de la quatre-voies, l'une des principales artères de la ville, de façon que les milliers d'automobilistes qui l'empruntent chaque jour puissent voir la pancarte Soins dentaires Solberg & Associés. Clara a dit oui. Pas tout de suite, mais elle s'est faite à l'idée, et elle a fini par se mettre au travail, par commander du mobilier pour la salle d'attente, un écran géant, et des distractions hors de prix pour les enfants : labyrinthe en sable et table haut de gamme avec boulier et jeux de motricité, parce qu'à l'époque elle était enceinte de Maisie et ne pensait qu'à satisfaire les besoins des enfants. Elle s'est abonnée à des magazines et a installé un porte-revues mural pour les exposer. Elle a insisté pour qu'on mette du parquet ou du carrelage au sol, ce avec quoi j'étais bien d'accord, sachant que les hivers dans la région de Chicago ne manquent pas de neige et de gadoue, et que le bois serait plus facile d'entretien. Bien sûr, ça coûtait plus cher que la moquette, mais nous étions en pleine frénésie dépensière, et il nous semblait que cela ne ferait pas une grande différence. Un peu plus par-ci, un peu plus par-là. Emportés par cette fausse impression d'argent disponible, Clara et moi avons plus ou moins oublié que tôt ou tard il nous faudrait le rendre. Nous nous sommes convaincus que le remboursement se ferait sous forme de petites sommes et que de toute façon, quand viendrait ce temps-là, les affaires seraient florissantes et l'argent ne serait pas un souci.

De toute évidence, nous nous trompions lourdement.

Et là, en arrivant face à Nancy, notre réceptionniste, occupée à réimprimer une facture parce qu'elle s'est débrouillée pour renverser son chocolat chaud sur la première, je me demande combien me coûtent cette feuille de papier, l'encre et l'électricité supplémentaires, combien je paye Nancy, qui est une fille gentille et que tous les patients apprécient, pour siroter son cacao, répondre au téléphone et renverser son gobelet sur les factures.

À une époque, cela ne me traversait même pas l'esprit, mais maintenant je ne pense plus qu'à ça, au moindre sou que je n'ai plus. La vérité, c'est que je suis dans l'impasse et je ne veux pas que Clara soit au courant. J'essaye de trouver un moyen rapide de me refaire de l'argent avant de lui avouer que le cabinet périclite, que nos économies sont presque entièrement englouties. Je me suis penché sur toutes les activités possibles pour me faire un revenu complémentaire : promener des chiens pendant ma pause déjeuner, faire un petit boulot en soirée et dire à Clara que je fais des heures sup, vendre mon propre plasma, vendre mon sperme. Ou dealer. Je peux mettre la main sur toutes sortes de produits pharmaceutiques — les joies du métier —, il ne me resterait plus qu'à les revendre sous le manteau aux mamans de la classe moyenne. J'ai même songé à filer droit vers Vegas et parier tout ce que j'avais à la roulette, mais les prix de l'hôtel et du billet d'avion ont vite sapé mon idée, sans mentionner l'explication que j'aurais dû fournir à Clara.

C'est là, dans ces moments de désespoir extrême, quand mon apitoiement a raison de moi et que je n'arrive plus à voir au-delà de la mention IMPAYÉ tamponnée en rouge sur les factures de relance, que mon esprit dérive peu à peu vers l'idée de la roulette russe, en me demandant si Clara ne serait pas mieux sans moi. Une pensée morbide, qui ne me ressemble pas. Je m'imagine plutôt comme le type qui voit le verre à moitié plein. Et pourtant, c'est un penchant tout à fait naturel, tout à fait humain, de me dire, quand l'angoisse est à son comble : *J'aimerais mieux être mort.*

CLARA

— Il perd du poids, me dit la pédiatre, le Dr Paul.

Je ne peux pas m'empêcher de me demander si un ancêtre a eu le malheur de s'appeler Paul. Paul Paul. La pièce est joyeuse, il y a un paysage fermier peint sur les murs blancs : un cheval, un cochon, une vache à taches.

— Madame Solberg.

Sa voix me force à me concentrer sur le bébé en pleurs sur la balance, à cause du contact soudain avec ce plateau froid sur lequel on l'a posé.

— Il perd du poids.

Elle me demande comment se passe l'allaitement, et je mens en disant que tout va bien. Comme sur des roulettes. J'ai déjà allaité un enfant, je suis rodée. Par contre, c'est la première fois que je suis veuve. C'est là que le bât blesse, c'est à cause de ça que Felix ne se nourrit pas suffisamment. Je ne le dis pas au médecin, bien que je n'aie pas besoin de l'informer de quoi que ce soit parce que le monde entier sait que je suis veuve, que c'est mon mari qui a pris le virage de Harvey Road trop vite, que c'est sa voiture qui a foncé dans un arbre avec notre fille de quatre ans à l'arrière et qu'il est mort.

— Une perte de poids juste après la naissance, c'est normal, me dit-elle, mais Felix a perdu près de quatre cents grammes depuis sa naissance. Il y a un problème.

Elle n'est pas en train de me critiquer. Elle est simplement inquiète. Elle pose une main sur mon bras et me redemande si l'allaitement se passe bien. Cette fois, je lui dis la vérité.

Je suis obstinément contre les monuments commémoratifs érigés en bord de route. Ça me semble une façon très bête d'honorer un être cher disparu. Et pourtant je me retrouve à acheter une croix blanche en bois au magasin de bricolage et loisirs, ainsi qu'une gerbe de fleurs rouge et bordeaux, parce qu'elle est déjà prête et en vitrine chez le fleuriste. Je n'ai pas le temps de passer commande, c'est pour tout de suite. La croix me paraît inconvenante. On ne va pas à l'église, en tout cas pas souvent, bien que nous ayons fait baptiser Maisie parce que la mère de Nick a dit que notre fille serait damnée si on ne le faisait pas. Les seules fois où nous sommes allés à l'église depuis, c'est quand elle nous rend visite ; alors nous mettons nos beaux habits du dimanche et nous nous glissons sur les bancs d'église tout raides, en faisant semblant d'être habitués.

Mais j'achète quand même la croix pour aller avec le bouquet. J'ai l'impression que c'est ce qu'il faut faire.

Je roule jusqu'au lieu de l'accident, où un carouge à épaulettes, perché sur une ligne téléphonique, m'observe, tel un funambule, ses serres recourbées sur le fil. Ses ailes noires luisent au soleil de fin de matinée, avec un blason rouge et jaune de chaque côté. Son chant résonne, sonore et franc, et quelque part non loin, cachée dans les roseaux qui poussent dans le fossé, une femelle lui répond, avec un pépiement plus doux. Ils parlementent, négocient, se donnent rendez-vous, et pendant que je suis plantée au bord de la route, en sueur sous ce soleil de plomb, à dix mètres à peine de la voiture aux fenêtres ouvertes et de Felix, le mâle quitte son perchoir et volette jusque dans les roseaux pour retrouver sa partenaire.

Les maisons du coin sont principalement du genre habitat écologique, avec leur conception spéciale à faible consommation énergétique, leur compost commun, un jardin partagé. Les bâtiments en eux-mêmes sont trop proprets pour être de vraies fermes. Il y a des chevaux dans leurs immenses jardins, de magnifiques chevaux bais et gris tavelé derrière des clôtures à piquets pointus, qui lèvent les naseaux de leur pâture pour voir ce que je suis en train de fabriquer au moment où je retourne à la voiture pour sortir mon trésor du coffre : la gerbe de fleurs et la croix blanche en bois.

Sans ça, je n'aurais aucune raison d'être ici, aucun prétexte pour essayer de savoir si ce que dit Maisie est vrai, s'il y avait bien un autre véhicule sur les lieux.

Je pose les fleurs au bord de la route ; je creuse pour planter la croix. Des automobilistes passent, se demandant sûrement ce que je fais, mais alors ils voient la croix, les fleurs, et ils comprennent. Ils ralentissent, prennent le virage prudemment. Ils restent bien de leur côté de la route, ne franchissent pas la double ligne jaune. Ce mémorial sert à la fois de pense-bête et d'avertissement : voilà ce que vous risquez si vous ne ralentissez pas. Vous mourrez comme Nick, en perdant le contrôle de votre véhicule dans ce virage en épingle avant de finir votre course folle contre cet arbre.

Mais si les choses ne s'étaient pas passées comme ça ? Si Maisie disait la vérité, s'il y avait bien eu une autre voiture ? Tout le monde aimait Nick. Il n'avait pas d'ennemis, vraiment aucun. Quoi qu'il se soit passé sur cette route, ça ne peut être dû qu'à la malchance. Il s'est trouvé au mauvais endroit au mauvais moment. Il y avait un enragé sur la route, un ivrogne au volant.

Impossible que quelqu'un ait eu l'intention de lui faire du mal.

Je m'agenouille devant l'arbre, j'enfonce le bout pointu

de la croix dans la terre. Ce n'est pas évident. La terre est sèche et ne semble pas vouloir céder. Elle est aussi têtue que moi, qui prends appui de toutes mes forces sur la barre horizontale. Une autre voiture arrive à tombeau ouvert, le conducteur me voit et écrase la pédale de frein ; des graviers giclent jusqu'à mes pieds.

L'arbre est grand, solide. Mais il est blessé. Des morceaux d'écorce pendent le long de son tronc, exposant ses entrailles. Je passe une main sur son écorce rugueuse, me sentant soudain peinée. Est-ce que lui aussi va mourir ?

Derrière lui, il n'y a rien, seulement des roseaux, des champs, de l'herbe. Des fleurs sauvages bordent les gravillons de l'accotement. Il n'y a qu'un arbre et pas de glissière, alors qu'il devrait y en avoir une. Le seul obstacle à la ronde était cet arbre. Et Nick l'a percuté. Cela me semble improbable.

Les maisons avec les chevaux sont à plus d'une trentaine de mètres de là, leurs occupants n'ont sûrement rien vu avant que l'ambulance n'arrive, puis les voitures de police et les camions de pompiers venus extraire Nick et Maisie du véhicule accidenté. Ce n'est qu'à cet instant que le bruit, le chaos les ont poussés à sortir de chez eux. La police n'a pas pris la peine d'interroger les riverains car aucune question n'avait besoin d'être clarifiée. Nick roulait trop vite, il n'a pas pu négocier son virage et il est mort.

Mais si cela s'était passé différemment ? S'il avait été tué ?

C'est désert par ici et, bien qu'il y ait des habitations non loin de là, je me sens étrangement seule. Ou, plutôt, observée. Je fais volte-face, mais il n'y a personne. Pour autant que je peux en juger. Mon regard erre de l'autre côté de Harvey Road, sur les arbres exténués, les buttes herbeuses. Je ne vois rien. Et, pourtant, impossible de me défaire de cette impression d'être le point de mire d'un tireur.

Est-ce qu'il y a quelqu'un ?

Est-ce que quelqu'un a observé l'accident de Nick ?

L'appréhension s'insinue peu à peu en moi et soudain j'ai peur. J'enchaîne mes gestes plus vite. Comme une archéologue en quête d'objets anciens dans le sable, je scrute le bitume de Harvey Road pour y trouver des indices : traces de pneus dans la poussière, gomme sur la surface de la route, morceaux de voiture abandonnés. Quelque chose qui m'indique que Maisie dit vrai. En vain. Les preuves ont été balayées par les véhicules qui circulent sur cette voie au quotidien.

En tout cas, je suis certaine d'une chose : la voiture accidentée qui a été retrouvée contre l'arbre ne présentait des dégâts que du côté de l'impact contre le tronc, soit le côté conducteur. Si la voiture avait heurté un autre véhicule, il y aurait eu des traces sur la carrosserie. Et Maisie aurait été sérieusement blessée. Or elle est indemne, comme le côté passager de la voiture.

Je finis par trancher : Maisie doit se tromper. Je chasse cette impression d'être observée. C'est bête de ma part ; je n'ai pas toute ma tête. J'ai laissé mon imagination prendre le dessus.

Nick conduisait trop vite. Il a mal pris son virage.

C'est sa faute s'il est mort.

Sur le chemin du retour, mon téléphone sonne. Je décroche en coinçant l'appareil contre mon oreille tandis que nous traversons une partie plus ancienne de la ville, délabrée, avec ses motels bas de gamme et ses magasins pour adultes, devant lesquels la curieuse Maisie ne manquera bientôt pas de me poser des questions embarrassantes.

— Vous êtes bien Clara Solberg ? me demande une voix cristalline, à laquelle je réponds oui. Madame Solberg, je vous appelle du bureau du Dr Barros, le médecin de votre mère. Vous êtes référencée comme personne à contacter en cas d'urgence et...

Le souffle coupé, je réussis malgré tout à lui demander si tout va bien, m'imaginant ma mère, mon père et Maisie déjà réunis au cabinet médical. Ma mère s'est peut-être à nouveau blessée en tombant, ou alors elle a confondu ses gélules et a frôlé l'overdose de médicaments.

— Oui, tout va bien, me rassure la femme. Je suis du service de la comptabilité. C'est une simple question concernant une facture non réglée, dit-elle en m'expliquant que le chèque que lui a remis mon père lors de la dernière consultation est revenu impayé. Nous avons essayé de le contacter avant d'envoyer la note au service de recouvrement, ce qui peut s'avérer très pénible. Nous lui avons laissé des messages à son domicile, mais nous n'avons eu aucun retour de sa part.

Cela ne lui ressemble tellement pas. Aussitôt, je culpabilise : mon père a délaissé ses propres obligations pour s'occuper des miennes, me tenir compagnie, me faire à manger, laver mon linge, garder mes enfants, alors qu'il devrait s'occuper de ma mère et de lui-même.

L'argent n'a jamais été un problème pour lui. Entre sa retraite, la maison qui lui rapporte un loyer, et davantage encore, il devrait avoir un revenu suffisant. Il ne pourra bénéficier de l'aide sociale que dans quelques années, mais il prépare sa retraite depuis qu'il a vingt-cinq ans. Il est paré.

— Il doit s'agir d'une erreur de la banque. Quel est le montant de cette facture ?

Elle me l'annonce et me donne une adresse où envoyer le paiement, que je gribouille sur un bout de papier tandis que j'attends au feu rouge.

— Je m'en occupe, lui dis-je avant de la supplier de ne pas faire intervenir le service de recouvrement. Je vais parler à mon père.

Mais je n'en ferai rien. Au lieu de ça, je vais envoyer moi-même un chèque au cabinet du Dr Barros, parce que, après tout ce que mon père a fait pour moi, je lui dois bien ça. Je n'ai pas du tout envie qu'il s'en veuille d'avoir oublié, ni qu'il en ait honte.

La sénilité n'est pas contagieuse, je me le répète une nouvelle fois, bien que les premiers signes aient été très discrets chez ma mère. Est-ce qu'il pourrait en être aux prémices ? Des chèques refusés. Des relances ignorées.

Non, mon père se fait simplement du souci pour moi.

Je raccroche, et le téléphone resonne aussitôt.

— Oui ? dis-je en m'attendant à tomber sur la même personne, la secrétaire du bureau du Dr Barros, qui me rappelle déjà pour me dire que tout est rentré dans l'ordre, mais ce n'est pas elle.

— Je te cueille à un mauvais moment ? demande la voix sur un ton d'excuse.

C'est Connor, le meilleur ami de Nick. Je perçois autant de détresse chez lui que chez moi.

Connor est la seule autre personne à avoir aimé Nick autant que moi, même s'il s'agit d'un lien différent, bien sûr.

— Non, lui dis-je, il n'y a plus de bons moments de toute façon.

Un silence s'installe avant qu'il ne finisse par reprendre la parole.

— On n'est pas forcés de souffrir chacun dans notre coin, tu sais.

Me revient alors le dicton : « Peine partagée, peine de moitié. »

En arrivant à la maison, je tombe sur une Maisie en pleurs. Mon père a posé les mains sur ses épaules, il essaye de la consoler, mais rien n'y fait. Elle lui tourne le dos et fait deux minuscules pas pour s'éloigner de lui. Les larmes roulent en continu sur ses joues tachées de son et ils sont plantés là dans sa chambre, une pièce mansardée et toute rose. Rose fuchsia, rose tendre, rose tout court. Sur son lit, ce pauvre ours en peluche et son oreille mâchouillée. Les draps sont comme elle les a laissés la nuit dernière avant de se traîner jusque dans ma chambre en prétextant une insomnie. Au mur sont accrochés des tableaux faits sur commande qui ont coûté un certain prix : une princesse en tutu rose, une girafe avec une rose coincée derrière l'oreille. Son lit une place, aux montants en bois torsadés, est surmonté d'un voilage en tulle rose, qui masque la culpabilité de son regard.

Il lui a dit pour Nick. Je sens la colère monter. Il ne l'a jamais aimé ; Nick n'a jamais été assez bien pour sa fille chérie ni pour sa petite-fille arrivée quelques années après. Nick n'avait pas de travail quand on s'est rencontrés, il bossait dur pour son diplôme de dentiste. Il était passionné, déterminé, et assidu par-dessus le marché ; c'est comme ça que je le percevais. Mais mon père, lui, ne voyait que la dette croissante creusée par les années d'études, et l'absence totale de revenus de Nick, que j'entretenais pour qu'il réalise ses rêves. Quand Nick a décidé d'ouvrir son propre cabinet dentaire, et qu'on a pioché dans l'argent que j'avais gagné dans l'événementiel et la photo — passant mes week-ends dans des mariages de personnes que je n'aimais pas ou ne connaissais pas — pour louer un endroit et acheter l'équipement nécessaire, mon père a eu du mal à cacher sa déception. *Cet homme,* m'avait-il répété il y a plus de quatre ans pendant l'inauguration du cabinet, lequel deviendrait par la suite une affaire florissante et intégrerait un nouvel associé et plus de clients qu'on ne pouvait en compter, *cet homme ne fera que causer ta perte.* À présent, face à lui, avec l'impression que quelqu'un a tiré le tapis sous mes pieds, je me demande s'il n'avait pas raison.

— Papa, dis-je en faisant un pas dans la chambre et

en remorquant Felix par l'anse de son siège bébé, un mastodonte qui doit peser dans les quinze kilos. Tu peux m'expliquer ce qui se passe ?

Mais, avant que mon père puisse répondre, Maisie tourne vers moi ses yeux malheureux et hoquette :

— Il est mort ! Il est mort !

Je sens mon cœur se serrer, les larmes me monter aux yeux. Mon père aussi a les yeux rougis, mais j'ai une furieuse envie de pointer un doigt accusateur vers lui en lui disant que c'est sa faute. Ce n'était pas à lui de dire la vérité à Maisie.

Elle s'élance vers moi et m'enlace si fort que je manque tomber.

— Ça va aller, dis-je machinalement en lui caressant les cheveux, un regard noir braqué sur mon père. Tout ira bien.

Mes mots et mes gestes sont ceux d'un robot, sans âme, sans vie.

Ce n'est pas comme ça que Nick ferait les choses. Il se mettrait à genoux, à son niveau, et la prendrait dans ses bras ; il dirait autre chose que ces mensonges. *Non, ça ne va pas. Non, tout n'ira pas bien.* Je suis en train de lui mentir.

— Clara, bredouille mon père pour s'excuser, mais je lève une main pour le faire taire.

Cette annonce, ce n'était pas à lui de la faire.

Par sa faute, Maisie se cramponne à mes jambes sans cesser de sangloter.

— Regarde, maman, dit-elle en se détachant lentement de moi.

Elle glisse sa petite main morveuse dans la mienne qui tremble et me mène jusqu'à sa coiffeuse, une table blanche en longueur surmontée d'un miroir. Il y a tout un tas de choses qu'elle me montre au hasard : une culotte à motif princesses, une poupée, un stéthoscope qui fait partie d'une valisette de docteur, un mouchoir en papier usagé. Il y a également des photos glissées dans le cadre du miroir : Maisie et Nick ; Maisie et moi ; Maisie à presque un mètre de ma mère parce qu'elle a peur d'elle, ce qui serait aussi mon cas si j'avais quatre ans ; Maisie et son Boppy, mon père, qui nous observe à présent en silence.

Je suis des yeux son petit doigt, qui s'arrête sur un bocal. Un de mes vieux bocaux avec des trous dans le couvercle en métal. Je m'approche, ne sachant pas comment il a atterri là.

À l'intérieur, je vois une petite branche. Une brindille d'un brun cuivré. Il y a aussi des feuilles, vertes, froissées, comme si Maisie les avait arrachées à un arbre, et de l'herbe qui tapisse le fond et fait office de lit de mort pour une luciole gisant sur le dos, ses six pattes inertes en l'air, sa queue éteinte. Elle ne bouge pas.

— On a oublié, me dit Maisie piteusement, et ses larmes redoublent. Il est mort.

Je lance un regard à mon père pour m'excuser. J'ignore totalement comment il se fait que cette luciole ait vécu dans un bocal dans la chambre de Maisie avant d'y mourir, mais ce que je sais, en tout cas, c'est que mon père n'a rien fait de mal.

— Mais pourquoi cette luciole est-elle dans ta chambre ?

La culpabilité assombrit son regard, elle rougit et secoue la tête. Je n'insiste pas. Le pourquoi du comment me semble maintenant sans importance. Elle ne sait toujours rien pour Nick. Dans sa réalité à elle, Nick va bien. C'est tout ce qui compte.

— Tu sais, ce sont des choses qui arrivent, dis-je. Ça va aller.

— Il va rentrer quand, papa ?

Elle voudrait quelqu'un qui la console mieux que cela. Je fuis son regard inquisiteur.

— Bientôt.

*
* *

On enterre la luciole. On creuse un trou de cinq centimètres sur cinq dans la terre à l'aide d'un bâton et on y dépose l'insecte. Harriet monte la garde derrière nous dans le jardin. Mon père est parti en promettant de revenir demain.

— Pourquoi, maman, mais pourquoi ? n'arrête pas de me demander Maisie.

La luciole a un nom, à ce que j'ai cru comprendre : Otis. Je ne demande pas qui lui a donné ce nom ; à la vérité, je m'en moque. J'émiette une poignée de terre sur la luciole sans vie, bien contente que Maisie ne fasse pas le rapprochement avec l'enterrement de Nick.

— Pourquoi tu fais ça, maman ? demande-t-elle tandis que j'éparpille la terre et la tapote.

Je lui suggère de trouver une pierre pour marquer l'emplacement de la tombe d'Otis, et elle me demande à nouveau pourquoi, mais détale en quête d'un caillou sans attendre la réponse, suivie de près par Harriet.

Dans la soirée, on frappe à la porte. Il fait nuit, il est beaucoup trop tard pour que Maisie soit encore debout, et pourtant elle est affalée sur le canapé devant des dessins animés, parce que je n'ai pas l'énergie de la mettre au lit. Je suis sur mon ordinateur portable dans la cuisine, j'essaye de me connecter à la Chase, la banque de mon père. Cette facture impayée du Dr Barros me tracasse, je me demande si mes parents ont des difficultés financières dont je devrais être au courant. Je fais tout ce que je peux pour me rappeler le mot de passe de mon père, un mélange de chiffres et de lettres presque impossible à mémoriser. Après deux échecs, j'abandonne, de peur que trop de tentatives infructueuses bloquent l'accès au compte et que la banque notifie l'incident à mon père. Je n'ai pas envie de le gêner avec mes questions. Pour autant, je m'inquiète. Et s'il avait moins d'argent que je ne le crois ? S'il en avait moins que moi ?

Je vais ouvrir la porte et je me retrouve face à Connor, en T-shirt noir et vieux jean délavé. Il a un casque et des gants à la main, une moto est garée dans l'allée. Connor n'est pas très grand, ; il dépasse à peine mon mètre soixante-douze, il a les cheveux châtains et les yeux noisette, le genre qui fait flancher les filles. Son sourire compatissant, un peu forcé, est à mi-chemin de la grimace. Comme moi, il a le cœur lourd, mais ce demi-sourire prouve qu'il fait de son mieux.

— Connor.

Il entre, me serre contre lui avec chaleur et, au creux de ses bras, je ferme les yeux et m'imagine un instant dans ceux de Nick.

— Clara.

Je connais Connor depuis six ans, c'est un ancien camarade d'études de Nick, dont il était devenu l'employé au cabinet. Quoique Nick l'ait considéré davantage comme un associé que comme un employé, leur collaboration touchant aussi bien aux soins des patients, aux frais courants qu'au choix des cadeaux à offrir aux assistantes en fin d'année. Avant d'avoir des enfants, on sortait souvent en couples avec Connor et sa copine du moment, mais, après la naissance de Maisie, les boîtes de nuit en sous-sol et les soirées dans des bars avec toit-terrasse n'étaient plus compatibles avec notre style de vie et Connor s'est retrouvé seul. Il n'a pas d'enfants, pas de femme. C'est l'éternel célibataire, débordant de charme, mais peu enclin à s'engager. Il a été fiancé à un amour de jeunesse rencontré à la fac, une fille pour qui il aurait décroché la lune — c'est ce qu'il aurait confessé à Nick un soir de beuverie. Tout était prévu, mariage, église, salle de réception, mais elle a changé d'avis au dernier moment, ayant rencontré un autre homme le soir de son enterrement de vie de jeune fille. Connor a eu le cœur brisé. Nick et moi nous étions souvent dit qu'il ne ferait plus jamais sa demande à qui que ce soit, même s'il était très amoureux. Comme on dit, chat échaudé craint l'eau froide.

Je me dégage de son étreinte et vois une nuée d'insectes s'engouffrer dans la maison, droit vers le lustre suspendu au-dessus de nous, un luminaire qui évoque Méduse avec ses ampoules chromées au bout de tiges ondulées. Je referme la porte, Connor me suit à la cuisine, ébouriffant les cheveux de Maisie au passage ; elle est tellement absorbée par les dessins animés qu'elle le voit à peine, bien que je remarque un sourire en coin.

Sous l'éclairage tamisé de la cuisine, la vaisselle du dîner marine dans l'évier, pleine de la nourriture intacte en cours de solidification dans les bols en céramique rouge — de la soupe de poulet en conserve réchauffée au micro-ondes. C'est le mieux que je puisse faire. Ni Maisie ni moi n'avons eu le cœur d'en manger.

— J'aurais dû venir plus tôt, fait Connor d'un ton coupable en jetant un coup d'œil à l'évier.

Je secoue la tête. Je ne veux surtout pas qu'il se sente coupable. Lui aussi, il souffre.

— T'en fais pas, dis-je en prenant une bière de Nick dans la porte du frigo pour la lui donner, bien qu'il n'ait rien demandé.

De mon côté, je meurs d'envie d'un verre de vin, rien que quelques gorgées de chardonnay pour émousser un peu mes sens, me rendre indifférente à la douleur, mais, connaissant les effets de l'alcool sur les nourrissons allaités, je m'abstiens.

— Tu n'en prends pas ? me demande Connor, et je fais non de la tête.

Il se passe une main dans les cheveux, quelques mèches restent en l'air. Il ouvre sa bière avec un décapsuleur et boit.

— Alors, comment tu t'en sors ? me demande-t-il, bien que mes cernes et mes yeux rouges se passent de commentaire.

Je n'ai pas réussi à dormir plus de deux heures d'affilée depuis la naissance de Felix, un fait aggravé par la mort de Nick. Je ne peux plus rejeter la faute sur le bébé. Maintenant, c'est à Nick que j'en veux.

— J'ai du mal à dormir.

— Moi aussi, me dit Connor, et je remarque alors ses yeux cernés, semblables aux miens, ses joues creuses, son teint cireux, son air anxieux.

Ses yeux vagabondent dans la pièce, de la cuisinière au carrelage en travertin, comme s'il cherchait Nick, et se posent finalement sur la bière qu'il tient dans sa main. Il évite mon regard.

— Je me souviens du jour où je l'ai rencontré, dit-il en grattant l'étiquette de la bouteille, dont il recueille les petits confettis dans sa main.

D'une voix feutrée, il me raconte qu'ils ont fait connaissance en traversant le campus pour aller à un cours qu'ils avaient en commun. C'est une histoire que j'ai déjà entendue dans la bouche de Nick. Étudiants en médecine dentaire, ils enchaînaient fastidieusement les heures de labo, de cours magistraux et de pratique, en vue d'obtenir leur diplôme. Ils ne s'étaient jamais parlé, mais la classe était restreinte, vingt étudiants tout au plus, et Connor avait des vues sur une petite brune qui était justement en binôme avec Nick au laboratoire. C'est pour cela qu'il s'était présenté à lui, la raison pour laquelle ils étaient devenus amis. À cause d'une fille.

Diplôme en poche, Connor s'était mis à travailler pour un dentiste en ville et Nick s'était lancé en libéral. Jusqu'à ce que Connor, de moins en moins satisfait par sa situation professionnelle, finisse par démissionner pour être embauché par Nick.

— Je n'ai même pas commencé à me demander comment j'allais subvenir à mes besoins, dis-je.

Depuis que Nick est mort, je n'ai pas ouvert le courrier, trop terrifiée à l'idée de ce qui m'attend. Les enveloppes que j'exhume de la boîte aux lettres quand j'y pense s'entassent par terre, à côté de la porte d'entrée. Des cartes de condoléances pour la plupart, avec leurs *Profonde sympathie* et autres *Puissent ces mots vous réconforter*, mais aussi des factures. Une estimation des prestations versées par l'assurance, m'annonçant quels frais hospitaliers ils acceptent et refusent de prendre en charge. Une lettre de relance de la bibliothèque concernant quatorze livres d'images qu'on aurait dû rendre il y a une semaine, retard qui me coûte cinq cents par jour, de sorte que chaque jour la facture s'alourdit de soixante-dix cents, mais rien n'y fait, je n'arrive pas à les rapporter. Je n'en ai pas la force. Des factures, encore et toujours. Des catalogues vendant des articles que je ne peux plus acheter.

Il fut un temps où j'avais un compte épargne, rien de mirobolant, mais de quoi voir venir en cas de coup dur. Mais nous avons tout mis dans le cabinet de Nick, jusqu'au dernier cent. Il disait qu'on récupérerait notre argent, il m'a promis que ça en valait le coup. Si j'en avais parlé à mon père, il m'aurait dissuadée de le faire, mais j'ai pris Nick au mot et investi tout ce que j'avais. Ce cabinet, c'était toute sa vie. Comment le lui refuser ? Alors j'ai dit oui, je lui ai tout donné pour qu'il réalise son rêve, et j'ai mis le mien — mon propre studio photo — au placard.

Même notre maison est un gouffre financier, il y a toujours quelque chose à réparer. La seule chose de valeur qu'il me reste, c'est le cabinet dentaire.

— Je ne sais pas comment je vais faire avec les factures, dis-je à Connor. L'emprunt immobilier. Les frais de l'hôpital. Les traites de la voiture. Les économies pour les études des enfants, le mariage de Maisie. Comment est-ce que je vais pouvoir me payer une assurance santé ?

Je songe à Felix et à ses visites de contrôle tous les deux mois, aux vaccins qui coûtent les yeux de la tête. Je reprends sans attendre de réponse :

— Je peux me chercher un boulot, mais qui s'occupera de Maisie et Felix ? Je ne pourrai jamais faire face aux frais de garde.

Mon père ? Hors de question. Il est déjà trop occupé avec ma mère, et une nounou à domicile ou la crèche me coûterait dans les cinq cents dollars par semaine.

— Le cabinet dentaire, c'est tout ce qu'il me reste.

Mais un cabinet dentaire n'est rien sans dentiste. Sans Nick, cet endroit ne veut plus rien dire. Soudain, quelque chose semble échapper à Connor.

— Tu n'es pas au courant ?

— Au courant de quoi ?

Mais il ne répond pas tout de suite. Il boit sa bière, trois longues gorgées, tandis que j'attends.

— Au courant de quoi ? je répète en prenant une autre bière dans le frigo pour remplacer celle qu'il vient de finir.

— Des licenciements, dit-il du bout des lèvres, comme s'il ne voulait pas dire le mot tout haut, comme si j'étais une petite fille et qu'il mettait des gants. Nick a dû se séparer de certaines personnes.

Je secoue la tête en lui disant que je n'en savais rien.

— Qui ? Quand ça ? Pourquoi ?

— Il y a un mois, peut-être un peu plus.

À ces mots, mon cœur décroche. J'ai l'impression que je vais être malade. Je m'agrippe de toutes mes forces au plan de travail. Pourquoi Nick ne m'a-t-il rien dit de ces licenciements ? Je repense aux filles de l'accueil, Nancy et son penchant pour le chocolat chaud et les marshmallows, et Stacy, l'as des chiffres, très calme et rigoureuse, la reine de la facturation. Est-ce qu'elles sont parties ? Est-ce qu'elles ont été virées ? Et l'assistante dentaire, Jan ?

— Problèmes financiers, lâche Connor, et aussitôt la peur me submerge à l'idée de tout ce que j'ignore encore.

C'est Nick qui réglait les factures ; nos finances, c'est lui qui s'en occupait. Je lui ai volontiers laissé la main quand nous nous sommes mariés, après quoi je n'ai plus voulu mettre mon nez dedans. Je suis nulle en calcul, je n'ai vraiment pas la bosse des maths. La dernière chose qu'il fallait me confier, c'était bien le budget.

— Pourquoi Nick ne m'a rien dit ?

Connor hausse les épaules en assurant qu'il n'en sait rien, qu'il était persuadé que Nick m'avait tenue au courant.

Si Nick a gardé tout ça secret, s'il a pu passer des semaines sans faire la moindre allusion à ses difficultés financières, s'il a pu licencier des employés sans m'en parler, que m'a-t-il caché d'autre ?

Ne suis-je qu'au début de mes surprises ?

Plus tard, Maisie vient demander si elle peut dormir avec moi. Elle entre à petits pas dans ma chambre au moment où je dépose Felix dans son berceau, sept minutes et demie après que je l'ai bordée dans ses draps en coton et que j'ai remonté la couverture jusque sous son menton, comme papa. *Un nid douillet pour ma poupée.*

— J'arrive pas à dormir.

— Est-ce que tu as essayé, au moins ?

Elle hoche la tête avec tant de vigueur que ses cheveux tombent devant ses yeux. Elle tient son ours en peluche par une jambe, le malheureux a la tête en bas. Il est aussi quasiment aveugle, ses yeux en plastique marron ne tiennent plus qu'à un fil. Je soulève mes draps et lui fais signe de venir, bien contente d'avoir de la compagnie. Maisie s'exécute avec bonheur, prend son élan et saute à côté de moi, à l'endroit où devrait se trouver Nick. Elle pose la tête sur son oreiller, mais son corps ne remplit pas toute la place qu'il occupait, avec ses bras tièdes qui m'enveloppaient comme dans un cocon et sa jambe en travers de la mienne, dont le poids s'accentuait au fil des heures. Autour de nous flotte une odeur de gel lavant pour bébés Johnson & Johnson, et l'air étouffant qui s'invite par la fenêtre ouverte nous fait transpirer à nouveau.

Au beau milieu de la nuit, Maisie se réveille en criant.

— Le méchant ! hurle-t-elle d'une voix perçante, le méchant nous poursuit !

Mon cœur s'emballe. Assise à côté de moi, elle pleure et se cramponne à son oreiller comme s'il s'agissait de Nick. Les larmes dévalent ses joues comme les chutes du Niagara, abondantes, inéluctables. Rien ne peut les arrêter.

Je pose une main tremblante sur la sienne, toute moite, en faisant *Chhhh*, mais elle me repousse si violemment que je manque tomber du lit et me rattrape au berceau de Felix. Surpris par ce mouvement brusque, il se met à pleurer, et ses cris n'ont aucun mal à couvrir les sanglots de Maisie et les miens. Maisie finit par enfouir la tête sous les couvertures pour étouffer les miaulements de son frère ou échapper au méchant qui la poursuit. Je ne sais pas pourquoi elle se cache, mais elle réussit à m'effrayer moi aussi, au point d'avoir envie de la rejoindre.

— Quel méchant ? je réussis à lancer, assez fort pour couvrir les cris de Felix.

Je glisse les mains dans son berceau et le prends dans mes bras.

— Là, chhh, chhh, dis-je tout bas pour le rendormir. Quel méchant, Maisie ?

— Le méchant, répète-t-elle, la voix étouffée par les couvertures.

Dans l'obscurité, je perçois ses jambes qui donnent des coups dans le vide et finissent par se recroqueviller sous les draps, à l'abri. À tâtons, je cherche la tétine de Felix dans son berceau pour le calmer. Il est contrarié, il a peur, il est peut-être même énervé qu'on l'ait réveillé.

— Quel méchant, Maisie ? Qui est-ce ? Parle-moi de lui.

Tout en la suppliant, je fais glisser une bretelle de mon débardeur et mets Felix à mon sein. Il n'est pas tout à fait l'heure de la tétée. Il aurait dû attendre encore une heure, mais je ne trouve la tétine nulle part, et je n'ai pas d'autre moyen de le faire taire que la tétée. Sous la pression de ses gencives, mes seins se rétractent. J'ai les mamelons crevassés, la peau sèche et tachée de sécrétions mêlées de sang. Mes seins sont durs, douloureux, très engorgés. Comme de l'eau retenue par un barrage, le lait refuse de s'écouler au rythme de la succion de Felix — un mince filet au lieu d'un torrent, alors il aspire et aspire, en pure perte, ne faisant qu'accentuer mes crevasses et mes saignements. *Comment se passe l'allaitement ?* m'a demandé le Dr Paul pendant la consultation, et je lui ai dit *Tout va bien*, avant d'avouer la douleur, les crevasses, mes faibles réserves. Alors que je m'attendais à un sermon pro-allaitement, elle m'a fait entrevoir une échappatoire. *Il existe d'autres façons de nourrir un bébé*, m'a-t-elle dit, avant de les énumérer : *lait infantile, pompe à lait, lait de donneuses.*

— Parle-moi de ce méchant, je répète, et comme Maisie se braque je lui demande de me parler de sa voiture.

Elle m'a dit la dernière fois qu'il était dans une voiture, et je me représente un véhicule lancé à leur poursuite sur Harvey Road.

— Est-ce qu'elle était rouge ?

Elle secoue la tête. Non, pas rouge.

— Bleue, alors ?

Mais elle secoue à nouveau la tête.

— Est-ce que c'était une voiture noire, Maisie ? Hein ? Noire ?

Cette fois, pas de non. Un long cri s'échappe de sa

bouche, comme un loup qui hurle à la mort, et elle se redresse d'un coup pour se mettre à courir en appelant son père. Elle s'enfuit de la chambre en quête d'une autre cachette. La porte de la salle de bains est toujours posée sur le parquet et je bute contre le bois en essayant d'attraper ma fille avant qu'un nouveau loquet ne se verrouille entre elle et moi. Dans l'agitation, Felix se détache de mon sein et essaye d'attraper tout ce qui est à sa portée, ma chemise de nuit, ma main, mes cheveux. Avec une poignée de cheveux dans la bouche, il n'est plus en mesure de crier.

C'était une voiture noire. Un homme dans une voiture noire. Si ce que dit Maisie est vrai.

Je m'assois par terre devant la porte du bureau de Nick et je la supplie de sortir. De l'autre côté, elle pleure, et j'imagine son petit corps étendu sur le tapis au motif ikat de Nick, ses larmes absorbées par les fils tissés, gris givre et jaune cédrat. À moins qu'elle ne se soit jetée dans son fauteuil club pour se blottir contre son dossier capitonné, comme s'il s'agissait de Nick en personne.

Comme elle refuse de sortir, je vais au garage chercher un clou et un marteau.

Je commence à être rodée.

NICK

Avant

Elle s'appelait Melinda Grey, et j'aurais dû sentir dès la première fois où elle est entrée dans mon bureau, il y a de cela environ six mois, que c'était le début des ennuis. On les avait évoqués, à l'école de médecine, entre un cours sur l'anesthésie locale et un autre sur les pathologies bucco-dentaires : les patients à problèmes. À la voir comme ça, on n'aurait pas cru, car sa petite taille semblait en contradiction avec le barracuda qui sommeillait en elle. C'était une femme au physique agréable, qui approchait la cinquantaine, avec des cheveux châtains souples et un regard aimable, qui ne manquait pas de chaleur quand elle vous parlait.

Elle s'est présentée comme patiente phobique. Une peur qu'elle rejetait sur un passif dentaire long comme le bras — traitements radiculaires, abcès, fracture dentaire — et sur le don qu'elle avait de tomber sur des dentistes peu aimables, probablement parce qu'ils étaient moins chers et plus disponibles que quelqu'un comme moi, qui avais un agenda bien rempli, du moins jusqu'à ce que je la rencontre, après quoi j'ai eu plus de temps libre que je ne l'aurais voulu.

De son propre aveu, les soins dentaires étaient mal remboursés par son assurance santé, un autre signal d'alarme que je n'ai pas entendu. J'aurais dû mettre un terme à notre rendez-vous à ce moment-là, demander à

Stacy de jeter un coup d'œil dans les modalités de garantie avant de commencer les soins, mais c'était la dernière patiente de la journée, elle arrivait en urgence et souffrait terriblement. La dent en question était clairement cariée. Il allait falloir l'extraire. J'ai proposé une dévitalisation comme alternative — ce qui, avec une couronne, allait lui coûter plus de trois mille dollars —, mais elle a secoué la tête en disant que c'était au-delà de ses moyens. Comme c'était une molaire, elle se moquait de la conserver. En comparaison, une extraction ne lui coûterait pas plus de deux cents dollars et, comme elle n'avait pas l'intention de se faire poser un implant, la procédure s'avérait relativement abordable.

Tout s'était déroulé sans accroc. La dent, bien au-dessus de la gencive, n'avait nécessité qu'une anesthésie locale. J'avais utilisé du protoxyde d'azote pour endormir le nerf touché, extrait la dent à l'aide d'un élévateur et d'un davier, puis pansé la plaie. Je l'avais renvoyée chez elle avec des antalgiques sans lui donner d'antibiotiques car ils sont à mon avis prescrits à tort et à travers, ce qui nous mène droit vers une résistance antibiotique et tout un tas d'autres problèmes. Je m'opposais fermement à cette pratique. Mme Grey avait une bonne quarantaine, elle était en parfaite santé. Mais, comme avec tous mes autres patients, je lui ai dit de guetter tout signe d'infection : pus ou écoulement d'une autre nature, formation d'un abcès, fièvre ou douleur excessive. Je lui ai expliqué cela tout haut, en m'assurant qu'elle me regarde dans les yeux, histoire d'être certain qu'elle m'écoutait et me comprenait.

— Une extraction dentaire est toujours douloureuse, ai-je dit tout en lui retirant son bavoir avant d'essuyer la dernière traînée de salive mêlée de sang qui avait coulé sur son menton. Ce qu'il faut surveiller, c'est le degré de cette douleur. Si vous avez vraiment très mal d'ici deux ou trois jours, si vous constatez un abcès, ou même si vous avez une simple question, n'importe laquelle, surtout, n'hésitez pas à appeler.

Elle a acquiescé. J'ai dit à l'assistante de lui donner ma carte, sur laquelle figurait le numéro du cabinet ainsi que celui de mon portable, que je n'hésitais pas à communiquer afin d'être disponible pour mes patients vingt-quatre heures sur vingt-quatre. Sur le plan éthique, cela me semblait être la meilleure chose à faire. Je n'ai jamais voulu que mes patients se sentent délaissés. J'ai également demandé à mon assistante de donner un rendez-vous la semaine suivante à Mme Grey pour que je vérifie la cicatrisation de la plaie.

Mais Mme Grey n'a jamais appelé. Et elle n'est jamais venue à son rendez-vous de suivi.

Ce dont je ne me suis pas aperçu ce jour-là, c'est que l'une des assistantes du cabinet était absente à cause d'une angine qui avait déjà décimé la moitié du personnel, et que l'autre assurait le boulot pour deux. Débordée, elle n'a apparemment pas pensé à faire signer le formulaire de consentement éclairé à Mme Grey, stipulant qu'elle connaissait les risques associés à la procédure.

Je ne me suis pas aperçu non plus que, pour moi, c'était le début de la fin.

CLARA

Un climatiseur neuf coûte dans les cinq mille dollars, installation comprise. Faire réparer le mien — à supposer qu'il soit réparable — me coûterait entre cent et neuf cents dollars, en fonction de la pièce défectueuse.

— Quel âge elle a, votre clim ? me demande le réparateur au téléphone, mais je n'en sais rien.

Il m'énumère une série d'estimations, et je finis par le remercier et par raccrocher, avant de faire un total dans ma tête. Le cercueil en bois de Nick a coûté deux mille dollars ; l'embaumement, qui, curieusement, n'est pas obligatoire, huit cents de plus. Voilà les chiffres que j'additionne. L'entreprise de pompes funèbres nous a fait payer la moindre petite chose, depuis la préparation du corps — peigner ses cheveux constellés de sang, la réfrigération du corps à hauteur de cinquante dollars par jour et j'en passe — jusqu'aux frais du maître de cérémonie des funérailles qui a fait fortune grâce à mon deuil. Il y a aussi eu les cartes de prière, quarante dollars les cent, avec le beau visage de Nick imprimé en noir et blanc. Je les trouvais élégantes, dignes, mais la mère de Nick a dit que j'aurais dû opter pour de la couleur ; selon elle, le noir et blanc vieillissait son fils alors qu'il n'en aurait jamais l'occasion.

Le cimetière aussi nous a facturé les yeux de la tête, pour l'emplacement, le forage, la stèle et la cérémonie, pour nous permettre de nous tenir autour de ce trou et de pleurer. Mais ce n'est pas tout. À tout cela s'ajoutent les frais de transport du corps de Nick par corbillard de la morgue aux pompes funèbres puis des pompes funèbres au cimetière, le prix des fleurs dont je ne voulais pas, mais qui faisaient partie de la tradition, comme m'a dit le directeur des pompes funèbres, alors je les ai commandées, des gerbes blanches qui ont envahi l'église.

J'ai explosé le plafond de ma carte de crédit.

Je n'ai donc plus les moyens de faire réparer la clim ni de la remplacer. Pour l'instant, il faudra qu'on transpire. Mon père m'a dit qu'il voulait participer aux frais funéraires.

— Non, s'il te plaît, lui ai-je dit en posant une main sur son bras.

Les frais médicaux sans fin de ma mère grignotent à toute vitesse la retraite de mes parents. Ils n'auront pas droit à une couverture santé et aux aides réservées aux personnes âgées avant des années.

— Mais on a de l'argent, insiste mon père.

Je veux qu'il garde cet argent pour ses propres besoins et ceux de ma mère, surtout quand je repense à ce chèque impayé, dont je ne sais toujours pas s'il est dû à un compte dans le rouge ou à une simple erreur de la banque.

Les parents de Nick ont de l'argent, eux, mais ne m'ont pas proposé leur aide une seule fois.

Dans l'après-midi, je vais faire des courses avec Maisie et Felix. Il m'a fallu âprement négocier avec Maisie pour la faire monter dans la voiture. Elle avait envie de tout sauf d'aller au supermarché. Un nouvel épisode de *Max et Ruby* était sur le point de commencer, elle avait soif, elle a voulu aller aux toilettes trois fois de suite — elle qui n'en a jamais envie. L'installer dans son siège sous le harnais de sécurité cinq points aux sangles brûlantes a été une autre paire de manches, un véritable exploit accompli après lui avoir mis mon smartphone dans les mains, en ayant pris soin de lancer l'appli Candy Crush. Qu'est-ce qu'elle aime ça, aligner ses petits bonbons et les effacer de l'écran d'un coup de pouce. Elle en oublierait presque qu'elle est ligotée dans un fauteuil du même genre que celui qui a fait naufrage il y a quelques jours contre un tronc de chêne blanc.

Mais pour moi la peur est toujours là.

Quand la main de Maisie tire sur la sangle, je lui dis sèchement de la lâcher, en espérant qu'elle ne remarque pas mes yeux rougis. Tenter de se détacher quand on roule est sa dernière manie. Elle a découvert qu'en pressant les boutons elle pouvait défaire tout le bazar et s'en libérer, bien que ses doigts soient encore trop petits et sa motricité pas encore assez développée pour y arriver toute seule. Ce qui ne l'empêche pas d'essayer et, malgré la difficulté, elle ne va pas tarder à y parvenir.

— Joue à ton jeu, Maisie, dis-je en espérant la distraire des sangles du siège. Et ça marche.

Tandis qu'on roule dans notre rue, avec ses maisons anciennes, son parc, ses petites boutiques de banlieue chic et ses maisons neuves qui se ressemblent toutes, Felix, bercé, s'endort. Connu pour être l'un des cinq comtés voisins de Chicago, le nôtre, en pleine croissance, borde la ville à l'ouest et au sud, une région où la population a augmenté de presque deux cent mille habitants en dix ans à peine. Un épervier de Cooper, perché au sommet d'un poteau électrique, scrute les environs en quête de son prochain repas. Maisie le montre du doigt.

— Regarde, maman, un oiseau, dit-elle, puis à Felix, qui dort à poings fermés : Tu as vu l'oiseau, Felix ?

On appelle ça l'expansion urbaine, ce phénomène d'augmentation de la population qui se répand dans l'Amérique rurale, grâce auquel l'agglomération de Chicago compte plus de dix millions d'habitants. Notre banlieue est souvent dépassée par les villes voisines plus recherchées, et pourtant l'achat du neuf dans notre région n'a pas son pareil ; pour la moitié du prix, vous avez deux fois plus grand, une promesse qui attire des nuées de gens. Les écoles sont excellentes, la population correspond en tout point à ce qu'on recherchait quand on a acheté notre maison : tendance col blanc, moyenne d'âge de trente-deux ans. Il y aurait plein de camarades de jeux potentiels pour nos enfants. De gentils camarades. Dont les parents, qui ont fait des études supérieures, gagnent plus de cent mille dollars par an. Les crimes se limitent principalement au vol, les crimes avec violences n'existent quasiment pas.

En arrivant au niveau des champs de maïs, avec leurs lotissements plus récents qui exhibent leurs maisons à basse consommation énergétique, Maisie se met à donner des coups de pied dans le siège passager et à scander *Plus vite, maman, plus vite.* Maisie aime bien quand ça va vite. Mais je ne suis pas bête au point d'obéir à ses injonctions.

On arrive à la principale zone commerciale de la ville. Je me gare sur le parking du supermarché, entre un monospace et un pick-up. J'extrais Felix de la voiture sans le sortir de son cosy, en demandant à Maisie de descendre. Mais elle refuse.

— Allez, Maisie, s'il te plaît. Plus tôt on aura fini, plus tôt on sera à la maison.

Mais elle continue à donner des coups de pied dans le siège de devant, cramponnée à mon téléphone, avec la petite musique agaçante de Candy Crush qui me donne mal au crâne.

— Tu pourras jouer à l'intérieur, dis-je en changeant de tactique.

Mais elle ne bouge pas.

Je prends un Caddie dans la rangée juste à côté et y installe le cosy de Felix. Je fais le tour de la voiture pour être du côté de Maisie, lui prends le téléphone des mains et elle hurle. Je la détache et essaye de faire passer ses bras et ses jambes hors des sangles, mais elle se débat.

— Non ! crie-t-elle en ruant avec ses Crocs rose fuchsia.

— Maisie. Sors de la voiture. Tout de suite.

Je fais ce que je peux pour ne pas perdre patience. L'épuisement et le deuil ne font vraiment pas bon ménage, mais je ne peux pas me laisser aller au désespoir. J'ai peut-être perdu mon mari, mais Maisie, elle, a perdu son père. Même si elle ne le sait pas encore tout à fait, elle aussi souffre. Je lui caresse les cheveux et lui demande gentiment de venir.

— Non, non, non, non, non, râle-t-elle tandis que j'extirpe son petit corps de l'habitacle — ses 17 kg toute mouillée — et la pose sur le parking en serrant sa main si fort qu'elle jappe de douleur.

Felix, réveillé par le soleil éblouissant de l'après-midi, se met à pleurer. Il n'est plus dans la voiture, le mouvement qui le berçait a cessé. Ça commence par de petits gémissements, mais il ne tarde pas à crier pour de bon, et je tâte mes poches en quête d'une sourdine. Je trouve sa tétine et la lui fourre dans la bouche, moins doucement que je ne l'aurais voulu, puis je pousse le Caddie d'une main en tirant Maisie de l'autre.

Tout ce qu'il me faut, c'est du lait infantile. Quelques boîtes, et des biberons.

— On en a pour cinq minutes, je promets à Maisie, mais pour un enfant, cinq minutes, c'est l'éternité.

La chaleur ambiante nous a enveloppés à l'instant où nous sommes sortis de la voiture et de son air climatisé, elle remonte littéralement de l'asphalte sous nos pieds. L'entrée du magasin me semble à des kilomètres et, bien sûr, Maisie boitille en faisant de minuscules pas, quand elle n'essaye pas de libérer sa main, que je continue à serrer. Je fais des promesses ; j'offre des récompenses.

— On prendra du pop-corn quand on aura fini, et un Slurpee, dis-je, en espérant que la promesse d'un soda granité lui fera accélérer le pas.

Mais non. Si tant est que ce soit possible, elle marche encore plus lentement et tire si fort en arrière sur ma main que j'ai l'impression de nager à contre-courant. Elle continue à répéter ses non, et moi je continue à pousser Felix dans son Caddie et à la traîner sur toute la traversée du parking, sous l'œil réprobateur des autres mères. Comme c'est facile de juger ce qu'on ne connaît pas. Les pieds de Maisie freinent de toutes leurs forces et ses objections enflent à mesure qu'on avance, jusqu'à ce qu'elle finisse par hurler.

— Non !

Au même moment, la tétine de Felix s'éjecte de sa bouche et atterrit sur le goudron brûlant ; d'un même mouvement, je la ramasse et la lui remets dans la bouche avant qu'il ait le temps de se rendre compte de son absence, me fichant pas mal de la poussière ou des bactéries que le caoutchouc a récoltées, car mon seul objectif est qu'il ne pique pas de crise lui aussi. Il se remet à suçoter paisiblement. Maisie, quant à elle, s'est figée sur place, le doigt pointé devant elle. Elle pleure. Son index désigne une voiture, une voiture noire, dont je n'arrive pas à distinguer la marque ni le modèle. Tout ce que je sais, c'est qu'elle est noire et sale, et qu'elle plonge Maisie dans une sorte de panique inexplicable.

Elle se met à trembler de tous ses membres ; un filet d'urine apparaît sous l'ourlet de sa robe en maille et coule le long de sa jambe qui flageole, jusque dans ses Crocs roses. Une petite mare ambrée se répand sur l'asphalte, et elle réussit à dégager sa main de la mienne, sûrement à cause de la sueur qui a rendu ma paume toute glissante.

Elle pique un sprint à travers le parking sans faire attention aux voitures. Une conductrice s'arrête de justesse dans un crissement de pneus et me lance un regard noir.

Pardon, je suis désolée, dis-je à mi-voix à cette dame, puis je pousse mon Caddie vers les voitures garées entre lesquelles Maisie est partie se faufiler. Je sais bien que je suis plus rapide qu'elle, mais avec le Caddie et Felix je manque de ressort. Je ne peux pas me glisser ici puis là à toute vitesse, comme une boule de flipper. Mon cœur s'emballe, je crains d'une seconde à l'autre le klaxon qui va retentir, le coup de freins, le cri insoutenable d'une petite fille.

— Maisie ! je crie dans l'air immobile. Maisie !

Je m'égosille tellement que la moitié de la population locale tourne la tête pour voir ce qui se passe, certains indiquant d'un air indifférent la direction dans laquelle est partie la petite fille avec les couettes emmêlées qui lui fouettent le dos. Felix perd à nouveau sa tétine, mais je n'ai pas le temps de la récupérer. Il se met à crier encore plus fort que moi. Je le sors du Caddie et me mets à courir, mais le cosy est si lourd que j'ai l'impression d'avoir du plomb dans les jambes.

D'autres personnes se retournent sur le passage de Maisie, mais il n'y en a pas une pour l'arrêter dans sa course. Au lieu de ça, leur regard vient ensuite se poser sur moi, l'air de se demander quel genre de mère peut bien laisser sa fille gambader sur un parking bondé. Je ne le sais pas, à quel point ça peut être dangereux ?

— Clara ? dit une voix douce et inquiète.

Je me retourne. C'est Emily, ma voisine, et amie. Elle s'approche tout près de moi et pose une main sur mon bras. Teddy, son petit de quatre ans, se tient sagement à côté d'elle, sans avoir besoin qu'on lui tienne la main.

— Qu'est-ce qui se passe ? demande-t-elle en imitant malgré elle mon intonation angoissée.

— Maisie…

Emily dit à Teddy de ne pas bouger et pique un sprint. Elle court vite, bien plus vite que Maisie, avec en prime une liberté de mouvement que je n'ai pas. Je regarde ses cheveux noirs flotter au vent, ses longues jambes traverser le parking et réduire la distance qui la sépare de Maisie pour finalement l'attraper dans ses bras comme le ferait une bonne mère.

Mais, moi, non. Pas moi.

Moi, je reste plantée là pendant qu'une autre femme sauve mon enfant.

— Non, non, non, non, non, continue de dire Maisie, en pleurs, lorsque Emily me la ramène.

Elle est en nage, ses cheveux collent à son front. Elle se débat pour tenter d'échapper à Emily, mais ce n'est pas nous qu'elle observe ; ses yeux sont fixés sur cette voiture noire, à présent garée deux rangées et demie derrière nous, de sorte qu'il est presque impossible de la voir. Mais en suivant la direction de son regard terrifié, pas de doute, c'est bien ça, parce qu'elle me l'a déjà dit, ou fait comprendre : c'est une voiture noire qui a tué Nick. Des bouts d'indices que j'ai récoltés à partir de ses insinuations un peu floues et que j'ai assemblés soigneusement.

— Ça suffit, Maisie, dis-je, excédée, mais je me cramponne à elle, le cœur battant, sachant qu'il aurait suffi d'un conducteur distrait pour que je perde mon enfant. Tu imagines ce qui aurait pu t'arriver ? Tu dois faire attention, Maisie. Tu dois tenir la main d'un adulte sur le parking. Toujours. Toujours, tu m'entends ?

Je me tourne vers Emily, qui me considère sans me juger.

— Merci, merci infiniment. Je ne sais pas ce que j'aurais fait si…

Mais je ne peux pas aller au bout. Mes cheveux à moi

aussi collent à mon visage, je sens la sueur perler sous mes bras et au creux de mes genoux.

— Oh ! de rien, dit Emily gentiment, mais son regard m'interroge sur les raisons de la crise de Maisie.

— Elle refuse d'aller faire les courses, elle voulait rester à la maison pour jouer, dis-je sans mentionner la voiture noire qui l'a terrorisée dès qu'elle l'a vue, ni le fait que ma fille de quatre ans semble croire que son père a été assassiné.

— C'est tellement compliqué, le supermarché avec les enfants, soupire Emily en levant les yeux au ciel alors que le petit Teddy est toujours planté sagement à côté d'elle, un sac de provisions à la main. Est-ce que tu voudrais que je te ramène à la maison pour jouer avec Teddy ? demande-t-elle alors à Maisie d'une voix toute douce en s'accroupissant à sa hauteur. Comme ça, on laisse maman tranquille un petit peu ?

Tandis que Maisie fait oui de la tête, Emily se relève et reprend :

— Enfin, si ça te va, Clara. Maisie peut passer un moment avec Teddy. Histoire de te laisser faire tes courses avec Felix. Ça me fera une pause à moi aussi — quand ils sont deux, ils s'occupent l'un l'autre.

Elle doit sentir mon inquiétude, parce qu'elle précise aussitôt :

— Theo est absent cette semaine. Un salon automobile dans le Massachusetts. Il ne rentre que dans quelques jours.

Je dis d'accord, bien que j'aie du mal à laisser partir Maisie. Mais d'autres choses me traversent l'esprit et l'emportent sur mon hésitation.

— Elle a eu un petit accident, dis-je sur un ton d'excuse, mais Emily me dit que ce n'est rien de grave, qu'elle lui prêtera des vêtements de Teddy. Bon, alors si ça ne te dérange pas… Attends, je vais te donner son siège.

Emily dit que ce n'est pas la peine, elle a un rehausseur supplémentaire dans sa voiture, alors je fais un baiser appuyé sur le front de Maisie et les laisse partir.

J'ai deux choses à régler.

Lait infantile.

Voiture noire.

NICK

Avant

En entrant dans la salle de soins, je tombe sur un Connor allongé dans le fauteuil, les yeux rivés sur l'écran de télé incrusté dans le plafond, jambes croisées au niveau des chevilles et bras croisés sur la poitrine. Ce n'est pas son amour du farniente qui l'a attiré vers la télé, ni le fait que l'invitée phare du talk-show *The View* soit une top model. Pas aujourd'hui en tout cas. On avait tous les deux des patients qui devaient arriver à 11 heures et ne sont pas venus. Deux autres qui ont quitté le navire, nous a dit Nancy en sirotant son chocolat chaud. Il s'agissait d'une fratrie, ce qui, d'une certaine façon, aide à faire passer la pilule, rien qu'une mère ou un père qui décide d'emmener ses enfants se faire soigner ailleurs, plutôt que deux personnes différentes fuyant à toutes jambes. Tout un tas d'éléments étaient contre nous, mais deux en particulier nous causaient du tort : une pléthore de commentaires négatifs sur Internet concernant le cabinet, dont j'étais persuadé que l'auteur n'était nulle autre que Melinda Grey derrière d'innombrables pseudos ; et l'arrivée d'un nouveau dentiste en ville, le Dr Jeremy Shepherd.

Le Dr Shepherd était le genre de médecin qui avait tout ce qu'il fallait où il fallait : des récompenses somptueuses pour les praticiens qui lui adressaient des patients, des *newsletters* qui promettaient un examen complet gratuit, panorama dentaire compris, ce qui n'a pas tardé à pousser mes clients à changer de crémerie. Difficile de leur en vouloir. À en croire la rumeur, c'est un gars formidable, beau garçon, doublé d'un philanthrope — il a apparemment travaillé bénévolement en Afrique avec l'association Global Dental Relief, qui prodigue des soins gratuits pour des milliers de gens démunis, ce que moi aussi j'ai toujours voulu faire, sauf que je n'ai jamais trouvé le temps. Il compte dans son personnel un orthodontiste et un chirurgien bucco-dentaire de façon à couvrir les besoins de tout le monde. Inutile d'envoyer les patients consulter un spécialiste ailleurs. Et, si un patient fait venir un ami, il est automatiquement inscrit à une tombola pour gagner un barbecue Weber, émail noir, un mètre cinquante de haut par un mètre cinquante de long, trois brûleurs en inox et grilles de cuisson en fonte, avec une batterie d'ustensiles et un tablier « BBQ Master » en prime. J'ai jeté un coup d'œil sur leur site et bavé d'envie devant le barbecue. Moi aussi, j'ai bien failli changer de crémerie.

Clara m'a surpris un soir les yeux rivés à ce barbecue sur mon écran. Elle est arrivée par-derrière, et j'ai vite réduit la fenêtre en sentant ses mains chaudes sur mes épaules. C'était il y a des mois, à l'époque où elle était svelte et libre de ses mouvements, où le bébé était gros comme un chou de Bruxelles et non comme un melon d'eau.

— Qu'est-ce que tu regardes ? a-t-elle demandé, en dépit de mes efforts pour noyer le poisson. Oh ! allez, montre-moi, a-t-elle insisté en tendant la main vers la souris sans fil pour agrandir la fenêtre.

Clara est chaleureuse, généreuse, renversante. Et elle est loin d'être bête.

J'ai rouvert la fenêtre.

Et voilà que le barbecue me faisait à nouveau de l'œil.

— Tu cherches un nouveau barbecue ? s'est-elle étonnée en s'asseyant à côté de moi, une main posée sur mon genou. Il est pas bien, le nôtre ?

J'ai prétendu qu'un des brûleurs ne fonctionnait plus et qu'on mettait une éternité à l'allumer. Bien sûr, c'était un mensonge — notre barbecue avait beau être d'une banalité à pleurer, il fonctionnait parfaitement —, mais Clara a marché. Et c'est comme ça qu'on s'est retrouvés à regarder les prix des barbecues sur Internet ; en secret, je me demandais si je ne pourrais pas organiser une tombola moi aussi pour récupérer les patients qui avaient quitté le navire. Si j'offrais un barbecue en échange de recommandations à des amis, les patients reviendraient, comme les oiseaux migrateurs retournent à leur nid année après année. Mais c'était un rêve impossible.

— Maisie est couchée ? ai-je demandé pour détourner la conversation, car je n'aimais pas mentir à Clara.

— Oui, a-t-elle répondu. Elle est tombée comme une masse.

Elle a reporté son attention sur cette histoire de barbecue tout en décrivant de petits cercles du bout des doigts en remontant le long de ma cuisse.

— Mais est-ce qu'on a de quoi se payer un nouveau barbecue ? a-t-elle demandé en me voyant scruter le moindre modèle et leurs prix exorbitants qui m'emplissaient d'une haine inexplicable à l'encontre du Dr Shepherd, qui, comme moi, n'était qu'un homme cherchant à accomplir ses rêves, mais doté d'un meilleur sens du commerce.

Mon corps n'a pas prêté attention à la main baladeuse de Clara, n'a même pas réagi. N'importe quel autre jour, je l'aurais remarqué. Mais sur le moment je n'avais qu'une obsession : obtenir ce barbecue.

Ce que Clara ne comprenait pas, c'est que ce barbecue représentait tout pour moi. Que mon cabinet, notre famille, notre subsistance dépendaient de ce Weber. C'était une hyperbole et, en même temps, non. Mon affaire périclitait, et il fallait que je trouve un moyen de la sauver. Mais je n'en ai rien dit à Clara ; avec son chou de Bruxelles dans le ventre, je ne voulais pas l'inquiéter. Ça ne servait à rien qu'on soit deux à se faire du souci, et de toute façon, dans un recoin de mon cerveau, je croyais bêtement qu'un barbecue serait en mesure de me sauver, de nous sauver, de changer le cours de nos vies.

— Et si on prenait quelque chose de moins sophistiqué ? a demandé Clara en me voyant baver devant les brûleurs en inox et les plaques de cuisson en fonte.

Mais les autres sont nuls, ai-je failli geindre. *C'est celui-ci que je veux.*

Cela m'a mis un coup : peu importe tous les efforts ou les sacrifices que je pouvais faire pour mon boulot et mes patients, je ne pouvais pas me payer de barbecue, celui qui me plaisait. Je n'étais pas en colère. Mais ce constat laissait comme un vide en moi, et j'éprouvais le besoin impérieux de le combler.

J'ai regardé Clara, prêt à lui démontrer avec une logique implacable pourquoi ce barbecue était celui qu'il me fallait, et alors j'ai remarqué ce qui m'échappait depuis le début, tandis que sa bouche s'approchait de mon oreille pour y déposer ces quelques mots, sa lèvre inférieure pressée contre le cartilage de sorte qu'un frisson m'a parcouru jusqu'aux orteils :

— J'ai dit que Maisie était tombée comme une masse.

Assise là à côté de moi, les cheveux dans les yeux, les lèvres colorées en rouge vif, ce qui ne pouvait vouloir dire qu'une chose, elle a ajouté :

— Elle dort à poings fermés.

Mes mains se sont dirigées vers elle et se sont accrochées à ce qui était à moi, et pour la première fois de ma vie j'ai frémi à l'idée que, si je la lâchais, je pourrais la perdre, elle aussi.

C'est Clara qui compte, me suis-je dit. Pas le barbecue. Pas l'argent.

Rien que Clara.

Je l'ai attirée vers moi pendant que ses doigts défaisaient méthodiquement les boutons de ma chemise, sans se soucier des stores ouverts partout dans la maison, invitant les voisins à observer la scène : moi hissant Clara sur la table et me penchant sur elle, soulagé que Maisie dorme encore dans un lit à barreaux, derrière une porte avec poignée sécurisée. Impossible qu'elle déboule dans la cuisine pour voir papa le pantalon sur les chevilles et maman se débarrasser de son haut comme s'il était en feu.

— Fais-moi confiance, ai-je murmuré en glissant mes mains sous sa jupe ample, celle qui flattait si bien ses jambes tout en longueur, ce dont je suis tombé amoureux en premier chez elle : ces jambes.

Ces jambes persuasives, qu'elle enroulait autour de moi comme si elle savait depuis le début qu'elles me rendaient dingue. Elle avait tout fait exprès : la jupe, les jambes, Maisie au lit plus tôt que d'habitude, tout ça pour pouvoir me coincer avant que ne s'installe ma torpeur nocturne, les trois bières que j'avais bues commençant d'ailleurs déjà à ralentir mes mouvements, mon cerveau. Elle a pressé sa bouche contre la mienne pour un baiser profond et je me suis enfoui en elle, tâchant de penser à elle et rien qu'à elle. Clara me désirait comme personne avant ne m'avait désiré. Elle donnait un sens à ma vie, un but.

Je me suis redressé et j'ai posé sur elle un regard plein d'ambition, un regard qui la convaincrait qu'on avait de l'argent à foison, mes mouvements déterminés cherchant à évoquer le pouvoir et l'avidité alors que je sentais le désespoir poindre en moi.

— On a de l'argent, ai-je murmuré dans son oreille, et pour toute réponse elle a émis un long soupir de contentement qui n'avait absolument rien à voir avec l'argent — j'étais le seul à penser encore au barbecue et au fric. Plein d'argent, plus qu'il n'en faut, ai-je ajouté, et l'espace d'un instant je nous ai imaginés en Demi Moore et Woody Harrelson faisant l'amour sur des liasses de billets de cent dollars.

Mais c'est faux. Nous n'avons pas d'argent. Nous n'en avons jamais vraiment eu. En tout cas, nous n'en avons pas assez.

Et ce n'est pas seulement à cause du Dr Shepherd.

Au cours des six derniers mois, quatre nouveaux dentistes se sont installés dans le coin, et la concurrence est rude. Si l'on ajoute à cela l'impact des réseaux sociaux, tous ces groupes de mères sur Facebook qui recommandent tel médecin ou tel dentiste à leurs milliers de pseudo-amis en ligne… Il suffit qu'une personne ait une mauvaise expérience à mon cabinet, et en quelques minutes trois mille personnes sont au courant. Clara suit ces groupes en ligne, ce n'est pas une peur infondée, on a toutes les raisons de s'inquiéter. Le mois dernier, elle m'a montré le statut rédigé par une mère qui se plaignait que mon assistante, Jan, ait fait une remarque désobligeante à son enfant. Pour être honnête, c'est vrai, elle n'a pas été tendre, mais il le fallait : le petit garçon en question avait une dent cariée sur deux et gigotait dans tous les sens pendant que j'essayais de lui injecter de la novocaïne. Elle n'a pas dépassé les bornes, elle s'est simplement montrée ferme. Il y avait plus de soixante-dix commentaires sous la diatribe de cette femme, chacun avec le nom d'un dentiste en recommandation, sans compter les *très attentionné* et *ne fait pas mal* qui émaillaient les réponses et ne se rapportaient absolument pas à moi.

Au début, je n'y ai pas trop prêté attention, jusqu'à ce que quelques semaines plus tard les patients se mettent à tomber comme des mouches.

Je n'en ai rien dit à Clara. Toujours pour ne pas l'inquiéter.

Je ne lui ai pas dit non plus que je me suis connecté en douce à son compte Facebook quand elle dormait, pour savoir ce qui se disait dans ce fameux groupe. Il y avait un sondage en cours, censé déterminer quel médecin et quel dentiste étaient les préférés de ces dames. Parmi la vingtaine de dentistes figurant dans la liste, j'arrivais onzième. Ce qui ne me prédisait pas un grand succès.

Bien sûr, la première place revenait au Dr Shepherd.

J'ai réussi à trouver comment faire en sorte que les posts de ce groupe n'apparaissent plus dans son fil d'actualité.

Et maintenant, dans la salle d'examen déserte, voilà que Connor me demande :

— Alors, qu'est-ce que tu comptes faire pour remédier à ça, boss ?

L'émission *The View* est interrompue par une pub pour un produit ménager révolutionnaire qui promet de vous débarrasser des moisissures les plus tenaces. Les joies de la télé en journée. Il se redresse dans le fauteuil, attend ma réponse. *Qu'est-ce que tu comptes faire pour remédier à ça, boss ?*

Boss. Rien que le mot a le don de m'ulcérer. Quand les affaires marchent bien, Connor et moi sommes associés mais, quand ce n'est pas le cas, je suis le patron et c'est à moi de résoudre le problème. C'est pour ça que mon nom est écrit sur la plaque. C'est moi qui fais les chèques de paie, qui honore les factures. C'est moi qui ai misé ma vie entière sur cette affaire, et moi encore qui risque de tout perdre.

Je m'assois sur le tabouret de l'assistante et je soupire.

— Je n'en sais rien, dis-je en me frottant le front. On devrait faire quoi, d'après toi ?

Il s'admire dans le miroir.

— C'est la question que je t'ai posée.

Le problème avec Connor, c'est qu'il n'a absolument pas changé depuis ses vingt-trois ans ; c'est le même garçon que celui que j'ai rencontré à l'école de médecine dentaire. Il lui arrive souvent de débarquer nonchalamment avec dix minutes de retard, de se plaindre d'une monumentale gueule de bois, de raconter tout ce qu'il a bu la veille. C'est quelqu'un d'imprévisible, ce qui nous procurait de bons moments à vingt-trois ans, mais fait aujourd'hui de lui un boulet. Notre amitié a tendance à battre de l'aile ces temps-ci ; le ton monte vite, ce qui gâche la force de nos liens — une autre chose que Clara ignore, parce que je ne veux pas qu'elle s'inquiète, et parce qu'elle aime Connor presque autant qu'elle m'aime moi. Presque.

Les journées commencent à être longues, très longues, je passe des heures avec Connor — Dr C, comme l'appellent plus volontiers les clients et le personnel — à me tourner les pouces devant la télé. J'ai bien insinué une fois ou deux que c'était stupide d'avoir deux dentistes alors qu'il n'y avait rien à faire. J'espérais qu'il comprendrait et se mettrait à chercher du boulot, mais il n'a pas encore mordu à l'hameçon. Il me dit des choses comme *Tu vas trouver une solution* ou *Je suis sûr que la réponse va t'apparaître*, et bien que ça m'exaspère au plus haut point je ne suis pas sûr d'avoir le courage de le licencier, si c'est bien ce que je dois faire.

Clara l'adore. Maisie aussi. C'est le type adorable quand il les voit, il complimente Clara sur sa coupe de cheveux, Maisie sur sa nouvelle robe, leur offre des cadeaux. Mais il est aussi du genre sanguin, avec un penchant pour l'alcool. Autant de prétextes pour le licencier, mais j'ai peur que ça le pousse à picoler encore plus. Je l'ai vu envoyer un mec au tapis une fois, tout ça parce que le pauvre avait eu le malheur de lui prendre son tabouret pendant qu'il était parti pisser. Ça n'avait rien à voir avec le tabouret, mais plutôt avec la jolie brune d'à côté, un mètre soixante-quinze, cheveux longs, yeux chocolat, et une jupe si courte qu'elle aurait aussi bien pu la laisser chez elle. Le rendez-vous de Connor, que l'autre type a osé aborder en son absence. À vingt-trois ans, j'aurais peut-être regardé la baston en applaudissant mais, là, j'ai tiré Connor hors du bar avant qu'ils appellent la police.

Franchement, avec lui, tout peut arriver.

Et je n'ai clairement pas envie de me recevoir un de ses uppercuts.

Je l'ai recruté à une époque où les affaires étaient florissantes, j'avais une tonne de nouveaux clients que j'avais à peine le temps de voir. Je l'ai fait pour lui rendre service, et ça m'arrangeait bien aussi. J'avais essayé de bosser plus tard en soirée pour prendre des patients qui avaient eux aussi de longues journées de travail, mais j'en bavais. J'étais crevé, de mauvaise humeur, et je ne voyais Clara qu'une heure par jour, quand l'un ou l'autre de nous deux ne dormait pas. Je voulais mieux que ça pour notre couple. Son père travaillait tout le temps quand elle était petite. Le mien aussi. Le genre d'homme qui était à la maison pour le dîner — et encore, pas toujours — et parfois le week-end. Clara et moi ne dînions presque plus ensemble, et nos conversations se limitaient à l'essentiel : *Tu peux prendre du lait en rentrant ? Tu as envoyé le remboursement du prêt ce mois-ci ?* Je ne voulais pas que mes enfants grandissent en se demandant quand j'allais rentrer à la maison, si j'allais pouvoir assister à leur match de foot ou à leur pièce de théâtre. Je voulais qu'ils soient sûrs que je serais là.

Alors j'ai engagé Connor, et on s'est partagé le travail. Il a pris la moitié des patients, et le cabinet a continué à grossir. Je pourrais être plus présent pour Clara et Maisie, être le mari et le père que j'ai toujours voulu être.

Sauf que Melinda Grey et le Dr Shepherd ont fait irruption dans ma vie, que ce soit à dessein ou par hasard. Et depuis tout a changé.

J'ai su qu'on avait des problèmes lorsqu'un avocat spécialiste du droit médical a demandé à voir le dossier de Melinda Grey peu de temps après qu'on a fait appel à un organisme de recouvrement pour ses factures impayées. Des mois s'étaient écoulés depuis que je lui avais arraché sa dent en urgence. Elle n'est jamais venue en rendez-vous de suivi, et n'a jamais payé les notes que Stacy lui a envoyées, ni à la première, ni à la deuxième ou dernière relance. Alors Stacy a contacté un organisme de recouvrement pour qu'on récupère les deux cents et quelques dollars qui nous étaient dus. C'était le protocole, la marche à suivre quand une facture n'était pas honorée dans les délais. Lorsqu'un avocat est venu fouiner dans nos dossiers, ça ne m'a pas surpris. Tôt ou tard, une plainte arriverait, nous accusant de négligence.

J'ai mené ma propre enquête et découvert que Mme Grey avait souffert d'une infection aggravée après l'extraction de sa dent, qui l'a envoyée à l'hôpital avec un visage tellement enflé qu'elle respirait à peine. Des milliers de gens se font hospitaliser tous les ans pour ce genre d'infection, et bien sûr il arrive que quelques dizaines y succombent. Heureusement, Melinda Grey n'est pas morte, mais le fait qu'elle ne vienne pas à son rendez-vous de suivi et ne m'appelle pas pour me parler de ses symptômes — l'écoulement, l'abcès, la douleur — a compliqué les choses. Je l'aurais mise sous antibiotiques et tout serait rapidement rentré dans l'ordre, mais ce n'est pas ce qu'elle avait prévu. Elle prétendait ignorer les risques engendrés par l'extraction — la preuve : son dossier ne contenait pas de formulaire de consentement éclairé — et affirmait que j'avais été négligent en ne lui prescrivant pas d'antibiotiques le jour de l'intervention.

D'autres médecins lui auraient peut-être fait une ordonnance d'antibiotiques, non parce qu'elle en avait besoin, mais par mesure de précaution. Mais je n'avais pas commis d'erreur monumentale, voire pas d'erreur du tout. De mon point de vue de professionnel, j'avais agi comme il le fallait.

Au fond de moi, je savais depuis le début ce qui me

pendait au nez, soit un procès pour faute médicale, mais impossible de m'en ouvrir à Clara, qui, à six puis sept mois d'une grossesse épuisante, n'avait pas besoin de mes mauvaises nouvelles. Sans compter que, d'une certaine façon, j'avais honte de ce procès qui se profilait, de cette accusation de négligence qui venait entacher tout ce que j'essayais de faire depuis que je m'étais lancé, à savoir fournir les meilleurs soins possible à mes patients. J'avais toujours fait de mon mieux pour être quelqu'un de bien, mais à cause de ce procès je basculais dans la catégorie des négligents. Des nuls.

Au cours des jours et des semaines qui ont suivi, je me suis mis à prescrire des antibiotiques par mesure de précaution à tous mes patients dès que je les faisais saigner ne serait-ce que d'une goutte. Preuve de ma culpabilité. Le moment venu, ce détail serait du pain béni pour l'accusation, je le savais bien, mais c'était plus fort que moi. Je voulais à tout prix éviter qu'un autre de mes patients atterrisse aux urgences avec une infection susceptible de gagner le cerveau et un abcès en passe de l'asphyxier.

Je savais que Mme Grey me ferait un procès et que tout se solderait par un arrangement, mais la question de la teneur de cet arrangement n'a pas tardé à m'empêcher de dormir la nuit, avec ses petits symboles de dollars qui flottaient devant mes yeux.

Dans mon lit, j'estimais les frais d'hôpital dont Melinda avait dû s'acquitter : antibiotiques en intraveineuse, prise en charge de la douleur, traitement en urgence, sans parler du préjudice moral. Je me demandais à combien se monterait son chiffre, vingt-cinq, cinquante mille ? J'avais une assurance pour ce genre de cas, mais craignais qu'un procès pour faute médicale ne nuise à ma réputation et à ma carrière. Quand je fermais les yeux, je voyais son visage, son regard si doux, et parfois j'avais envie de lui mettre mon poing dans la figure. J'ai passé des nuits à me repasser ce film, celui où je massacre Melinda Grey, après quoi je me réveillais épuisé, à cause de l'insomnie et de tous ces coups assenés à la femme qui voulait gâcher ma vie.

Je me suis mis à faire des recherches sur Google. Des recherches bizarres. Je ne sais pas trop pourquoi. Comment me sortir de ce foutoir. Je suis tombé sur des groupes de discussion, des praticiens dans la même situation que moi. Pour certains, présenter ses excuses à la victime était capital. Vital, même. Selon toutes sortes de statistiques en ligne, les poursuites pour faute médicale étaient en général abandonnées lorsque le praticien demandait pardon pour l'erreur commise. Mais le fait est que je n'avais commis aucune erreur. Admettre le contraire donnerait une mauvaise image de moi.

Alors j'ai commencé à envisager d'autres solutions, à me demander ce qui se serait passé si je m'étais débarrassé des dossiers de Melinda Grey avant que son avocat ne vienne les demander, si j'avais lâché une allumette dans le cabinet et regardé le tout partir en fumée.

Mais il était trop tard pour ça.

D'autres échappatoires m'ont traversé l'esprit, comme m'enfuir, faire croire à ma propre mort. Cela peut sembler un peu extrême, et pourtant la nuit, dans mon lit — Clara à côté de moi, et moi qui souhaitais de toutes mes forces que le doux bruit de sa respiration suffise à me bercer vers de beaux rêves —, je m'imaginais à Dubaï, sur la côte du golfe Persique d'où, pour autant que je sache, on ne pouvait m'extrader vers les États-Unis. En temps voulu, je reprendrais contact avec Clara, et elle me rejoindrait avec Maisie et le bébé. Comment m'y prendre, ça, je n'en avais pas la moindre idée. Ce n'était qu'un fantasme, mais au fil du temps il s'est affiné. Toutes ces nuits blanches, j'ai pensé à la manière de faire, à la mise en scène de ma disparition, et voici ce que j'ai mis au point : abandonner ma voiture quelque part, avec du sang sur les lieux. Le mien. Pas au point qu'on me croie mort, mais assez pour susciter l'émoi. Et prendre un vol de nuit pour Dubaï.

CLARA

Je m'assois sur la banquette arrière avec Felix en nous enveloppant dans une couverture en pied-de-poule pour que les passants ne le voient pas essayer en vain de siphonner du lait de ma poitrine. Je me cache par habitude, parce que au fond je me fiche pas mal que quiconque me voie. J'ai le regard braqué sur la voiture noire, qui n'a pas bougé de son emplacement depuis dix-huit minutes, depuis qu'Emily a fait monter Teddy et Maisie dans son propre véhicule avant de repartir.

Jantes alu, carrosserie noire avec chromes, calandre à trois barres. Immatriculée dans l'Illinois, bien que ce ne soit pas les plaques standard, avec un motif d'oreille en relief pour désigner un conducteur malentendant. Il manque un enjoliveur, à la roue arrière gauche, ce qui, je réussis à m'en convaincre pendant les dix minutes qui suivent — alors que Felix et moi étouffons dans l'habitacle —, a dû se produire lorsque la voiture noire a fait quitter la route à Nick en lui donnant un petit coup pour qu'il finisse sa course droit contre un arbre. J'attrape mon téléphone au fond du sac à langer et me mets à prendre des photos du véhicule depuis ma rôtissoire : couleur, zoom sur la plaque minéralogique, enjoliveur manquant. Cette voiture a fait paniquer Maisie, et je dois à tout prix découvrir pourquoi. J'avais laissé tomber cette lubie selon laquelle quelqu'un aurait délibérément tué Nick — mais voilà que les doutes reviennent.

Je n'arrive pas à zoomer suffisamment avec mon smartphone pour prendre une photo de la plaque d'immatriculation, alors je remets Felix dans son cosy après lui avoir brièvement tapoté le dos. Il fait mine de se plaindre, mais je sais qu'il ne va pas tarder à s'endormir. J'ai la présence d'esprit d'attraper un bavoir avant de sortir de la voiture. Je pose son cosy dans le Caddie et file droit vers la voiture noire.

Je fais preuve à la fois de discrétion et de méfiance, parce que le propriétaire pourrait être n'importe où en train de m'observer. Il m'a peut-être vue donner le sein à Felix, prendre des photos de son véhicule, photos que j'ai l'intention de donner à la police. Il a peut-être observé Maisie traversant le parking, se faufilant entre les voitures. Constaté mon impuissance, vu Maisie pleurer. C'était peut-être un moment de ravissement pour lui, un moment d'extase. Peut-être que notre peur panique l'excitait.

Je traverse le parking, téléphone à la main. Je fredonne pour faire croire que je suis une mère normale partie faire des courses avec son bébé, sans arrière-pensée.

Je passe mon téléphone en mode silencieux et, l'air de rien, je prends des photos en approchant du véhicule, vingt en un seul clic grâce à la fonction rafale. Avec un peu de chance, il y en aura bien une sur laquelle la plaque d'immatriculation sera lisible, preuve qu'il s'agit de la voiture qui a coûté la vie à mon mari.

Je regarde Felix tout du long sans risquer un œil vers ma cible.

Et c'est à ce moment-là que je vois un homme arriver dans ma direction.

Âge moyen, quarante-cinq ou cinquante ans, tout en poils et cheveux — moustache, barbe, sourcils broussailleux, pattes négligées, cheveux en bataille. Des touffes noires émergent du col de son T-shirt noir qui exhibe une Harley-Davidson et ce mot : Shovelhead. Je n'ai aucune idée de ce que ça veut dire. Il a les bras musclés, des auréoles de sueur au niveau des aisselles. Ses yeux sont d'un bleu tranchant.

Il porte un sac de provisions dans une main, un pack de bières dans l'autre. De la Budweiser. Je ne bois pas de bière, mais Nick était amateur. Ses Labatt Blue sont encore rangées dans la porte du réfrigérateur. Je n'ai pas eu la force de m'en séparer, et me demande si je l'aurai un jour.

Il me salue d'un *Bonjour, m'dame* et je sens mes jambes flancher.

Est-ce que c'est l'homme qui a tué mon mari ?

La partie externe de son appareil auditif s'accroche derrière son oreille, comme une preuve que cette voiture, avec son symbole pour malentendants, est bien la sienne. Un tatouage tribal court tout le long de son bras, du poignet jusqu'à la manche de son T-shirt, des lignes sinueuses et des motifs complexes que j'essaye de graver dans ma mémoire pour découvrir leur signification plus tard. Je lui fais un signe de tête sans répondre et j'accélère avec mon Caddie au point de me mettre à courir, certaine que si je me retournais je verrais son regard pénétrant braqué sur moi.

J'achète du lait infantile et des biberons. Je passe par les caisses automatiques, paye en liquide. Je n'ai même pas fait attention au type de lait que j'ai pris, ni aux biberons.

De retour dans la voiture, j'appelle Emily pour lui dire qu'on a encore une course à faire.

— Les bananes n'étaient pas assez mûres. Et Maisie refuse de les manger quand elles sont trop vertes. Je vais essayer d'en trouver ailleurs. Ça ne te dérange pas ?

Elle m'assure que non, et m'invite à prendre mon temps.

— Tu devrais aller boire un verre, les enfants sont très pris par leurs jeux, ajoute-t-elle, en me parlant d'un nouveau café qui vient d'ouvrir en ville et que je pourrais tester.

Je la remercie du tuyau et lui dis que je n'y manquerai pas. Mais bien sûr c'est un mensonge, comme le reste. Maisie déteste les bananes, qu'elles soient jaunes, vertes ou de toute autre couleur. Les pommes sont le seul fruit qu'elle accepte de manger, des Gala coupées en dés, entièrement pelées. Mais bon, bananes ou pommes, là n'est pas la question. Je ne vais ni dans un magasin ni dans un café. Je vais chez les flics.

Le poste de police est tout neuf. C'est un grand bâtiment en brique rouge, avec un drapeau américain en berne, et niché dans une zone industrielle, entre une salle de sport et une usine de mise en bouteilles qui emploie des centaines de personnes du coin. Il y a aussi une caserne de pompiers et la ligne de chemin de fer, sur laquelle les trains ne cessent de s'arrêter en pleine voie et d'interrompre la circulation. Au-delà du ras-le-bol des usagers, cela pose aussi un problème de sécurité, ces moments fréquents où les trains coupent la ville en deux, séparant les diabétiques de l'hôpital, la police des scènes de crime.

Je me gare sur le parking et j'entre.

J'attends devant un guichet, comme chez le médecin ou à la banque, et lorsqu'une sorte de réceptionniste en uniforme me demande en quoi elle peut m'être utile je lui dis que je veux parler à un inspecteur. Elle répond que quelqu'un va venir d'ici peu. Il y a des chaises dans un coin, au rembourrage noir et à la structure en acier ultra-résistant, pas très confortables.

Pendant un quart d'heure, j'attends un certain inspecteur Kaufman. J'entends le bruit de ses pas avant de le voir. Je dirais qu'il fait dans les un mètre soixante-quinze ; en tout cas, quand je me lève, on se retrouve yeux dans les yeux. Il a les cheveux noir corbeau, parsemés de mèches grises. Bien qu'ils soient coupés très court, et que le peigne ait essayé de les lisser vers l'arrière, on décèle une ondulation. La moustache et la barbe, elles aussi ponctuées de touffes grises, affichent une coupe bien entretenue. Il a le teint mat et la mine assez sombre.

Je suis l'inspecteur Kaufman et le couinement de ses chaussures en cuir jusqu'à une petite pièce où il m'invite à m'asseoir. L'endroit évoque une sorte de réfectoire, avec une table ronde entourée de quatre chaises en plastique. Bleu. Les murs, eux aussi, sont bleus, des parpaings qu'on a peints couleur lapis-lazuli. Au plafond, une alternance de grilles métalliques et de dalles en polystyrène, et des panneaux d'éclairage à LED qui diffusent une lumière artificielle et éblouissante. Pas de fenêtre. Sur un plan de travail, une machine à café Keurig, un micro-ondes, une assiette en carton oubliée. Une fontaine à eau sans eau. Le bidon est littéralement à sec.

— Je suis Clara Solberg.

— Je sais qui vous êtes.

Cela pourrait me faire rougir, mais non. J'ai dépassé le stade où l'on est gêné pour un rien. Mon mari est mort. Je ne ressens plus rien, sauf le chagrin.

— Mon mari, je poursuis, comme si je ne l'avais pas entendu, est l'homme qui a perdu la vie sur Harvey Road. Il y a une semaine.

— Je sais.

La population de notre ville avoisine les quarante mille habitants, ce n'est pas le genre d'endroit où tout le monde se connaît. Mais, à l'ère des réseaux sociaux, les nouvelles vont vite. Le journal avait demandé une photo de Nick pour illustrer son article : « Accident sur Harvey Road — Un mort ». J'ai essayé en vain de trouver une photo de Nick seul, mais impossible. Partout, je suis avec lui. Sur les falaises calcaires de Peninsula State Park surplombant une Green Bay glaciale ; au sommet de l'Eagle Tower, admirant la vue ; en balade en kayak. Le journal avait demandé des photos de famille, le genre à tirer la larmichette et à booster les ventes, mais je n'aimais pas l'idée que le visage de Maisie soit publié en noir et blanc pour attirer la compassion des lecteurs. Je n'aimais pas l'idée de rendre son visage public tout court, et en particulier pour annoncer le fait que son père était mort.

J'en ai choisi une de Nick et moi. Le lendemain, elle était dans le quotidien local. Dans l'après-midi, elle s'était multipliée sur Internet un milliard de fois. Elle apparaissait au gré des fils d'actualité de mes amis sur Facebook — ma tragédie devenant la leur, des gens que je ne connaissais pas adressant leurs condoléances à des amis d'amis en commentaire sous leurs statuts, comme si c'était ma copine de lycée Amanda, ou Jill, la femme à qui je disais un mot à la salle de sport à l'occasion, qui avaient perdu leur mari, et non moi. *Jill, toutes mes condoléances pour cette douloureuse perte*, lui disait un ami Facebook. *Quelle terrible tragédie*, disait un autre en incluant un infâme câlin virtuel. Jill n'a pas rencontré Nick une seule fois. Elle n'avait pas besoin d'un câlin. J'étais littéralement horrifiée par cette étreinte virtuelle, ce crochet droit et ce crochet gauche qui mimaient des bras réconfortants sur mon écran d'ordinateur, au point que j'ai décidé de ne plus jamais adresser la parole à Jill.

Puis ce même soir nos visages insouciants sont apparus au journal télévisé, et j'ai regardé, fascinée et dégoûtée à la fois, l'histoire de Nick se propager, de plus en plus loin.

Je ne suis donc pas surprise que l'inspecteur Kaufman sache qui je suis.

— Je voulais parler de l'affaire avec vous.

À ces mots, je vois son air dubitatif. Quelle affaire ?

— Vous voulez dire de son accident ?

Je hausse les épaules sans répondre. Un accident, ça exclut le caractère intentionnel de l'événement. Et je ne suis plus sûre qu'on en soit encore là.

— J'ai des raisons de croire qu'il s'agit d'un crime.

Je l'observe attentivement. Un sourcil se hausse, l'autre s'abaisse. Il ne sourit pas. Il reste silencieux un long moment.

— Quelles raisons au juste, madame Solberg ? finit-il par demander.

Pendant tout ce temps, il ne m'a pas quittée des yeux, même lorsqu'il a bu une longue gorgée de café. Il fait froid, la climatisation est poussée à fond pour contrer la température extérieure. Soudain, sous son regard, je me sens maladroite, repoussante et grosse, engoncée dans la taille élastique de mon pantalon de grossesse avec mes kilos superflus. Ma sueur me colle à la peau ; mes aisselles commencent à dégager une odeur âcre.

— Ma fille fait des cauchemars, dis-je en essayant de le fixer du regard comme il le fait, ce qui n'est pas si difficile. À propos de l'accident. Elle le revit, sauf qu'il y a un « méchant » dans son souvenir, qui les suit, elle et Nick. Un méchant dans une voiture noire, pour être précise. Alors je me dis que peut-être il y avait un autre véhicule sur Harvey Road ce jour-là, une voiture qui les a forcés à quitter la route. Peut-être qu'il s'agit de cette voiture, dis-je en posant mon téléphone sur la table, qui affiche la photo de la voiture du supermarché, celle avec la plaque d'immatriculation en gros plan. Il plisse les yeux au-dessus des images, mais ne s'y attarde pas.

— Votre fille vous a dit qu'une voiture les suivait lorsqu'elle et M. Solberg étaient sur Harvey Road ?

J'acquiesce, en me moquant bien de me parjurer.

— Oui, dis-je, pensant qu'à sa façon c'est ce que Maisie m'a fait comprendre.

— Qu'est-ce qui vous fait croire qu'il s'agit de cette voiture ?

Je lui parle de ce qui s'est passé sur le parking du supermarché cet après-midi, je lui raconte comme ma Maisie s'est échappée, affolée, et a zigzagué entre les véhicules. Je lui dis qu'elle a fait pipi sur elle, qu'elle a hurlé sans s'arrêter. Mais l'inspecteur Kaufman n'a pas l'air intéressé. Il ne prend aucune note, son visage garde la même expression.

Ce n'est que lorsque je me tais qu'il prend la parole.

Il m'informe de choses que j'ignore. Par exemple, lorsque Nick est mort, ils ont fait venir un professionnel de la reconstitution sur les lieux. Son rôle, m'explique l'inspecteur Kaufman en m'apportant un gobelet de café et une boîte de mouchoirs, est de fournir une analyse très poussée d'une scène d'accident, en particulier lorsqu'il y a des victimes. Cette analyse touche à la vitesse du véhicule au moment de l'impact, à l'état de la route, aux conditions météo, et à la nature de la mort, c'est-à-dire s'il s'agit d'un homicide, volontaire ou non, ou juste d'un coup de malchance. On prend des mesures, des photos, et le véhicule est examiné, ainsi que la route.

— De nos jours, il y a même des voitures équipées d'une boîte noire, ce qui pourrait d'ailleurs éliminer le besoin de faire appel à ces experts. C'est un dispositif d'enregistrement des événements. Ça nous dit des choses que la victime n'est plus en mesure de nous préciser, par exemple combien de temps a mis l'airbag à se déployer, est-ce que le conducteur avait attaché sa ceinture, est-ce qu'il a plutôt appuyé sur l'accélérateur avant le choc, ou sur les freins.

Je pose sur lui un regard interrogateur : et Nick, il a appuyé sur quoi, le frein ou l'accélérateur ? J'imagine Maisie et Nick dans la voiture sur Harvey Road. Ils roulent les fenêtres fermées, la clim est en marche. Il faisait très chaud ce jour-là, et bien que Maisie adore rouler fenêtres ouvertes, le soleil dans les yeux, les cheveux au vent, Nick n'aurait pas été d'accord. Sa patience lui fait tolérer beaucoup de choses, mais pas l'humidité ni la chaleur. Je le vois avec ses lunettes de soleil, bien que mon esprit ne soit pas dupe ; elles sont en ce moment même posées sur sa commode, où il les avait oubliées. Il était pressé. Pourtant il les a sur le nez quand je me représente cet instant, et il se retourne vers Maisie en chantant une chanson dont il ne connaît pas les paroles. Les haut-parleurs diffusent la bande originale de *La Reine des neiges*, Maisie donne des coups de pied dans le siège passager en rythme avec la musique. Dans ses mains, un livre. Un livre cartonné qu'elle a pris dans le bac posé sur la banquette arrière, qui en contient tout un tas, *Bonsoir lune*, parce que c'est comme ça que les secours l'ont trouvée, avec un livre dans les mains.

L'inspecteur Kaufman s'excuse, sort et revient quelques secondes plus tard avec un dossier. Il en tire des photos qu'il glisse vers moi.

— Je ne suis pas certain que vous ayez envie de voir ça.

Comme je n'en suis pas sûre non plus, je les survole, hésitante. La voiture rouge pliée contre un arbre. Tout le côté de la carrosserie est froissé, comme une vieille feuille de papier qu'on aurait essayé de lisser. Il y a des morceaux éparpillés un peu partout : un rétroviseur, un phare, un bout de pare-chocs, un enjoliveur. Comme celui qui manquait sur la voiture noire du parking.

On m'a dit et répété ce qui s'est passé, comment la mort de Nick a été provoquée. On me l'a répété parce que je n'ai cessé de poser la question, au point d'user mes proches. J'avais besoin qu'on m'explique comment une voiture familiale qui a récolté cinq étoiles aux tests de sécurité a pu prendre la vie de mon mari. Ce qu'on m'a dit, c'est que les airbags se sont bien déclenchés mais, sans qu'on sache pourquoi, ils n'ont pas protégé la tête de Nick. On m'a dit aussi que ça s'est passé très vite. En une fraction de seconde.

Sur un cliché que l'inspecteur me montre, il y a des traces noires sur le bitume, des traces de pneus, la preuve qu'une voiture a freiné fort et laissé de la gomme à la surface de la route. Petite, je faisais la course avec des amis de mon quartier — on jouait à qui laisserait la plus longue traînée. On alignait nos vélos dans l'impasse et on faisait vrombir nos moteurs imaginaires. On pédalait au maximum de notre vitesse sur une dizaine de mètres, après quoi on freinait de toutes nos forces pour laisser la traînée la plus longue et la plus foncée possible, comme une gomme rose laisse une trace sur une feuille de papier.

— Nick a écrasé la pédale de frein, dis-je à l'inspecteur. Il a essayé de ralentir.

Mais il répond :

— Ces petites lignes noires peuvent nous en apprendre vraiment beaucoup sur ce qui s'est passé sur les lieux d'un accident. Celles que vous voyez là, on les appelle des traces de dérive. Elles sont un peu différentes des traces de dérapage, qui sont de plus en plus foncées sur la longueur. Les traces d'accélération, c'est exactement le contraire, elles commencent très marquées puis s'estompent à mesure que le véhicule prend de la vitesse. Mais, les traces de dérive, c'est encore autre chose. Elles sont courbes, ce qui nous indique que le conducteur a pris un virage trop vite et dévié latéralement. Il y a également des striures, ajoute-t-il en les suivant du bout du doigt. Elles nous indiquent la direction dans laquelle la voiture a dérapé.

Il attrape une autre photo qui appuie son propos : très clairement, la voiture a dévié droit vers cet imposant chêne blanc.

Une autre chose sur laquelle m'éclaire l'inspecteur, le doigt pointé sur la photo et l'air condescendant : les traces de dérive ne sont pas du côté de la route de Nick. Elles sont à gauche, soit du mauvais côté de la ligne jaune continue qui marque la zone d'interdiction de doubler.

— Il n'y avait pas de traces de dérapage sur les lieux de l'accident, dit-il sans détour. Votre mari n'a freiné à aucun moment, ce qui nous a été confirmé par le système d'enregistrement des données une fois qu'on a réussi à l'extraire de la voiture. Il a abordé le virage à la même vitesse à laquelle il roulait sur les huit cents derniers mètres, ce qui, inutile de le préciser, était bien trop rapide. Il ne faisait pas attention ; il n'a pas eu le temps d'anticiper le virage et de freiner. Les marques de dérive indiquent que le véhicule a franchi la ligne jaune de biais et qu'il s'est déporté jusqu'à cet arbre. Selon les éléments recueillis, il roulait à quatre-vingts kilomètres heure. Sur Harvey Road, la limite est fixée à soixante-dix, et à trente dans le virage. On a examiné la portion qui précède, celle qui suit. Il y a des traces d'accélération, mais pas de dérapage. Votre mari accélérait avant le virage. Après ça, il n'y a rien d'autre. Vous savez ce qu'on voit normalement quand une voiture quitte précipitamment une scène de crime ?

Je fais non de la tête, et il me parle alors sur un ton spécial, l'air de me prendre pour une attardée.

— Des traces d'accélération, martèle-t-il, comme si c'était un truc que j'aurais dû savoir.

Il ramasse les photos, comme pour m'indiquer que cette conversation ne va pas tarder à prendre fin.

— Si une personne a forcé votre mari à quitter la route, elle n'aurait pas attendu tranquillement que la police arrive. Cette personne aurait accéléré comme une malade pour quitter les lieux le plus vite possible. Vous voulez que je vous dise ce qui s'est passé, d'après moi ?

Il plante son regard dans le mien, et je ne baisse pas les yeux, bien que Felix se mette à geindre.

— Je crois que votre mari roulait trop vite. Peut-être que le soleil l'a gêné et qu'il n'a pas vu le virage à temps. Peut-être qu'il était distrait.

C'est à ce moment-là que j'entends résonner la petite voix de Maisie sur la banquette arrière, avec ses Crocs fuchsia qui cognent dans le siège passager presque malgré elle.

Plus vite, maman, plus vite.

J'essaye de me dire une bonne fois pour toutes que Nick

n'est pas bête au point de céder au caprice d'une gamine de quatre ans.

Je me rappelle l'enjoliveur. Celui qui manque sur la voiture noire, celui qui est présent sur les lieux de l'accident. Je fais apparaître la photo sur l'écran de mon téléphone, celle de la voiture noire à l'enjoliveur en moins. Je le pose à côté des clichés brillants de l'inspecteur. Je sous-entends que c'est un peu gros pour être une coïncidence, et il soupire. Je vois bien que j'use sa patience.

— Et comment savez-vous qu'il ne s'agit pas du vôtre, d'enjoliveur ? me demande-t-il sans me laisser le temps de répondre. Est-ce que ça apaiserait vos inquiétudes si je parlais au propriétaire de cette voiture ?

Je dis que oui. Cela m'aiderait vraiment beaucoup. Il fait défiler les photos de mon téléphone jusqu'à la plaque d'immatriculation, dont il note le numéro sur un bout de papier. Il me dit qu'il contactera le propriétaire et me fera savoir ce qu'il en ressort.

— Une dernière chose, dit-il avant que je me lève de ma chaise. J'ai appris qu'une ordonnance de protection avait été prononcée à l'encontre de M. Solberg.

L'idée me semble si grotesque que je ris. Ce n'est pas un rire insouciant, mais plutôt déstabilisé, qui attire l'attention de l'inspecteur.

— Vous voulez dire une ordonnance restrictive ? dis-je.

Je ne vois absolument pas comment quelqu'un pourrait déposer une telle requête contre Nick. Lui qui est si gentil, si délicat, un vrai pacifiste. Il n'arrive même pas à élever la voix contre moi même quand il m'en veut. L'inspecteur se trompe forcément.

— C'est bien ça, oui, dit-il, et son regard me confirme qu'il n'y a pas d'erreur. Une ordonnance restrictive. Vous n'étiez pas au courant ?

Il a l'air de se payer ma tête. Je fais signe que non, je ne savais pas.

— Cette ordonnance a été délivrée en urgence, reprend-il. Votre époux et l'accusation attendaient une date d'audience au cours de laquelle il devait être déterminé si elle serait prolongée ou non.

— L'accusation, je répète, plus pour moi-même que pour lui.

Un mot lourd de sens, qui fait de Nick le coupable.

C'est impossible.

— Il doit y avoir erreur. Vraiment, c'est ridicule. Nick ne ferait pas de mal à une mouche.

— Peut-être que oui, peut-être que non. C'était à un juge d'en décider.

J'apprends donc que, dans trois jours, Nick et l'accusation devaient assister à une audience censée déterminer si l'ordonnance délivrée en urgence avait une raison d'être ou devait être annulée.

— Je suppose qu'on n'aura jamais le fin mot de l'histoire, vu les circonstances.

Mais, moi, j'ai déjà choisi mon camp. Nick n'aurait jamais tenté d'intimider qui que ce soit.

— Qui lui a fait ça ?

J'ai besoin de savoir. Quand on me parle d'ordonnance restrictive, j'imagine tout de suite des types obsessionnels, violents, qui menacent leur épouse, leurs enfants. Je vois des femmes battues recueillies par des associations, des gamins effrayés qui se cramponnent aux jambes de leur mère, en pleurs. Rien à voir avec Nick. Mon esprit tourne à plein régime.

— Qui lui a fait ça ? je répète, d'un ton plus péremptoire.

Ce n'est plus une question. J'exige de savoir.

L'ordonnance est accessible au public. Je pourrais aller au tribunal réclamer une copie de la requête, ce qui est probablement l'unique raison pour laquelle l'inspecteur Kaufman me donne le nom. Un nom que j'entends pour la première fois et qui me fait l'effet d'un coup de poignard.

Parce qu'il s'agit d'une femme. La facture du collier et du pendentif me revient en mémoire. Le bijou lui était-il destiné ?

Nick avait-il une liaison ?

La pièce se vide soudain de son air, j'ai du mal à respirer.

Je m'apprête à partir, mais l'inspecteur me retient.

— Une dernière chose. Nous avons obtenu le relevé concernant l'activité du téléphone de votre conjoint, ça fait partie du protocole en cas d'accident de voiture. Histoire de voir si le conducteur utilisait son téléphone au moment de l'accident, s'il était sur Internet, en train de taper un texto, de passer un appel. L'Illinois est désormais un État où le kit mains libres est obligatoire au volant. Je suis sûr que je ne vous apprends rien.

Je sais ce qu'il va dire sans avoir besoin de l'entendre.

— Votre mari était bel et bien au téléphone au moment de l'accident.

J'ai envie de l'interrompre, de lui dire qu'il raconte n'importe quoi, mais je vois à son air qu'il dit la vérité. Nick, qui ne décroche jamais au volant, était donc en train de téléphoner. Et ce n'est pas avec moi qu'il parlait puisqu'il m'avait déjà appelée avant de partir du studio de danse.

Je prends quelque chose pour le dîner. Chinois ou mexicain ?

Chinois.

À qui parlait-il au moment de l'accident ? Je pose la question à l'inspecteur.

Il me dévisage pendant quelques longues secondes puis hausse les épaules.

— Je crois qu'on vous a déjà donné les effets personnels de M. Solberg, finit-il par dire. Ce qu'on a pu récupérer dans la voiture. Il devrait y avoir son téléphone.

J'essaye déjà de me convaincre qu'il doit s'agir d'un faux numéro. Quelqu'un qui s'est trompé, et Nick, si aimable comme toujours, a exceptionnellement pris le temps de répondre, et d'expliquer à son interlocuteur qu'il faisait erreur. Et il est mort.

— Mes sincères condoléances, dit prosaïquement l'inspecteur en se levant de table.

Il prend mon gobelet et je pars de mon côté, bien décidée à démêler tous ces fils. À qui Nick parlait-il avant le choc ? Qui a voulu obtenir une ordonnance restrictive pour se protéger de lui et, surtout, pourquoi ?

Que m'a-t-il caché pendant tout ce temps ?

NICK

Avant

Après le travail, je rentre en général à la maison avec l'intention d'expliquer à Clara ce qui se passe. Je ne cherche pas à lui cacher les choses. On n'a pas de secrets l'un pour l'autre ; on s'est promis une franchise mutuelle en échangeant nos vœux, et j'ai prévu de tenir ma promesse.

Disons que j'oublie de lui en parler.

Ce soir, sur le chemin du retour, je me répète *Allez, cette fois, je lui dis tout*, mais, quand j'arrive, je tombe sur Clara, en train de mettre le couvert, avec son ventre énorme et des pieds si enflés qu'elle peut à peine marcher. Maisie est devant la télé, au milieu d'un fatras de bâtons de colle et de craies grasses, preuve qu'elle n'a pas passé sa journée devant les dessins animés, mais plutôt plongée dans des travaux manuels. Dès que j'entre, elle court vers moi, je la soulève, la chatouille, on chahute un peu. Elle n'a pas encore enlevé son justaucorps rose pastel avec des manches volantées et une jupette rose délicate dont les froufrous m'évoquent des feuilles de laitue. On est mardi, le jour où elle va à son cours de danse classique.

— T'étais où ? demande-t-elle comme chaque soir quand je la repose par terre, alors qu'elle connaît la réponse par cœur.

— Au travail, tête de linotte. Pour soigner mes patients.

Je lui demande où elle a passé sa journée et elle gazouille

Ici, tête de linotte. Elle me raconte qu'elle a trouvé une araignée dans sa chambre, noire et poilue — *Une tarentule, si ça se trouve !* —, grosse comme un camion. Elle tend les bras devant elle pour que je me rende compte et écarte ses petites mains d'une bonne vingtaine de centimètres. À l'en croire, elle était donc de la taille d'un lapin, d'un écureuil ou d'un hérisson.

— Comme ça, papa. L'araignée était grosse comme ça.

— Il n'y avait pas d'araignée, intervient Clara en nous rejoignant dans le salon.

Elle porte des leggings et un T-shirt blanc tendu au maximum, sous lequel on distingue son nombril. Elle a les mains posées au creux des reins, où la douleur est permanente, et les yeux embués de fatigue. Elle est épuisée, physiquement et mentalement, mais elle me regarde et me sourit, et je fonds littéralement. Ses cheveux raplapla et son maquillage qui a coulé sous un œil me font dire qu'elle a dormi, qu'elle a profité de la sieste de Maisie pour en faire une elle aussi. Il y a une tache jaunâtre sur le devant de son T-shirt et des miettes sur son front, mais, pour moi, aucune femme n'est plus belle qu'elle.

— C'était un gros amas de poussières, dit-elle avec un sourire fatigué mais amusé. Et non une araignée, ajoute-t-elle en regardant Maisie dans les yeux.

— Si, c'était une araignée, rétorque Maisie en souriant elle aussi, et je n'arrive pas à dire si elle est vraiment persuadée de ce qu'elle dit ou si elle ment.

Je m'accroupis pour être à son niveau. Ça fait drôle de voir le monde à une hauteur de un mètre cinq. Maisie a les yeux verts, comme Clara, un vert mousse qui ressort sur sa peau pâle. En fait, c'est Clara tout craché, des cheveux aux yeux, en passant par sa grande force de volonté. Une tête de mule comme je les adore. Clara et Maisie n'ont jamais tort, du moins en sont-elles persuadées.

— Il arrive qu'on voie quelque chose qui nous fait un

peu peur, et on se fait croire qu'il s'agit d'une chose qui n'est pas du tout là. Une fois, quand j'étais petit, dis-je en inventant au fur et à mesure, j'ai cru voir un coyote dans le jardin. Je jouais tout seul dehors, et j'étais convaincu que j'avais vu un coyote passer. J'ai appelé ma maman en criant, et elle est sortie pour voir ce qui se passait. Je lui ai dit qu'il y avait un coyote. Elle a regardé partout, mais évidemment il n'y en avait pas. Le coyote n'était nulle part, parce que en fait c'était juste le chat du voisin.

— Et qu'est-ce qu'elle a fait, mamie ? Elle s'est fâchée ?

— Non, bien sûr que non. Par contre, elle m'a reparlé de l'histoire du garçon qui criait au loup.

— C'est quoi, l'histoire ? demande-t-elle en s'asseyant sur mon genou.

— Une fable. Qui a pour but de nous apprendre quelque chose.

Je la lui raconte sous le regard satisfait de Clara. L'histoire du petit garçon qui a menti tant de fois que, le jour où il a enfin dit la vérité, personne ne l'a cru. Je ne lui fais pas la morale et ne la gronde pas, et je prends soin d'oublier le passage où le petit garçon se fait manger par le loup. Maisie m'écoute attentivement. Peut-être que, si l'occasion se représente, elle y réfléchira à deux fois avant de mentir.

La silhouette d'une voiture qui passe devant la maison attire l'attention de Clara, les bords biseautés des carreaux l'empêchant de bien voir. Pieds nus, elle glisse jusqu'à la fenêtre et met ses mains en coupe autour de ses yeux pour regarder dehors, comme avec une paire de jumelles. De l'autre côté de la rue, à côté d'une voiture de sport gris métallisé qui brille comme un diamant au soleil, se tient Theo Hart.

— Alors, c'est quoi cette fois ? demande Clara tandis que je me colle à elle, pose mon menton sur son épaule et passe mes mains sous son ventre.

Je siffle d'admiration.

— Une Maserati, dis-je en essayant de ne pas paraître jaloux. Cent mille dollars au bas mot. Ça ne court pas les rues par ici.

— C'est pas comme si c'était la sienne, dit-elle sèchement.

On reste plantés là, les yeux braqués sur la voiture, pendant que derrière nous Maisie fait l'avion, les bras tendus en guise d'ailes. *Regarde, papa. Je vole, je vole.* Theo fait trois fois le tour de la voiture, Ray-Ban à la main, admirant son dernier trophée.

— C'est une ordure, ce mec, lâche Clara.

Bien que ce soit vrai, je trouve l'insulte encore trop douce pour lui. Des noms d'oiseau bien pires me viennent pour parler de Theo Hart.

— Je voudrais tellement qu'elle le quitte, reprend Clara tandis que je demande à Maisie de faire attention à ne pas tomber.

— Emily ?

— Oui. J'en ai encore vu, dit-elle plus bas pour ne pas que Maisie entende. Des bleus. Les empreintes de ses mains sur son cou. Elle portait un col roulé pour les cacher. Mais je les ai clairement vues. Si seulement elle pouvait partir…

Elle se retourne et se blottit contre moi, et Maisie se met à scander un truc qu'elle a dû entendre dans la cour de récré que les petits partagent avec les grands. *Ouh les a-mou-reux-eux, ouh les a-mou-reux-eux.* Un grand sourire éclaire le visage de Clara ; ça y est, elle oublie Emily et Theo, et pour le plus grand plaisir de Maisie elle m'embrasse sur la bouche, avant de murmurer au creux de mon oreille :

— J'ai tellement de chance d'être avec toi.

On s'installe à table pour dîner et j'ai complètement mis de côté l'idée de tout dire à Clara à propos d'un éventuel procès pour faute médicale, de la perte de patients qui risque d'en découler, du loyer que j'aurai du mal à payer quand arrivera le 1er du mois. Ce n'est pas un mensonge, c'est une simple omission. Un trou de mémoire.

À la place, on parle prénoms. Pas de trouvaille, mais au moins on en élimine certains. Adieu Enoch et Ross, Edward et Tom. Clara perd patience et commence à s'inquiéter.

— Et si on ne lui trouve jamais de prénom, à ce bébé ?

Je vois la tension s'emparer d'elle aux minuscules rides qui se creusent autour de sa bouche et de ses yeux.

— Je ne veux pas qu'on soit un de ces couples qui attendent une voire deux semaines avant de donner un nom à leur enfant, comme s'ils n'avaient pas déjà eu neuf mois pour se décider.

Une main posée sur son ventre, elle tourne vers moi un regard implorant, si plein de tristesse que je suis presque tenté de dire oui à Ross. Ross Solberg.

— Il faut qu'on trouve, insiste Clara. On ne va pas dire « l'autre »…

J'essaye de me convaincre que Ross est un bon choix pour lui faire plaisir, mais il n'y a rien à faire. Ross, ça me fait penser à *rossignol*. Je refuse que mon fils porte le nom d'un oiseau.

— Nc t'inquiète pas, on va y arriver. Je te le promets. Et je suis sûr que ça ne va pas tarder.

Mes yeux sc poscnt sur Maisie, qui me fixe intensément sans rater une miette de la conversation.

— Allez, mesdames, on active ses méninges. Je déclare l'Opération Prénom officiellement ouverte.

Maisie glousse de plaisir, mais Clara reste dubitative. Le fait d'avoir un prénom pour le bébé nous ancrerait davantage dans le réel, il prendrait vie d'un coup.

Ce soir-là, alors que je borde soigneusement Maisie dans son lit en murmurant notre phrase rituelle, *un nid douillet pour ma poupée*, elle se redresse brusquement et défait tout.

— Maisie, je grogne alors qu'elle rejette les draps à l'autre bout de son lit.

Je ne vois pas tout de suite ses yeux braqués en direction de la fenêtre, où le soleil met un temps infini à se coucher. À cette époque de l'année, on a un mal fou à la mettre au lit car, comme elle le souligne régulièrement, il ne fait pas nuit, même si son petit réveil indique 7 h 53. Normalement, c'est au dodo à 7 h 30. Elle a déjà gagné vingt-trois minutes à force de papoter, et on dirait que son petit numéro n'est pas encore fini.

— Papa ! jappe-t-elle, mais avant de la gronder je comprends qu'elle a peur.

Je me relève et je suis son regard, balayant la rue des deux côtés, mais je ne vois rien. Rien d'inquiétant en tout cas. Un garçon qui joue au basket deux ou trois maisons plus loin. Les Thompson qui promènent leur chien. Un écureuil sur la mangeoire à oiseaux.

— Qu'est-ce qu'il y a, Maisie ? je lui demande en fermant son store. Qu'est-ce que tu as vu ?

— L'ordure, papa. Il est dehors.

J'ai envie de rire, mais en même temps j'ai honte. Theo Hart. Maisie nous a donc entendus parler de lui tout à l'heure. Il faut qu'on fasse plus attention à ce qu'on dit en sa présence. Elle nous écoute. Même quand elle fait l'avion dans le salon, elle tend l'oreille.

Je rouvre les stores et je jette un coup d'œil dehors. Theo n'est pas là. Tous les stores chez les Hart sont fermés, les lumières éteintes. Je me tourne vers Maisie. Je commence par lui dire qu'elle ne devrait pas utiliser le mot ordure, et maman non plus, ni moi, d'ailleurs. Ce n'est pas gentil.

Après quoi je la regarde droit dans les yeux et je prends un air sévère.

— Deuxièmement, Maisie, tu sais que ce n'est pas bien de mentir. On en a déjà parlé ce soir. Tu te souviens de l'histoire du petit garçon qui criait au loup ?

Elle acquiesce, la bouche ouverte, prête à se défendre. Je vois d'ici ce qu'elle s'apprête à dire : *Mais je te jure qu'il était là.*

— Chhhh, je murmure en posant un doigt sur sa bouche.

Theo Hart n'est pas là. Et, quand bien même il y serait, il vit ici. Cela n'a rien d'extraordinaire, malheureusement. Tout ce que Maisie voulait, c'était prononcer le mot *ordure*, juste pour voir. Elle voulait aussi retarder l'heure du dodo, me faire réagir.

Je reste de marbre et dis que c'est l'heure de dormir.

Vu sa tendance à faire du cinéma alors qu'elle n'a que quatre ans, Clara et moi aurons intérêt à veiller au grain quand elle en aura seize, sous peine d'avoir des ennuis.

CLARA

Sur le parking du poste de police, je sors mon téléphone et je lance une recherche sur le nom de la femme que l'inspecteur m'a donné, la plaignante qui a obtenu une ordonnance de restriction à l'encontre de Nick. Le besoin de savoir me ronge ; impossible d'attendre d'être rentrée à la maison. Sur la banquette arrière, Felix s'impatiente, mais cette fois c'est mon désespoir à moi qui l'emporte. Le moteur de recherche mouline. Melinda Grey.

Les réseaux sociaux habituels apparaissent en réponse, Facebook et Twitter, les tableaux Pinterest. En guise de photo de profil, un littoral avec mer turquoise et palmiers, Hawaï ou Porto Rico, ou encore les îles Vierges. Au centre, une femme en haut de maillot de bain et paréo, mais elle est si loin qu'on la voit à peine, elle est très secondaire dans le paysage. Ses tweets sont protégés ; sa page Facebook est privée. Seuls ses tableaux sur Pinterest sont publics mais, tout ce que j'y trouve, c'est une obsession pour le chocolat et les babioles fabriquées à la main. Le site des pages blanches m'indique une adresse sur Parkshore, que je gribouille au dos de ma main, mais avant que je puisse poursuivre mes recherches mon téléphone sonne.

Je décroche, agacée par l'indésirable qui m'appelle et m'éloigne de Melinda Grey, de sa photo de profil sur laquelle je voulais zoomer pour distinguer une couleur d'yeux, de cheveux. Cette femme, avec son haut de maillot blanc et son paréo tape-à-l'œil, a voulu empêcher mon mari de l'approcher. Impossible de lui donner un âge, de distinguer si elle est jolie ou non. Les questions fusent dans ma tête. Pourquoi a-t-elle demandé une ordonnance restrictive ? Est-ce qu'il couchait avec elle ? Est-ce qu'ils avaient une liaison ?

Je repense à tous les soirs où Nick est rentré tard du travail, une fois que Maisie et moi étions couchées. Est-ce qu'il était avec Melinda Grey ? La panique de Maisie me revient, et je me demande si par hasard le méchant pourrait en fait être une femme. Il faisait grand soleil le jour de l'accident. Quelle est la probabilité pour que Maisie ait eu le temps de voir, dans le feu de l'action, le conducteur de la voiture qui les a forcés à quitter la route — si tant est qu'une telle chose soit arrivée ?

— Allô, Clara, dit une voix douce qui m'arrache à mes pensées. C'est Connor.

Je suis instantanément soulagée d'être un peu moins seule pour quelques instants. Je n'ai pas à porter ce poids et ces doutes toute seule. Connor est là.

Et je ne résiste pas. Je lui pose la question de but en blanc.

— Est-ce que Nick avait une liaison ?

Les larmes me montent aux yeux, et l'absence de réponse suffit à me faire comprendre ce que je redoutais. Nick voyait quelqu'un. Le silence s'étire entre nous pendant plus de trente secondes, et même au bout du compte, tout ce qu'il réussit à me sortir, c'est un *Je ne sais pas* hésitant. Je lui présente mes excuses.

— Je n'aurais pas dû te poser cette question, pardon. Je n'aurais pas dû te mettre dans cette position.

Parce que Connor était le meilleur ami de Nick, pas le mien. Et, de toute évidence, Connor ne trahirait jamais la confiance de Nick.

— Clara, dit-il tristement, mais je l'interromps.

— Non. S'il te plaît, oublie ce que je viens de dire.

Des colverts traversent le parking du poste de police

à la queue leu leu en direction de l'étang de l'autre côté de la route.

— Oublie cette question stupide. Fais comme si je n'avais rien dit. Dis-moi plutôt ce qui t'amène, dis-je, en me rappelant que c'est lui qui appelle.

— Je voulais m'assurer que tu allais bien.

— Ça va, je réponds laconiquement en séchant mes larmes.

Vingt minutes plus tard, j'arrive devant chez Emily avec un *latte* glacé à la main, acheté au nouveau café dont elle m'a parlé. Les glaçons fondent et la paroi extérieure du gobelet se couvre de condensation.

— Tiens, c'est pour toi, dis-je avant d'appeler Maisie et de remercier Emily de m'avoir permis de souffler un moment. C'est très gentil de ta part.

Je meurs d'envie de me confier à Emily, mais j'ai tellement honte d'être dans le rôle de l'épouse trompée que je n'arrive pas à dire les mots tout haut, en tout cas pas à elle, pas après toutes les critiques que j'ai pu émettre sur son couple.

— Mais de rien, dit-elle en m'invitant à l'intérieur.

C'est une maison très soignée, un style Art déco avec des couleurs vives, des motifs géométriques. Il y règne un ordre parfait, ce qui me mortifie, sachant à quel point ma maison à moi est en désordre, une vraie pagaille, avec la pauvre Harriet enfermée, seule, toute la journée. À l'heure qu'il est, elle doit sûrement avoir fait pipi dans un coin, et je la gronderai, comme si elle avait pu ouvrir la porte pour aller faire ça dehors.

— Sincèrement, ça a été un bonheur, affirme Emily. Teddy l'adore, tu sais. Ils devraient se voir plus souvent pour jouer.

Elle me demande si j'ai pu faire mes courses. Je lui dis

que oui, que sans elle je n'y serais jamais arrivée, et elle me sourit aimablement en m'invitant à lui redemander service dès que j'en aurai besoin.

Emily est une femme énervante au premier abord, très jolie, avec ses cheveux noir obsidienne et sa peau mate sans défaut. Comme les autres femmes, je l'ai détestée la première fois que je l'ai vue, lorsque Theo et elle ont emménagé dans cette grande maison victorienne du quartier. Ce n'est que plus tard que j'ai découvert, avec plaisir, sa générosité et son empathie, comme si on ne pouvait être à la fois jolie et gentille.

On avait tant en commun, une grossesse en même temps avec des enfants nés à quelques semaines d'intervalle, des maris avec des horaires de travail impossibles qui nous laissaient livrées à nous-mêmes plus de dix heures par jour.

Mais ce n'est que lorsque Maisie et Teddy se sont découverts l'un l'autre à l'âge de deux ans et demi qu'Emily et moi sommes devenues amies. C'est à cette époque-là que j'ai constaté que c'était quelqu'un d'affable, de très chaleureux, et non la femme hautaine que je m'étais imaginée.

— Vous restez dîner avec nous ? me demande-t-elle, ce qui me rappelle que Theo est en déplacement.

Elle est grande et, bien que je ne sois pas petite, elle baisse les yeux vers moi quand elle me parle.

— Ah oui, le salon auto dans le Massachusetts, dis-je. Non, désolée, je ne peux pas rester.

Un peu plus et j'ajoutais : Nick va bientôt rentrer. C'est une habitude, c'est plus fort que moi. Mais ce soir il ne rentrera pas. Et demain soir non plus. Car Nick est mort. Je plaque une main sur ma bouche, je refuse de pleurer. Je ne veux pas craquer là, dans l'entrée, chez Emily, avec Teddy et Maisie qui s'apprêtent à descendre. Des larmes toutes chaudes sont sur le point de rouler, mais je les ravale.

La main d'Emily se pose sur mon bras.

— Clara, je suis tellement désolée, murmure-t-elle en

retenant ses larmes elle aussi. Je suis tellement désolée qu'une telle chose t'arrive.

— J'ai laissé Felix dans la voiture, dis-je à Emily, imaginant son petit corps en nage dans cette chaleur poisseuse. Il faut vraiment que j'y aille.

Maisie apparaît en haut de l'escalier, dans le costume de magicien de Teddy — veste en popeline avec revers en satin, cape rouge, chapeau noir — et demande si nous sommes prêtes pour le spectacle. Teddy et elle nous ont préparé un numéro, au cours duquel ils prévoient de transformer un billet de un dollar en billet de dix et de faire apparaître une chaussette. Si seulement ils pouvaient aussi faire réapparaître Nick.

— On peut pas partir tout de suite, proteste Maisie, l'air renfrogné, les cheveux dans les yeux. Pas avant le spectacle, insiste-t-elle en tapant du pied.

C'est là que je me mets à pleurer.

— On va où ? demande Maisie quand on passe devant la maison sans s'arrêter.

Ce n'est pas tant une question qu'une plainte. Si elle ne peut pas jouer avec Teddy, alors elle veut rentrer à la maison. Je baisse les yeux sur l'adresse que j'ai griffonnée sur ma main, et que je viens d'entrer dans mon GPS. Maisie gémit en boucle.

— Je veux rentrer à la maison, maman, je veux rentrer...

Je réfléchis.

— Tu sais, Maisie, je crois bien avoir vu un chien perdu dans la rue tout à l'heure. Tu veux bien m'aider à le chercher pour qu'on le ramène chez lui ?

Ce n'est qu'un moyen de faire diversion, car bien sûr je n'ai vu aucun chien. Mais j'allume la radio pour mettre un peu d'ambiance et je décris l'animal en question, poils marron clair avec un collier violet. Maisie colle son visage contre la vitre en quête du chien perdu, oubliant la fatigue, la faim, l'envie de rentrer à la maison.

Parkshore Drive se situe à une quinzaine de kilomètres de chez nous. Au début de l'heure de pointe, il faut vingt bonnes minutes pour y arriver, le temps de sortir de notre quartier et de prendre la voie rapide, de passer devant les stations-service et les restaurants, avant que le paysage se fasse à nouveau résidentiel. Les maisons datent des années 1950 et 1960, l'époque où les propriétés de style ranch prédominaient dans les banlieues américaines. Les arbres sont hauts et larges, les habitations entourées de feuillages. Lorsque je m'engage sur Parkshore, il y a cinq ou six gamins en train de jouer au base-ball dans la rue. Ils s'égaillent comme une volée de moineaux pour me laisser passer.

— Tu le vois, maman ? me demande Maisie à propos du chien. Où est-ce qu'il est ?

— Je n'en sais rien, chérie, dis-je en lui adressant un sourire lénifiant par-dessus mon épaule.

Je tends une main pour lui tapoter le genou. Je n'ai pas envie de lui mentir, mais comment lui expliquer toute cette histoire ?

— Peut-être par là ? dis-je en roulant vers le domicile de Melinda Grey.

Je me gare le long de la route et j'observe l'habitation de plain-pied et ses buissons à feuilles persistantes. Il n'y a pas grand-chose à voir. C'est une petite maison banale et, maintenant que je suis là, je n'ai pas la moindre idée de la prochaine étape. Est-ce que je vais frapper à la porte ? Pour lui dire quoi ? Lui demander de but en blanc si elle avait une liaison avec Nick ? Ou alors lui monter un bateau — je suis vendeuse en porte à porte, ou missionnaire de l'Église des saints des derniers jours en mission évangélisatrice —, histoire de pouvoir me faire une idée de la femme qui m'a pris mon mari ? Je me demande à quoi elle ressemble. J'agrandis mentalement la minuscule silhouette de sa photo de profil, le bikini blanc et le paréo, jusqu'à ce qu'elle devienne un top model, une naïade aux jambes longues et aux seins énormes.

Je me pose aussi des questions sur cette ordonnance de protection. Est-ce que je l'attaque là-dessus ? Est-ce que je pointe un doigt accusateur sur elle en lui demandant pourquoi elle a porté plainte contre mon mari ?

Mais je reste dans la voiture.

J'attends qu'elle vienne me voir, persuadée que, si je patiente suffisamment, je verrai sa voiture noire se garer dans l'allée étroite. Ou bien elle sortira promener son chien ou prendre le courrier, ou elle ira s'asseoir sur le perron, avec un livre et un verre de vin.

Mais, attendre avec une petite fille de quatre ans et un nourrisson sur la banquette arrière, c'est mission impossible. Je suis en filature avec des gamins. On a vu mieux. Maisie ne tarde pas à gémir — elle ne voit pas le chien, il n'est nulle part, et je lui demande de se calmer parce que sinon le chien aura trop peur et ne viendra jamais.

— Si on reste ici, peut-être qu'il va arriver, mais il ne faut pas faire de bruit.

Je presse un index contre ma bouche, et Maisie suggère de l'appâter avec de la nourriture. Je mets la main sur un paquet de biscuits apéritifs au cheddar au fond de mon sac, j'ouvre la portière et j'en jette une poignée dehors. Après quoi Maisie attend avec une confiance renouvelée.

Le calme règne dans la voiture et au-dehors. Tout est immobile.

Quand soudain, à 6 heures, une lumière s'allume à l'intérieur de la maison.

— Ne bouge pas de là, dis-je à Maisie, ce qui est inutile puisqu'elle ne peut aller nulle part de toute façon, attachée comme elle est.

— Pourquoi, maman ?

D'instinct, je lui mens à nouveau.

— J'ai cru voir un chien passer derrière la maison, là-bas, je vais aller vérifier.

J'ouvre la portière. Maisie commence à se tortiller dans son siège, à dire qu'elle veut venir avec moi. Je lève les yeux vers le ciel, contente de voir les gros nuages annonciateurs de pluie.

— Maisie, il ne va pas tarder à pleuvoir. Je ne veux pas que tu te mouilles.

Je me glisse hors de la voiture et je m'empresse de refermer derrière moi avant qu'elle proteste. Je laisse le moteur tourner pour que la clim continue de fonctionner, je traverse la rue en courant et je file derrière la maison.

Il y a une fenêtre sur le côté de la maison, qui donne sur la pièce éclairée. Elle est ici, je me dis. Melinda Grey est ici. C'est elle, la méchante qui a fait si peur à ma fille.

Je me faufile entre la haie de lauriers et la fenêtre à guillotine sur le côté ouest. Les buissons s'accrochent à mes vêtements, me griffent la peau. Une toile d'araignée se prend dans mes cheveux, et je fais de mon mieux pour ne pas imaginer sa propriétaire venant se réfugier dans mon dos. Mes pieds s'enfoncent dans la terre.

Une fois contre la fenêtre, je me hisse sur la pointe des pieds pour voir à l'intérieur, en prenant garde à ne pas être vue. Je m'arrête lorsque mes yeux sont au niveau du rebord de la fenêtre. C'est un salon, avec télé et canapé, piano et fauteuil inclinable. Comme la maison, l'intérieur est un peu vieillot. La moquette, épaisse, est tachée. Du côté de la porte d'entrée, le sol est carrelé. Il y a des cadres photo accrochés à un mur couleur taupe, mais je n'arrive pas à bien voir à cause de la distance. C'est à peine si, malgré mes efforts, j'arrive à distinguer des couleurs ou des formes. Je plisse les yeux, je colle mon nez à la vitre et j'essaye de toutes mes forces de reconnaître Melinda Grey sur l'un des clichés. Je me hisse davantage, tout mon visage doit être visible de l'intérieur à présent, mais plus je m'approche, plus la moustiquaire quadrillée obstrue mon champ de vision.

Allez, plus haut. J'appuie mon visage encore plus fort, je dois avoir de la poussière plein les joues. J'en oublierais presque de respirer.

Et c'est là que je vois les yeux.

Des yeux bleu turquoise avec un très léger strabisme, qui s'approchent de moi. Je plaque une main sur ma poitrine et manque hurler, et je me laisse retomber dans la terre comme un soldat dans une tranchée. Mon cœur bat à tout rompre, j'en ai la tête qui tourne.

Et puis j'entends une voix m'appeler, *Maman, maman*, juste de l'autre côté de la haie. Maisie.

— Est-ce que le chien est là, maman ? Tu l'as trouvé ?

Je suis tellement effarée par sa présence ici, hors de son siège et de l'autre côté de la rue, que j'en oublie la paire d'yeux bleus qui nous observe et appelle probablement la police, ou bien est partie chercher une arme, pour nous empêcher de dire la vérité, à savoir que Melinda Grey et sa voiture noire ont forcé Nick à faire une sortie de route sur Harvey Road.

Comment tu as fait pour sortir de ton siège ? ai-je envie de lui demander, mais je la vois d'ici, avec ses petits doigts agiles, déclipper la triple attache, tandis que j'espionnais l'intérieur de Melinda Grey. La reine de l'évasion. Ma petite Houdini. Machinalement je tends les bras vers elle et l'attire contre moi. Elle demande où est le chien, et je lui murmure qu'il a retrouvé son maître, qu'on n'a plus besoin de le chercher. Maisie, toujours aussi vive d'esprit, demande alors pourquoi on est encore en train de se cacher.

C'est à ce moment-là que mon imprudence me saute aux yeux. Me cacher dans des buissons, mentir à mon enfant, traquer une femme que je ne connais pas. Le fait que même ma fille de quatre ans souligne la stupidité de la situation me fait honte. Mais qu'est-ce que je suis en train de faire ? Mes semelles pleines de terre, les feuilles de laurier accrochées à mes vêtements…

Je me force à sourire. J'essaye de trouver une parade, sachant qu'il nous faut absolument filer d'ici. Maintenant.

— Je ne veux pas que le chien nous suive, dis-je très vite. Si jamais il nous voit, il pourrait avoir envie de venir chez nous, et je ne crois pas que Harriet serait contente. Hein, tu imagines, un autre chien ?

Maisie secoue la tête. Elle est d'accord.

— Non, Harriet n'aimerait pas ça.

Alors je la prends par la main et on pique un cent mètres, tête baissée, pour traverser la pelouse puis la rue en direction de la voiture. J'ouvre sa portière, l'installe dans son siège et ne prends même pas le temps de la gronder pour s'être détachée toute seule, pour être sortie sans permission. Pour avoir laissé Felix tout seul. Pour avoir traversé la rue sans tenir la main à un adulte.

Je suis bien plus coupable qu'elle.

Je passe la première et je jette un dernier coup d'œil en direction de la maison, certaine de voir débouler Melinda Grey sur le perron, téléphone à la main, un regard noir braqué sur moi. Bientôt les sirènes vont retentir, tout un escadron de police va débarquer pour me demander de m'expliquer. Mes battements de cœur atteignent un rythme inquiétant et, en faisant demi-tour, je m'attends presque à tomber sur une horde de voisins venus prêter main-forte à Melinda, dont l'index vengeur est pointé sur moi. Je finis la manœuvre et je lance un dernier coup d'œil à la maison.

Mais, tout ce que je vois, c'est cette petite silhouette à la fenêtre, illuminée par l'éclairage du salon. Un corps mince sur le rebord de la fenêtre, une patte levée contre la moustiquaire. À part ça, personne. Pas de meute, pas de police. Pas de Melinda Grey. La maison est déserte, et tout est calme.

Ce n'est que plus tard, quand mon cœur s'est calmé et que mon cerveau a cessé d'halluciner, que je comprends que les yeux turquoise étaient ceux d'un chat.

NICK

Avant

Dimanche après-midi, on va chez les parents de Clara, qui n'habitent pas loin de chez nous. Elle apporte le même gâteau à la cannelle que d'habitude, qu'elle achète chez Costco, parce qu'elle sait que sa mère en mangera. On est encore à dix bonnes minutes de leur maison — style ranch, sans âme, dans une communauté de retraités à quelques kilomètres de chez nous —, mais Clara a déjà les mains qui tremblent et les genoux qui s'entrechoquent sur le siège passager. Dans son giron, le gâteau est comme sur une mer houleuse, et je lui demande si elle ne préfère pas le poser par terre, mais elle me fait signe que ça va.

— On devrait inviter Connor à dîner un de ces soirs, me dit-elle. Ça fait longtemps que je ne l'ai pas vu.

En l'entendant prononcer son prénom, mes jambes et mes bras se crispent, et je me sens rougir. C'est une phrase complètement anodine, mais je ne peux m'empêcher de me dire que Clara lit en moi comme dans un livre ouvert. Je tourne la tête brièvement vers elle et je lâche, *Oui, avec plaisir,* mais j'espère surtout qu'elle ne perçoit pas mon mensonge par omission, ni à quel point je serais mal à l'aise d'avoir Connor assis à ma table alors que je songe sérieusement à le licencier. J'entends sa voix agaçante résonner dans ma tête. *Alors qu'est-ce que tu comptes faire, boss ?*

— Quand ça ? demande-t-elle.

— La semaine prochaine, peut-être, dis-je en haussant les épaules.

— Je ferai des tacos.

Je dis que c'est parfait, bien que je n'aie absolument pas l'intention de transmettre l'invitation à l'intéressé.

Clara se tourne vers Maisie pour lui dire qu'elle voudrait bien qu'elle dise bonjour à sa grand-mère quand on arrivera. Qu'elle fasse un effort pour être gentille.

— Tu lui fais un petit câlin… en tout cas, la moindre des choses, c'est de lui dire bonjour.

Maisie se met à crier d'un air dégoûté en donnant des coups de pied dans le siège avant, où Clara est assise.

— Non, maman, non !

Louisa fait très peur à Maisie. Je le sais, et Clara le sait très bien aussi. Je n'en veux pas à Maisie d'avoir peur, c'est compréhensible. Mais je déteste la sentir dans cet état.

— Ce n'est rien, Maisie, dis-je en lui tapotant le genou pour la rassurer. Tu sais, grand-mère ne veut pas te faire peur. Je t'assure. C'est juste qu'elle est un peu malade.

Ce n'est pas la première fois qu'on aborde le sujet.

Une fois garés, on avance en file indienne jusqu'à la maison : moi devant, Clara derrière, et Maisie entre nous deux. Clara marche lentement, tenant fermement son gâteau, et dit à Maisie de faire attention à ne pas trébucher.

Tom retire sa casquette de base-ball quand nous entrons dans le salon et surveille du coin de l'œil Louisa qui s'installe dans son fauteuil. Il nous salue, puis se penche pour murmurer quelque chose à l'oreille de Maisie, qui se rapproche de sa grand-mère pour lui faire un coucou de la main, bien que Louisa regarde dans le vide. Pas de plainte, de pleurs, de suppliques, de *Nooooon !* Maisie fait simplement ce qu'on lui demande. Je n'en suis pas surpris mais, ce qui ne cesse jamais de m'étonner, c'est l'influence que Tom a sur Maisie, il y a comme une sorte de pacte entre eux. Elle adore son grand-père.

Louisa est bien habillée, bien coiffée. Nous savons que c'est grâce à Izzy. Elle suit de près leur quotidien ; elle sait comment réagir face à la sénilité de Louisa, à la confusion, la perte de mémoire, l'angoisse et les sautes d'humeur, face aux tremblements, à l'incontinence. Je sais peu de chose sur elle, si ce n'est qu'elle a une petite sœur à l'université et que presque chaque dollar gagné est destiné à lui payer ses frais d'inscription et de logement, alors qu'elle vit elle-même dans un appartement sordide au cœur d'un des quartiers les plus pourris de la ville. Izzy est une fille fiable et gentille, peut-être même un peu trop.

Clara dépose un tendre baiser sur la joue de sa mère.

— Salut, maman.

Maisie se cramponne à ma jambe. Tom lui fait des grimaces pour la détendre, et elle glousse.

Les visites commencent toujours par un bulletin de santé informel, du genre Louisa passe une excellente journée, aujourd'hui, ou bien Louisa a passé une nuit agitée, pour qu'on sache à quoi s'attendre.

Aujourd'hui, Tom nous annonce que Louisa a perdu ses lunettes. Impossible de remettre la main dessus. Nous nous mettons tous à chercher, sur le poste de télévision ou la table d'appoint au bout du canapé. Sans succès.

— Aujourd'hui c'est ses lunettes, et hier c'était l'alliance de sa mère.

Les yeux de Clara se posent immédiatement sur la main droite de sa mère, à laquelle elle porte toujours ladite alliance, un anneau ancien en argent avec des fleurs ciselées, devant un jour revenir à Clara.

La bague a disparu.

— Ne t'en fais pas, papa, on va tout retrouver, affirme-t-elle en posant une main réconfortante sur le bras de Tom. Ils doivent bien être quelque part.

Tout le monde s'assoit et, maladroitement, nous nous forçons un peu à faire la conversation.

— Alors, et la saison des Cubs ? je demande à Tom au moment où quelqu'un d'autre parle du temps qu'il fait.

Puis le silence s'installe à nouveau, comme un poids gênant. Dans le seul but de le briser, je me tourne vers Izzy pour lui demander comment sa sœur s'en sort à la fac.

— Elle s'en sort comme un chef, merci de vous en inquiéter, répond-elle avec un sourire plein de chaleur.

Izzy est assise à côté de Louisa, une main posée sur l'accoudoir de son fauteuil, prête à répondre à tous ses besoins. Louisa est dans une sorte de brouillard, les yeux rivés à un point quelque part en dessous du liseré du rideau.

— Et qu'est-ce qu'elle étudie ? dis-je, parce que le malaise prend toute la place dans cette maison, parce que j'étouffe et parce que si on ne papote pas un minimum j'ai l'impression que je vais faire une crise d'apoplexie.

Et puis, ce n'est pas si souvent qu'on s'adresse à Izzy. On a tendance à la considérer comme une sorte d'élément du décor, comme un accessoire. La plupart de nos visites sont tellement axées sur le pronostic médical de Louisa et ses dernières manies en date que Izzy passe bien souvent à l'arrière-plan. C'est une jolie fille, au look original. Si Connor était là, je suis sûr qu'il aurait une remarque désagréable à faire sur la largeur de ses hanches. Mais, moi, je l'aime bien.

Izzy sourit, manifestement heureuse que quelqu'un s'intéresse à elle. Son visage s'adoucit, son regard s'anime. Elle aussi doit trouver le silence pesant ; Clara, Maisie et moi serons bientôt sortis de là mais, elle, elle est coincée là toute la journée, à gagner de l'argent principalement pour quelqu'un d'autre.

— Elle vient de changer de branche, me répond-elle. Elle était en chimie, et a bifurqué vers les sciences agroalimentaires. Elle veut devenir diététicienne, aider les gens qui ont des troubles alimentaires.

— C'est un boulot utile. Aider les autres, ça doit être un truc de famille.

Izzy sourit à nouveau, mais un peu tristement cette fois, en disant que c'est quelque chose qu'elles tiennent de leur mère, qui était bénévole dans une association d'aide et d'écoute pour les personnes suicidaires. Le suicide — comme il faut être désespéré pour songer à s'ôter la vie. Ces derniers temps, avec le cabinet qui coule lentement mais sûrement vers une faillite annoncée, il m'arrive de me demander si Clara ne s'en sortirait pas mieux si je ne faisais plus partie du décor. Je suis loin d'être le type sinistre qui ne pense qu'à la mort. Je suis simplement réaliste. Sans moi, sans le boulet que je suis, Clara retrouverait un mari sans peine, un homme qui ne la prendrait pas au mot sur le fameux « pour le meilleur et pour le pire ».

— Elle savait s'y prendre avec les gens, nous confie Izzy, et un bref silence s'installe. Une simple conversation avec elle pouvait changer la façon dont une personne envisageait la vie.

Je me demande à quoi ressemblait cette femme. J'ai envie d'en savoir plus — sur sa mère, la façon dont elle est morte, les difficultés qu'elle a dû rencontrer lorsqu'il a fallu qu'elle s'occupe de sa sœur alors qu'elle n'était elle-même qu'une adolcscente —, mais Clara me fait les gros yeux, alors je m'abstiens.

Clara nc prononce presque pas un mot de toute notre visite. Elle nous observe en silence, Tom, Izzy, moi ; son regard s'attarde parfois un peu plus sur sa mère qui, elle aussi, est bien taciturne. Ce n'est que plus tard qu'elle consent à parler, lorsque son père nous appelle tous les deux pour une conversation en privé. Je suis Clara dans la cuisine, une main posée sur ses reins.

— Qu'est-ce qui se passe, papa ? demande-t-elle, reprenant enfin vie.

Elle touche l'avant-bras de son père et lui demande si

tout va bien. Il y a des inconvénients à être enfant unique. Le fait que tous les problèmes concernant ses parents — financiers, médicaux et autres — lui retombent sur les épaules, c'est lourd à porter.

— C'est ta mère, dit Tom.

Presque toutes les conversations avec Tom tournent autour de ce que Louisa a encore fait depuis notre dernière venue. Appeler un chat qui est mort depuis longtemps, crier sans raison, errer sans but dans la maison. Il nous parle aussi parfois des médicaments, de tel ou tel rendez-vous chez le neurologue ou le médecin.

— Je t'écoute, soupire Clara.

— Il s'est passé quelque chose, dit-il, et je lis la tension, la honte dans son regard. C'était il y a deux jours, le mardi soir. Elle a mis la main sur les clés de la voiture sans que je sache comment.

Je vois d'ici où cela va nous mener. Il nous explique que Izzy n'était pas là — c'était presque l'heure du coucher, Tom l'avait laissée partir — et qu'il s'est endormi sur le canapé. Les fins d'après-midi et les débuts de soirée sont les moments les plus éprouvants pour Louisa, sa confusion semble atteindre son paroxysme. Il était presque 8 heures, Tom était fatigué. Louisa passait des nuits très agitées, ne dormant pratiquement pas, ce qui signifiait que lui non plus ne pouvait pas se reposer. Je le voyais à ses yeux. Il était à bout de forces.

— Elle s'est mis dans la tête de préparer le dîner, dit-il, mais il n'y avait plus de lait. Je ne sais pas ce qui m'a pris de laisser les clés de voiture dans ma poche de manteau…

— Arrête, papa, le console Clara. Ce n'est pas ta faute. Vraiment pas.

Louisa s'est donc débrouillée pour trouver les clés, passer devant Tom et sortir. Elle est entrée dans le garage et s'est installée au volant de son ancienne voiture, qu'elle n'avait pas conduite depuis des années. Elle a démarré, passé la marche arrière et a roulé sur deux cents mètres environ, puis elle a fait une embardée et a fini dans les poubelles de Ed Ramsey, qui attendaient sur le trottoir le passage des éboueurs.

— Dieu merci, personne n'a été blessé, souffle Tom. Ed l'a trouvée au volant, complètement déboussolée. Elle n'arrêtait pas de dire qu'il lui fallait du lait, alors Ed a cru qu'elle avait soif, et il lui en a apporté un verre en attendant que j'arrive. Je devrais lui en vouloir, vraiment, je le pourrais. Mais je sais bien qu'elle ne le fait pas exprès.

— Oh ! papa, murmure Clara sans pouvoir dire autre chose.

— Dieu merci, personne n'a été blessé, répète-t-il.

Nous approuvons d'un hochement de tête.

Nous nous sommes isolés dans la cuisine pour éviter que Louisa nous entende, tout en gardant un œil dans le salon pour ne pas la laisser seule avec Maisie, pas après ce qui s'est passé la dernière fois. Je n'arrive toujours pas à oublier cette image : Louisa poursuivant notre fille, une paire de ciseaux à la main. Tout s'est passé très vite.

Je vois Maisie, probablement agacée d'être assise là sans bouger, se lever du canapé et faire quelques sauts de biche maladroits en travers du salon. Tom, Clara et moi revenons dans la pièce pour assister à sa performance. Clara explique que Maisie a commencé à prendre des cours de danse classique le mardi après-midi. Elle évoque le studio au rez-de-chaussée d'une ancienne usine réhabilitée, la prof de danse, Mlle Becca, le fait qu'il y ait un garçon pour dix filles dans le cours de Maisie — un détail que Maisie nous rappelle à chaque fois qu'elle rentre à la maison après son cours. Cela la fascine, c'est la première fois qu'elle voit un garçon faire de la danse. Elle nous parle sans cesse de ses leggings noirs, de ses T-shirts blancs, et nous sommes persuadés qu'elle est amoureuse.

— Bientôt, il faudra que tu mettes la main à la pâte, fiston, me dit Tom.

Il a dû m'appeler « fiston » quatre fois depuis que nous sommes mariés, et à chaque fois c'était avec un reproche, qui avait à voir avec tout l'argent investi dans mon cabinet. Mais cette fois c'est mon job de père qui est en cause, le désintérêt qu'il a perçu chez moi concernant les cours de danse de sa petite-fille.

— Avec un nouveau bébé, tout va changer, reprend-il. Il n'y aura plus seulement Clara et Maisie. Clarabelle va être très occupée, précise-t-il en faisant un clin d'œil à sa fille, comme s'ils avaient répété cette conversation.

Mais Clara vole à mon secours.

— Nick se tue au travail pour subvenir à nos besoins.

Je me ratatine en me demandant ce qu'elle et son père penseraient s'ils savaient que je suis au bord de la faillite.

— Et puis, il m'aide, ajoute-t-elle avec chaleur. Dès qu'il en a la possibilité, il m'aide.

— Tu as déjà emmené Maisie à la danse ? demande Tom tandis qu'Izzy se fait, elle aussi, toute petite, souhaitant comme moi se fondre dans le papier peint et disparaître. Tu vas avec Clara à tous ces rendez-vous de préparation à l'accouchement ?

Ses insinuations m'atteignent d'autant plus que, s'il y a bien une chose au monde que je m'efforce de ne pas faire, c'est de ressembler à mon père, qui a toujours fait passer sa carrière avant sa famille.

— J'aimerais, dis-je.

Pathétique. À nouveau, Clara vient à ma rescousse.

— Papa, j'adore emmener Maisie à la danse, la regarder parler avec ses copains, danser, discuter avec les autres mamans. Ça fait du bien de parler avec d'autres mères. Quand on élève un enfant, parfois, on se sent un peu seule.

C'est la première fois que je l'entends dire une chose pareille. Je prends sa main dans la mienne. Le message est passé, je vais tâcher de faire mieux. Je vais faire tout ce que je peux pour être plus présent.

Pour la première fois, Louisa ouvre la bouche :

— Ma Clara, elle n'a jamais su danser, dit-elle sur un ton caustique.

Sauf que ses yeux ne sont pas posés sur Clara, mais sur Maisie, qui enchaîne de gracieux entrechats dans le salon.

— Pauvre Clara, poursuit-elle. Qu'est-ce qu'elle manquait d'élégance. Venue au monde avec deux pieds gauches.

Maisie se met à faire des sauts de grenouille, plus crapaud que ballerine à présent, et perd soudain l'équilibre.

— Clara ! s'agace Louisa. Arrête un peu ton cinéma. Tu as l'air d'une idiote. Une idiote, tu m'entends ? Tu devrais le savoir, depuis le temps, que tu ne sais pas danser, gronde-t-elle, humiliant à la fois sa fille et sa petite-fille.

Une seule des deux fond en larmes, pourtant.

Avant notre départ, Tom appelle Maisie, et à nouveau il se penche pour lui murmurer un secret à l'oreille. Elle en frétille de joie et, alors que son grand-père essuie sa dernière larme, elle semble avoir oublié son chagrin. Pendant qu'il lui parle, le regard de Maisie se pose sur moi, et elle sourit. Quel rapport avec moi ? Qu'est-ce qu'il peut bien lui raconter sur mon compte ?

Sur le chemin du retour, j'essaye d'aborder le sujet avec Clara. Dans son ventre, le bébé lui vrille les entrailles. Maisie lit sagement dans son siège. Clara a les mains croisées au niveau de son nombril et elle esquisse par moments une grimace de douleur. Je pose une main sur les siennes.

— Tu veux en parler ?

Je pense aux commentaires de sa mère, aux clés de voiture, aux poubelles du voisin, au gâteau auquel personne n'a touché, au fait qu'en tant que mère au foyer elle se sente seule.

— Non, je n'ai pas envie, dit-elle, bien que sa main s'accroche à la mienne.

Je tente le coup avec Maisie.

— Alors, qu'est-ce qu'il t'a dit comme secret, ton grand-père ?

Ses yeux vert chlorophylle rencontrent les miens.

— Quand ça ?

Impossible de dire si elle ne sait pas ou si elle me fait marcher.

— Là, juste avant qu'on s'en aille.

D'abord elle ne dit rien, puis elle me fait un grand sourire.

— Boppy, il dit qu'on peut pas répéter un secret.

Après quoi elle tourne la tête vers la fenêtre ; elle sait déjà, à quatre ans, faire abstraction du son de ma voix.

— Oh regarde, là, dans le ciel. Un avion.

Clara et moi avons beau regarder, nous ne voyons rien.

CLARA

Je mets le couvert pour trois.

Maisie se met à sauter autour de la table et crie de joie.

— Papa est rentré ! Papa est rentré !

Ce n'est qu'à ce moment que je me rends compte de mon erreur.

J'ai mis une assiette en trop.

— Oh non, ma chérie, papa ne rentre pas ce soir, dis-je en la retirant d'une main tremblante.

Avec seulement deux assiettes, la table a l'air vide et triste, alors j'enlève les autres aussi et nous installe dans le petit coin repas, plus étroit, plus compact, là où l'absence de Nick est moins flagrante. J'ai préparé un gratin de macaronis pour le dîner, le plat préféré de Maisie. Je n'ai pas cuisiné depuis la mort de Nick, mais je fais l'effort ce soir pour compenser mon irresponsabilité plus tôt dans la journée chez Melinda Grey. J'attrape une friandise pour Harriet dans le placard de la cuisine, histoire de me faire pardonner de l'avoir grondée quand j'ai lavé la flaque d'urine séchée sur le parquet du salon.

— Papa ne rentre pas ce soir, je répète, tu sais, il a beaucoup de travail.

Heureusement, cette fois, elle n'insiste pas pour savoir quand est-ce qu'il va arrêter de travailler comme ça.

— Papa, il travaille tout le temps, dit-elle simplement, visiblement agacée, mais sans faire de scène.

Maisie et moi n'ayant pas grand appétit, Harriet se

régale avec les restes. J'envoie Maisie devant la télé, me disant curieusement que je serai plus à l'aise avec les voix loufoques de Bob l'éponge et de son ami Patrick en fond sonore. Je ne l'autorise pas souvent à regarder ce dessin animé, mais ce soir elle mérite un petit plaisir. Je fais sortir Harriet et la laisse vagabonder dans le jardin clos de piquets en cèdre rouge avant que le vent n'apporte l'orage. Je rentre à l'intérieur pour débarrasser la table. Les météorologues n'ont pas cessé de la journée : un orage approche. La journée elle-même a été bipolaire, soleil puis nuages, éclaircies puis ciel couvert, comme si elle n'arrivait pas à se décider. L'alerte a été lancée, avec en prévision du tonnerre et des éclairs, peut-être des averses diluviennes et de la grêle. L'orage n'est pas encore tout à fait là, mais ça ne saurait tarder.

Je sors mon téléphone et mon ordinateur portable, et je me mets au travail.

Le premier coup de fil que je passe est destiné à ma compagnie d'assurances. Je ne sais pas comment ça marche. Est-ce que c'est à moi de les appeler ou à eux de me contacter maintenant que Nick, assuré chez eux, est mort ? Faut-il remplir une déclaration, ou sont-ils au courant de son décès ? Est-ce qu'ils lisent les notices nécrologiques ? Ma question est probablement stupide, mais je me le demande vraiment. À la naissance de Maisie, Nick a souscrit un contrat d'assurance-vie à son nom parce qu'il voulait être sûr que je m'en sortirais s'il lui arrivait quelque chose, un contrat subordonné à celui qui était exigé pour son emprunt immobilier concernant le cabinet. Mais, comme il s'agissait de deux assurances différentes, je ne devrais pas rencontrer de difficultés pour toucher les fonds.

Je trouve donc le numéro non surtaxé dans toute cette paperasse — soulagée, car les factures s'accumulent, et j'ai besoin de remplacer la clim — et je les appelle. Une femme répond. Je lui explique que mon mari est mort et que j'ai besoin qu'on me verse l'argent de son assurance-vie. Le dire comme ça me glace le sang, et je comprends immédiatement pourquoi les conjoints sont les premiers suspectés de meurtre lorsqu'il y a un tel contrat à la clé. Il suffit de tuer sa moitié, et en retour l'argent coule à flots. Je suis sûre que la fille à l'autre bout du fil me prend pour une femme intéressée. J'ai envie de lui parler de ma clim en panne, des intérêts qui s'accumulent sur les impayés concernant les funérailles de Nick. De lui parler de ma famille, de mes enfants, de Maisie, ma petite de quatre ans, et de Felix, qui vient de naître, pour qu'elle comprenne que je ne suis pas motivée par l'appât du gain.

Mais à mon avis ça lui est bien égal.

— Il faut remplir une déclaration de décès et nous envoyer une copie certifiée conforme du certificat de décès, me dit-elle d'un ton mécanique.

Elle ne me présente pas ses condoléances, elle ne m'offre pas la moindre compassion, alors j'enchaîne :

— Dans combien de temps j'aurai l'argent ?

Elle m'informe que la compagnie d'assurances dispose de trente jours pour examiner la requête. Si tout se passe bien, ils envoient un chèque.

— Qu'est-ce que vous entendez par « si tout se passe bien » ?

Est-ce qu'il arrive que des gens soumettent un faux certificat alors que la personne n'est pas morte, dans l'espoir d'empocher le pactole ?

— S'il n'y a aucune raison de rejeter la demande.

— Telle que ?

Mais pourquoi voudraient-ils empêcher un bénéficiaire de toucher les fonds qui lui sont dus ? Cela me semble d'une cruauté impensable.

— Le suicide, par exemple. Nos contrats comportent une clause spéciale qui stipule que les fonds n'iront pas au bénéficiaire si l'assuré se suicide dans les deux ans consécutifs à la souscription de l'assurance-vie.

Je lui certifie que Nick a pris cette assurance-vie il y a plus de deux ans, ce dont on se fiche royalement de toute façon, puisqu'il est impossible qu'il ait intentionnellement foncé droit sur un arbre avec notre fille sur la banquette arrière.

À moins que ? Est-ce que je me trompe ? Je m'interromps pour réfléchir une minute, cramponnée à la table en bois. C'est vrai que Nick était bizarre dans les jours qui ont précédé l'accident. Il était nerveux, à cran. J'ai voulu savoir ce qui n'allait pas, il a mis cela sur le compte de l'épuisement. Je lui ai fait confiance. À mesure que mon ventre enflait dans les dernières semaines de ma grossesse, on ne dormait quasiment plus la nuit. D'atroces crampes me laminaient les jambes, et je demandais à Nick de me masser les mollets, à 1 heure, puis à 2 heures, puis à 3 heures… À l'approche de la naissance, Maisie a arrêté de faire de bonnes nuits de sommeil elle aussi, inquiète à l'idée que le bébé allait bientôt arriver, et que l'amour qu'on éprouvait pour elle serait divisé en deux. La fatigue nous éprouvait tous beaucoup et, quand Felix est enfin né, nous étions tous bien contents.

Pourtant, dans les premiers jours de vie de Felix, Nick était toujours une vraie boule de nerfs. À deux reprises, il m'a envoyée balader, ce qui ne lui ressemblait pas du tout. Il a haussé le ton, et je n'ai pas été en reste. Je l'ai insulté et je m'en veux encore. *Arrête de jouer au con*, je lui ai dit. *Tu te comportes comme un vrai con*. Plus que tout au monde, je voudrais qu'il soit là, face à moi, et pouvoir retirer ce que j'ai dit. Je voudrais tendre les mains vers lui au lieu de le repousser, ne pas essayer de me dégager à tout prix de ses bras qui tentaient de me retenir. Dans le genre rancunier, je me pose là.

Et à présent je m'interroge : est-ce que c'est ma faute ?

Est-ce que c'est moi qui l'ai poussé dans les bras de Melinda Grey ?

Mais s'il y avait autre chose ? Il y a des problèmes de santé mentale dans sa famille, dépression et schizophrénie notamment ; on avait abordé le sujet au moment de prendre la décision de fonder une famille.

Mais, quand même, le suicide ? Je réfléchis. Non. Pas Nick. Impossible. Il avait tellement de raisons de vivre, son cabinet, notre famille. Jamais il ne se serait ôté la vie, pas comme ça, pas avec Maisie dans la voiture. Cependant les personnes aux tendances suicidaires n'ont pas toujours les idées claires, submergées qu'elles sont par un sentiment de désespoir, un besoin impérieux de tout faire disparaître, de tout arrêter. Soudain, j'imagine Nick, son pied qui appuie sur l'accélérateur avec cet arbre en ligne de mire, et avec une seule idée en tête : mettre fin à ses jours. Je me mets à pleurer. Peut-être était-il rongé par le remords. Peut-être avait-il mis un terme à sa liaison avec Melinda Grey mais, comme elle le menaçait de tout me raconter, il n'a pas envisagé d'autre solution que le suicide.

— Ou encore le meurtre, dit platement la femme au téléphone, interrompant le cours de mes pensées. Dans ce cas, il se peut que le versement des fonds soit retardé car l'expert doit travailler en collaboration avec la police pour s'assurer que le bénéficiaire n'est pas soupçonné de l'assassinat de l'assuré.

Mes larmes se tarissent instantanément.

— Je n'ai pas tué mon mari.

— Je n'ai pas dit ça.

Elle me demande le numéro du contrat, que je lui donne. Elle va m'envoyer un courrier qui contiendra tout ce que je dois remplir pour que le dossier soit complet. Puis le silence se fait, et je l'imagine en train de taper le numéro et d'attendre que son ordinateur affiche les données demandées. Mais le silence s'étire — cette petite roue tant redoutée qui tourne inlassablement à l'écran — et elle me redemande le numéro. Elle a dû faire une erreur au premier essai. Alors je répète les chiffres, plus lentement, pour qu'elle les tape correctement, mais un long silence s'ensuit de nouveau.

Bien trop long pour que je garde mon calme.

— Est-ce qu'il y a un problème ?

— Ce contrat a été annulé, madame, me dit-elle, et je suis prise de court par une douleur si intense que j'ai du mal à respirer.

— Comment ça ? Mais c'est impossible.

En moi-même, cela dit, je pense qu'au contraire c'est tout à fait possible, que les créanciers du cabinet m'ont devancée et ont raflé tout l'argent, ma part et la leur. Ils se sont remboursé l'emprunt de Nick sur mon dos. Comment une telle chose a-t-elle pu arriver ? Je suis prête à me battre pour récupérer ce qui m'appartient, à engager un avocat, me lancer dans un procès, mais alors, à l'autre bout du fil, la femme m'explique qu'il y a quatre semaines — un cliquetis sur son clavier lui donne une date en mai — Nick a annulé son contrat d'assurance-vie. C'est donc Nick qui a repris l'argent, pas ses créanciers. La totalité des fonds a été reversée.

— Mais c'est impossible, je bredouille, imaginant mal Nick en train de siphonner tout l'argent économisé pour me protéger, moi et les enfants, s'il venait à mourir. Il doit y avoir une erreur.

Mon cœur s'emballe, en proie à la panique : Nick est mort, et nous a laissés, Maisie, Felix et moi, sans rien. Rien du tout. Une maison — pas encore remboursée —, un compte épargne maigrichon pour les études des enfants, et des dettes. Plus que je ne peux en imaginer, et qui augmentent chaque jour à un taux conséquent.

Je répète à ma pauvre interlocutrice, la voix tremblante, qu'elle doit faire erreur. Je suis à deux doigts de perdre mon sang-froid. J'exige de parler à quelqu'un d'autre, n'importe qui pourvu qu'il soit responsable de quelque chose. Alors on me passe quelqu'un, à qui j'explique immédiatement à quel point la femme à qui j'ai parlé au début était stupide. Je répète que j'ai besoin qu'on m'aide à toucher les fonds de l'assurance-vie de mon mari le plus vite possible.

Le plus vite possible, je répète, au cas où il n'aurait pas bien entendu la première fois.

— Madame, me répond l'homme d'une voix très maîtrisée et sans prendre la peine de s'excuser pour l'incompétence de sa collègue, le contrat a été annulé.

— Vous vous trompez, dis-je, mais il m'assure que ce n'est pas le cas. Je vous le prouverai, j'ajoute, sûre de mon bon droit.

Je me connecte au site de l'assurance en prévoyant de faire une capture d'écran de notre espace personnel et de l'envoyer à cet homme, et il verra bien qu'il y a des fonds disponibles sur la police d'assurance de Nick.

Mais je découvre avec stupéfaction que le contrat a bel et bien été annulé, et l'argent reversé à Nick. Mon cœur s'arrête, je suis prise de vertige. Mes mains moites restent en suspens au-dessus du clavier. J'essaye de respirer, mais je n'y arrive pas. *Respire, Clara. Respire.*

Pourquoi ? Qu'a-t-il fait de l'argent ?

Nick m'a laissée, et il m'a laissée sans rien.

Je raccroche au nez du type.

Je n'ai pas le courage de traiter avec lui. Trop de questions se bousculent dans ma tête. Je vais devoir trouver un travail, demander à mon père de m'aider, supplier les parents de Nick de me prêter de l'argent. Est-ce que Melinda Grey aurait quelque chose à voir là-dedans ? Je lance à nouveau une recherche sur elle sur Internet mais, en plus des résultats classiques qui m'orientent vers les réseaux sociaux, je déroule la liste et je découvre une chose qui m'a échappé plus tôt. C'est bien son nom, Melinda Grey, qui figure sur cet extrait de registre de la police, daté d'il y a plusieurs mois. *Melinda Grey, résidente de Parkshore Drive, a été placée en détention provisoire par la police de Joliet pour possession de stupéfiants.* Le texte est accompagné d'une photo signalétique, qui ne ressemble pas franchement à la femme en bikini et paréo que je m'étais imaginée : cheveux clairsemés, peau abîmée, yeux tombants, dix, voire quinze ans de plus que Nick. Impossible qu'il ait eu une liaison avec elle. Elle n'a aucun charme, et pourtant Connor me l'a dit. Il m'a dit que Nick avait une liaison.

Mais si ce n'est pas cette femme, qui est-ce ?

Et, s'ils n'avaient pas de liaison, qu'est-ce qui le reliait à Melinda Grey ? Est-ce que cela a un rapport avec la drogue ? Est-ce que Nick se camait ?

L'espace d'un instant, je trouve ça logique, vu son comportement avant la naissance de Felix. Il a encaissé les fonds de sa police d'assurance pour pouvoir se fournir en drogue.

Je décide donc que Melinda Grey n'est pas la maîtresse de Nick. C'était sa dealeuse.

C'est ça. Nick se droguait. Est-ce que c'était le cas au moment de l'accident ? Est-ce qu'il était défoncé ? J'imagine que la police a fait les tests toxicologiques qui s'imposaient à l'hôpital, mais peut-être pas. L'idée me traverse de poser la question à l'inspecteur Kaufman, et puis je me dis que je n'ai pas envie d'apporter de l'eau à son moulin. Il est déjà convaincu que tout est la faute de Nick.

Je prends le temps de me calmer, et je vais chercher les effets personnels qui m'ont été envoyés de la morgue — les clés de voiture, son portefeuille, son téléphone portable.

Mais j'y trouve d'autres objets, que je n'avais pas remarqués en ouvrant le colis la première fois. Une capsule de bouteille de soda vert citron, un petit soldat en plastique kaki pas plus haut que cinq centimètres. Ce n'est pas la capsule, mais le soldat qui attire mon attention, le genre de jouets vendus par seaux entiers, chacun en contenant pas loin d'une centaine. Je le prends entre deux doigts et le regarde dans les yeux. *Tu viens d'où, toi ?*

J'appelle Maisie pour lui montrer le petit soldat et lui demander s'il est à elle. Son petit nez se retrousse de dégoût, elle secoue la tête et lâche un non catégorique.

— C'est pour les garçons, dit-elle en reculant, comme si le petit soldat avait des poux, et elle retourne regarder la télé.

Pourquoi Nick aurait-il eu ce jouet en sa possession ? Ça doit être une erreur. Peut-être qu'un autre corps est arrivé à la morgue avec ce soldat en plastique dans la poche, et un employé aura bêtement cru qu'il appartenait à Nick.

Peut-être que, quelque part dans le coin, un petit garçon a perdu son papa et son jouet.

Je remets le soldat dans le sac. Mais je remarque autre chose. Deux comprimés bleus ovales de moins de un centimètre encore dans leur capsule plastique. Ça ne ressemble pas à un médicament classique, ibuprofène ou antihistaminique. Nick ne suivait aucun traitement sur ordonnance, enfin pas que je sache. Mais peut-être que c'était le cas et qu'il ne m'en a rien dit. À moins qu'il ne s'agisse de la came qu'il se procurait auprès de Melinda Grey. Je les regarde de plus près et je lis le mot « Halcion », suivi d'un dosage. Une rapide recherche sur Google m'indique que l'Halcion est en général utilisé pour traiter l'insomnie et que les effets secondaires sont nombreux : comportement agressif, dépression, pensées suicidaires. Mes yeux s'attardent sur ces mots figés sur l'écran. *Pensées suicidaires.* Ces comprimés sont-ils responsables de la mort de mon mari ? Je me connecte au compte MyChart de Nick, une base de données où les praticiens enregistrent les dossiers médicaux à l'intention de leurs patients. L'identifiant est l'adresse mail de Nick et, quand j'appuie sur « mot de passe oublié », le site le renvoie sur sa messagerie, dont je connais le mot de passe, et le tour est joué. Je fouille dans son dossier pour voir ce que lui a prescrit son médecin. La dernière ordonnance concerne de l'amoxicilline en traitement d'une sinusite l'hiver dernier. L'Halcion ne figure nulle part.

Il s'est procuré ces comprimés d'une autre manière.

Je laisse ça de côté pour l'instant.

La batterie du téléphone est vide, l'écran, explosé. Je trouve un chargeur dans un tiroir fourre-tout et je réussis miraculeusement à allumer l'appareil après quelques minutes d'attente. L'écran de veille apparaît, une photo de Nick et moi, nos visages lacérés par les fissures de l'écran LCD. Ce qui n'empêche pas Nick d'être plus beau que jamais. Sur cette photo, il a un sourire sublime, qui me rappelle que jamais il ne ferait de mal à une mouche. Jamais. Le souvenir de cette ordonnance de protection me revient, tandis que je plonge mon regard dans le sien, si doux, sachant au fond de moi que toujours ses mains se sont posées sur moi avec tendresse, que ses mots n'ont jamais été porteurs de la moindre cruauté ou méchanceté.

Ça doit être une erreur ; tout ça ne peut être qu'une énorme erreur.

Je tape le mot de passe de Nick — la preuve pour moi qu'il n'y avait pas de secrets dans notre couple, bien que je commence à en douter — puis j'appuie sur le bouton d'appel pour voir avec qui il parlait au moment de l'accident. C'est un indicatif en 206, qui ne me dit rien de spécial, alors je lance une recherche sur Internet. Je l'imagine pressant le téléphone contre son oreille de sa large main en chuchotant à Maisie, qui lit son livre à l'arrière, de ne pas faire de bruit. *Papa est au téléphone.* Je le vois dire *Allô ?* puis un air d'incompréhension assombrit un court instant son visage, lorsque son interlocuteur demande si c'est bien Amy ou Natalie ou Renata. *Vous vous êtes trompé de numéro.* Et, tout à coup, le virage en épingle qui se profilait à l'horizon est là, il n'a pas le temps de réagir, il s'y engage comme dans un tourbillon, à quatre-vingts kilmètres-heure, et quitte la route. Je pense que la personne à l'autre bout du fil a tout entendu ; elle a dû capter les tout derniers mots que mon mari a prononcés, sûrement quelque chose de blasphématoire, de vulgaire, même si ça n'était pas son genre. En perdant le contrôle de la voiture, oui, il a dû dire un truc comme *Bon Dieu de merde*, ou *Putain de bordel*, parce que, moi, c'est exactement ce que j'aurais fait. C'est ce que je dois découvrir ; soudain, il est impératif que je le sache.

Seattle fait partie des villes de la zone couverte par l'indicatif 206, ainsi que Bainbridge Island, où Nick est né. J'ai entendu les anecdotes sur la modeste petite maison non loin de Puget Sound, près du port, où il n'avait qu'à pencher la tête pour voir des mâts flotter sur l'eau depuis sa fenêtre. Avant la retraite, la mère de Nick était guide bénévole dans un musée local et son père anesthésiste ; il prenait le ferry presque tous les jours pour Seattle, une vie entière dévouée à son métier. C'est en tout cas ce que Nick m'a raconté. Mais il avait quitté Seattle à dix-huit ans pour aller à l'université, et il n'y était jamais retourné. Ce n'est pas qu'il n'aimait pas l'endroit mais, le temps qu'il obtienne son diplôme et se décide à ouvrir son propre cabinet dentaire, ses parents avaient déménagé pour s'installer dans une autre petite maison à Cape Coral, qui n'était pas sans rappeler celle qu'ils avaient quittée, les hivers et la pluie en moins. Ils nous rendaient rarement visite et ne restaient jamais longtemps, et à présent que Nick est mort je pense pouvoir dire sans me tromper que leurs visites vont s'espacer davantage, jusqu'à ce qu'ils finissent par ne plus venir du tout. La mère de Nick a toujours voulu qu'il épouse une autre fille ; elle n'avait personne de particulier en tête, juste quelqu'un d'autre que moi. Elle me l'avait bien fait comprendre.

Bien. J'ai restreint le champ des possibles à deux hypothèses : soit la personne qui appelait était un téléprospecteur, soit il s'agit d'une erreur de numéro. Nick n'a plus de famille à Seattle. C'était juste une coïncidence, Nick n'ayant plus aucun lien avec cette ville depuis au moins six ou sept ans. Je rappelle le numéro, sans vraiment m'attendre à ce qu'on décroche.

— Allô ? fait une voix de femme.

Prise de court, je ne sais pas quoi dire.

C'est une voix douce, délicate. J'aurais dû mieux me préparer, écrire une idée sur un bout de papier, ou du moins mon entrée en matière. Je suis pétrifiée.

— Allô ? Il y a quelqu'un ? répète la femme à l'autre bout du fil.

Je m'éclaircis la voix, et les mots finissent par sortir, quoique saccadés, mal articulés.

— Allô. Vous ne me connaissez pas. C'est la police qui m'a donné votre numéro.

J'ai prononcé la dernière phrase très bas, alors elle me demande de répéter. Je m'exécute, en essayant de parler plus fort, plus posément. J'entends la voix de Bob l'éponge traverser les murs de la maison, Maisie a dû monter le son. Ses gloussements, noyés par le vacarme de la télé, sont à peine audibles. Cela fait longtemps qu'elle n'a pas ri comme ça.

— C'est la police qui m'a donné votre numéro.

— La police ? s'écrie la femme, troublée.

— Oui, c'est ça, dis-je, bien que ce ne soit pas tout à fait exact.

— Est-ce que je vous connais ?

Sa voix se propage dans tout mon corps, jusque dans le parquet de la cuisine. Je perçois une soudaine réserve, un doute manifeste. Pourquoi la police m'aurait-elle donné son numéro ? Qui suis-je, quel est l'objet de mon appel ? Elle commence à angoisser. Elle passe en revue ses connaissances, se demande s'il est arrivé quelque chose. Est-ce que je lui apporte une mauvaise nouvelle ? Suis-je l'incarnation de la mort, la Grande Faucheuse, venue lui voler des êtres chers ?

— Non, dis-je. Vous ne me connaissez pas. Voyez-vous, mon mari a été victime d'un accident de voiture. À ce qu'il paraît. Mais je n'y crois pas. À la théorie de l'accident.

Les mots se déversent presque malgré moi, et voilà que je raconte à cette femme ce qui s'est passé : Nick, Maisie, l'inspecteur Kaufman, la voiture noire qui les poursuivait, le virage en épingle, le méchant, qui était peut-être une femme. J'évoque les élevages de chevaux, le grand chêne blanc, et je termine avec l'inspecteur Kaufman, qui m'a dit que Nick était au téléphone au moment de l'accident.

Je l'entends se mettre à respirer très fort.

— Clara, parvient-elle à murmurer.

Je sens la terre vaciller sous mes pieds.

Elle me connaît.

Dehors, le tonnerre commence à gronder, l'air humide se soulève pour entrer en collision avec les couches supérieures, plus fraîches, de l'atmosphère. Sans surprise, il se met à pleuvoir à verse. L'herbe en a bien besoin, les arbres aussi, mais pour une petite fille déjà traumatisée sans le savoir l'orage n'est pas forcément le bienvenu. Un coup de tonnerre plus franc, et Maisie pousse un cri avant d'abandonner Bob l'éponge et de courir se réfugier dans mes bras en se bouchant les oreilles. Sur ce, un chien aboie, et je me rends compte que c'est la pauvre Harriet que j'ai envoyée dehors et qui se fait bombarder de pluie et de grêle.

— Je suis désolée, dis-je en serrant Maisie contre moi. Il y a de l'orage. Elle a peur.

— Il paraît que ça va être particulièrement violent, répond la femme.

Et je me rends compte, en l'écoutant parler du temps

lourd et de la pluie tant attendue, qu'elle n'est pas à Seattle comme je l'avais cru, face aux orques nageant dans les eaux saumâtres de Puget Sound, mais plutôt dans le voisinage, sous un ciel d'où le soleil s'est éclipsé et d'où l'eau tombe à seaux. Comme moi.

Harriet aboie à nouveau et je me lève.

— Non, maman, s'il te plaît, reste là, supplie Maisie en se cramponnant à ma jambe.

Je vais ouvrir la porte de derrière pour faire entrer la chienne, trempée comme une soupe. Le vent pousse le battant violemment et je dois peser de tout mon poids contre le bois pour le refermer. Je tourne le verrou et Harriet choisit le moment où nous la rejoignons pour s'ébrouer.

Je n'y tiens plus.

— Qui êtes-vous ? dis-je dans un souffle, tandis que Maisie, tout bas, demande *C'est qui, maman, c'est qui ?*

Je pose un index sur ma bouche pour lui demander de se taire et je vais baisser les stores de la cuisine, inquiète à l'idée d'être observée. Je ressens la même chose que sur Harvey Road. Y a-t-il quelqu'un sur la pelouse, derrière la maison, sous la pluie, en train de m'espionner ?

L'éclairage éblouissant de la cuisine contraste avec l'obscurité qui est tombée d'un coup dehors. Un étranger n'aurait aucun mal à nous voir. Moi au téléphone, Maisie toujours agrippée à ma jambe. Est-ce qu'on veut me faire peur, m'attrister, me faire perdre la boule ? Je stoppe le store à mi-chemin et je scrute l'extérieur rapidement, sursautant à chaque arbre que je vois. Il y en a une douzaine, de grands chênes et des érables, derrière lesquels un homme ou une femme pourrait aisément se dissimuler. La cachette parfaite.

Je m'apprête à envoyer Maisie dans une autre pièce pour m'aider à fermer tous les stores, mais un nouveau coup de tonnerre retentit, et immédiatement, comme une bouilloire qui se met à siffler, elle pousse un cri. Doucement, je pose une main sur sa bouche, et je répète ma question, à présent hors de moi, ayant un besoin impérieux de savoir avec qui je parle au téléphone depuis tout à l'heure.

— Qui êtes-vous ?

Mon cœur s'emballe ; je crois que comme Maisie je pourrais bien crier moi aussi. Tout bas je lui murmure de ne pas faire de bruit et je retire ma main. Mais, avant que la femme puisse répondre, un nouveau vacarme retentit, comme une averse de clous contre la porte. Mon sang se fige, je me raidis. Les bras de Maisie se resserrent de plus belle autour de ma jambe.

— Il y a un homme derrière la porte, dit-elle tout bas. Maman, juste là.

— Comment ça, un homme ?

Je sais pertinemment qu'à cette distance de la fenêtre Maisie n'a aucun moyen de savoir s'il y a quelqu'un à notre porte. Dans la cuisine, impossible d'être vu, et impossible de voir à travers le verre biseauté, mais Maisie insiste en hochant la tête imperceptiblement : il y a un homme derrière la porte, avec un chapeau et des gants.

— Un chapeau et des gants ? En été ?

C'est impossible. Malgré l'orage, il fait encore une chaleur atroce.

— Reste là, lui dis-je en détachant ses mains de ma jambe.

Je me dirige vers la porte d'entrée bien que j'aie plutôt envie de courir me réfugier sous la table. Mais je m'interdis de laisser voir ma peur à Maisie. Je demande à la femme au téléphone de ne pas quitter. Je m'éloigne de la cuisine, je redis à Maisie de ne pas bouger, et je passe devant notre système d'alarme, désactivé il y a trois ans de ça, depuis que Nick et moi avons décidé qu'il était absurde de continuer à payer pour rien. Je scrute l'extérieur, en quête d'un homme avec gants et chapeau.

Mais je ne vois personne.

C'est alors que le même bruit se fait entendre, une sorte de claquement retentissant, et un cri m'échappe. Un petit gémissement me parvient depuis la cuisine. Je souffle un bon coup, prends mon courage à deux mains et entrouvre la porte d'entrée, prête à la refermer d'urgence si besoin.

Mais la précaution est inutile.

Je constate avec soulagement qu'il ne s'agit que d'un sarment de vigne vierge agité par le vent et qui vient fouetter la porte. Il n'y a personne. Mais alors je me dis que l'homme a peut-être fait le tour de la maison et qu'il attend désormais à la porte de derrière. Je regrette de ne pouvoir activer le système de surveillance, ce qui me procurerait au moins un sentiment de sécurité, même illusoire.

— Qui êtes-vous ? je demande à la femme pour la troisième fois, juste avant un nouveau coup de tonnerre.

À l'autre bout du fil, j'entends clairement un objet tomber, et un bris de verre. Une voix d'homme qui pousse un juron. Malgré la distance qui nous sépare, je sursaute.

— Je vous rappelle, dit la femme, mais je m'oppose si vertement à ce qu'elle raccroche que Harriet lève piteusement les yeux vers moi, la queue entre les jambes.

Elle croit que je la gronde. Harriet est une chienne qu'on a recueillie, elle est du genre à sursauter pour un rien et à traîner dans nos pattes de crainte qu'on ne l'abandonne. C'est Nick qui l'a trouvée, déjà attendri par une publicité poignante diffusée à la télé pour les animaux abandonnés. Il a dit qu'il faisait des courses et qu'en rentrant à la maison il était tombé sur cette pauvre petite créature pelée et affamée. Je ne voulais pas la garder. Il y avait de forts risques pour qu'elle ne survive pas aux sévices qu'on lui avait infligés de toute façon. Mais on était en hiver, et il faisait vraiment un temps atroce ; la neige avait commencé à tomber abondamment. Le lendemain, j'avais changé d'avis.

— Je vous en prie, dis-je à la femme, dites-moi qui vous êtes.

— Demain, murmure-t-elle.

Un bruit de parasites sur la ligne me fait craindre que la communication ne soit coupée.

— Il y a un parc sur la 248e Rue, Commissioners Park. Près de la 111e.

— Je connais.

Je connais même très bien. J'y ai emmené Maisie des tas de fois. Elle l'appelle le parc de l'hippopotame. Elle baptise les parcs en fonction de l'attraction qui retient son attention — il y a notamment le parc de la baleine. Celui de l'hippopotame dispose d'une énorme structure bleue en forme d'hippopotame que les enfants peuvent escalader.

— À quelle heure ? je demande précipitamment.

— 11 heures, dit-elle, puis le silence se fait à l'autre bout de la ligne, aussitôt déchiré par un coup de tonnerre qui fait frémir Harriet et crier Maisie.

Au lieu de dormir, je passe la première partie de la nuit à regarder la pluie tomber par la fenêtre et à guetter, balayant le paysage en quête d'un homme avec gants et chapeau. Il y a forcément quelque chose qui a déclenché cette vision chez Maisie. À moins qu'il ne s'agisse de son imagination ? Difficile de trancher mais, à mesure qu'on s'enfonce dans la nuit sans homme en vue, je commence à douter de la véracité de ce qui sort de la bouche de ma fille. J'ai envie de la réveiller, de la secouer pour qu'elle mc disc si cllc a vraimcnt vu quclquc chosc ou si cllc a tout inventé.

À 2 heures du matin, après quatre heures à me tourner et à me retourner dans mon lit, je n'y tiens plus.

Avant de descendre l'escalier, je m'assure que les enfants sont endormis. J'enfile une vieille paire de chaussures que Nick gardait pour le jardin et un de ses manteaux. Je trouve une lampe-torche et je sors dans la tempête.

Il faut que je sache.

Harriet me suit à contrecœur, et grâce à elle j'ai un peu

moins peur. Je verrouille la porte d'entrée derrière moi et je glisse la clé dans ma poche. Je tends l'oreille pour voir si j'entends des pleurs de bébé, mais non, rien. Dès que je quitte l'abri de la galerie, le vent m'enlève ma capuche et la pluie s'abat sur moi de toutes parts. Il ne faut pas plus de une ou deux minutes pour que je me retrouve trempée de la tête aux pieds et que je me mette à grelotter.

Guidée par la lampe-torche, je progresse pas à pas, suivie de près par Harriet, et je ne saurais dire qui de nous deux a le plus la frousse.

Mes pas s'enfoncent dans une boue qui cherche à me retenir. En avançant au ralenti comme dans des sables mouvants, je scrute notre terrain.

Je ne sais pas trop ce que je cherche au juste. Je frissonne, de peur et de froid, priant pour ne rien trouver. Je refuse que ça vire à l'obsession et tente de me convaincre qu'il n'y a personne, que c'était l'imagination de Maisie qui lui a joué des tours. J'aurais dû rester dans mon lit, auprès de mes enfants, en sécurité et au sec. Un coup de tonnerre, suivi d'un éclair, m'arrache un cri, persuadée que je suis de voir un homme apparaître dans la nuit. Mais je finis par me rendre compte qu'il ne s'agit que d'un thuya, effilé comme une silhouette masculine.

Il n'y a personne.

La pluie qui tombe sur les toits fait un bruit de tambour et l'eau qui ruisselle par la gouttière inonde les parterres de fleurs dans lesquels je m'enfonce jusqu'à mi-mollet.

Soudain, un bruit derrière moi. Je pivote sur moi-même en balayant l'espace du faisceau de la lampe. Je ne vois rien.

— Y a quelqu'un ? je lance, assez fort pour couvrir le bruit du vent et de la pluie. Qui est là ?

Je suis terrorisée. À côté de moi, Harriet geint. Elle est trempée jusqu'aux os et regrette sûrement de m'avoir suivie. Ses pattes sont couvertes de boue. Elle se demande ce qu'on fait là.

— Qui est là ? je répète.

Personne ne répond. Dans le lointain, j'entends résonner le train sur les rails, insensible au vent et à la pluie sous laquelle je suis, moi, paralysée.

Je continue mon tour de la maison sans trop m'en écarter. Le faisceau de la lampe-torche éclaire les environs immédiats, le portique de jeux, les arbres tremblants. Arrivée au bout du mur latéral, j'ouvre le portillon et me retrouve dans le jardin de derrière. La pluie se mue en grêle qui m'aveugle, le vent agite mes cheveux comme les lanières d'un martinet.

Je commence à me dire que je vais rentrer bredouille, que j'aurai fait tout ça pour rien. En même temps, c'est un soulagement de voir qu'il n'y a personne, que Maisie se trompait. Elle faisait sûrement l'idiote. Mes battements de cœur reviennent doucement à la normale. Je cesse de trembler. Je souris.

Personne n'est venu rôder ici pour nous espionner. Cet homme n'existe pas.

C'est alors que je remarque la boue.

Mes jambes refusent d'avancer.

Trois tas de boue, traînés en travers de la terrasse, trois grosses empreintes de pas laissées sur la brique, sous l'abri de la pergola. Trois traces qui se dirigent vers la maison et s'arrêtent pile à la fenêtre derrière laquelle je me tenais avec Maisie il y a quelques heures à peine. Je remarque qu'elles commencent à se déformer sur les bords, demain matin elles auront disparu. Je pourrais appeler l'inspecteur Kaufman pour lui demander de venir demain à l'aube mais, si les empreintes disparaissent, il ne me croira pas, j'en suis persuadée. Il me toisera à nouveau de son air sombre. *Il n'y a pas besoin d'une enquête criminelle. Vous savez ce qui s'est passé d'après moi ? Votre mari conduisait trop vite et il n'a pas pu négocier son virage.* Puis il me présentera ses sincères condoléances.

Je braque la lampe sur les empreintes et je me force à les étudier de plus près. C'est une semelle en caoutchouc crantée, comme on en trouverait sur des chaussures de randonnée ou de chantier. Les trois pas sont très espacés, d'une amplitude bien plus importante que ma propre foulée. Je pose mon pied à côté pour comparer et j'en déduis qu'il s'agit d'un homme, car la taille est proche de celle des chaussures de Nick que je porte.

Soudain, la batterie de la torche flanche et je me retrouve dans le noir. Je tourne sur moi-même, complètement aveugle.

— Il y a quelqu'un ?

Toujours pas de réponse.

Il y avait bel et bien une personne dans le jardin, j'en ai à présent la preuve.

Mais qui ?

NICK

Avant

Je finis par prendre ma décision, celle que j'esquive depuis tant de temps. Je l'ai repoussée au maximum. Mais je ne peux pas continuer à payer Connor pour du travail que je peux faire moi-même, alors vers midi, quand le cabinet est vide, je l'invite à déjeuner. C'est donc dans un restaurant mexicain bondé et devant une monstrueuse assiette de *nachos* que je lui annonce que je suis contraint de le laisser partir. Il écarquille les yeux, puis il éclate de rire. Il pense que je suis en train de plaisanter.

— Très drôle, boss, dit-il alors que la serveuse nous apporte deux verres d'eau fraîche.

On se connaît depuis des années, et en effet c'est le genre de blagues qu'on se faisait. Des petites vacheries. Sauf que, là, ça n'a rien d'un canular. Je garde un air sérieux et je lui dis que, non, ce n'est pas une blague.

— Je suis désolé, Connor, mais je vais vraiment devoir me passer de tes services.

Je lui explique qu'il aura bien moins de mal à retrouver du travail si je le licencie plutôt que s'il démissionne, comme si je lui rendais une espèce de service, ce qui, en fait, n'est pas si loin de la vérité. Sauf qu'il ne s'en rend pas compte sur le moment. Je lui dis que c'est pour le mieux. Un licenciement mettra au jour les dysfonctionnements du cabinet ; alors qu'une démission reflétera une absence d'endurance de sa part, de stabilité. Mais déjà je vois ses mains se crisper sur la table, son visage virer au cramoisi. Il serre et desserre les poings à plusieurs reprises, prêt à se battre. Il attrape une serviette en papier et commence à la rouler en boule nerveusement.

— Nick, enfin, ce n'est pas sérieux, dit-il. Après tout ce que j'ai fait pour toi…

Je songe automatiquement à Clara, à ma vie avec elle. Si Connor n'avait pas été là, Clara et moi ne serions pas ensemble.

Il ne le dit pas, mais c'est exactement ce qu'il a en tête.

Clara travaillait sur un stand de parfumerie dans un centre commercial quand je l'ai rencontrée, faisant de son mieux pour vendre des eaux de toilette haut de gamme aux passants. Un job qui l'aidait à payer ses frais d'inscription à la fac, grâce aux commissions qu'elle touchait sur les ventes, et même si ça ne représentait pas beaucoup d'argent, comme elle me l'a confié plus tard ce même jour autour d'une pizza, c'était mieux que rien. Connor prétend l'avoir vue le premier mais, si c'est bien le cas, ce n'est que quelques secondes avant que je remarque ses jambes qui n'en finissaient pas de s'étirer sous l'ourlet de sa jupe — une jupe largement au-dessus du genou. *Je te la laisse*, a dit Connor avant même qu'on ait échangé un mot avec elle, alors qu'on était adossés à une rambarde qui donnait sur un espace ouvert et quatre étages de magasins. Il a tout de suite vu ce que je regardais, et bien que ce rappel constant du fait que Clara était à moi parce que Connor me l'avait laissée, comme si elle était une marchandise, ne m'ait pas gêné à l'époque, il a fini par me lasser au fil des années. On aurait dit qu'il sous-entendait que, s'il n'avait pas été aussi magnanime ce jour-là, elle serait aujourd'hui avec lui. C'est une rengaine qu'il entamait toujours avec un sourire en coin, de sorte que cela brouillait la frontière entre gentille blague et vraie vacherie. Est-ce qu'il le pensait vraiment, ou est-ce qu'il plaisantait ? Je n'ai jamais pu trancher.

Pour l'heure, je le regarde dans les yeux, sans ciller.

— Connor, ne me rends pas les choses plus difficiles qu'elles ne le sont. Y a pas de boulot en ce moment. Tu le sais très bien, on n'arrête pas de perdre des patients. Ça n'a rien de personnel. Je n'ai pas les moyens de te garder.

Je lui fais toutes sortes de promesses : j'écrirai une lettre de recommandation, je passerai des coups de fil aux collègues en ville.

Tout en évitant mon regard, il lève la main à l'intention de la serveuse et commande une Dos Equis. Une bière, alors qu'il n'est que midi et qu'il a des patients à soigner cet après-midi. Il essaye de me provoquer, de me pousser à lui dire ce qu'il peut et ne peut pas faire.

— Connor, je ne parle pas d'aujourd'hui. Je ne t'invite pas à partir là, tout de suite. Je te laisse le temps de te retourner, de trouver un poste ailleurs.

Il hausse les épaules.

— Qui te dit que je pensais prendre mes cliques et mes claques aujourd'hui ?

Le problème de Connor a principalement à voir avec son rapport à l'autorité. Il ne donne pas le meilleur de lui-même lorsqu'il travaille sous la direction de quelqu'un. Il veut être celui qui dirige. On l'a renvoyé de son poste précédent — ou plutôt on l'a invité à démissionner — parce qu'il est allé au conflit trop de fois avec le patron. Si cela se passe bien avec moi, c'est parce que je ne le traite pas comme un employé, mais plutôt comme un associé.

Jusqu'à maintenant, il n'a pas été capable de tenir plus de deux ans dans un boulot, et cette liste longue comme le bras ne va pas tarder à faire tache sur son CV.

— Tu as des patients à voir cet après-midi, Connor. Tu sais très bien que je ne peux pas te laisser les soigner si tu bois de l'alcool, dis-je tandis que la serveuse apporte la bouteille verte qu'il attendait.

Il s'empare de sa bière et boit à longs traits. Sans me quitter des yeux.

— Alors vire-moi, dit-il d'un air que je n'aime pas trop.

Tendu, il me montre clairement qu'il a envie d'en découdre, et j'ai une idée assez nette de ce qu'a dû ressentir ce type dans le bar quand Connor s'est avancé vers lui et lui a décoché un direct dans le nez.

— Mais non, je suis bête, reprend-il, tu l'as déjà fait !

Il s'esclaffe brièvement et reprend le concours de celui qui baissera les yeux le premier.

— Je ne t'ai pas viré. Il ne s'agit pas de ça. Tu le sais, Connor. Tu sais parfaitement que je ne le ferais pas si une autre voie s'ouvrait à moi. Ça n'a rien de personnel, je répète en repoussant l'assiette de *nachos* parce que je n'ai plus faim.

— Après tout ce que j'ai investi dans ce cabinet, dit-il.

Sans le vouloir, je réagis du tac au tac.

— Pardon ? On peut savoir ce que tu as investi dans ce cabinet ?

— Les patients que je t'ai amenés, rétorque-t-il, agacé, bien que le nombre de patients en question soit minime.

La plupart des patients du cabinet sont les miens, et je les ai allègrement partagés avec Connor. Sauf que maintenant je ne voudrais pas qu'ils partent avec lui.

— Tu ne serais pas avec Clara si je ne te l'avais pas laissée, dit-il, reprenant son refrain préféré. Tu n'aurais pas non plus Maisie, ni le bébé.

— Laisse ma famille en dehors de ça.

— Ta famille fait déjà partie de ça. Ta famille, ma famille… On est une grande famille, non, dit-il avec un rire arrogant que je connais bien. Tu t'es déjà demandé à quoi ressemblerait la vie de Clara si elle m'avait choisi, moi ? Je suis sûr qu'elle, oui. Je suis sûr qu'elle se pose tout le temps la question.

Je fais un effort surhumain pour ne pas lui sauter à la gorge. J'essaye de me dire qu'il souffre, qu'il agit par instinct de conservation, c'est tout. Je viens de le virer. C'est moi le connard, pas lui.

— Je suis dos au mur, Connor. Je n'ai pas le choix.

Ce qui est vrai. Au train où vont les choses, je serais capable d'aller secouer la tirelire de Maisie pour couvrir le salaire de Connor cette année. Je tente de le lui expliquer, de lui rappeler que j'ai une famille, la maison à rembourser, un bébé qui va naître, mais ce sont des choses qu'il refuse d'entendre.

— Moi aussi, j'ai des obligations, lâche-t-il.

On bascule carrément dans l'intime, alors que je ne le voulais pas. Malgré moi, j'ai sous-entendu que, puisqu'il n'est pas marié et qu'il n'a pas d'enfants, son job vaut moins que le mien.

— Ce n'est pas ce que je voulais dire.

Mais peu importe que j'essaye de rectifier le tir, le mal est fait. Un silence tombe entre nous. Il finit sa bière cul sec et en commande une autre.

— Connor, je suis désolé. Je n'ai pas les mots pour te dire à quel point je suis désolé qu'on en soit arrivés là.

Sur quoi il se penche au-dessus de la table, si près que je sens son haleine parfumée au jalapeños.

— Tu sais quoi, boss ? C'est pas grave. Franchement, je m'en balance. Tu sais pourquoi ?

Son agressivité me fait reculer.

— Non, pourquoi ?

— Parce que tôt ou tard tu le regretteras. Crois-moi.

Sur quoi il se lève et repousse la table si violemment que je me la prends dans le ventre.

*
* *

L'idée me vient au beau milieu de la nuit. C'est un raisonnement un peu tordu parce que ça me vient en pensant aux chevaux. En fait, ce qui m'occupe l'esprit, c'est la chambre de notre futur bébé. Il ne nous reste plus que quelques petites semaines avant la naissance, et la peinture n'a toujours pas été faite, alors que j'avais promis à Clara de m'en occuper. Je me demande combien cela coûterait de le faire faire par un professionnel, tout ça parce que Clara suppose, à tort, que je suis trop pris par mon travail pour m'en occuper moi-même, et qu'elle a suggéré que je fasse appel à quelqu'un. J'ai déjà remis à plus tard tellement de choses concernant la maison — faire installer les moulures dont Clara a envie, vérifier l'état de marche de plusieurs appareils ménagers, la pompe d'assèchement, le chauffe-eau, la climatisation... tout ça par manque d'argent et de temps. Clara a déjà choisi la couleur de la chambre du bébé — la nuance « Tombe la pluie », un gris délicat qui se marie très bien avec le nouveau couvre-lit hors de prix — et concrètement, tout ce qu'il me reste à faire, c'est passer chercher la peinture.

Y en a pas pour plus de deux heures de boulot, lui ai-je dit. *On ne va pas engager quelqu'un pour ça. Je m'en charge.*

Et me voilà dans mon lit en train de penser à ces pots de peinture, au magasin où je dois aller les chercher, et je repense aux chevaux devant lesquels on passe pour aller là-bas, à ces routes de campagne qu'on emprunte, là où les parents de Clara vivaient avant. Je pense à Maisie, assise sur la banquette arrière, toujours très enthousiaste à l'idée de voir ces chevaux. *Regarde, papa, un marron !* ou alors *Un cheval à pois !* et à chaque fois son sourire me rend gaga. Un cheval à pois ? Évidemment, ça n'existe pas, mais je regarde quand même, pour lui faire plaisir.

Par association d'idées, les chevaux me mènent aux

courses et, bien que je n'y connaisse rien, je me dis que c'est à ma portée.

Sans m'enquiquiner à aller sur un champ de courses, je me connecte à un site de paris en ligne, directement relié à mon compte en banque de façon à pouvoir parier facilement et encaisser mes gains tout aussi aisément. Le lendemain matin, je fais un crochet par la banque pour ouvrir un compte séparé afin que Clara ne voie pas de mouvements suspects sur notre compte joint, non qu'elle le consulte de toute façon, mais on ne sait jamais. Sans trop savoir pourquoi, j'opte pour un compte liquidable au décès sur conseil du banquier, histoire que les fonds ne soient pas bloqués par le tribunal des successions et des tutelles si je venais à mourir. Je déclare un bénéficiaire : Clara.

Mon but n'est pas de faire des choses dans son dos, ce n'est vraiment pas mon genre, mais je ne veux pas qu'elle s'inquiète pour notre situation financière ; entre sa mère et le bébé, elle a suffisamment de tracas comme ça. Il faut juste que je gagne de quoi payer mes dettes, remettre mon cabinet sur les rails, et après ça je décompresserai.

Je me connecte dans mon bureau pendant un trou de quarante minutes. Je verrouille discrètement la porte. Et je me mets au boulot.

Je fais quelques recherches sur les courses de chevaux ; j'apprends le vocabulaire, ligne opposée et pari mutuel, mise de fonds et tiercé ; je me crée un compte sur le site de paris en ligne.

Pour parier, il me faut de l'argent. Le compte épargne de Clara est déjà à sec. Mon investissement dans des placements à court terme aussi, tout a été englouti dans le cabinet dentaire. Ce qu'il nous reste sur notre compte joint suffit à peine à rembourser la maison, régler les notes d'électricité et faire face à la hausse des prix des denrées alimentaires. Je n'y touche pas, sachant qu'il nous faut bien manger. Je ne veux surtout pas que Clara aille faire des courses et qu'au moment du règlement, on lui dise à la caisse que sa carte a été refusée. Elle se noiera dans la honte bien avant de succomber à la colère ou à la peur. Je ne peux pas lui faire ça.

De mon point de vue, deux possibilités s'offrent à moi : soit le plan épargne prévu pour les études de Maisie, soit mon contrat d'assurance-vie. J'opte pour l'assurance-vie. Résiliation du contrat, encaissement des fonds. Ce n'est pas comme si j'avais l'intention de mourir bientôt. C'est un contrat particulier, une assurance vie entière qui fait office de compte épargne, ou du moins c'est comme ça que je l'ai expliqué à Clara il y a des années lorsque j'y ai souscrit. Au lieu d'une durée déterminée — admettons jusqu'à la majorité des enfants, ou jusqu'à leur autonomie financière — j'ai choisi un contrat vie entière, une décision qui me semble superflue à présent. L'argent a bien plus de potentiel entre mes mains que bloqué sur un compte qui ne me servira peut-être jamais.

Je remplis les papiers nécessaires à la résiliation de la police d'assurance, mais le versement des fonds va prendre un peu de temps. En attendant, je pioche dans le compte réservé aux études de Maisie, le manque à gagner est moindre qu'en tapant dans ma propre épargne retraite, alors ça me semble un choix intelligent, ou du moins un moindre mal.

À la fin de la journée, j'ai gagné environ soixante-quinze dollars, qui me font l'effet d'être riche à millions. Une bonne journée, me dis-je, jusqu'à ce que Clara appelle une heure plus tard, très contrariée, et m'annonce que sa mère a remis la main sur les clés de voiture pour partir en promenade.

— Je pensais que ton père les avait cachées une bonne fois pour toutes, ces clés.

— Moi aussi.

Il s'avère que Tom a oublié, en fait.

— Ils l'ont retrouvée, me dit-elle, avec une angoisse encore palpable. Mais un de ces quatre elle va finir par se blesser. Grièvement.

Ou par blesser quelqu'un d'autre. Mais je m'empêche de le dire, je n'ai pas envie de lui rabâcher des choses négatives. Son père et elle savent très bien les risques encourus à chaque fois que Louisa réussit à se glisser au volant d'une voiture.

— Elle est allée où, cette fois ?

Clara m'explique à contrecœur que sa mère s'est rendue du côté de leur ancienne maison, à présent en location. Garée sur le bas-côté, complètement déboussolée, essayant de se repérer en scrutant un boîtier de CD comme s'il s'agissait d'une carte routière, elle a interpellé un passant pour lui demander le chemin de sa maison.

— Et où est-elle, votre maison, madame ? lui a demandé le monsieur.

En remarquant le bracelet d'urgence médicale, il a composé le numéro gratuit pour demander de l'aide. Louisa, elle, a secoué la tête en disant qu'elle n'en savait rien. Elle s'est mise à décrire l'endroit, un vieux corps de ferme à environ deux kilomètres de mon raccourci préféré pour aller en ville, une route sinueuse oubliée qui évite presque tous les bouchons.

Cela fait des années que Tom et Louisa n'habitent plus là.

Mais, comme c'était le cas pour presque tout désormais, Louisa était incapable de s'en souvenir.

CLARA

Un toc-toc à la porte d'entrée me réveille. Je descends l'escalier encore endormie et salue le livreur de fleurs pour la troisième fois de la semaine, toujours à la même heure, soit quelques minutes avant 8 heures. Il est trop tôt. Je suis sûre qu'il reste assis dans sa camionnette à faire passer le temps, jusqu'à une heure qui lui semble décente. Personne ne veut de fleurs après la mort d'un être cher, mais elles continuent à arriver, à me tirer de mon sommeil. Je le remercie, persuadée qu'il en a assez de me voir en pyjama, les cheveux en bataille, l'air hagard, l'haleine plus que suspecte. Je referme la porte et regarde par la fenêtre les traces de l'orage de la nuit passée.

Des branchages arrachés aux arbres et jetés violemment à terre ; à quelques mètres de la maison, une ligne électrique tombée au sol. J'essaye d'allumer la lumière, pas d'électricité. Il va falloir des heures avant que le courant soit rétabli, avant que Felix, Maisie et moi ayons droit à la lumière, au café, à la télé. Des choses qui comptent. Sur le trottoir, au bout de notre pelouse, des restes d'une poubelle renversée : une boîte en carton, un sachet de fast-food en papier, un baril vide de litière pour chats. Le vent a aussi arraché des bardeaux du toit de la maison des voisins. Il y a des flaques dans la rue, dans lesquelles les oiseaux se baignent ; ils battent des ailes dans l'eau trouble puis, comme Harriet, s'ébrouent pour se sécher. Un carouge à épaulettes posé près d'une mare semble me regarder à travers la fenêtre. Le soleil, de retour, cherche en vain à assécher la terre. Il va lui falloir du temps.

Je jette un coup d'œil derrière la maison pour voir si les empreintes sont toujours là. Mais la pluie les a lavées. J'essaye de me convaincre qu'elles étaient bien réelles, que je ne les ai pas rêvées. Les chaussures boueuses de Nick et son imper suspendu à la poignée de la porte me prouvent que je n'ai pas tout inventé.

L'orage a également laissé des traces à l'intérieur de la maison. Harriet, terrifiée, a déféqué sur le tapis. Elle a aussi pris la manie de mâchouiller l'accoudoir du canapé et la chaussure de sport solitaire de Nick, et je trouve des fibres synthétiques éparpillées partout dans la maison. Sans compter les traces que ses pattes boueuses ont laissées dans l'entrée.

À l'étage, dans mon lit, Maisie dort encore. Elle a passé une nuit pénible, effrayée par la pluie et le vent. Je l'ai entendue pousser des petits cris étouffés, *Non, non, non*, elle rejetait les draps en donnant des coups de pied. Avec la climatisation en panne et les fenêtres fermées à cause de la pluie, il règne dans la maison une chaleur insupportable. Pendant ma nuit blanche, j'ai vu le thermostat grimper jusqu'à vingt-neuf degrés, alors que soufflaient dehors des bourrasques à quatre-vingts kilomètres-heure. Mes jambes, en sueur, étaient horriblement moites, comme enduites de baume épais, et le drap me collait à la peau.

J'essayais, pour tromper l'insomnie, de retrouver la sensation d'avoir Nick à côté de moi, le son de ses ronflements à peine audibles, la forme de son corps contre le mien, ses bras, son torse, ses jambes, parallèles aux miens.

En vain.

Notre ville ne détient pas de records de beau temps, loin de là. Il y a une vingtaine d'années de cela, une tornade a ravagé le secteur, et nous avons fait la une des journaux. Personne n'avait entendu parler de nous avant qu'une tornade de force F5 ne soulève les maisons de leurs fondations et ne catapulte des voitures à travers les rues, tuant des dizaines de personnes et en blessant des centaines d'autres. Notre ville est désormais synonyme de tornade, comme La Nouvelle-Orléans est synonyme d'ouragan. Je traverse la maison et je nettoie derrière Harriet, en me disant qu'heureusement il ne s'agissait que d'un orage. Je ne suis pas surprise qu'en se réveillant Maisie n'ait absolument pas envie de sortir de la maison. Mais la panne de courant va la pousser dans ses retranchements : sans micro-ondes pour réchauffer les pancakes et sans télé, c'est-à-dire sans *Bob l'éponge*, sans *Max et Ruby*, elle accepte de sortir pour un beignet de chez Krispy Kreme et une balade au parc. Un peu à contrecœur tout de même, elle va enlever son pyjama et enfiler un short en coton et un débardeur. Nous montons tous les quatre en voiture — Harriet est de la fête. Pour éviter que Maisie boude, je lui donne mon téléphone pour le trajet.

Il n'est pas encore 10 heures, aussi, après avoir acheté donuts et café, je prends la décision de passer par Harvey Road. L'idée ne me vient pas vraiment sur le moment, je crois plutôt qu'elle a bouillonné en moi toute la nuit, tandis que l'orage grondait. Je roule donc en direction du lieu de l'accident ; peu à peu l'endroit familier se profile à l'horizon. Les ranchs équestres apparaissent en bordure de route, avant le redoutable virage en épingle. Il y a des maisons anciennes rénovées comme des corps de ferme neufs avec des écuries, des granges, des pâturages clôturés et d'autres bâtiments que je n'arrive pas à identifier, un peu en périphérie par rapport aux habitations. C'est un secteur particulier, qui ne ressemble à aucun autre endroit de la ville, et se caractérise par un manque notable d'infrastructures commerciales : pas de magasins, pas de stations-service, pas de châteaux d'eau. Où que le regard se pose, il n'y a que des maisons, des arbres, et bien sûr des chevaux. Une église presbytérienne singulière est adossée à un petit cimetière, étonnamment accueillant avec ses grilles en fer forgé et ses haies d'arbustes. Dans les rues étroites et désertes, je baisse ma vitre et l'air qui s'engouffre dans la voiture, frais et propre, a encore l'odeur métallique des averses de la nuit.

Aujourd'hui, je ne roule pas jusqu'au virage, bien qu'il apparaisse au loin et que je me demande si Maisie en a conscience. Après le vent et la pluie, mon monument commémoratif penche sérieusement d'un côté. Les fleurs que j'ai posées devant la croix blanche sont éparpillées au bord de la route, mais elles se sont clairement multipliées ; de toute évidence, je ne suis pas la seule à avoir laissé un bouquet à l'endroit où mon mari est mort. Il y a aussi des présents en abondance. Un ours en peluche détrempé, une croix fabriquée avec des brindilles. Encore des fleurs. Une casquette des Chicago Bears posée sur ma croix blanche en bois, le C bleu et orange pile dans ma ligne de mire. Connor est passé par là, lui qui assistait à tous les matchs de la saison avec Nick, deux places au niveau de la ligne des trente mètres. Ils passaient tous les dimanches après-midi ensemble à Soldier Field, d'août à décembre, à manger des hot-dogs et boire de la bière.

Au lieu de poursuivre vers le virage, je me gare devant une maison. Maisie lève le nez de mon téléphone.

— On est où, maman ? demande-t-elle en scrutant les ranchs.

Dans le lointain, un cheval lui tape dans l'œil. Un clydesdale alezan avec de grandes balzanes. Je connais deux, trois choses sur les chevaux, ma passion quand j'étais petite. Je collectionnais des figurines et passais des heures à lire des magazines sur le sujet.

— On va juste faire un petit tour à pied, dis-je en sortant la poussette double du coffre.

J'y installe d'abord Felix, puis Maisie, et je mets sa laisse à Harriet.

Si l'inspecteur Kaufman a décidé de ne pas faire de porte-à-porte dans le secteur, moi je veux tenter le coup. Avec toutes ces maisons aussi proches du lieu de l'accident, j'ai peine à croire que personne n'ait rien entendu, ou n'ait vu de débris sur la route. Quelqu'un sait forcément quelque chose. Je me mets en route, tel un candidat aux élections parti à la pêche aux votes, avec mon chien et mes enfants pour accroître mon pouvoir de persuasion.

Maisie n'oppose pas trop de résistance — elle préfère de loin les promenades aux sorties au supermarché — et, tant qu'elle peut jouer à aligner les bonbons sur mon téléphone, tout va pour le mieux dans le meilleur des mondes. Elle lève le nez de l'écran pour jeter un coup d'œil autour d'elle, et je sais ce qu'elle cherche : une éventuelle voiture noire sur les places de parking.

Mais il n'y a rien de tel.

C'est une matinée paisible. Dans les pâturages, les chevaux vont et viennent, broutent l'herbe détrempée. Harriet, toujours aussi froussarde, rechigne à avancer. Je tire sur sa laisse et l'encourage à venir.

La première porte à laquelle je toque appartient à un corps de ferme pittoresque avec garage indépendant, couleur jaune délavé et rouille sur les bords. Les arbres du jardin sont gigantesques et l'allée qui mène à la maison est longue et large. Je chemine jusqu'à la porte avec ma petite troupe. Je détache Maisie de la poussette et lui dis d'aller s'installer sous un arbre pour jouer avec mon téléphone. Je lui en indique un assez loin, à une trentaine de mètres, avec un tronc comme couvert d'écailles et des grappes de fleurs suspendues à ses branches, dont la plupart ont été projetées au sol par l'orage.

— Il y a plus d'ombre, tu verras mieux l'écran.

Je la regarde se diriger vers le cornouiller, s'asseoir dans l'herbe mouillée. Puis je frappe à la porte, doucement, et au moment où elle s'ouvre je sens mon ventre se nouer. Un homme apparaît, la cinquantaine, le visage rond et le crâne dégarni. Ses rares cheveux sont gris, comme ses yeux. Il me considère d'un air perplexe.

— Bonjour ? dit-il, hésitant, et je réponds à sa question avant qu'il ait le temps de la poser.

— Vous ne me connaissez pas, dis-je rapidement alors qu'une femme apparaît à côté de lui, les yeux interrogateurs. Je m'appelle Clara. Mon mari est mort sur la route, là-bas, il y a quelques jours. Dans un accident de voiture.

Je comprends à leur regard que je n'avais pas besoin d'en dire autant. Ils savent qui je suis. Dans le lointain, le virage luit sous le soleil, tout près de cet arbre maudit. De là où je me tiens, le point de vue est parfait. Une personne assise ici, sur cette galerie, en train de siroter un thé glacé, confortablement installée dans la balancelle, aurait tout à fait pu voir l'accident se dérouler sous ses yeux, comme un événement sportif, une voiture ou peut-être deux qui dévalent la route à tombeau ouvert, l'impact impitoyable, les débris qui volent autour ; il se peut aussi qu'ils aient simplement entendu le choc.

— On a entendu, répond la femme en me rejoignant sur la galerie.

Mon cœur s'emballe. Elle a entendu ! Mais la déception ne tarde pas.

— Oui, on l'a entendu aux nouvelles. C'est tellement triste. On n'était pas à la maison quand ça s'est produit et, quand on l'a appris aux informations, on n'arrivait pas à y croire. Juste au bout de notre rue. Quelle tristesse. Qu'est-ce que vous recherchez ?

— J'espérais que peut-être vous auriez vu quelque chose. Que vous auriez vu ce qui s'était passé.

Elle pose une main sur mon coude, un geste qui se veut

chaleureux et amical, mais c'est une sensation étrange, un contact inhabituel.

— Le journal a dit que la vitesse excessive était la seule responsable, chuchote-t-elle presque, et j'acquiesce.

Je murmure à mon tour qu'il est tout à fait possible que le journal se trompe, et je vois la pitié et la perplexité assombrir son regard. Elle pense que c'est moi qui fais erreur.

— Parfois, voir, c'est croire, dit-elle, énigmatique.

Je dégage mon bras, elle me présente ses condoléances, mais je me demande si elles sont aussi sincères qu'elle le prétend.

Je passe prendre Maisie sous son arbre et nous nous remettons en route avec Harriet, qui cette fois ouvre la voie.

Il n'y a personne dans la deuxième maison. Je perçois pourtant une sorte d'activité à l'intérieur, mais personne ne vient ouvrir. La porte du garage est ouverte, un vélo d'enfant posé par terre sur la pelouse. D'une fenêtre ouverte à l'étage s'échappe un air de guitare. Je sonne, je toque plusieurs fois, je guette un bruit de pas. Mais personne ne vient.

Alors j'avance. Dans le coin, les jardins ne font pas loin d'un demi-hectare. Il faut un certain temps pour aller d'une maison à l'autre, qui plus est en marchant directement sur la route car il n'y a pas de trottoir. Cela dit, il y a aussi très peu de voitures. La propriétaire de la maison suivante, à qui je donne une trentaine d'années, est déjà dehors, en train de nourrir un clydesdale, celui qu'on a aperçu tout à l'heure. Encouragée par son sourire, je me présente.

— Clara. Clara Solberg.

À voix basse, je raconte la mort de Nick.

— Je peux caresser le cheval ? demande Maisie en sortant de la poussette et en se dirigeant d'un pas décidé vers l'alezan, la main tendue.

— Maisie, dis-je pour l'arrêter.

La femme dit que ce n'est rien.

D'habitude, Maisie ne caresse pas les animaux sans demander la permission. Enfin, là, elle a bien demandé, simplement elle n'a pas attendu la réponse. C'est typique de Maisie, toujours impatiente. Les enfants ont tellement de mal à attendre en général.

— Lady est gentille. Elle adore les enfants, affirme la dame, avant de tendre une carotte à Maisie pour qu'elle la donne à la jument.

Voyant que Maisie est absorbée par les caresses vigoureuses qu'elle prodigue au cheval, j'en profite pour demander à cette femme si elle a vu ou entendu quoi que ce soit, si elle était chez elle. Ce que je voudrais lui demander en réalité, c'est si elle a vu une voiture noire en embuscade derrière un arbre ou dans une allée, et qui aurait surgi sur la route à l'arrivée de Nick. Mais je n'en dis rien.

— J'étais chez moi, répond-elle, j'ai entendu l'accident. C'était — elle ferme les yeux et secoue la tête — horrible. Un bruit atroce. Mais je n'ai rien vu, ajoute-t-elle en nous menant jusqu'au jardin de derrière, où je m'aperçois tout de suite que la grange d'un voisin, peinte en rouge, bouche complètement la vue. Ne vous méprenez pas, j'ai regardé, je voulais savoir ce qui s'était passé. J'ai pensé prendre ma voiture et rouler jusqu'au virage. Par curiosité, c'est vrai, mais aussi bien sûr parce que j'étais inquiète. Puis j'ai entendu les sirènes, les ambulances, les pompiers, et je me suis dit que je ne ferais que les gêner. Les secours étaient déjà là.

— Je vois. Merci infiniment d'avoir accepté de me parler, dis-je en reprenant Maisie pour partir.

La femme me présente ses condoléances. Tous ces gens ont de la peine, tellement de chagrin pour moi. Mais ils sont bien soulagés de ne pas être à ma place.

Le même scénario se déroule dans les trois maisons suivantes — oui, ils étaient là, mais, non, ils n'ont rien vu.

À la quatrième, c'est le silence. Les lumières sont éteintes, un colis est posé sur la galerie, humide de pluie. *Janice Hale*, indique l'étiquette, sur la boîte en carton frappée du logo de Zappos. On dirait que Janice Hale s'est commandé des nouvelles chaussures.

Je poursuis mon chemin et toque à la porte suivante, mais personne ne vient ouvrir. De toute façon, je suis si loin du lieu de l'accident que ça me semble vain d'insister. Je fais demi-tour et à peine ai-je accompli trois pas qu'une voix féminine m'apostrophe.

— Coucou !

Une fenêtre ouverte, un visage pressé contre une moustiquaire.

— Je peux vous aider ? demande-t-elle.

Maisie se serre contre mes jambes. Dans sa poussette, Felix dort paisiblement, baigné par la douceur de l'air. Il faudra bientôt qu'il mange, mais j'ai tout prévu : un sac à langer plein de biberons, de lait maternisé et d'eau distillée, selon les recommandations des sites de conseils aux jeunes parents.

— Vous cherchez Tammy ? Elle travaille, dit-elle en toussant dans sa main.

Je ne prends pas la peine de lui demander qui est Tammy. Dans son autre main, elle tient une cigarette au bout incandescent. La fumée dérive à l'extérieur, et Maisie, même si c'est un peu exagéré, se met à tousser.

— Va jouer, lui dis-je en lui ébouriffant les cheveux, avant de la pousser doucement à l'écart. Quand est-ce que Tammy sera de retour ?

— Demain dans la journée, je présume. Elle est de réserve, vous savez ?

Bien sûr, je n'en savais rien.

— Elle a pris l'avion pour l'Arkansas, ou quelque chose comme ça. L'Alabama, peut-être. Je ne sais jamais où elle est, dans le Nord ou le Sud, dans les airs ou sur terre.

Face à mon air perplexe, elle m'explique à quel point Tammy déteste la nature imprévisible de ce travail, l'uniforme laid comme tout, les robes portefeuille, la veste croisée, le petit foulard.

— Elle aurait dû se trouver un nouveau boulot depuis longtemps, décrète-t-elle.

Puis elle ajoute d'une voix rauque, comme s'il était naturel de passer du travail de Tammy à ce qui m'amène là :

— Je peux vous aider ?

— Non, je fais en secouant la tête, certaine que ce n'est pas ici que je trouverai ce que je cherche.

Et puis, je pourrais revenir. Oui, je reviendrai dans un jour ou deux et je demanderai à parler à cette Tammy. Quoique. Je m'en voudrais de laisser passer l'occasion. Je fais un pas en direction de la fenêtre et j'explique à cette femme qui je suis et ce que je veux, puis j'attends qu'elle réagisse.

— J'étais partie faire une course, dit-elle, acheter une cartouche de cigarettes.

Je me dis alors que c'est fichu, qu'elle n'a rien vu, rien entendu, mais elle poursuit :

— Je suis passée juste après l'accident. J'ai appelé les flics tout de suite, en voyant cette voiture en mille morceaux.

Mon cœur s'arrête. J'imagine ces morceaux dont elle parle, éparpillés sur le bitume. Et Nick. Brisé lui aussi. Une boule dans la gorge, j'appuie une main contre mon visage pour m'empêcher de pleurer.

— Et c'est tout ? Est-ce que vous auriez vu autre chose ?

Les mots sortent avec difficulté. Je regarde autour de moi pour m'assurer que Maisie ne nous entend pas.

— Quelqu'un d'autre, peut-être ? j'insiste.

Elle réfléchit un instant puis dit avoir croisé une voiture en rentrant chez elle, cinq cents mètres environ avant l'accident.

— En temps normal, je n'aurais pas fait attention.

Mais la voiture en question a fait un écart de son côté de la route, et elle a dû donner un sacré coup de volant pour ne pas se faire tamponner.

— Cet enfoiré roulait trop vite. Je parie qu'il était au téléphone, ou qu'il envoyait un texto.

Elle a klaxonné et adressé un doigt d'honneur au conducteur. À peine deux minutes plus tard, elle arrivait au niveau du virage où Nick est mort.

— Et vous avez vu la personne qui était au volant ? je lui demande, mais elle répond qu'elle avait le soleil dans les yeux. Et la voiture ? Vous pouvez m'en dire un peu plus ?

— Elle était sombre, dit-elle en faisant un effort de mémoire. Une couleur foncée.

J'acquiesce.

— Est-ce qu'elle était noire ?

J'ai besoin d'un oui bien franc. J'ai besoin d'une preuve, j'ai besoin qu'une autre personne que Maisie me dise ce qu'elle a vu, me confirme que cette voiture noire est bien réelle et pas seulement sortie de l'imagination d'une petite fille.

Et c'est exactement ce qu'elle fait.

— Je crois…, dit-elle en tirant une longue bouffée de sa cigarette. Je crois bien qu'elle était noire.

Je décide que cela me suffit pour l'instant.

— Désolée de pas pouvoir vous aider un peu plus, ajoute-t-elle.

Je lui assure qu'elle m'est d'une aide bien plus précieuse qu'elle ne peut l'imaginer.

— Merci beaucoup de m'avoir accordé tout ce temps, dis-je.

— Ah si, il y a autre chose, dit la femme au moment où je rassemble ma petite troupe pour partir. Ça vient juste de me revenir. Un détail. Un truc que j'ai vu. C'était une de ces voitures noires avec une croix dorée sur le capot.

— Une croix dorée ?

— C'est ça. Le logo, ou je ne sais pas comment on dit. L'emblème. Une croix dorée.

Je prends mon téléphone des mains de Maisie et je tape les mots « voiture croix dorée logo » dans la barre de recherche. Les images apparaissent instantanément à l'écran : le célèbre emblème de Chevrolet, semblable à un nœud papillon doré.

— Comme ça ? je demande en lui fourrant mon téléphone sous le nez.

Son sourire révèle une rangée de dents de travers jaunies par les goudrons et la nicotine.

— Voilà, c'est ça.

Une Chevrolet noire. Voilà donc ce que je cherche.

— Merci encore de m'avoir accordé tout ce temps, madame… Je n'ai pas saisi votre nom ?

— Betty. Betty Maurer.

— Merci infiniment, Betty.

Cette fois, nous repartons pour de bon.

NICK

Avant

Juin arrive, et avec lui la chaleur et l'humidité caractéristiques de la région de Chicago. Du jour au lendemain, le mercure grimpe à trente degrés dans un climat connu pour n'avoir que deux options : chaud ou froid. Bien qu'il m'en coûte, je décide d'allumer la climatisation à la maison et au cabinet — mon cerveau se met déjà à calculer le montant de la note d'électricité et j'angoisse bien avant qu'elle n'arrive. Avec le début du mois pointe aussi une nouvelle échéance de loyer, dont le montant défie l'entendement. Comme je n'ai pas de quoi l'honorer, je négocie quinze jours de sursis, en espérant que, le 15 du mois, j'aurai économisé suffisamment.

Mais je ne pense pas seulement à ce loyer-ci, je vois plus grand. Je cherche des façons de réduire tous mes frais au minimum. M'étant délesté de Connor, j'ai à nouveau un carnet de rendez-vous bien rempli, même si je m'attends plus ou moins à des poursuites pour licenciement abusif de la part d'un certain Dr C, pas commode dans le genre. J'ai essayé de l'appeler pour qu'on mette les choses à plat. Mais il refuse de répondre.

La bonne nouvelle, c'est que mes paris sur les courses de chevaux me rapportent, bien que les progrès soient lents en raison d'une limite de mise quotidienne imposée par les sites de paris en ligne. J'espère que mon pécule aura grossi avant que je reçoive la plainte de Melinda Grey. Je ne parie plus seulement sur les chevaux, mais aussi sur les *play-offs* de la NBA. Je ne suis pas un grand spécialiste de basket, mais je me suis immergé dans les classements, les analyses statistiques, les écarts de points, afin de miser mon argent sur les équipes qui ont les meilleures chances. Les Warriors sont en général archi-favoris, alors je mets l'argent sur leur équipe et je les regarde remporter le match pendant les prolongations. Je masse le nerf sciatique de Clara, assise à côté de moi sur le canapé. Maisie gribouille à nos pieds sur un cahier de coloriage.

— Je ne savais pas que tu étais fan de basket, me taquine Clara, et je me surprends à penser qu'il y a un paquet de choses qu'elle ignore.

— Vous avez un nouveau patient, aujourd'hui, me dit Stacy le lendemain, au moment où j'entre dans l'air frais et apaisant du cabinet.

Une musique d'ambiance couvre le bruit de l'écran de télé incrusté dans le plafond et il flotte dans l'air une bonne odeur de café, qui me rappelle ce à quoi je n'ai pas accès. La caféine. Un barbecue Weber.

Stacy sourit. Pour nous, évidemment, un nouveau patient, c'est un peu comme une pépite d'or par les temps qui courent. Je pose mes clés de voiture et mes lunettes de soleil à l'accueil, et elle me souhaite bonne chance. Je lui rends son sourire. Il y a une époque où je n'avais pas besoin de chance, mais les temps ont changé.

Mon assistante me rejoint dans l'espace du bureau où elle me présente le patient, un aspect de sa vie personnelle, en tout cas quelque chose qui n'est pas en rapport avec ses dents. C'est une façon d'établir un contact particulier, de montrer à nos patients qu'ils sont importants à nos yeux. Que nous ne nous soucions pas que de leurs dents. Qu'ils nous intéressent en tant que personnes. Qu'êtres humains. Et donc, Jan se lance :

— Bonjour, docteur Solberg, ce matin nous recevons Katherine au cabinet. Katherine Cobb, qui vient juste de déménager de la côte Nord-Ouest pour s'installer dans le Midwest.

Je me laisse tomber sur mon tabouret et je tends la main pour saluer notre patiente, mais c'est l'électrochoc : il ne s'agit pas de Katherine Cobb, mais de Kat Ables — la femme avec qui, il y a douze ans de cela, j'étais persuadé de passer le reste de ma vie.

Je sens ma mâchoire se décrocher.

Elle n'a pas changé. Elle est toujours splendide, et elle a l'air d'avoir dix-huit ans. Nous ne nous étions pas vraiment séparés ; j'étais parti à l'université, on s'était dit qu'on s'écrirait, et puis, finalement, nous ne nous étions jamais revus.

Je réussis finalement à formuler quelque chose.

— Kat Ables, dis-je, bien que je sache qu'elle ne s'appelle plus comme ça.

Parce que je viens de comprendre qu'elle a dû se marier avec Steve Cobb, avec qui je suis allé au lycée également. Steve, le beau gosse dont j'espérais ne plus jamais entendre parler de toute ma vie. Vedette de l'équipe de lutte du lycée, il se pavanait dans les couloirs, suivi de sa cour. Il a toujours eu un faible pour Kat.

— Ça fait un bail, dit-elle, et elle me lance un sourire étincelant, même si je sais que la dernière chose sur laquelle je vais réussir à me concentrer c'est bien son sourire. Alors Nick, comment ça va ?

J'envoie Jan me chercher des boules de coton pour pouvoir être seul un instant avec Kat. Elle ne revient pas avant un long moment, bien que l'armoire à fournitures soit juste de l'autre côté du couloir, et qu'elle sache pertinemment que je n'ai pas besoin de coton.

— Bien, je… je vais bien.

J'actionne sans faire exprès la mauvaise pédale du fauteuil et elle se retrouve la tête en bas au lieu du contraire.

Elle rit. Elle a un rire très mélodieux, aérien, insouciant. Clara, à cran à cause de la sénilité de sa mère et de huit mois de grossesse épuisants, ne rit plus que rarement. Mais Kat, elle, rit, et cette seule facilité, cette simplicité, me pousse à rire aussi.

— Quelle coïncidence, dis-je.

— En réalité, je savais que tu étais ici. Je viens d'emménager dans le coin avec ma famille. On peut dire que je t'ai traqué sur Internet, confesse-t-elle.

Je rougis, parce que, au lieu de ressentir une sorte d'effroi, de menace, cela me monte à la tête.

— Traqué ? je répète.

Elle m'avoue avoir tapé mon nom dans la barre de recherche de Google, et être tombée sur le site de mon cabinet. Elle avait besoin d'un rendez-vous de toute façon, et devait se trouver un nouveau dentiste.

Elle se penche un peu vers l'avant et, par ce simple geste, notre entrevue professionnelle prend un tour plus intime. Ses doigts jouent avec la serviette en papier posée sur sa poitrine, bien que la Kat que j'ai connue n'ait jamais été du genre nerveux. Elle a changé, et moi aussi. Il y a douze ans, elle a dit qu'elle mettrait toute sa vie entre parenthèses pour moi s'il le fallait. Qu'elle attendrait. Mais la vie en a décidé autrement.

— J'ai voulu m'empêcher de venir. Je n'étais pas sûre d'être prête, dit-elle, puis plus bas, presque sur un ton d'excuse : Je n'étais pas sûre que tu voudrais me voir.

— Kat, je t'en prie, dis-je en surjouant le détachement, mais bien sûr que si. C'est formidable que tu sois là. Ça me fait vraiment très plaisir.

Les souvenirs les plus marquants de ma relation avec Kat sont ces moments volés sur la banquette arrière de la voiture de mes parents, censés être romantiques, mais qui étaient plutôt hâtifs et maladroits. On passait notre temps à rompre et à se remettre ensemble, à se blesser mutuellement, je paradais comme un coq avec elle à mon bras ; l'habituel mélodrame adolescent. Mais il y avait quand même quelque chose de très grisant à être avec Kat.

Même à l'époque, je savais qu'il n'était pas question d'amour. Mais cela y ressemblait, pour les deux adolescents que nous étions. Et puis j'ai rencontré Clara, et l'amour s'est imposé à moi avec une évidence que je n'avais jamais connue jusque-là.

— J'ai un fils, maintenant, me confie-t-elle.

D'après elle, c'est tout le contraire de son père. Gus n'aime pas le sport. À la différence de Steve, il a une carrure étroite, il est plutôt grand et maigre, attiré par la musique. Le genre de gamin qui adore les jeux vidéo, l'*air guitar* et les livres de Harry Potter. C'est comme ça que Kat le décrit et, d'après l'image qui se forme dans mon esprit, j'aime déjà ce petit. Tout à fait mon genre.

— Il est timide, sensible. Tout ce que Steve veut, c'est lui apprendre la lutte, mais ça n'intéresse pas du tout Gus.

Elle me raconte qu'elle a commencé à sortir avec Steve environ trois jours après mon départ pour l'université — apparemment, il est arrivé pile au bon moment, alors qu'elle pleurait mon absence. Et puis, elle est tombée enceinte. C'est la raison pour laquelle elle n'a jamais répondu à mes mails ou à mes coups de fil.

— Steve voulait faire de moi une femme comme il faut, et j'ai dit d'accord. Tu sais comment sont mes parents, dit-elle en levant les yeux au ciel.

Oui, en effet, je me souviens de ses parents. Sévères, exigeant une obéissance totale. Ils me faisaient peur. Je comprends pourquoi Steve et Kat se sont mariés, mais j'espère pour elle qu'elle était au moins un peu amoureuse.

— Tu es heureuse ?

Elle hausse les épaules, et répond que parfois, oui, il lui arrive d'être heureuse, mais j'ai l'impression que derrière cette façade il y a plein de choses qu'elle a envie de dire.

— Et toi ? veut-elle savoir.

Bien que j'aie en partie l'impression qu'elle voudrait que je réponde par la négative, je lui dis que oui : j'ai une femme magnifique, une petite fille, bientôt un autre bébé, bien sûr que je suis heureux.

— Je suis contente de l'entendre, dit-elle en posant ses mains douces et tièdes sur mes joues, comme avant, pour me forcer à la regarder en face. J'espérais que tu étais heureux, quoi que tu fasses, où que tu sois.

— Je le suis, je répète en souriant.

C'est à ce moment-là que je perçois un mouvement dans mon champ de vision et que j'entends quelqu'un se mettre à applaudir.

Connor. Il est là, debout, en tenue de travail. Et il applaudit. Soudain, les mains de Kat me laissent une sensation cuisante sur les joues, et je m'empresse de me lever.

— Qu'est-ce que tu fais ici ?

Mon ton circonspect cache mal mon sentiment de panique. Qu'a-t-il vu, entendu ?

— J'ai des patients à voir, dit-il d'une voix posée avant de repartir d'un air important dans le couloir.

— Je reviens dans une minute, dis-je à Kat.

Je suis Connor dans le couloir, je l'appelle, mais il ne se retourne pas. Je le rattrape et je pose une main sur son épaule pour le forcer à me regarder.

— Est-ce que Clara est au courant ? demande-t-il.

Je ne réponds pas. Il hausse les épaules.

— Loin de moi l'idée de jouer les conseillers conjugaux, mais tu dois savoir comme moi que, tôt ou tard, l'épouse finit par découvrir le pot aux roses.

Je suis sans voix. Je n'en reviens toujours pas que Kat Ables soit assise dans la pièce d'à côté. Une vision vient dominer tous mes autres souvenirs — la dernière fois que j'ai posé les yeux sur elle; sa peau comme une aquarelle, ses vertèbres saillantes, son dos tourné, son corps nu enroulé dans un drap, le regard qu'elle m'a lancé par-dessus son épaule tandis que je partais. *À la prochaine*, avait-elle dit, et j'avais répondu: *À plus*, parce qu'il ne m'était pas venu à l'esprit que je n'allais jamais la revoir, ou du moins pas avant douze ans, avant qu'elle réapparaisse dans mon cabinet dentaire.

— Maintenant, si tu veux bien me laisser y aller, dit Connor en feuilletant le dossier d'un patient. J'ai un rendez-vous qui m'attend.

— Ça, ça m'étonnerait, je lâche.

Je sens la colère monter et, tout à coup, je lui arrache le dossier des mains. Il me provoque du regard. Il se demande ce que je vais faire, si je vais avoir le cran de l'obliger à partir.

— Tu ne travailles plus ici. Tu ne te rappelles pas?

Je ne sais pas comment c'est possible, mais j'oublie en un clin d'œil que Connor et moi avons été amis. J'expulse de ma mémoire toutes nos confidences tard le soir, autour d'innombrables bouteilles de Labatt Blue. Je fais un pas vers lui. Connor n'est pas plus grand que moi, mais il est plus fort; en plus de faire de l'escalade et de la moto, c'est le genre de type qui se croit invincible et pense qu'il n'a rien à perdre.

Mais il se trouve qu'au moment où on parle moi non plus je n'ai pas grand-chose à perdre.

— Ce serait terrible que Clara soit au courant pour la blonde, dit-il.

— Tu n'oserais quand même pas.

— Tu crois ça?

— Connor, je vais te laisser trois secondes pour ramasser tes affaires et partir, dis-je tandis que les filles de l'accueil arrivent dans le couloir pour voir d'où vient l'agitation. Sans ça j'appelle la police.

Il reste planté là sans céder de terrain, les mains sur les hanches. J'oublie Kat assise dans le fauteuil, ma femme chez moi en train d'écumer les sites Internet de jeunes parents en quête du prénom parfait. J'oublie les courses de chevaux et les matchs de basket, et je ne pense qu'à une chose : quel effet ça me ferait de coller mon poing dans la figure de Connor. Il y a tant de colère en moi, tant de rage insoupçonnée.

Je me mets à compter, et je suis soulagé de voir qu'à trois il finit par partir.

Celà dit, quelque chose me dit que, Connor et moi, ce n'est pas fini, qu'il ne fait que jouer avec mes nerfs et me réserve encore des surprises.

CLARA

Le téléphone se met à sonner dans les mains de Maisie tandis qu'on roule vers le parc. Ça doit être Boppy, dis-je à Maisie, qui crie de joie et me tend l'appareil. *Boppy, Boppy, Boppy!* Boppy, c'est encore mieux que Candy Crush.

— Alors, comment ça va ? me demande-t-il.

Je mens et je dis que tout va bien, qu'on est en train de faire les courses.

Encore un mensonge. Je ne devrais pas parler au téléphone en conduisant. J'entends les mots de l'inspecteur me rappelant qu'en Illinois le kit mains libres est obligatoire.

Mais ça m'est égal. L'horloge du tableau de bord indique qu'il est presque 11 heures ; mon rendez-vous approche.

— Je suis content de vous savoir en forme, dit mon père. C'est bon pour toi, Clarabelle, de t'occuper. Rester à la maison toute la journée, se complaire dans son chagrin, ça ne rend service à personne.

Sa remarque ne part pas d'une mauvaise intention, je le sais bien. Jamais mon père ne voudrait me vexer. Il ne pense qu'à mon bien-être. Et pourtant ses mots sont si durs, c'est comme de la paille de fer qui me récure le cœur. *Je me complais dans mon chagrin si je veux,* ai-je envie de crier. *Mon mari est mort. Je peux faire tout ce qui me chante.* Mais je me retiens.

— Ta mère ne cesse de te demander. Je t'assure.

— Je n'en doute pas.

C'est drôle, parce que apparemment c'est toujours comme ça, jusqu'à ce que j'arrive. Une fois que je suis là, elle ne veut pas avoir affaire à moi. Je me plante devant elle, à deux pas, et elle ne m'adresse pas la parole. Elle se contente de me toiser comme si j'étais une étrangère.

— Ce serait gentil que tu passes bientôt, dit mon père. Elle serait ravie.

Les premières manifestations de la sénilité de ma mère étaient anodines : passer devant la station-service sans s'arrêter alors qu'on est parti faire le plein, oublier de venir aux rendez-vous qu'on se fixait de temps en temps pour déjeuner ou pour prendre un café. Il lui est aussi arrivé d'égarer les clés de la voiture, ou bien de se retrouver à tourner en rond dans la ville, incapable de se rappeler où elle allait ou comment me rejoindre. Deux fois, mon père a reçu un coup de fil de sa part depuis un carrefour très passant du centre de Chicago — et une fois depuis le quartier lugubre de Garfield Park —, la rumeur de la ville envahissant la ligne téléphonique. Elle devait me retrouver dans un petit café branché en banlieue ouest, mais s'était perdue en chemin et avait roulé aveuglément pendant une cinquantaine de kilomètres sur l'autoroute, prise dans le flot des véhicules. Le temps qu'elle trouve un téléphone et qu'elle appelle, il lui avait été impossible de dire où elle se trouvait ni comment elle avait atterri là, et elle avait dû demander à un passant d'expliquer à mon père précisément où ils étaient pour qu'il puisse venir la chercher.

— Je vais essayer de passer, promis.

La voix de mon père se radoucit, et il demande si on mange bien, si on dort, si vraiment tout se passe comme il faut.

— Tu as mis Maisie au courant ?

J'ai envie de lui mentir à nouveau, mais je dis que non. Je n'ai pas dit la vérité à Maisie au sujet de Nick.

— Quand comptes-tu lui dire, Clarabelle ?

— Bientôt.

— Il faut qu'elle le sache.

— Bientôt, je répète.

Mon père ne devrait pas autant s'en faire pour mes enfants et moi, il a assez de soucis comme ça. Bien que j'aie envoyé un chèque au cabinet du Dr Barros pour payer les derniers frais de ma mère, l'état de ses finances m'inquiète toujours, ainsi que son état général. Je lui demande s'il mange correctement, s'il dort bien, en laissant de côté la question du chèque pour ne pas le vexer.

— Bien sûr, je vais très bien, ma Clarabelle. Pourquoi toutes ces questions ?

— Je m'en fais autant pour toi que toi pour moi.

— Inutile de t'en faire. Nous, ça va. Prends soin de toi et de tes enfants, c'est tout ce qui compte.

Il ajoute qu'il va emmener ma mère chez le coiffeur avec Izzy cet après-midi. Ils se sont dit que ça lui remonterait un peu le moral.

— Elle est assez déprimée ces temps-ci. Je voulais l'emmener moi-même, mais c'est Izzy la spécialiste, ici.

Je ne peux m'empêcher de ressentir une pointe de jalousie à l'idée qu'il ne m'ait pas demandé de l'accompagner, même si je pense que j'aurais dit non et inventé une excuse. J'imagine Izzy avec sa coupe courte décoiffée blond platine, et je sais d'instinct qu'elle est mieux placée que moi pour cette tâche. Je me vois dans le rétroviseur — je ne me suis même pas donné un coup de brosse aujourd'hui.

Je raccroche et je redonne le téléphone à Maisie. Elle l'a entre les mains depuis trente secondes à peine qu'il sonne à nouveau. Cette fois, au moment où je veux le lui reprendre, elle lutte.

— Donne-moi ça, Maisie.

Mais elle s'y cramponne si fort que je dois le lui arracher des mains, et au passage mon ongle érafle sa peau.

Elle serre fort sa blessure, crie qu'elle a mal, m'accuse de l'avoir griffée exprès.

Je sais pertinemment que la crise n'a rien à voir avec ce bobo de rien du tout, et elle aussi.

— Calme-toi, dis-je avant de décrocher. Allô ?

Maisie donne des coups de pied dans le siège devant elle et continue à râler.

— Mais tu m'as fait mal !

Je reconnais à l'autre bout du fil la voix posée de l'inspecteur Kaufman qui me demande si tout va bien, et pour un peu je croirais qu'il me voit en train d'enfreindre la loi, de parler au téléphone en conduisant.

— Oui, oui, dis-je, quoique de toute évidence, non, ça n'aille pas.

Il appelle pour me dire deux choses. Tout d'abord, l'homme à la voiture noire, celui avec le tatouage tribal et les Budweiser, a un alibi en béton pour le jour où Nick est mort. Il était en rendez-vous avec un médecin pour son appareil auditif, ce que l'inspecteur s'est fait confirmer par le cabinet médical.

— Vous êtes sûr ?

— Certain. Vous devez faire erreur sur le véhicule.

Je jette un coup d'œil dans le rétroviseur et je vois Maisie me lancer un regard noir. Elle m'en veut de l'avoir griffée, et elle veut que je lui redonne le téléphone pour jouer à Candy Crush.

— Une dernière chose, madame Solberg. J'ai fait quelques recherches, et je me suis permis de parler à quelques-uns de vos voisins. J'espère que vous ne m'en voudrez pas. Il en ressort que votre mari avait quand même l'habitude de rouler assez vite. De plus, il a eu deux contraventions pour excès de vitesse sur les douze derniers mois, et quatre sur trois ans. Une de plus et il avait droit à un retrait de permis.

Ça, je l'ignorais.

Nick a reçu un P-V il y a environ six mois. J'étais en

voiture avec lui le jour de l'infraction, je le suppliais de ralentir. Il faisait la course contre un train et voulait passer la voie de chemin de fer avant que la route soit barrée. Un flic avait installé un radar sur la Route 59 et flashé Nick à quatre-vingt-quinze kilomètres-heure alors que la limite était à soixante-dix. Mais je n'étais pas au courant des autres contraventions ni de l'éventualité d'un retrait de permis.

— Vous avez dit avoir parlé à mes voisins. Pourquoi ?

— On avait deux dépôts de plainte. Une de Sharon Cadwallader et une de Theodore Hart.

Theo et Nick ne se sont jamais appréciés, mais il me semble ridicule que le mari d'Emily ait appelé la police pour dénoncer Nick sans qu'on soit au courant. À moins que Nick l'ait su et que j'aie été la seule à l'ignorer. Mais pourquoi aurait-il voulu me cacher une chose pareille ? Peut-être qu'il se sentait coupable, qu'il avait honte. Nick n'a jamais été du genre à jaser, il a toujours essayé de voir le meilleur en chacun, peu importe ce qu'il avait fait.

— Quoi ? je bredouille. Mais à quel sujet ?

— Pour vitesse excessive.

Je revois Nick débouler à tombeau ouvert dans les petites rues de notre voisinage, impatient d'arriver à la maison. Je le lui avais reproché, inquiète pour les enfants qui jouent au base-ball dans la rue.

Sharon Cadwallader, ça me paraît logique. Conseillère municipale, elle s'est battue pour que le quartier bénéficie de mesures propres à ralentir et fluidifier la circulation : dos-d'âne, ronds-points, panneaux lumineux qui vous indiquent quand vous roulez trop vite. Elle s'était même acheté un radar mobile et elle s'asseyait devant chez elle pour mesurer la vitesse des voitures qui passaient. Je suis persuadée qu'elle appelle la police à chaque fois qu'un véhicule dépasse les quarante kilomètres-heure.

— Mme Cadwallader a enregistré votre mari à soixante-dix-sept kilomètres-heure dans votre rue. C'est presque le double de la vitesse autorisée. Et, d'après M. Hart, il y a eu une dispute avec son fils. Il y a quelques semaines. Le ballon du petit avait roulé dans la rue, apparemment, et quand il est allé le chercher votre mari est arrivé en roulant comme un dingue. Le gosse l'a échappé belle.

L'inspecteur conclut par un soupir exagéré. J'imagine la voiture de Nick arriver à toute allure, les cheveux châtains de Teddy balayés par l'appel d'air créé, la peur dans ses yeux au moment où il attrape son ballon. Theo à l'arrière-plan, se mettant à crier, et Emily à la fenêtre, qui voit la scène de loin. Est-ce que Nick et Theo se sont disputés en pleine rue ? Est-ce que quelqu'un a eu un coup de sang, insulté l'autre, balancé un coup de poing ? Est-ce qu'Emily était au courant et, si oui, pourquoi ne m'a-t-elle rien dit ? J'ai du mal à m'imaginer tout ça. Je me représente plutôt Nick en train de sortir précipitamment de sa voiture pour voir si Teddy n'a rien ; je le vois se répandre en excuses, leur demander pardon et chercher à se racheter par tous les moyens.

Alors pourquoi appeler la police ?

— Il semblerait que votre mari ait eu un vrai problème de vitesse au volant, dit l'inspecteur Kaufman et, derrière ces mots, j'entends ceux qu'il ne dit pas.

Cette habitude de rouler vite est la cause de l'accident sur Harvey Road.

Je repense à la femme que je viens de rencontrer, qui fumait à sa fenêtre, et à la voiture qu'elle a vue près du lieu de l'accident, qui a manqué lui rentrer dedans. Une Chevrolet noire.

— Inspecteur Kaufman, dis-je, je me suis permis de parler à quelques personnes qui vivent en bordure de Harvey Road. Histoire de voir si quelqu'un avait vu ou entendu quelque chose au moment de l'accident.

Un long soupir sonore s'échappe de sa bouche.

— Et ? demande-t-il d'un ton las.

Je tends une main vers Maisie pour lui tapoter le genou et j'articule silencieusement à son intention : *J'ai presque fini*. Après, elle pourra récupérer mon téléphone. Et je jetterai un coup d'œil à sa main griffée.

— Et il y avait une femme qui rentrait chez elle à ce moment-là. Elle est arrivée sur les lieux quelques secondes après l'accident, et elle a croisé une voiture noire en chemin, qui roulait un peu n'importe comment sur la route. Une Chevrolet noire.

J'essaye de ne pas penser à mes découvertes sur Internet, aux poursuites contre Melinda Grey pour possession de stupéfiants, mais me demande tout de même s'il est possible que Nick ait été sous l'emprise d'une substance quand il conduisait. Je me refuse toujours à suggérer cette éventualité à l'inspecteur.

— Est-ce qu'elle a pu noter le numéro de la plaque ? demande-t-il.

Je lui réponds que non, à cause du soleil.

— Alors comment sait-elle que c'était une Chevrolet ?

— Eh bien, ça, elle l'a vu, réponds-je en me disant que, c'est vrai, ce n'est pas si logique. Elle dit que l'emblème, lui, était très facile à repérer, qu'elle se souvient très bien de cette croix dorée.

— Comment s'appelle-t-elle ?

— Betty Maurer.

— Il y a beaucoup de circulation sur cette route en journée, vous savez. C'est un raccourci qui permet d'éviter les bouchons sur la voie rapide. Et le fait qu'un autre automobiliste ait été présent à cet endroit au moment de l'accident ne fait pas forcément de lui un criminel.

Mais j'insiste pour qu'il parle à Betty, et il me promet de le faire. Je le remercie.

— Je ne fais que mon boulot, dit-il avant de raccrocher.

Je me sens perdue. Nick est-il vraiment mort à cause de

sa vitesse excessive ? Tant d'autres choses entrent en ligne de compte, le contrat d'assurance-vie résilié par exemple, ou cette ordonnance de protection, sans oublier le fait qu'un homme en gants et chapeau a rôdé autour de ma maison.

Nick conduisait-il trop vite parce qu'il poursuivait quelqu'un, plutôt que l'inverse ?

Les mots de Maisie me reviennent encore, ainsi que la peur que j'ai vue dans son regard. Je ne crois pas qu'elle fasse semblant. Elle a vu quelque chose qui l'a terrorisée.

Je la regarde dans le rétroviseur — toute guillerette, le téléphone volé et la griffure sont de l'histoire ancienne — et, en désignant quelque chose au-dehors, elle me dit, sur un ton aussi ravi que convaincu, d'une voix chantante :

— Un éléphant, maman. Regarde, là-bas, dans les arbres, un éléphant.

Je sais que c'est absurde, qu'il ne peut pas y avoir d'éléphant parmi ces arbres, dans une banlieue américaine, mais je regarde quand même.

— Petite coquine, va, dis-je en remarquant le jeu des rayons du soleil dans le blanc de ses yeux. Que ferait un éléphant par ici ?

— Juste une petite promenade.

J'éprouve soudain une sorte de malaise. Est-ce que c'est elle qui a dit à Nick qu'une voiture les suivait ? Elle aurait tout inventé, et Nick, se prenant au jeu, aurait accéléré pour échapper à ce prétendu méchant ?

Pour la première fois, j'interroge Maisie au sujet de cette voiture. Je parle lentement, et je prends soin de choisir les bons mots.

— Maisie, mon cœur, dis-je d'une voix caressante, est-ce que tu as vu la voiture noire comme tu viens de voir cet éléphant dans les arbres ? La voiture qui vous suivait, toi et papa ?

Mais dès que je parle d'une voiture noire elle se renferme.

Elle tourne la tête vers la fenêtre et toute trace de sourire s'efface de son visage.

Je divague. Nick a du plomb dans la cervelle. Jamais il ne céderait aux caprices d'un enfant.

Mais alors je les vois faisant les courses ensemble, Maisie installée dans le Caddie suppliant son père d'aller plus vite, et Nick qui se met à filer dans les rayons à la vitesse de l'éclair sans se soucier des autres clients parce que, tout ce qui compte, c'est sa petite fille chérie dans le Caddie, qui rit aux éclats, ivre de joie.

Ça, je sais que c'est arrivé. À de nombreuses reprises.

Depuis la banquette arrière me parvient la voix de Maisie, elle reconnaît le square de jeux vers lequel on se dirige, les toboggans, les balançoires, la cage à écureuil, alors même qu'ils ne sont que de minuscules points à l'horizon.

— Plus vite, maman, plus vite ! glapit-elle, impatiente d'arriver.

Insensiblement, mon pied appuie sur l'accélérateur, et la voiture prend de la vitesse.

NICK

Avant

En rentrant chez nous, dans la voiture, je suis résolu à parler de Kat à Clara. C'est l'une des conditions nécessaires à un mariage heureux : pas de secrets, et ce détail — la visite d'un ancien béguin — me semble trop gros, trop incontrôlable, pour ne pas être évoqué. Ce n'est pas la même chose que le procès imminent pour erreur médicale, ou l'état lamentable de nos finances. C'est vraiment différent. Si Clara l'apprenait par quelqu'un d'autre, cela la blesserait, et cette entrevue sans importance se transformerait en affaire sordide, en erreur impardonnable. J'ai donc la ferme intention de tout lui dire.

Mais, quand j'arrive à la maison, je la trouve endormie sur le canapé du salon, le dos calé contre les coussins pour soutenir ses lombaires. C'est vrai que je rentre plus tard que d'habitude. Je l'ai appelée il y a plusieurs heures déjà pour la prévenir que j'aurais du retard, prétendument à cause de quelques rendez-vous en urgence, alors que ce que je voulais en fait c'était me détendre un peu, me ressaisir. Ce que j'ai fait grâce à un comprimé de Halcion prélevé dans l'armoire qui ferme à clé après le départ des assistantes. Ça m'a calmé, mes soucis se sont émoussés, et j'avais une vague envie de dormir.

Je n'aurais sûrement pas dû prendre le volant, mais je l'ai fait quand même.

J'arrive donc à plus de 20 heures, et Maisie est déjà au

lit. Seule Harriet me fait la fête à mon arrivée, pour le reste, la maison est silencieuse, la télé est allumée, mais le son est très faible. Par terre, un ventilateur souffle en direction de Clara et, même s'il fait chaud dans la maison, ce n'est pas insupportable. La brise agite ses cheveux, et je tombe à genoux devant elle pour la regarder dormir, regarder le mouvement de ses paupières, le frémissement de ses narines quand elle inspire. Je veux bien croire que notre climatisation, vieillissante, manque d'efficacité, mais je crois que, si Clara a si chaud, c'est à cause de ses hormones, de ses dix ou quinze kilos en plus par rapport à d'habitude. Elle porte un débardeur et un pantalon en stretch couverts de poils de chien, et je fais un effort surhumain pour ne pas caresser mon bébé qui dort dans ce ventre, déposer un baiser sur la peau de Clara en guise de bonsoir.

Je la laisse dormir.

Et je chasse l'idée de la réveiller pour lui parler de Kat. Je le ferai demain.

Je profite du calme de l'instant, de la sérénité. Pas certain que je puisse m'endormir sans elle à mes côtés, je m'allonge à ses pieds avec un coussin et une couverture en lui murmurant : *Dors bien.*

CLARA

Ce que je découvre, c'est qu'elle est très belle. Renversante. Avec des traits délicats, un teint de porcelaine. La femme dont le numéro vient de Seattle et qui connaît mon prénom m'attend, assise sur un banc dans le parc, en débardeur en mousseline de soie et jean moulant, à côté d'un garçon qu'elle appelle Gus. Gus m'a l'air d'avoir onze ou douze ans, pile dans cet intervalle inconfortable entre enfance et adolescence. Il porte un short et un T-shirt noir en polyester. Il a de grandes jambes toutes maigres et des écouteurs enfoncés dans les oreilles pour se couper du monde extérieur. Il joue avec deux figurines, deux petits soldats en plastique vert qui s'affrontent sur son genou jusqu'à ce que l'un des deux tombe sur le béton en contrebas.

J'en ai le souffle coupé, mais j'essaye de me raisonner.

Il doit y avoir des milliers de petits soldats comme ceux-là rien que dans notre ville. Ils n'ont sûrement rien à voir avec celui que j'ai trouvé dans les affaires que la morgue m'a remises après le décès de Nick.

À moins que ?

La femme lève les yeux vers moi, j'ai l'impression qu'elle vient d'un pays où vivent uniquement des personnes de haute taille, aux yeux et aux cheveux clairs. Sa chevelure est si blonde qu'elle tire sur le blanc, ses yeux sont d'un bleu délavé.

— Va jouer, dit-elle à Gus, qui se dirige vers une

balançoire en traînant les pieds, après avoir abandonné ses écouteurs et ses petits soldats sur le banc.

Maisie, elle, ne se fait pas prier pour courir vers le bac à sable, ôter ses Crocs fuchsia en gloussant et se mettre à pied d'œuvre.

La femme dit s'appeler Kat ; je me présente à mon tour. Elle se tient parfaitement droite et, bien que ce ne soit pas intentionnel de sa part, sa coiffure, ses vêtements et ses yeux font que je me sens inférieure. Je m'assois à côté d'elle, les jambes croisées au niveau des chevilles, et j'ai l'impression d'être énorme, avec mon ventre encore rond et flasque. J'essaye de ne pas prêter attention à ses adorables espadrilles et à mes pieds gonflés avec le vernis qui s'écaille sur les orteils. Mes kilos de grossesse sont encore pesants, mes seins sont gorgés de lait. Le fait que j'aie commencé à nourrir Felix au biberon ne signifie pas que mon corps s'est adapté au changement. Du moins, pas encore. Alors je sangle ma poitrine gonflée dans des brassières de sport qui ne font qu'ajouter au dégoût de moi-même. Je sors Felix de son cosy pour lui donner un biberon tandis que mon propre estomac gronde, me rappelant que je n'ai encore rien mangé aujourd'hui, et presque rien de la semaine. *Il faut que j'avale quelque chose*, me dis-je, sachant que je ne le ferai pas.

Harriet s'allonge à l'ombre sous un arbre.

— Qui êtes-vous ? dis-je à la femme, tout en gardant un œil sur Maisie.

Gus est en train de s'installer dans le sable avec elle en lui demandant le plus simplement du monde si lui aussi peut jouer. Je m'attends à moitié à ce qu'elle pique une crise parce qu'un petit nouveau empiète sur son territoire pour s'accaparer le sable le plus humide, le meilleur pour faire des châteaux, et je me prépare à intervenir pour lui expliquer l'importance de partager et de jouer avec les autres et lui ôter de l'idée que ce bac à sable n'appartient qu'à elle.

Mais elle se contente de hocher la tête, et Gus et elle se lancent dans leurs constructions. *C'est bien, Maisie chérie,* me dis-je intérieurement.

— Nick et moi étions amis il y a longtemps de ça, commence Kat en triturant la couture de son jean, les yeux rivés tantôt à ses jambes, tantôt à ses ongles couleur muscat fraîchement manucurés.

— Quand ?

Elle me répond que c'était à l'époque du lycée.

— Où ça ?

— À Seattle. Bainbridge Island. On était très proches. Vraiment bons amis.

Mais je me dis, en la voyant au bord des larmes, qu'il y avait plus que de l'amitié entre eux. J'éprouve soudain une pointe de jalousie ; est-ce qu'ils étaient plus intimes que Nick ne l'était avec moi ? Non, impossible. Je me rassure en repensant à notre couple au lit, à ma tête posée sur son torse, à ses mains douces et aimantes, ces mêmes mains qui ont tenu notre bébé encore enduit de vernix lorsqu'il a daigné sortir de mon ventre au bout de dix-huit heures douloureuses de travail.

Il m'a épousée. Nous avons eu des enfants. C'est moi qu'il aimait, pas elle.

— Et vous êtes restés en contact pendant toutes ces années ? dis-je, me demandant pourquoi Nick ne m'a jamais parlé d'elle avant.

Je réfléchis, me disant que peut-être il l'a évoquée et que je ne l'écoutais que d'une oreille. Ça ne me ressemble pas, et pourtant, dans les dernières semaines de la grossesse, cela aurait pu arriver, surtout avec le souci que je me faisais pour ma mère. Oui, il a peut-être bien mentionné cette Kat et, sans trop que je sache comment, je n'ai pas fait attention.

Mais elle me dit que non. Ils s'étaient perdus de vue.

— Mon mari, Steve, moi, et Gus, on vient tout juste d'emménager ici. Il est dans la comptabilité.

Ses mots sortent un peu dans le désordre. Sa voix tremble. Elle semble angoissée, triste et apeurée. De quoi a-t-elle peur ?

— Il a été muté, votre mari ?

— Oui, c'est ça.

— Quand ?

— Ça fait environ huit semaines qu'on est ici. Deux mois.

J'ai envie de lui dire oui, merci, je sais que huit semaines ça fait deux mois, je ne suis pas la dernière des idiotes. Mais, bien que je sente la colère monter, je ravale mon amertume in extremis. Kat ne m'a rien fait. Elle ne me veut aucun mal, enfin pas que je sache, et pourtant plus les minutes passent, plus elle m'est antipathique. Je me raisonne et me dis que j'ai toutes les raisons du monde d'être en colère et d'avoir du mal à parler à une personne que je connais à peine.

— Mais alors, avec Nick, dis-je en cherchant mes mots, vous avez… repris contact ?

La question sort sur un ton un peu plus accusateur que prévu, avec le tranchant d'un scalpel. J'imagine une rencontre par hasard chez le garagiste ; je me rappelle que Nick a roulé sur un clou il y a justement deux mois environ, et qu'il est rentré à la maison avec un pneu à plat. À moins qu'ils se soient vus au bureau de poste, le samedi après-midi où il a envoyé un colis à son père — une photo dédicacée de Dave Krieg dénichée au magasin d'objets sportifs de collection en bordure de la voie rapide, en direction de Joliet. Elle était peut-être là en train de passer en revue des cartes de la NFL pour Gus tandis que Nick admirait les trophées onéreux de la vitrine. Réunis par le hasard. Le destin.

— Oui, dit-elle en hochant la tête. D'une certaine façon. Je suis tombée sur lui à son cabinet dentaire, un hasard incroyable, dit-elle en souriant sans s'en rendre compte. Il n'avait pas changé.

— Et vous l'avez vu beaucoup après vous être installée ici ?

J'essaye tant bien que mal de cacher ma jalousie et ma méfiance. Pourquoi Nick ne m'a-t-il pas parlé de Kat, lui qui me disait tout ? J'avais une totale confiance en lui. Mais je commence à croire qu'il avait malgré tout ses petits secrets. Voire de gros secrets. Il me mentait depuis deux mois. Depuis peut-être des années. Il fréquentait des femmes dont je n'ai jamais entendu parler. Melinda, et maintenant Kat.

Y en a-t-il d'autres ?

— Oui, dit-elle, enfin, non. Un peu.

Avec son mari et son fils, elle doit vivre dans une banlieue toute proche de la nôtre, où le prix des maisons atteint sans mal le million de dollars, avec un impôt foncier qui va avec et qui subventionne l'exceptionnel système scolaire dont ils bénéficient, le meilleur à des kilomètres à la ronde. J'en suis sûre. J'imagine sa maison, digne d'un palais, dans une de ces enclaves résidentielles flambant neuves avec courts de tennis, piscines chauffées et club-houses en pierre et en verre.

Quand je lui parle de son dernier coup de fil avec Nick, le jour de l'accident, elle me décrit ce qu'elle a entendu : un grand cri, le bruit de tôle au moment de l'impact. *Comme des déchets compactés dans un camion-poubelle, à la merci du broyeur, mais en bien pire.*

Elle ne s'excuse pas pour sa franchise, au contraire, on dirait qu'elle veut imprimer cette image atroce dans mon esprit, le corps de Nick déchiqueté avec des détritus, compacté dans le ventre d'un camion-poubelle aux mâchoires hydrauliques implacables, jusqu'à ce qu'il ne reste plus rien de lui. Je me surprends à m'imaginer un Nick tout plat, en deux dimensions, une silhouette en carton à son effigie, avec laquelle je me ferais prendre en photo au Golden Gate Bridge, au Rockefeller Center, à Soldier Field.

— Après ce bruit terrible, le silence s'est fait, dit-elle, les mains tremblantes et les yeux rougis. Et ce silence, d'une certaine manière, était pire. J'ai appelé son nom, mais je n'ai rien entendu, ni cris, ni pleurs, ni respiration saccadée, ni bruits de friture de la radio.

Elle cesse de parler, regarde les enfants jouer. Le vent s'est levé.

J'ai envie de lui demander si Nick et elle sont réellement de simples amis, et ce que pense son mari de cette amitié, mais je n'ose pas. Des picotements de jalousie m'aiguillonnent et je m'interroge — est-ce que, au lycée, ils formaient le parfait petit couple, le roi et la reine du bal de fin d'année qui se pelotaient sur la banquette arrière d'une voiture garée en haut d'une falaise surplombant Puget Sound ? Il faut que j'en aie le cœur net pour m'empêcher d'inventer des détails, de me représenter le corps de Nick, nu, plein de désir pour celui de Kat, leurs mouvements rythmés, leurs gémissements indomptés qui s'invitent soudain dans mon oreille ; Nick à dix-huit ans, le regard vif, promis à un bel avenir et plein d'ardeur, passant ses mains sous le coton d'un T-shirt usé jusqu'à la trame pour caresser le corps mince de Kat et remonter peu à peu vers ses seins.

Voilà où j'en suis de mes délires lorsque je relève la tête et croise le regard de Maisie, accroupie là-bas dans son bac à sable. J'attrape la laisse de Harriet, j'appelle ma fille, éprouvant le besoin impérieux de m'éloigner de cette femme, persuadée à présent que c'était avec elle que Nick entretenait une liaison.

Je me sens rougir depuis la base du cou jusqu'à la pointe

des oreilles, une sensation cuisante qui démange autant qu'elle brûle.

— Allez, Maisie, on y va, dis-je d'une voix vacillante.

Il faut à tout prix que je parte. Que je me réfugie dans les seuls bras infaillibles que je connaisse.

Ceux de mon père. Ils me protégeront.

— S'il vous plaît, ne partez pas, me supplie Kat en se levant. Je ne vous ai pas tout dit.

Mais je lève une main pour la faire taire. J'en ai déjà trop entendu. Et puis, que pourrait-elle bien encore m'apprendre, franchement ? L'endroit où elle et Nick se retrouvaient ? Le fait que Nick allait bientôt me quitter pour vivre avec elle ? Qu'il l'aimait plus que moi ? C'est vraiment ce qu'elle tient à me dire ? Je ne supporterais pas de tels aveux.

— J'ai un rendez-vous, dis-je alors que c'est faux, et je m'aperçois que j'ai de plus en plus de mal à respirer. Je dois vraiment y aller.

Je me précipite vers le bac à sable pour récupérer Maisie. Je la prends par la main et la tire derrière moi. Elle me suit tant bien que mal, pieds nus, ses chaussures à la main.

— Je vous appellerai, on prendra un café.

Mais je sais pertinemment que je n'en ferai rien. Je prie pour ne plus jamais être obligée de voir cette femme. Je démarre la voiture et prends la direction de chez mes parents.

Je ne parlerai pas de Kat à mon père. Impossible. Mais il verra bien que je suis triste, et il me serrera dans ses bras, et l'espace d'un court instant je me sentirai moins seule.

Ce n'est qu'en tombant sur l'allée vide devant la maison que je me rappelle le rendez-vous chez le coiffeur. Ils ne sont pas là. Je stoppe la voiture un instant, toujours un peu à bout de souffle, et pour chasser de mon esprit les images de Nick et Kat enlacés j'observe la petite maison de plain-pied — pas d'escalier dans lequel chuter — au bardage en vinyle et fausse brique. Mes parents ont emménagé ici il y a cinq ou six ans, lorsque leur maison est devenue trop grande pour eux deux, qu'elle représentait trop de travail. N'ayant plus besoin de ces deux cent trente mètres carrés, ils ont opté pour une maison plus petite dans une communauté de retraités actifs, qui propose des cours de gym, des soirées loto et des ateliers de loisirs créatifs, activités auxquelles ils ne participaient jamais.

— Boppy ! s'écrie Maisie en reconnaissant la maison, mais je lui dis que Boppy n'a pas l'air d'être là.

Je m'apprête à repartir lorsque soudain, au beau milieu de mes conjectures à propos de Kat et de Nick — leur relation adultère, leurs moments d'intimité — qui m'empêchent d'avoir les idées claires, je me souviens du bout de papier sur lequel mon père a écrit ses identifiants bancaires, dans un tiroir de son bureau, et c'est un grand soulagement car enfin je peux me concentrer sur autre chose.

Je ne suis pas venue ici pour récupérer ce mot de passe, plutôt pour un peu de réconfort. Mais c'est l'occasion ou jamais.

Je mets la voiture au point mort en laissant le moteur tourner. J'explique à Maisie que je fais un aller-retour très rapide pour aller chercher quelque chose pour Boppy.

— Toi, tu restes ici et tu surveilles ton petit frère, d'accord ?

Je sors de la voiture en ayant pris soin de baisser les vitres pour leur laisser de l'air.

— Tu veux bien ? Être une gentille grande sœur et veiller sur Felix ?

Maisie me sourit en acquiesçant et pose une main sur le bras de son frère, qui dort à poings fermés.

Je toque à la porte pour m'assurer qu'il n'y a personne, puis je vais du côté du garage et je compose le code sur le clavier. La porte s'ouvre d'un coup. Une fois à l'intérieur, je prends le chemin le plus court pour accéder au bureau de mon père, pièce dans laquelle il y a également un lit deux places où il dort ces temps-ci, incapable de fermer l'œil à côté de ma mère insomniaque.

Je ne traîne pas. Je prends le morceau de papier dans le tiroir du haut, où mon père en garde toute une série. Je le prends en photo avec mon téléphone et le range à sa place avant de repartir.

Le soir venu, je ne prends même pas la peine d'accomplir le rituel du coucher : se mettre au lit, fermer les yeux, croire que le sommeil va venir. Le sommeil est hors de portée. Je couche les enfants puis m'installe dans le coin repas avec une tasse de thé. Le téléphone de Nick est posé devant moi. Je n'ai jamais été du genre à fouiner, et pourtant j'entre son code secret et me mets à éplucher les données de l'appareil. Le calendrier, en quête de rendez-vous avec Kat. Chou blanc. Je vérifie son journal, je lis ses mails, mais pas de mots doux pour elle, ni de sa part à lui. Je jette un coup d'œil à son historique de recherche, et les trois fenêtres de sa dernière session surgissent à l'écran : scores de basket, menu du restaurant chinois où il a acheté notre dîner… et la dernière me laisse sans voix.

Les taux de suicide parmi les professionnels de la santé dentaire. Le choc est tel que le téléphone m'en tombe des mains.

Alors, comme ça, c'était bien vrai. Nick a décidé de se supprimer, et il est passé à l'acte alors que Maisie était sur la banquette arrière. Il a risqué la vie de notre fille. Je ne suis plus seulement triste, je brûle de rage. Il a failli tuer ma fille.

Mais pourquoi était-il aussi désespéré ? Ça doit être en rapport avec Kat. Il devait être pétri de culpabilité, ou alors acculé parce qu'elle le menaçait de tout me révéler s'il ne me quittait pas. Il a peut-être essayé d'acheter son silence avec l'argent de l'assurance-vie, mais ça n'a pas suffi. Sa seule échappatoire était le suicide.

Kat l'a bien dit au parc. Elle avait autre chose à me révéler, mais j'ai refusé, prétexté un rendez-vous pour la fuir. Elle allait me parler de leur liaison.

Je vois à présent très clairement qu'il n'y a jamais eu de méchant.

C'est Nick, le méchant. Tout ça, c'est à cause de lui.

Mes larmes coulent abondamment, mais j'ouvre mon ordinateur pour essayer de penser à autre chose, de ne pas voir Nick fonçant droit vers un arbre de son plein gré, de ne pas voir Maisie succomber au choc elle aussi. Je me connecte à la banque de mes parents pour m'assurer de l'état de leurs finances. Il faut que je sache s'ils ont besoin d'aide. Je tape l'identifiant et le mot de passe, et la balance du compte apparaît. Plus de mille dollars. Ouf. Je m'aperçois que je retenais mon souffle depuis un moment.

Si je ne savais pas qu'une nuit blanche m'attend, j'irais me coucher. Mais, dans le cas présent, je n'ai rien de mieux à faire que de siroter mon thé en regardant passer les heures jusqu'au petit matin, alors je fais défiler les opérations liées au compte, remarquant notamment des retraits hebdomadaires de trois cents dollars. Il y a des mois où le solde s'approche de zéro avant que le chèque de pension et le loyer de la maison qu'ils louent à Kyle et Dawn arrivent. Mon père, comme beaucoup de gens de sa génération, aime bien avoir du liquide sur lui. J'ai beau le savoir, je trouve que, trois cents dollars par semaine, ça fait beaucoup. Dans quoi les dépense-t-il, ces mille deux cents dollars par mois ? Plus de quatorze mille dollars par an ?

Mais ce n'est pas tout.

En continuant à remonter, je tombe sur un paiement de quatre cents dollars, effectué il y a deux mois, dont le bénéficiaire est une bijouterie. Une étrange sensation de déjà-vu s'empare de moi, et je revois le reçu de la même bijouterie caché sous les maillots de Nick dans la commode. Un reçu de quatre cents dollars pour un collier et son pendentif. Je ne suis pas sûre à cent pour cent que les dates correspondent, ou que les montants soient identiques à la virgule près, mais tout ça me paraît trop ressemblant pour être une coïncidence. Ma mère ne porte pas beaucoup de bijoux, à part sa bague de fiançailles et quelques objets de valeur sentimentale, comme l'alliance de sa propre mère. Mon père lui a offert un collier quand j'étais adolescente, des perles de Tahiti qui avaient dû lui coûter un sacré paquet d'argent, mais ma mère était trop économe pour accepter une folie pareille et lui a fait rapporter le collier au magasin. J'ai eu beaucoup de peine pour lui ; longtemps je me suis rappelé son visage, très triste, lorsque ma mère lui a reproché son si joli rang de perles sans jamais le remercier ni admettre la générosité de son geste.

Sachant cela, j'ai beaucoup de mal à croire que mon père ait dépensé quatre cents dollars dans une bijouterie pour ma mère ; d'un autre côté, je me dis qu'il profite peut-être de sa sénilité pour la couvrir de fleurs, de pierres précieuses et d'autres cadeaux qu'elle refuserait si elle était encore saine d'esprit.

Mais non, c'cst impossiblc. Mon pèrc cst bicn trop pragmatique pour ça.

Et c'est alors que l'idée commence à s'insinuer dans mon esprit : et si Nick, d'une façon ou d'une autre, avait mis la main sur la carte de crédit de mon père pour acheter ce collier ? Nick traversait apparemment une mauvaise passe financière, je le sais à présent. Mais quand même. Aurait-il eu le culot de subtiliser la carte de mon père dans le but d'offrir ce collier à Kat ? Est-ce qu'il lui quémandait de l'argent, est-ce qu'il le volait carrément ? La deuxième possibilité, à coup sûr. Nick volait mes parents. Je suis submergée par la honte et la colère.

Non seulement il m'a trahie, mais il a aussi trahi ma famille.

Mon père avait raison depuis le début. Nick ne pouvait que causer ma perte.

Il est presque 1 heure du matin lorsqu'on toque doucement à la fenêtre de la cuisine. Le bruit me fait sursauter, j'ai instantanément la chair de poule.

Le coin repas se trouve à côté d'une fenêtre en baie dotée de trois panneaux vitrés. Le toc-toc résonne de tous les côtés et me fait l'effet d'une décharge électrique. Je choisis de mettre le bruit sur le compte de mon imagination, mais il se reproduit, plus prononcé cette fois, le choc de phalanges contre la vitre. Mon cœur s'emballe. Harriet relève la tête, dresse les oreilles. Elle aussi a entendu.

Il y a quelqu'un.

Non sans appréhension, je tourne la tête en direction de la vitre. L'éclairage de mon écran m'empêche d'y voir correctement, projette des points bleus dans mon champ de vision. Une fois mes yeux habitués à l'obscurité du dehors, je discerne la maison des Jorgensen. Bien qu'elle soit à moins de trente mètres de distance, avec ses volets fermés, personne ne m'entendra si je crie.

C'est alors que je distingue une silhouette debout de l'autre côté de la fenêtre, à quelques centimètres de moi. Le souffle coupé, je porte vivement une main à ma bouche.

D'instinct, j'attrape mon téléphone, je commence à composer le 911, mais je finis par reconnaître cette silhouette, ces yeux noisette et ces cheveux châtains, ce sourire bienveillant, tandis qu'une main me fait signe.

Connor.

Je devrais me sentir soulagée, mais c'est une sorte de

malaise qui prime. D'angoisse. Qu'est-ce qu'il fait ici à une heure pareille ? Je vais quand même ouvrir la porte de derrière. Planté sur la terrasse, il est en train de retirer ses gants de motard, un doigt après l'autre.

— Qu'est-ce que tu fais là ? je lui demande, en remarquant son regard vitreux.

En entrant dans la maison, il trébuche à moitié et se rattrape au chambranle de la porte. J'en déduis qu'il a bu deux ou trois verres avant de venir.

Il enlève ses chaussures et entre dans la cuisine.

— Tu sais quelle heure il est ? j'insiste. Pourquoi tu n'as pas appelé ?

— J'ai vu de la lumière, dit-il tout bas, l'haleine chargée de relents de bière.

Il est donc passé devant la maison dans le seul but de voir si j'étais encore debout, il a laissé sa moto dans l'allée et contourné la maison sur la pointe des pieds jusqu'à la fenêtre de la cuisine.

Depuis combien de temps m'observait-il ?

Il m'attire contre lui pour un câlin bizarre ; machinalement, je recule.

— Tu vas bien ? me demande-t-il, sensible à mon corps tendu, et je lui réponds que oui, ça va, autant que faire se peut.

Incapable de soutenir son regard, je baisse les yeux vers ses chaussures. Une paire de Dickies bien solides, couleur blé. Des chaussures de chantier, avec une semelle en caoutchouc. Je revois instantanément les empreintes boueuses sur la terrasse le soir de l'orage. Je pense au casque de Connor, à ses gants de cuir noir. Un homme avec un chapeau et des gants, avait dit Maisie. C'était Connor, là, sous la pluie, qui m'observait par la fenêtre ; je brûle de savoir pourquoi, mais je suis trop paumée, trop écœurée pour le lui demander.

— Je voulais juste voir si tout allait bien, dit-il en se

dirigeant sans hésiter vers le réfrigérateur, dans lequel il prend une des Labatt Blue de Nick.

Grâce à lui, leur nombre diminue. Il n'en reste plus que quatre, et elles aussi auront bientôt disparu. Qu'est-ce que je ferai à ce moment-là ? Est-ce que j'en rachèterai pour me faire croire que Nick habite toujours ici ?

Je trouve une bouteille de chardonnay sur le porte-bouteilles et m'en sers un verre. Je n'allaite plus Felix, alors je n'ai plus aucune raison de m'abstenir. Je bois une gorgée et laisse le pouvoir anesthésiant de l'alcool faire son ouvrage, espérant pouvoir oublier les événements de la journée, depuis la découverte de la Chevrolet noire jusqu'à ma rencontre avec Kat, en passant par tous les manquements de Nick. Mais c'est plus que je ne peux en supporter — toutes ces possibilités qui se heurtent et me rendent folle — et je finis par me mettre à pleurer.

— Clara, mais qu'est-ce qui s'passe ? me demande Connor d'une voix pâteuse en posant sa bière sur le plan de travail pour me serrer à nouveau contre lui, les mains croisées sur mes reins.

Je ne me sens pas très à l'aise dans cette position ; je m'aperçois que, si je voulais lui échapper, je ne le pourrais pas, et j'ai soudain l'impression d'étouffer. Il me serre trop fort, et d'instinct je mets cela sur le compte de l'alcool qu'il a bu. Ses mains caressent le bas de mon dos avec beaucoup trop d'insistance, trop d'intimité.

— Il avait une liaison, dis-je, ce à quoi il hoche la tête, confirmant mes pires craintes.

— Je les ai vus ensemble, affirme-t-il alors que je me recule un peu pour le regarder dans les yeux. Au cabinet. Je n'en suis pas absolument sûr, mais ça m'avait l'air suspect.

— Est-ce qu'il avait prévu de me quitter ?

— Peut-être, lâche-t-il en haussant les épaules.

Je pense immédiatement avocats, procédure de divorce, pension alimentaire, garde d'enfants, incompatibilité de caractères. Nick et moi, qui ne nous disputions quasiment jamais. Des différends, je veux bien, mais des incompatibilités, jamais. Nous n'avons jamais vraiment été en désaccord, et pourtant, dans les dernières semaines de ma grossesse puis pendant les premiers jours de Felix, étaient-ce là les pensées qui occupaient l'esprit de mon mari ? Me quitter, pour pouvoir être avec une autre femme ? Le mot *dissolution* flotte dans un recoin de ma tête, un mariage qui se dissout comme du café instantané.

Connor essaye à nouveau de me prendre dans ses bras, de me réconforter, mais je recule hors de sa portée.

— Qu'est-ce que t'as ? demande-t-il en parlant cette fois du fait que je l'esquive.

En regardant à nouveau ses chaussures, je lui réponds que la journée a été longue.

— J'ai simplement besoin d'être seule.

Tout ce que je veux, c'est qu'il parte. Je me sens mal comme jamais, j'ai une boule dans le ventre. Ce n'est pas que le fait qu'il a bu, il y a autre chose. Son désir de proximité, la présomption de ses mains. Sa présence secrète dehors. Qu'a-t-il vu au juste ?

Il ne le prend pas très bien. Il secoue la tête en disant que je me trompe.

— Tu ne peux pas rester seule, Clara. Toi et moi, on est tout ce qui reste pour l'autre. Il faut qu'on se soutienne, dit-il en se cramponnant si fort à ma main que je ne peux la retirer. On ne devrait pas rester seuls dans un moment comme celui-là.

Sa main court dans mes cheveux, et il me murmure :

— Tu as toujours été trop bien pour lui de toute façon.

Bien que cela soit censé me réconforter après la révélation de la liaison de Nick, je trouve le commentaire bizarre. Connor était le meilleur ami de Nick. On ne dénigre pas son meilleur ami, encore moins quand il vient de mourir.

Je repense alors à l'été où j'étais enceinte de Maisie,

aux premiers jours, où seuls Nick et moi étions dans la confidence, terrifiés à l'idée de dévoiler notre secret et de tout faire capoter. J'étais en fin de premier trimestre et les nausées matinales commençaient tout juste à s'estomper. Pour la première fois depuis longtemps, je me sentais bien, je n'étais plus barbouillée. Adieu le teint verdâtre. Cela dit, je me sentais inquiète. J'étais tombée enceinte plus tôt que prévu ; Nick et moi pensions avoir des enfants après nos trente ans. Et voilà qu'à vingt-cinq ans à peine on attendait un bébé. Dire que Maisie était une erreur serait cruel, et pourtant elle était le fruit d'un mauvais calcul, d'une pilule contraceptive oubliée, d'une soirée romantique avec une bouteille de vin hors de prix. Je n'étais pas sûre d'être prête à devenir mère, mais je n'en avais jamais fait part à Nick, qui était si enthousiaste à l'idée d'être père qu'il aurait pu éclater de fierté.

C'est à Connor que je m'en suis ouverte un soir d'été chez une amie commune, une fête dans un jardin où j'étais la seule à ne pas boire de l'alcool. Il m'a surprise dans la cuisine en train de me servir un verre d'eau du robinet, au bord des larmes. Je lui ai avoué que j'étais enceinte, terrorisée à l'idée d'être mère, de tout ce qui pouvait mal tourner. Être responsable d'un autre être humain était une tâche écrasante. Je n'étais pas sûre d'être à la hauteur.

Mais les mots de Connor ont été pleins de sagesse. *Personne ne sait vraiment s'y prendre la première fois. Tu es une femme intelligente, Clara. Tu vas t'en sortir.* Puis il m'a prise dans ses bras pendant que je pleurais. Il m'a caressé les cheveux et m'a réconfortée. Il m'a dit que je serais la meilleure des mères, qu'il n'y avait rien au monde que je sois incapable d'accomplir.

Jusqu'alors, notre relation était tout ce qu'il y a de platonique. Nous étions de simples amis.

Mais, tandis qu'il me serrait contre lui dans la cuisine et que tout le monde était dehors sous les guirlandes de lampions, il m'a quasiment embrassée. Pas tout à fait, mais presque. Ses yeux se sont fermés, il a dû se sentir désinhibé par l'alcool, il s'est penché vers moi et, malgré la main que j'ai posée sur son torse en murmurant *Connor, non, s'il te plaît*, sa seule réponse a été de me prendre par la taille pour me rapprocher davantage de lui et d'essayer de coller sa bouche contre la mienne. Connor est le genre d'homme habitué à obtenir ce qu'il veut. Les femmes ne lui disent pas non. Il était ivre, et je me suis dit que le matin venu il ne se souviendrait de rien. Mais moi, si.

Tu ne peux pas savoir depuis quand je rêve de ça, m'a-t-il susurré ce soir-là, comme s'il n'avait pas entendu mon objection, comme s'il ne pouvait pas sentir ma paume contre sa poitrine. Ses yeux sont restés fermés jusqu'à ce qu'un bruit soudain retentisse ; c'était Sarah, la maîtresse de maison, qui arrivait par la baie coulissante avec une pile d'assiettes chancelante sur les bras. Connor s'est précipité vers elle pour l'aider, mais elle était tellement éméchée qu'elle n'a rien remarqué de notre proximité.

On n'en avait jamais parlé. Et ça ne s'était jamais reproduit.

Moi-même je me suis empressée de passer à autre chose. Ça arrive à tout le monde d'agir un peu bêtement avec un coup dans le nez. Au fil du temps, j'ai oublié que c'était arrivé. Je n'en ai jamais parlé à Nick, et Connor est devenu comme un frère pour moi, le frère que je n'ai jamais eu.

— Tu ne devrais pas dire ça, je fais en retirant ma main, bien qu'il me suive pas à pas à mesure que j'essaye de m'éloigner. C'était ton meilleur ami.

Bien que Nick m'ait blessée, trahie, je ferais encore tout pour lui. Je détourne le regard pour me soustraire à celui de Connor, qui me rend mal à l'aise. J'ai envie de lui demander de me laisser tranquille. Je regarde dehors, la pendule, les gants. Harriet qui s'est rendormie.

— Nick était plein de choses, mais ce n'était pas mon ami.

Je me fige.

— Mais bien sûr que si.

— Moi aussi, je le croyais. Mais je me trompais.

Avant que je puisse lui demander de s'expliquer, ses mains tombent sur mes hanches et il m'attire contre lui avec tant d'autorité que j'en ai le souffle coupé. Son haleine m'écœure, il a beaucoup trop bu. Ses lèvres se pressent contre les miennes, molles et humides de bière. Je le repousse, mais il a le temps de me murmurer :

— Je lui ai envié beaucoup de choses, à Nick, mais entre toutes c'est toi que j'ai le plus convoitée.

Alors je comprends pourquoi Connor était planté derrière la fenêtre l'autre soir.

C'est à cause de moi.

Connor est amoureux de moi.

Une vague de sentiments mêlés m'engloutit, faite de tristesse, de culpabilité, de désespoir. Qu'est-ce que j'ai fait pour mériter ça ? Est-ce que c'est ma faute, est-ce que je lui ai laissé entrevoir que c'était possible ? Je vois la supplique dans son regard, les mots qu'il ne dit pas. *Laisse-moi être lui.*

Et puis, soudain, les mots sont exprimés, je sens leur souffle contre ma peau.

— Clara, laisse-moi prendre soin de toi. De toi et des enfants. Je m'occuperai bien de vous, tu verras.

Et je sais qu'il dit vrai. C'est ça, le plus dur. Je sais qu'après ces révélations sur Nick Connor s'occuperait à merveille des enfants et de moi, mais je ne supporte pas le fait de m'imaginer dans les bras, ni dans le lit, d'un autre homme que Nick.

Il y a tellement d'espoir dans le regard de Connor, d'espoir et de désespoir, un mélange empoisonné — il a tant à gagner, tant à perdre.

Et je sais qu'en lui opposant mon refus je le perdrai lui aussi. Les mots restent coincés dans ma gorge. Je ne peux pas me résoudre à parler, parce que, si je le fais, je nous briserai le cœur à tous les deux.

Après ce soir, Connor et moi ne pourrons plus être amis.

Soudain, un bruit. Ma délivrance.

C'est un tout petit crissement de souris qui essaye de s'introduire dans un sac de farine. Connor l'entend lui aussi, et ce bruit a le pouvoir de faire cesser les errances de ses mains. Il tend l'oreille, et le bruit se fait entendre à nouveau, un frottement sur le parquet. Des pattes de chien ? Mais, non, Harriet dort toujours. Des pieds, alors. De tout petits pieds, puis une petite voix, toute douce, comme si elle ne voulait pas déranger, *Maman*. Maisie.

Elle apparaît sur le seuil de la cuisine, les cheveux en bataille, cramponnée à son piteux ourson.

— Maman, j'arrive pas à dormir.

Elle aperçoit Connor et lui fait un grand sourire, et bien que j'aie envie de courir vers elle pour la prendre dans mes bras, et la remercier de m'avoir sauvé la mise, ma voix demeure posée.

— Tu as essayé, au moins ?

Elle hoche la tête. Je caresse ses cheveux, reconnaissante. Ses yeux pleins d'espoir me regardent.

— Maman, toi aussi, tu viens dormir ?

Je fais oui de la tête. Il n'y a rien au monde qui me fasse plus envie.

Les mains tremblantes, je me tourne vers Connor et lui dis qu'il faut vraiment que je le laisse, que Maisie a besoin de moi. Je le sens extrêmement déçu, mais il n'oppose pas de résistance.

— Je t'appelle demain, dis-je pour l'apaiser, en sachant que je n'en ferai rien.

— Oui, bien sûr.

Il hoche la tête et se retire. Je prends Maisie par la main

— je meurs d'envie de me caler entre mes deux enfants et de dormir jusqu'à tout oublier, si jamais le sommeil veut bien venir — et nous regardons Connor remettre ses chaussures boueuses et repartir par où il est venu.

Je ferme les volets pour que personne ne nous observe dans notre sommeil.

NICK

Avant

Tout se casse la gueule en même temps.

Une plainte officielle de Melinda Grey pour erreur médicale m'est remise en mains propres par un homme qui m'annonce que je suis convoqué par la justice. Il n'y a personne alentour quand ça arrive, mais j'ai l'impression que le monde entier me voit. J'imagine que tout le monde est au courant, mais en vérité je suis le seul. Je prends le mandat dans mes mains moites et, la bouche en coton, je remercie cet homme sans trop savoir pourquoi.

Je me réfugie dans mon bureau et m'active sur Internet, en quête des effets que ce genre de procès peut avoir sur les médecins et les dentistes — financiers et autres. Ils sont accablants, ce qui ne me surprend pas franchement, parce que je les ressens déjà. Les praticiens poursuivis pour faute médicale accusent un taux plus élevé de suicide, et c'est vrai que j'y ai pensé. Les dentistes ont déjà un taux de suicide parmi les plus élevés par rapport aux autres professions, grâce aux sacrifices nécessaires à l'exercice du métier et à sa nature extrêmement compétitive. Je le sais, je l'ai vécu personnellement. L'accès aux médicaments facilite la tâche ; dans l'armoire derrière moi dorment toutes sortes de substances chimiques capables de m'endormir à jamais si je le décide.

Mais ce n'est pas tout. Un procès, et le dentiste perd le goût d'un métier autrefois adoré. C'est la dépression qui guette. Beaucoup cessent leur activité. Pour ceux qui restent, un gouffre grandissant se crée entre eux et les patients, un mur de défiance. Enfin, il y a l'impact financier, une réputation en ruine.

Bientôt, ce sera mon tour. Déprimé, suicidaire, ayant perdu l'envie d'exercer un métier que j'aimais passionnément.

Je téléphone à un avocat, et peu à peu je découvre ce qui m'attend. Nous n'irons pas au tribunal, m'apprend-il, car les jurés sont réputés pour accorder jusqu'à un million de dollars à la victime en cas d'erreur médicale avérée, alors que les règlements à l'amiable statuent en général sur des montants moindres. Mon assurance professionnelle me couvre jusqu'à un million de dollars, mais elle ne prend pas en charge les frais judiciaires ni la perte de clientèle, alors que je passe mon temps à essayer de sauver ma réputation et mon cabinet. Mais un règlement à l'amiable ne sera possible que si la compagnie d'assurances le décide. Si un jury accorde plus de un million à Mme Grey, ou si la demande de la victime dépasse cette somme et que je suis jugé coupable, c'est à moi de payer la différence.

Sans compter que les taux d'assurance pour erreur médicale ne cesseront ensuite d'augmenter pour moi de façon drastique, jusqu'à ce que je ne puisse plus faire face. Le 15 du mois approche, et avec lui le moment de payer le loyer. Je n'ai toujours pas l'argent, et je n'ai plus de temps. Je dois prendre une décision, et vite, tenter un gros coup, alors je place tout ce qu'il me reste sur les Warriors dans la finale de la NBA, même si pour eux ça passe ou ça casse — un peu comme pour moi.

D'autres patients quittent le navire, ayant eu vent du dépôt de plainte, j'imagine, mais j'essaye de ne pas le prendre personnellement. C'est en rapport avec ce barbecue, pas avec moi. À moins que.

Chaque jour qui passe, je récolte une mauvaise note en ligne, et je m'efforce de me convaincre que Melinda Grey et Connor ne sont pas de mèche, à essayer de me gâcher la vie par tous les moyens. J'appelle Connor une, deux, trois fois par semaine pour tenter de discuter, mais il ne répond pas. Le départ du si sympathique Dr C semble contrarier les filles à l'accueil. Elles ne s'en ouvrent pas à moi directement, mais je les entends en parler lorsqu'elles pensent que je ne suis pas là. À aucun moment nous n'évoquons la scène à laquelle elles ont assisté dans le couloir, quand j'ai menacé Connor d'appeler la police s'il ne partait pas. Mais nous y pensons tous, surtout moi. Je les entends parler aux patients au téléphone.

— Non, je suis désolée, dit l'une à un patient qui appelle pour prendre un rendez-vous. Le Dr Daubney ne travaille plus ici. Mais je peux vous donner un rendez-vous avec le Dr Solberg, si vous voulez.

La conversation se solde inévitablement par un silence au cours duquel le patient tâche de décider si je suis assez bien pour lui. Connor était le plus charmant, le plus spirituel, le plus sociable. Les enfants l'adoraient; avec lui, un examen dentaire devenait un jeu. Mais pas avec moi. Il arrive que ces patients acceptent un rendez-vous avec moi mais, souvent, j'entends Nancy ou Stacy leur répondre que, non, elles ne savent pas où le Dr C exerce désormais ou s'il accepte de nouveaux patients, où qu'il soit. Rien dans son contrat ne l'empêche de récupérer des clients du cabinet, et je ne le blâmerais pas s'il essayait.

Le soir, j'ai de plus en plus de mal à trouver le sommeil à cause de tout ce qui me tourmente, sans compter l'énorme coussin de maternité qui dort avec nous, comme si on faisait ménage à trois. Je finis la plupart de mes nuits sur le canapé ou par terre dans le salon. L'Halcion est la seule chose qui me sauve, deux comprimés avant le coucher, avalés en douce au robinet de la salle de bains, pour m'aider à franchir le gouffre qui me sépare du pays des rêves. Je les pique au boulot sans le mentionner dans l'inventaire. Puisque je suis le seul à distribuer les médicaments ces temps-ci, personne ne le saura. Ça sauve la vie à beaucoup de mes patients phobiques, ça leur permet d'oublier ce qui se passe lorsqu'ils sont dans le fauteuil tout en leur permettant de rester alertes au moment de repartir, bien que quelqu'un doive les raccompagner. Ils ne sont pas autorisés à conduire.

Ces petites pilules m'endorment profondément, mais sur une courte période — elles créent une sorte d'amnésie, font s'envoler les heures entre 23 heures et 2 heures — et, lorsque je me réveille au milieu de la nuit en entendant les cris de douleur de Clara qui souffre d'une énième crampe, j'accours sans mal pour lui masser la jambe. Lorsque la crampe est passée, je la regarde s'installer confortablement, et je laisse mes doigts vagabonder dans son dos, sur son ventre arrondi, vers l'intérieur de sa cuisse, dans l'espoir qu'elle se tourne vers moi et détourne mon attention des défauts de paiement et des erreurs médicales.

— Nick, je suis crevée, murmure-t-elle, la voix ensommeillée, les jambes enroulées autour de son coussin au lieu de mon bassin. Une autre fois.

Elle sombre, la respiration régulière, légèrement sonore, dans un sommeil réparateur.

Et moi, seul avec mes pensées, j'avale deux autres pilules pour arrêter de cogiter.

Un matin, quelques jours plus tard, je reçois un texto de Clara alors que j'ai les mains dans la bouche d'un patient :

Dilatée de 2 cm, col effacé à 40 %.

Je me rappelle seulement à ce moment-là le rendez-vous prévu chez la gynécologue. Je lui ai dit que je ferais mon possible pour être présent, mais je n'y suis pas.

Après le départ de mon patient, je réponds :

Tu y es presque.

Je vais bientôt être papa. À nouveau. Mais je ressens une soudaine pointe de culpabilité en pensant au monde dans lequel mon bébé va arriver, qui n'est clairement pas le meilleur où grandir.

Il ne me reste pas beaucoup de temps pour rectifier le tir.

Plus tard dans l'après-midi, quand mon téléphone sonne, je décroche en m'attendant à parler à Clara, mais c'est une voix mélodieuse qui me surprend à l'autre bout du fil.

— Nick, c'est moi. Kat.

Mon cœur gonfle et se dégonfle en même temps. J'espérais ne plus avoir affaire à elle, et je me retrouve à nager à contre-courant, à m'enfoncer dans un gouffre de plus en plus noir. Cette sensation n'a rien à voir avec Kat, mais en ce moment je n'ai vraiment pas besoin qu'on me complique la vie.

— Kat. Salut.

Sa voix se fêle.

— Nick, il faut que je te voie.

La situation est plus que délicate. Ça ferait une deuxième entrevue avec Kat, dont je n'ai pas encore parlé à Clara. J'essaye de remettre ça à plus tard, de lui dire que je suis sous l'eau, que je n'ai pas le temps. Mais Kat, dans un étrange mimétisme avec celle qu'elle était à dix-huit ans, se met à pleurer.

— Je t'en prie, me supplie-t-elle. Rien que quelques minutes. Il y a une chose que j'aurais dû te dire l'autre jour, lâche-t-elle entre deux sanglots.

Alors j'accepte. Pour qu'elle arrête de pleurer. Je lui dis qu'on peut se voir pour boire un verre rapidement, mais que je dois filer après. On se donne rendez-vous dans un petit bar au bout de la rue une fois que j'aurai reçu mon dernier patient de la journée, et après avoir appliqué un pansement dentaire à un petit de sept ans je pars du cabinet au pas de course. Je n'ai pas envie que Clara m'attende à la maison en se demandant ce que je fabrique. Depuis le parking, je lui envoie un texto pour lui dire que je ne vais pas tarder. À la maison dans une heure, j'écris, et je m'engouffre dans le café pour retrouver Kat, avec une furieuse envie de me réveiller de ce cauchemar. Si seulement ce n'était qu'un rêve. Si seulement je pouvais oublier — l'état de mes finances, la dispute avec Connor, le procès pour négligence médicale. J'aimerais pouvoir échapper à tout ça ne serait-ce qu'un instant, aller prendre l'air. Noyer mes soucis dans une bouteille d'alcool ou trouver un moyen de penser à autre chose qu'à la catastrophe qu'est devenue ma vie.

J'aperçois Kat sur une banquette, assise là à m'attendre. Toujours aussi belle. Cet éclairage tamisé sur sa robe rose pastel vaporeuse, ses cheveux blonds, son teint diaphane, on dirait un ange. Une mèche tombe devant ses yeux, et elle la laisse là, une boucle on ne peut plus sexy.

Soudain, j'ai les jambes en coton, et en un clin d'œil nous avons tous les deux à nouveau dix-huit ans, nous sommes jeunes et fous, nous ne vivons que pour l'instant présent sans nous soucier des lendemains.

CLARA

À 8 heures du matin, on sonne à la porte. Je m'attends à des fleurs, le pauvre livreur ayant attendu dans sa camionnette une heure décente, et maintenant sur le point de me voir en pyjama pour la quatrième fois cette semaine.

Mais ce n'est pas lui.

C'est Emily, en short noir et sweat polaire à capuche bien trop chaud pour la saison. À ses pieds, des chaussures de course qui ont dû coûter une fortune. Elle court sur place, prête pour son jogging, les cheveux attachés en une queue-de-cheval d'où s'échappent quelques mèches. Il n'est que 8 heures, et déjà la chaleur et l'humidité m'assaillent et se fondent dans l'air de la maison, torride lui aussi. Maisie dévale l'escalier, talonnée par une Harriet affamée, ses cheveux collés à son front en sueur.

— Et si tu allais allumer la télé ? lui dis-je.

Elle acquiesce d'un air endormi, et je rejoins Emily dehors en tirant la porte derrière moi. Le soleil est éblouissant ce matin, et je le maudis d'avoir le culot de se montrer.

La première chose qui me saute aux yeux, ce sont les traces rouges sur la peau d'Emily. Elles dépassent du col du sweat en polaire, qui fait un bien piètre camouflage. Elle a beau tirer sur la fermeture Eclair, elle ne va pas assez haut. Il y a des bleus sur son cou, petits mais visibles à l'œil nu, à l'endroit où les doigts de son mari ont appuyé sur sa trachée, la privant d'oxygène. Emily m'a déjà raconté, autour de quelques verres de vin, que pendant leurs rapports il arrivait à Theo de l'étrangler jusqu'à ce qu'elle ressente des picotements dans tout son corps, une impression de vertige et surtout une peur panique à l'idée de sa mort imminente. Mais il relâchait la pression juste à temps. C'était censé leur procurer du plaisir à tous les deux, mais il n'y en avait qu'un qui prenait son pied.

Elle m'a fait cet aveu il y a longtemps, un an ou plus, à l'occasion d'un déplacement de Theo à Cincinnati. On était dans son jardin, on regardait les enfants jouer à chat. Teddy courait maladroitement après Maisie tandis qu'elle se précipitait vers l'arbre qu'ils avaient déclaré être le perchoir. On buvait ce jour-là, un jour pas si différent de celui-ci — chaud et ensoleillé —, une sorte de cocktail à base de muscat, allongé de jus de pêche et d'ananas. J'avais dévoilé quelques banalités qui m'agaçaient chez Nick — sa manie de laisser traîner ses chaussures de sport n'importe où, les vêtements sales qui jonchaient le sol, son incapacité probable à localiser le panier à linge dans la salle de bains — et Emily avait évoqué en retour l'asphyxiophilie de Theo, un mot qu'elle avait dû m'expliquer car jamais je n'aurais pu imaginer qu'une telle chose existait. Ça m'est apparu comme une pratique primitive, violente et barbare, à laquelle auraient pu se livrer les Vikings quand ils ne pillaient pas des terres étrangères. C'était à la rigueur un rite de fêtes étudiantes — des adolescents dévergondés sans la moindre idée du caractère fragile ou sacré de la vie, qui buvaient et se livraient à des jeux sexuels insensés comme s'ils étaient immortels —, mais en tout cas pas ce que faisaient des citadins de la classe moyenne pendant que leurs enfants dormaient à poings fermés dans la chambre d'à côté.

Ce jour-là, au-delà des bleus violacés qu'avaient laissés les mains de Theo sur le cou d'Emily, j'avais remarqué sa peur. Après son départ, j'avais essayé d'imaginer la scène, Theo l'étranglant, puis la ramenant d'entre les morts. Encore et encore. Pour le plaisir, pour s'amuser. Mais aussi pour autre chose, supposais-je. La domination. Le contrôle.

— Je croyais que Theo était en déplacement ? Dans le Massachusetts, non, pour une expo automobile ?

— Si. Mais il est rentré hier soir, un peu plus tôt que prévu. Il devait arriver demain après-midi. Ce n'est pas ce que tu crois, ajoute-t-elle en portant ses mains à son cou avant de prétexter une perte d'équilibre, une chute dans l'escalier du sous-sol, Theo qui a essayé de la rattraper.

Elle sait très bien ce que je pense de cette pratique, de leur étrange coutume. *Tu devrais le quitter s'il te fait peur*, lui ai-je dit une, deux, trois fois, et à chaque fois elle m'a regardée, désemparée, en me disant qu'elle n'arriverait jamais à subvenir à ses besoins sans Theo, qu'il lui enlèverait Teddy. Elle avait été infirmière en pédiatrie pendant des années, puis avait cessé de travailler après son mariage et, les années passant, son droit d'exercer avait expiré.

Une fois, je lui ai dit que si elle ne le quittait pas j'appellerais la police.

Chiche, m'a-t-elle répondu.

— Une chance que je ne me sois rien cassé, dit-elle.

— Comme tu dis, je réponds en faisant semblant de croire à son histoire d'escalier, après quoi un silence s'installe.

Mais Emily n'est pas venue pour me parler de Theo. Elle est venue vérifier si j'allais bien car, la dernière fois que nous nous sommes vues, j'étais sur le seuil de sa maison, en larmes, sous le regard perplexe de Maisie et Teddy, déguisés en magiciens.

— C'est tellement dommage que tu sois partie comme ça, dit-elle, et une horrible pensée me heurte de plein fouet : Nick est mort, je suis veuve et, si Maisie et Felix perdent un autre parent, ils seront orphelins.

J'ai à peine dormi depuis deux semaines, je suis ralentie par ma tristesse, mon insomnie, une impression d'épuisement. J'ai mal partout, d'un point de vue physique, mental, émotionnel, et la seule chose qui me fasse envie c'est d'aller me réfugier sous mes draps et d'attendre la mort.

Soudain, je me mets à pleurer.

— Oh ! Clara, qu'est-ce qui se passe ? me demande Emily en posant sa main sur les miennes.

Je meurs d'envie de la retirer et de me calfeutrer chez moi, mais je n'en fais rien. À la place, je lui confie ce que je sais sur l'accident, qui n'en est peut-être pas un du tout. Je lui parle des rêves de Maisie, de la Chevrolet. Je lui raconte mon entrevue avec l'inspecteur Kaufman, et lui avoue que je ne suis jamais allée acheter des bananes l'autre jour, mais que j'étais au poste de police. C'est un grand soulagement pour moi de confier tout cela à quelqu'un qui m'écoute. Ça me fait du bien, j'ai l'impression de m'absoudre, de me purifier, comme si, après ces aveux, j'allais pouvoir entrer dans mon jean moulant, et accepter la nouvelle réalité de ma vie. Je lui parle de Connor, de Kat. La seule chose que je garde pour moi, c'est les médicaments, la possibilité d'un suicide ou de l'argent volé à mon père, à cause de notre situation, de mon regard dédaigneux sur les bleus de son cou.

Emily me jugerait moralisatrice. Elle me trouverait hypocrite. Et elle aurait raison. Nick a fait de moi une hypocrite.

Je m'attends à ce qu'elle me réponde que c'est horrible, qu'elle est désolée d'entendre tout ça. Je ne suis pas en quête de pitié, pas du tout, mais d'une oreille attentive, d'une personne avec qui je partage des secrets depuis plus de quatre ans. Un adulte qui saura me comprendre avec sensibilité et compassion plutôt qu'avec un regard incrédule, comme ce flic à qui j'ai exposé l'idée que Nick a peut-être été assassiné. J'ai envie qu'Emily m'aide à répertorier les indices. J'ai besoin qu'elle me dise que je me trompe au sujet de Kat, qu'ils se voyaient en tout bien tout honneur, qu'ils étaient de simples amis. Je veux qu'elle m'assure que c'était bien moi que Nick aimait par-dessus tout, et non Kat.

Mais elle se contente de me lâcher les mains.

— Tu sais que tout cela est faux, dit-elle sur la défensive, comme si c'était elle qui avait tué Nick.

Sa voix tremble, elle regarde en direction de chez elle, comme s'il suffisait que je cligne des yeux pour qu'elle parte en courant. Au loin, sa maison est encore endormie, tous les rideaux sont tirés. J'imagine Teddy roulé en boule sous ses draps et Theo en train de se préparer pour aller au travail.

— Pourquoi ça le serait ?

Ma voix aussi tremble, mais c'est parce que je suis agacée.

— C'est la police qui l'a dit, répond-elle, comme si la police était une entité omnisciente, comme si elle ne commettait jamais d'erreurs. Ils ont dit que c'était un accident.

— Ils n'en savent rien.

— Donc tu préfères croire une enfant de quatre ans plutôt qu'un inspecteur de police ?

Tout à coup, j'ai envie de hurler, principalement parce qu'Emily n'a franchement pas l'habitude d'avoir un avis tranché sur quoi que ce soit, elle qui cherche toujours à arrondir les angles, à apaiser les gens, les rendre heureux. Mais, là, elle ne m'apaise pas du tout, avec son air de remettre en question ma crédibilité et celle de ma fille, le tout en me mentant sans vergogne à propos de ses bleus.

D'instinct, je sens qu'il y a un truc qui cloche.

Emily se couvre, ou elle couvre quelqu'un d'autre. Peut-être que Nick ne s'est pas suicidé, peut-être qu'il a bel et bien été tué. Les mots tournent en boucle dans ma tête — meurtre, suicide, meurtre, suicide — comme une balle de tennis qui fait des allers-retours au-dessus du filet et, à chaque fois que je pense avoir trouvé la réponse, quelqu'un m'envoie un revers fulgurant, m'obligeant à continuer l'échange.

Emily voit sûrement que je suis en colère, je ne fais rien pour le cacher. Son visage s'adoucit, elle fait un pas vers moi.

— Clara, dit-elle en me reprenant la main. Je veux simplement t'éviter toute désillusion.

Elle évoque les différents stades du deuil, et me déclare coincée entre le premier et le deuxième, soit entre le déni et la colère.

— C'est un mécanisme de défense. Ne t'en fais pas, c'est tout à fait normal, poursuit-elle, mais je retire ma main vivement — je n'ai absolument pas envie d'être analysée. Je me fais du souci pour toi, c'est tout.

J'entends bien son ton d'excuse, et elle est peut-être sincère, mais je ne veux pas qu'on cherche à m'apaiser. Je veux qu'on m'écoute.

— Est-ce que tu as parlé à Maisie ? À propos de Nick ?

Ce qu'elle entend par là, c'est : est-ce que j'ai dit à ma fille que son père était mort. Je ne réponds pas, enfin pas tout de suite, parce que je sais que ma réponse ne ferait que la conforter dans sa théorie selon laquelle je suis dans le déni, je m'invente des histoires pour minimiser mon chagrin.

Peu importe.

De l'autre côté de la rue, deux maisons plus loin, la porte du garage d'Emily s'ouvre et Theo apparaît à côté d'une luxueuse voiture de sport rouge dont je n'identifie pas la marque. Sacoche de travail arrimée à l'épaule, mains gantées de cuir. *Pour une meilleure adhérence,* m'a dit Nick un jour où je me demandais pourquoi ce type portait des gants pour conduire. Quant à moi, j'étais persuadée que Theo se figurait que ça lui donnait l'air cool. En tant que rédacteur pour un magazine automobile — *Le Conducteur,*

Route & Circuit, ou quelque chose dans ce genre —, Theo revient chez lui avec une nouvelle voiture toutes les semaines ou presque, qu'on lui prête afin qu'il rédige une critique dessus. Quand ils se sont rencontrés, m'a dit Emily, il travaillait comme concessionnaire, et tâchait d'affûter ses qualités de rédacteur. Il détenait un diplôme en journalisme et un incroyable don de persuasion. Un acheteur repartait systématiquement avec quelque chose dont il ne voulait pas ou n'avait pas besoin : un vieux Caddy alors qu'il venait pour une camionnette, une camionnette alors qu'il voulait une berline, le tout sans numéro de charme, mais via une technique d'intimidation, sûrement celle à laquelle il a eu recours pour convaincre Emily de l'épouser. Certes, il est très bel homme, et il a un sourire ravageur, mais mon petit doigt me dit que ce n'est pas le sourire qui a poussé Emily à dire *Je le veux*. La vraie voiture de Theo est une vieille guimbarde qu'il garde cachée dans leur garage trois places.

Le soleil se réfléchit sur la portière couleur cerise lorsqu'il l'ouvre, son regard dirigé vers nous. Il appelle Emily en mettant sa casquette à chevrons, et elle se précipite. Je ne peux m'empêcher de les observer tandis qu'il la sermonne dans leur allée, elle en tenue de jogging, lui avec son chapeau et ses gants. Un chapeau et des gants. Est-ce que… ? *Non.* Theo serait-il l'homme qui nous épiait par la fenêtre, Maisie et moi ? Ce serait Theo, et non Connor ? Est-ce que je me trompe depuis le début ?

Je vois Emily grimacer à mesure que Theo la tance à voix basse — il est bien trop tôt pour crier. Si Nick était là, il aurait envie d'intervenir. Nick, qui détestait Theo autant que Theo le détestait. Mais Nick n'est pas là, alors je me contente d'observer la scène, les pieds cloués au béton.

Froidement, Theo dépose un baiser sur la joue d'Emily et grimpe à bord de la voiture de luxe. Au moment où il passe devant moi et me gratifie d'un regard de vautour affamé, je me demande quel genre de voitures il a conduit ces dernières semaines.

Quelle est la probabilité qu'il ait eu une Chevrolet noire ?

NICK

Avant

Kat me fait signe depuis sa banquette, et je remonte le temps, jusqu'à douze ans auparavant, à l'époque où nous étions ensemble. Il y avait un parc sur l'île, où on aimait bien aller, situé dans le nord-est de Bainbridge Island et qui surplombait les Cascades et Puget Sound. Il fermait à la tombée de la nuit mais, nous, on y allait après la fermeture. Il n'y avait personne, et là, sur la plage avec ses dunes et ses piles de bois flotté, nous faisions des choses que je n'avais jamais faites qu'avec elle. Des choses qui, douze ans plus tard, continuent à me faire rougir.

Je me glisse sur la banquette face à elle et mon genou effleure le sien. D'instinct, je recule. Ce qu'il y a eu entre Kat et moi toutes ces années plus tôt est bel et bien terminé.

Sur la table en bois qui nous sépare se trouve une photo qu'elle glisse vers moi alors que la serveuse s'approche pour prendre notre commande.

— Qui est-ce ? je demande en observant le petit blondinet décoiffé sur sa photo d'école, classique avec fond bleu, un garçon qui ne sourit apparemment pas sur commande.

Il fait la moue, il a l'air un peu triste. Il se dégage déjà de lui cette lassitude qui caractérise les adolescents, ce mécontentement face au monde qui l'entoure, bien qu'il soit encore tout jeune.

— C'est Gus, dit-elle en me regardant droit dans les yeux. C'est ton fils.

Sur quoi la serveuse arrive et, en dépit de l'heure, je commande une « Death in the Afternoon » — le mélange d'absinthe et de champagne inventé par Hemingway —, parce que ça me semble en adéquation parfaite avec ce moment de ma vie.

— Comment ça, mon fils ? je demande tout bas.

Je regarde autour de moi pour m'assurer que je ne connais personne, qu'un voisin, ou mon assistante Jan, n'est pas assis derrière moi, à portée de notre conversation.

— C'est impossible.

Mais je ne suis pas si bête. Kat et moi étions des adolescents stupides, persuadés que rien de mal ne pouvait nous arriver. Parfois, dans le feu de l'action, nous ne prenions pas forcément nos précautions.

— Ce soir-là, dit-elle. La veille de ton départ pour l'université. Mes parents étaient sortis à l'opéra.

Elle se tait. De toute façon, elle n'a pas besoin d'en dire plus. J'acquiesce lentement. Je me souviens. Ses parents étaient allés voir *Coppélia*, et j'étais passé après leur départ pour dire au revoir à Kat. Ils avaient prévu de rester en ville pour la nuit, au Four Seasons ; ce n'était pas dans leurs habitudes, mais ils fêtaient leurs vingt-cinq ans de mariage, alors ils voulaient marquer le coup. Kat et moi aussi. Elle avait piqué une bouteille de Goldschläger à ses parents, sachant qu'ils n'en buvaient pas et ne le remarqueraient pas. On a emporté la bouteille dans sa chambre, et on a fait les choses très lentement pour une fois, avec l'impression d'avoir tout le temps devant nous. Le lendemain matin, je prenais l'avion pour Chicago ; trois jours plus tard, Steve prenait ma place auprès de Kat.

— Comment peux-tu être sûre que c'est le mien ? dis-je, et je m'en veux de prononcer ces mots, d'esquiver la responsabilité.

Ça ne me ressemble pas. Mais, bon, c'était il y a douze ans, autant dire une éternité. Si Kat m'avait appelé à l'époque pour me dire qu'elle était enceinte, la situation serait différente. Je n'attends pas sa réponse.

— Pourquoi maintenant ? je demande, sentant la colère monter. Pourquoi as-tu attendu tout ce temps pour me le dire ?

Dans un coin du bar, la télé diffuse le journal des sports, les présentateurs annoncent leur pronostic pour le match de NBA du soir. D'un coup d'œil, je comprends que les paris ne sont pas en faveur des Warriors. Les favoris sont les Cavaliers de Cleveland, qui jouent à domicile. Tout à coup, j'ai l'impression de sentir le sol s'ouvrir sous mes pieds. En pensant au trou dans lequel je m'enfonce, du point de vue financier mais pas seulement, je me mets à paniquer.

La serveuse passe, je commande un autre verre, un whisky-Coca cette fois, que je descends comme s'il s'agissait d'un verre d'eau fraîche et que je venais de courir dix kilomètres. Je me mets à transpirer. Un compte à rebours dans un coin de l'écran de télé égrène les dix-huit minutes qu'il reste avant l'entre-deux. Dix-huit minutes avant que je gagne ou perde tout ce qui m'est le plus cher au monde.

— Je ne sais pas si je vais rester avec Steve, dit Kat avant d'évoquer leurs nombreuses disputes, la pression qu'il subit à cause de son nouveau travail, le fait qu'il s'en prend à elle et à Gus quand il est à bout. Il n'a pas de patience avec nous. Et puis, il n'est presque jamais là. Toujours parti. Toujours au boulot.

Elle tend un bras pour m'effleurer la main, mais je la retire.

— Gus a besoin d'une figure paternelle. D'un père. Il a douze ans. Je n'y connais rien, moi, en éducation des garçons de douze ans.

Je m'empresse de secouer la tête. Je ne peux pas faire ce qu'elle me demande. Je n'arrive pas à croire que c'est en train d'arriver.

— Kat, j'ai déjà une famille. Une femme, un enfant. Deux, même. Je les aime. J'aime ma femme — j'aime Clara. Tu m'as caché tout ça pendant toutes ces années et maintenant tu veux que j'endosse le rôle du père ? C'est impossible, dis-je avec insistance, en abattant mes deux mains à plat sur la table un peu trop fort, au point qu'un homme à la table de derrière se retourne. Impossible, tu m'entends ? Tu comprends, non ? J'ai une famille !

Tout arrive si rapidement, je suis en train de perdre le contrôle de ma propre vie. Je place mes mains sur mes tempes pour empêcher ce vertige, mais rien n'y fait, tout continue à tourner autour de moi, je vais être malade.

— On a été heureux ensemble, Nick. Ne me dis pas que tu as oublié ?

Mais au lieu de répondre je sors un billet de vingt que je flanque sur la table.

— On était des gamins, Kat. De stupides gamins.

Je me lève en disant qu'on en reparlera une autre fois, que je dois y aller.

— Je suis amoureux de Clara, je bredouille. C'est Clara que j'ai épousée.

Je m'empresse de partir en me répétant à moi-même *J'ai déjà une famille, j'ai déjà une famille.*

— Nick ! lance-t-elle tandis que je me fraye un chemin entre les clients pour sortir du bar.

Je grimpe dans ma voiture, où la température avoisine les trente-huit degrés.

Comment est-ce que je vais dire ça à Clara ? Comment vais-je pouvoir m'expliquer ? Non seulement Kat m'apprend que je suis le père d'un garçon de douze ans, mais elle exprime son désir de me voir devenir pour lui une figure paternelle. Je fais quoi, moi ? Je refuse, je lui donne de l'argent ? Mais je n'ai pas un cent à lui filer.

Clara va me quitter. Si elle apprend tout ça, c'est sûr, elle va me quitter.

Et je ne peux pas vivre sans elle. Sans Clara, Maisie et mon petit garçon.

Ce sont les seules choses qui comptent. Je démarre et sors en trombe du parking. J'éprouve tellement le besoin de partir que je fais crisser les pneus et laisse de la gomme sur le bitume. J'arrive sur la voie rapide en un rien de temps, le paysage défilant à toute allure, les arbres et les immeubles ne faisant qu'un. Tout ce que je veux, c'est rentrer chez moi.

Comme tous les soirs, nous sommes nombreux sur la route, des files de voitures font la queue au feu rouge. Je regarde les automobilistes lire leurs textos. Ils écoutent la radio, du be-bop à plein volume, les lignes de basse font vibrer leur carrosserie. On est tous assis là, bloqués, en ligne, et ma patience commence à s'user. Une fois de plus, le train a dû s'arrêter en pleine voie et empêche les automobilistes d'aller vers l'ouest, précisément là où je veux aller. Là où se trouve Clara. Maisie. Mon foyer. Je les imagine assises côte à côte sur le canapé, en train de m'attendre. Quand enfin la circulation reprend, j'écrase l'accélérateur pour zigzaguer entre les véhicules.

À la radio, un commentateur fait le compte rendu très détaillé du match en temps réel. Ça ne va pas fort pour les Warriors. Je m'empêche tant bien que mal de hurler.

Je passe devant la supérette, la bibliothèque, le bureau de poste, l'école élémentaire et le parc. La voie rapide traverse à présent une zone résidentielle, mais je ne ralentis pas pour autant. Les rues s'élargissent, se trouent de nids-de-poule, se bordent de dizaines d'arbres. Au loin, je distingue ma maison. Je ne la quitte pas des yeux. Je retiens mon souffle et je maintiens mon pied sur l'accélérateur. Le compteur dépasse les soixante-dix kilomètres-heure, atteint presque les quatre-vingts. Je me rapproche. Bientôt la ligne d'arrivée.

Ce que je ne vois pas, en revanche, c'est le petit Teddy

qui déboule de derrière un arbre. Deux mètres devant lui roule un ballon rouge, qu'il suit aveuglément au beau milieu de la rue.

D'abord il n'y a rien, et puis soudain il y a un petit garçon, un mètre vingt, vingt kilos, au milieu de la rue, qui me regarde, l'air terrorisé, la bouche figée dans un cri muet.

Si je n'avais pas bu deux verres au bar, mon temps de réaction aurait peut-être été plus court ; si je n'étais pas si stressé, je n'aurais pas roulé si vite. Mais, vu mon état, mes mouvements sont ralentis, et je mets du temps à réagir. À lever mon pied de l'accélérateur pour presser la pédale de frein. À donner un coup de volant pour faire dévier la voiture de sa trajectoire. J'évite Teddy d'un cheveu, et le petit se met finalement à crier.

Je m'arrête sur la pelouse d'une maison voisine, manquant leur boîte aux lettres de peu. Les mains tremblantes, je mets le levier de vitesse au point mort et j'ouvre ma portière. Je sors comme je peux de la voiture, mes jambes me portent à peine.

— Teddy, dis-je dans un souffle.

Je fais le tour de la voiture pour trouver le petit allongé en position fœtale et serrant son ballon contre lui.

L'espace d'un instant, je le crois blessé, peut-être même mort. Je l'ai heurté. Je m'agenouille à côté de lui en répétant son prénom, *Teddy, Teddy, Teddy*, j'envisage de le secouer pour le ramener à la vie, de commencer une réanimation, mais je remarque alors qu'il respire, et qu'il n'y a de sang nulle part. Il va bien, ouf, il va bien. Un sourire s'esquisse sur mes lèvres, un sourire plein de soulagement et de reconnaissance. Dieu merci, il n'a rien.

— Ne touche pas à mon fils, espèce de connard.

Je lève la tête juste à temps pour voir Theo traverser la rue dans ma direction, le bras en l'air, et me balancer son poing en pleine figure. Le monde se met à tourner. Je chancelle, Theo remet ça, cette fois-ci dans mon ventre.

Sous la douleur, je me plie en deux. Je me répands en excuses, j'essaye de m'en sortir comme je peux.

— Je suis désolé, je ne l'ai pas vu.

Je rejette même la faute sur Teddy.

— Il est sorti de nulle part.

— Je t'ai vu, aboie Theo. Tu roulais comme un dingue, et tu le sais très bien.

Il fait un pas vers moi, et je me prépare à un nouveau coup, dans la bouche, ou le nez peut-être. Mais sa femme, Emily, sort de chez eux, et Teddy court vers sa mère, qui l'accueille avec une étreinte toute maternelle. Le moteur de ma voiture tourne encore. Pas un mouvement du côté de chez moi ; Clara n'a rien vu.

— Si je te rechope à rouler comme un taré…, gronde-t-il, le visage si près du mien que je vois ses pores et l'écume au coin de ses lèvres.

Je lis dans son regard plus que de la colère, quelque chose d'irrationnel, de dérangé, que je verrais chez moi aussi si quelqu'un touchait à un cheveu de mon enfant. Emily l'appelle.

— Theo, ça suffit.

Il l'ignore.

— Si je te reprends à rouler comme un taré, ici ou ailleurs, n'importe quand, précise-t-il alors qu'Emily est venue pour essayer de le ramener à la maison, je te tue. Je jure que je te tue, Solberg, conclut-il, et les yeux d'Emily s'écarquillent en même temps que les miens.

Pour moi, il ne fait aucun doute qu'il tiendra parole.

CLARA

Mon père appelle. C'est le milieu de l'après-midi.

— Papa ? demande Maisie en entendant la sonnerie.

— Non, c'est Boppy, je rectifie.

Son visage s'éclaire.

— Ta mère te réclame, me dit mon père au téléphone, bien que nous sachions tous les deux que ce n'est pas vrai.

Ce n'est pas moi qu'elle réclame, mais Maisie, soit moi quand j'avais quatre ans. Il nous arrive de lui laisser croire que je suis Maisie, parce que c'est plus facile que de lui dire la vérité.

Ma mère n'est pas si vieille, et pourtant j'ai parfois du mal à me rappeler quand son esprit a cessé de fonctionner, sans compter que son corps l'a vite imité. Personne ne peut dire avec précision combien de temps il lui reste à vivre. Pour certains médecins, cinq ans, pour d'autres, sept, bien que d'une façon ou d'une autre elle ne fasse qu'attendre son heure, comme nous tous.

— Tu viendras la voir, dis ? demande mon père, et je lui promets que oui.

J'ouvre la porte d'entrée et je sors, Felix dans les bras, Maisie sur mes talons, et, c'est bien notre veine, une berline noire passe juste à ce moment-là. Une voiture avec chauffeur qui s'arrête trois maisons plus loin, chez

Jake et Amy Lawrence, un couple de trentenaires sans enfants. Ils sont dans les affaires, et il semble que l'un ou l'autre soit toujours sur la route. Amy sort de chez eux en chaussures noires à bride arrière avec une valise à roulettes. Aujourd'hui, c'est à son tour de partir.

Mais rien de tout ça n'a d'importance. Ce qui importe, c'est que Maisie voit la voiture noire lorsqu'elle passe lentement devant chez nous, les yeux du chauffeur se tournant vers elle, et ses yeux à elle sont à présent rivés au véhicule qui attend Amy, moteur ronronnant. Ses genoux se mettent à flageoler, ses yeux s'emplissent de larmes. Elle ne dit rien, mais son corps parle à sa place — le simple fait qu'elle tourne les talons et parte en courant exprime toute l'angoisse qu'elle ressent. Elle s'engouffre dans la maison. Je la suis tant bien que mal et je l'appelle plusieurs fois, à tue-tête. Felix, effrayé par mes cris, se met à pleurer lui aussi.

Je trouve Maisie sous un lit deux places, dans la chambre d'amis où personne ne va jamais.

— Maisie, dis-je en me mettant à quatre pattes, s'il te plaît, sors de là.

Elle garde son visage baigné de larmes enfoui dans la moquette.

— Boppy nous attend. S'il te plaît, Maisie, allez. Fais-le pour Boppy.

Je ne lui dis pas que tout va bien se passer, parce que je n'en ai aucune certitude. Je hausse le ton en exigeant qu'elle sorte et, comme cela ne marche pas, je la supplie. Je propose des récompenses, des menaces. Une fois que tout a échoué, je m'allonge par terre, je tends un bras sous le lit pour l'agripper par la main et la tirer vers moi. Cette fois, elle lâche un cri non de peur mais de douleur. Elle pleure à chaudes larmes, dit qu'elle a mal, que maman lui a fait très mal, et je lui dis que je suis désolée, que maman s'en veut beaucoup.

Mais rien n'y fait, elle refuse de quitter sa cachette.

Un peu plus d'une demi-heure plus tard, mon père rappelle, se demandant ce qu'on fabrique. Je sors de la chambre pour répondre et je lui explique la situation.

Nick, lui, saurait quoi faire. Il se glisserait sous le cadre de lit en métal pour rejoindre Maisie, ou bien il soulèverait le matelas et le sommier d'une seule main et tout se résoudrait dans un grand éclat de rire, avant qu'ils se lancent dans la construction d'une forteresse avec les draps, les couvertures et les coussins dispersés aux quatre coins de la chambre.

Mais moi, non. Tout ce que je sais faire, c'est la supplier.

— Oh ! Clarabelle, dit mon père, plein d'empathie, et nous décidons d'échanger nos places : il va venir à la maison pour faire sortir Maisie de son trou et, moi, j'irai sonder le regard vide et perdu d'une femme qui n'est plus celle que j'ai connue à une lointaine époque.

Quand j'arrive chez mes parents, ma mère est dans un fauteuil, soutenue par des coussins, en train de se faire vernir les ongles en rouge cerise par Izzy. Les paupières lourdes, Izzy me gratifie d'un sourire plein de compassion. Elle a une poitrine généreuse et un ventre rebondi, mais les jambes qui dépassent de sa jupe en jean sont étonnamment minces, comme celles d'une girafe.

Ma mère est née Louisa Berne, fille unique de parents irlandais dont Maisie et moi avons hérité nos yeux verts, nos cheveux roux et un visage plein de taches de rousseur. Elle a épousé mon père il y a plus de trente ans. Lui était cadre et elle femme au foyer et heureuse de l'être, le genre de femmes qui pouvait tout faire avec seulement une ou deux heures de sommeil et une bonne tasse de thé.

— Regardez comme notre Louisa est ravissante, me dit Izzy avec un sourire, sous le regard perdu et à la fois plein d'espoir de ma mère, parce que même si elle ne me reconnaît pas elle attend ma réponse, mon assentiment.

— Splendide, dis-je, bien que je n'en pense pas un mot — cette femme n'est pas ma mère.

Ma mère est autonome et capable, elle n'a pas besoin qu'on vernisse ses ongles à sa place ou qu'on lui présente sa fille lorsque celle-ci entre dans la pièce.

— Louisa, regardez, c'est Clara, enchaîne Izzy. Clara est venue vous voir. Vous vous souvenez d'elle ?

Mais ma mère décrète dans un soupir agacé, comme si Izzy et moi étions deux idiotes, que je ne suis pas Clara.

Il y a des contusions bleuâtres sur la peau blême de son avant-bras, et Izzy répond à mon regard interrogateur :

— Elle est maladroite ces temps-ci, plus aussi assurée sur ses deux jambes.

— Elle est tombée ? je demande, et Izzy acquiesce.

— Le médecin dit que ça vient d'un problème de perception de la profondeur.

Je me demande pourquoi j'apprends cette chute de la bouche d'Izzy et non de celle de mon père. Est-ce que lui aussi, comme Nick, me cache des choses ?

— Elle se heurte au chambranle des portes, prend les ombres pour des choses réelles, trébuche sur ses propres pieds.

Izzy a la mine sombre, et je me demande comment elle fait pour supporter tout cela. J'en serais incapable. Je l'imagine plus jeune, s'occupant de son père malade puis de sa mère, pour finir par les perdre tous les deux. Ce que ça a dû être difficile. Je ne supporte pas de penser au jour où mes propres parents ne seront plus là. Je lui souris.

— On a tellement de chance de vous avoir, dis-je, en sachant que je devrais le lui dire plus souvent. Maman, c'est moi, je poursuis en m'adressant à ma mère, un sourire plaqué sur mon visage. Clara.

Je lui parle de Felix, de sa manie de dormir la bouche

grande ouverte, comme un oisillon en attente de la becquée, du filet d'air flûté qui s'échappe de son nez quand il rêve. Il n'a pas encore souri, enfin pas de façon intentionnelle, juste par réflexe inconscient ou parce qu'il a évacué un gaz, mais, lorsqu'il le fera, je suis certaine que ce sera comme Maisie, un grand sourire radieux.

— Tu te souviens de Maisie ? je lui demande, mais ma mère ne répond pas, le regard fixé à la tringle à rideaux au-dessus de ma tête, et je finis par abandonner.

— La plupart du temps, elle est comme ça, dit Izzy pour me rassurer, mais ça m'ennuie qu'elle connaisse mieux ma mère que moi. Elle ne parle pas beaucoup.

— Je sais.

La perte de mémoire n'est qu'un aspect de la sénilité. Il y a aussi l'irascibilité, cette tendance à perdre patience pour un rien, à jurer et à pleurer, alors que ma mère n'a jamais recherché le conflit. À présent, on la pose dans un fauteuil sans qu'elle s'en émeuve — à cinquante-cinq ans, elle en paraît soixante-quinze — et elle laisse une autre femme lui brosser les cheveux tandis que je contemple la scène, assise au bord du canapé. Izzy connaît les manies et les excentricités de ma mère par cœur : son habitude de demander une tasse de thé et de refuser de la boire, de lire le journal à l'envers. Elle semble savoir avant ma mère à quel moment elle va se lever pour errer sans but, connaître à l'avance le chemin illogique qu'elle empruntera, ramassant les coussins tombés pour lui éviter de trébucher.

C'est alors que, horrifiée, j'entends ma mère demander à Izzy d'un air plein de déférence :

— Tu veux bien être une gentille petite et donner ses chaussons à maman, Clara chérie ? J'ai froid aux pieds.

Izzy regarde ma mère, puis ses pieds, déjà glissés dans des mules en daim garnies d'une luxueuse fourrure.

— Vous avez déjà vos chaussons, répond Izzy en palpant son cou pour lui montrer son pendentif.

Mais sa main tâtonne dans le vide. Le collier est bien là, mais plus le prénom, évaporé comme tant d'autres choses dans cette maison. Izzy ne se démonte pas pour autant.

— Moi, c'est Izzy, dit-elle en s'accroupissant face à ma mère pour la regarder dans les yeux. Vous vous souvenez, Louisa ? Moi, c'est Izzy. Et Clara est juste là, ajoute-t-elle en faisant un signe vers moi.

Mais impossible de savoir si ma mère se souvient ou pas.

— Ne le prenez pas personnellement, me dit Izzy avec un sourire censé me remonter le moral.

Je pense à quel point ça doit être dur pour mon père quand ma mère le regarde et appelle à l'aide en criant qu'il y a un inconnu chez elle, un cambrioleur. Il doit se sentir si seul. Avec le cœur en miettes.

— La plupart du temps, elle ne me reconnaît pas non plus, me rassure Izzy avant de s'excuser pour aller faire bouillir de l'eau et préparer un thé. Je dirais même que, presque à chaque fois qu'elle s'adresse à moi, elle me prend pour vous, ajoute-t-elle sur le seuil du salon.

Je sais qu'elle cherche à me réconforter, mais c'est un piètre lot de consolation. Malgré sa corpulence, son pas est aérien ; elle est légère, elle a conservé une liberté que les épreuves — non seulement la mort de ses parents, mais aussi le fait d'être devenue responsable de sa petite sœur — n'ont pas entamée, alors que, moi, le malheur m'écrase, comme si j'étais enterrée vivante.

Ma mère m'observe. Je sais que je ne devrais pas pleurer, mais je ne peux pas m'en empêcher. De grosses larmes roulent sur mes joues et, les sourcils froncés, elle se lève de son fauteuil. Mon premier réflexe est d'appeler Izzy, de crainte que ma mère n'agisse de manière inattendue, ou ne chancelle et tombe. Mais ce n'est pas du tout ce qui se passe.

Après une série de petits pas dans ma direction, elle s'assoit sur le canapé à côté de moi. Elle prend ma main dans la sienne d'un mouvement assuré. Elle sait ce qu'elle est en train de faire. Son regard vert pâle croise le mien et l'espace d'un instant, elle sait qui je suis. Je le vois dans ses yeux. Son autre main effleure mes cheveux et elle me demande d'une voix claire :

— Qu'est-ce qu'il y a, Clara ? Qu'est-ce qui te chagrine ?

Elle m'attire contre elle. Ses bras sont si légers, si faibles, et pourtant je me sens indéniablement en sécurité. Comme mon père, elle maigrit, son corps se perd dans ses vêtements.

— Maman ? dis-je en m'étranglant avec mes larmes. Tu me reconnais ? Tu sais qui je suis ?

Derrière nous, par la fenêtre ouverte, une douce brise souffle et gonfle les rideaux. Des grains de poussière flottent dans un rayon de soleil, telles des paillettes dansant au-dessus de nos têtes.

Elle glousse, et je lis dans son regard une présence irréfutable : oui, elle me reconnaît. Que, pour elle, j'aie quatre ans ou bien vingt-neuf, peu m'importe. Elle sait qui je suis. C'est tout ce qui compte.

— Bien sûr, tête de linotte. Comment veux-tu que je t'oublie ? Tu es ma Clara. Mais qu'est-ce qui te rend si triste, Clara chérie ?

Ça, impossible de lui dire, sachant que ce moment est aussi fiable que les journaux à scandale, et qu'il y a de grands risques que sa mémoire m'élimine aussi vite qu'elle m'a réintégrée. Je préfère en profiter tant qu'il dure, profiter de sa main sur la mienne, de son bras qui m'enlace, de ses yeux posés sur moi avec assurance.

— Rien, maman. Ce sont des larmes de joie. Je suis heureuse, lui dis-je, même si j'éprouve un mélange de bonheur, de tristesse et de peur.

Izzy arrive avec un plateau mais, en nous voyant, elle se retire, ne voulant pas m'ôter ce moment si précieux.

NICK

Avant

Je tombe en miettes.

Je ne dors plus.

Le matin, je descends l'escalier au radar, déboussolé. J'ai mal au crâne. Je délire à cause du manque de sommeil, j'anticipe déjà sur le médicament que je prendrai ce soir, quelque chose de plus fort que l'Halcion pour réussir enfin à fermer l'œil, faute de quoi je vais devenir fou.

Clara est installée dans le coin repas quand je descends, elle parle au téléphone. Avec son père. Je le devine à l'inquiétude qui ride son front.

— Qu'est-ce qui se passe ? je lui demande une fois qu'elle a raccroché.

J'ai tellement mal à la tête qu'une espèce de brume m'empêche d'y voir et de penser clairement. Le soleil matinal darde ses rayons par la fenêtre, comme autant de petits poignards dans mes yeux. Je trébuche sur mon propre pied.

— C'est mon père, il a égaré un chèque des locataires. Il l'a endossé et l'a laissé quelque part pour le déposer à la banque, mais il n'arrive pas à remettre la main dessus.

Depuis des années, Tom s'accroche à la maison où Clara a grandi, une vieille ferme entièrement rénovée. Elle n'est pas très loin de chez nous, dans l'un des rares quartiers de la ville qui n'ont pas encore été envahis de constructions modernes et de grands magasins carrés. Depuis la galerie de la ferme, on voit encore des champs de maïs, des chevaux, à l'occasion un tracteur John Deere au milieu de la route. Mais, au vu de l'âge de Tom et de la santé de Louisa, la maison a fini par représenter trop de travail. Sur la suggestion de Clara, Tom a pris la difficile décision de la louer et d'emménager dans une communauté pour retraités, bien que Tom ait en horreur les soirées Loto et tout ce qui va avec ce genre d'endroits. C'est un couple de jeunes mariés, Kyle et Dawn, qui loue la maison ; je les ai rencontrés un jour où je suis allé donner un coup de main à Tom pour des problèmes d'électricité. C'est Tom qui s'occupait de l'entretien auparavant mais, avec l'âge, il n'y a plus grand-chose qu'il puisse faire tout seul.

— Tu crois que ce serait ta mère ? je demande.

J'ai de la peine pour Tom. Je sais ce que ça fait que de perdre de l'argent. Le ventre barbouillé, j'essaye de me rappeler ce que j'ai mangé la veille au soir, et je me demande aussi si ce n'est pas tout simplement dû à l'angoisse.

— Sûrement, répond Clara, puis elle me dit qu'elle prévoit d'y aller dans la journée pour passer la maison au peigne fin.

D'après elle, c'est le moins qu'elle puisse faire.

— J'ai tellement de peine pour eux. Et s'ils avaient des problèmes d'argent ? Mon père n'oserait jamais me le dire. Il est trop fier pour demander de l'aide.

— Tu veux que je lui parle ?

Mais elle secoue la tête. On connaît tous les deux l'opinion que Tom a de moi. M'enquérir de l'état de ses finances serait vraiment la dernière chose à faire. Mais je lui ai quand même posé la question dans l'espoir qu'elle se sache soutenue.

D'un coup, Clara se lève et change de sujet : elle a pris la décision de faire appel à une société pour peindre la chambre du bébé. Les ouvriers viennent aujourd'hui. Quand je rentrerai ce soir, les murs seront gris. Elle pense me faire plaisir, mais au lieu de ça je me sens à court d'air et je m'énerve.

— Je t'ai dit que je m'en occuperais, je lance avec plus d'agressivité que prévu.

— Le bébé va naître d'un jour à l'autre, Nick. Ça ne peut plus attendre.

Elle dit vrai. Je le vois à sa silhouette : le bébé a bougé dans son ventre pour descendre vers son bassin. Ça se remarque aussi à ses grimaces de douleur, à sa façon de se dandiner quand elle marche, la tête du bébé engagée quelque part dans la ceinture pelvienne.

— Tu as une idée de ce que ça coûte, un peintre professionnel ? dis-je en me préparant machinalement un café.

— On a de l'argent. Ce n'est pas comme si on devait compter chaque pièce. Dis, je croyais qu'on ne buvait pas de caféine ?

Elle me défie du regard. L'air fatigué, elle pose ses deux mains sur ses reins, comme si elle ne pouvait plus porter ce poids une minute de plus. Le tissu de la chemise de nuit est si tendu que je perçois des ondes de mouvement, une main ou des orteils de bébé qui s'étirent, comme ceux d'un petit monstre. Il est prêt. Je regarde le sachet de café que je tiens à la main, qui indique « torréfaction intense », et non « décaféiné ». Parmi tout ce que j'ai fait de travers, il y a au moins une chose que j'ai réussie. Je suis resté fidèle à mon engagement. Je n'ai pas bu de caféine.

Soudain, je pars d'un grand rire, un rire bizarre, dément, qui ne me ressemble pas ; le sachet de café m'échappe et tous les grains se répandent par terre.

— Mais enfin qu'est-ce qui te prend ? demande Clara, mi-inquiète, mi-écœurée.

— Qu'est-ce qui me prend à moi ? Et toi, tu pensais à quoi ? Je t'ai dit que j'allais la peindre, cette chambre. Bon sang. Pourquoi à tout prix vouloir payer quelqu'un pour quelque chose que je peux faire, moi ?

J'attrape le balai et la pelle dans le cellier et je me mets à quatre pattes pour nettoyer.

— Arrête de jouer au con, Nick, dit Clara en empêchant Harriet d'aller lécher les grains de café, elle qui gobe tout ce qui tombe par terre.

— Ah, parce que je joue au con, peut-être ? C'est moi qui joue au con, tu trouves ?

— Oui, Nick. Tu te comportes comme un vrai con, déclare-t-elle avant de quitter la pièce, suivie de Harriet.

J'essaye de la suivre, de la retenir, mais je ne sens que le coton de sa chemise de nuit filer entre mes doigts.

CLARA

— Qu'est-ce qui se passe ? me demande mon père quelques heures plus tard quand j'entre dans la cuisine.

Il est en train de verser des pâtes dans une casserole d'eau bouillante. Dans la pièce d'à côté, Maisie regarde la télé. Je ne sais pas trop comment elle est sortie, mais en tout cas elle n'est plus prostrée sous le lit de la chambre d'amis. Le visage irradié par la lumière de l'écran, elle sourit aux personnages de son dessin animé. Cramponnée à son ours en peluche dont elle suçote une oreille, elle ne fait pas attention à moi, bien que je passe en lui caressant les cheveux et en lui disant coucou. Felix, lui, dort profondément sur le sol, allongé sur une couverture tricotée à la main.

— Comment ça ? dis-je, feignant d'ignorer de quoi il parle.

Lorsque mon père est arrivé à la maison pour prendre ma place et essayer de faire sortir Maisie de son trou, je ne lui ai pas expliqué pourquoi elle était fourrée là-dessous ni ce qui avait provoqué sa crise. Je me suis contentée de dire qu'elle refusait de sortir et il a cru avoir affaire à un gros caprice plutôt qu'à un accès d'angoisse.

— Est-ce que tu aurais des problèmes dont tu refuses de me parler ? me demande-t-il en posant la boîte de pâtes vide sur le plan de travail.

Il se tourne vers moi et je m'empresse de regarder ailleurs. Je ne peux pas croiser son regard. Pas maintenant.

— Tu peux tout me dire, Clarabelle. Vraiment.

Je me demande ce qu'a bien pu lui dire Maisie pour lui faire croire que j'ai des soucis. Je prends dans le placard, une vieillerie rénovée qu'on tient des grands-parents de Nick, des assiettes et un saladier pour les pâtes.

— Tout va bien, dis-je d'une voix mal assurée.

Mon père me dévisage ; manifestement, il lui en faut plus que cela. D'une main, il agite une cuillère en bois dans la casserole.

— Qu'est-ce que t'a dit Maisie ? je demande, et il répond qu'elle ne lui a pas confié grand-chose, mais que c'est le charabia qu'elle se répétait à elle-même qui l'a renseigné : elle gémissait, avait peur d'un méchant, ne cessait d'appeler son père.

Il a réussi à la faire sortir en lui promettant du pop-corn et un épisode de *Bob l'éponge*, après quoi ils se sont installés avec Felix dans le même fauteuil, face à la télé. Elle n'a pas dit un mot de plus, et mon père s'est bien gardé de lui poser des questions, certain que s'il abordait le sujet, elle filerait à nouveau droit sous le lit.

— De quel méchant est-ce qu'elle parle ? me demande-t-il de but en blanc, et je m'efforce de sourire en répondant qu'il n'y en a pas, que c'est juste un jeu.

— Tu ne lui as toujours pas dit pour Nick ?

Je secoue la tête.

— Oh ! Clarabelle. Mais pourquoi ?

J'ai envie de lui dire. De tout lui raconter. Les cauchemars de Maisie, l'inspecteur Kaufman, la possibilité que Nick ait été suivi, voire assassiné, qu'on soit face à un meurtre et non un accident. Je veux lui parler de Melinda Grey et de Kat. De Connor. Je voudrais me mettre sur ses genoux comme quand j'étais petite et lui confier à quel point je suis triste, apeurée, perdue. Mais je repense à la réaction incrédule d'Emily et je garde tout pour moi. Je ne sais pas ce que cela me ferait si mon père me rejetait, lui aussi.

— Tu connais Maisie, papa. Elle a un penchant pour la tragédie.

J'esquisse un sourire et je m'empresse de changer de sujet :

— Elle s'est souvenue de moi.

— Ta mère ?

J'acquiesce, déjà mélancolique, car je sais que cela n'arrivera peut-être jamais plus.

— Elle avait toute sa tête. Elle savait qui j'étais.

Il répond qu'il est très heureux que j'aie eu la chance de vivre ce moment avec elle.

— Je suis sûr que c'était le plus beau cadeau pour elle que tu lui rendes visite, dit-il, mais, en remarquant son air inquiet, je lui demande ce qui ne va pas.

— Ces moments de lucidité, dit-il. Ils vont, ils viennent. Un instant, elle me reconnaît, celui d'après, c'est fini. Pareil avec Izzy. Ça fait trois fois que ta mère appelle la police pour me dénoncer parce qu'elle croit que je suis un cambrioleur. Et puis, il y a aussi la carte de crédit.

— Quelle carte de crédit ?

Il me raconte que ma mère a souscrit un nouveau contrat avec carte de crédit, toute seule, à son nom. Une Citi MasterCard. Il n'aurait jamais rien su si une notification n'était pas arrivée au courrier, au nom de Louisa Friel, avertissant ma mère que son compte avait peut-être été piraté, qu'elle devait surveiller les mouvements de près. Sauf que ma mère n'était pas censée avoir un compte à son nom. Elle avait agi ainsi parce qu'elle ignorait tout des règles à présent, comme quand elle s'était emparée des clés de la voiture ou qu'elle avait coupé les cheveux de Maisie.

— Mais comment est-ce qu'elle a pu…

Je laisse ma question en suspens parce que au fond je sais qu'avec ma mère les possibilités sont illimitées. On ne peut plus prévoir ce qu'elle est capable de faire ou non.

— Une publicité à la télé, peut-être, spécule mon père. Un télévendeur, ou une annonce dans un magazine. Je n'en sais rien.

Quand je pense à toutes les informations personnelles à livrer pour l'ouverture d'un compte, je commence à m'inquiéter. Je me demande aussi si elle a acheté quoi que ce soit avec cette nouvelle carte, et si ça peut leur nuire en termes d'assurance.

— Oh ! papa, dis-je en posant ma main sur la sienne. Je suis tellement désolée.

Je sais à quel point cela lui coûte de me confier ce genre de choses alors que j'ai tellement de préoccupations.

— Je ne veux pas t'accabler avec tout ça, dit-il, mais je lui réponds qu'il ne m'accable pas du tout, qu'il n'a jamais été un fardeau.

— Laisse-moi t'aider, s'il te plaît, je le supplie.

Il m'assure comme toujours que ma mère et lui s'en sortent très bien, qu'il a passé en revue des accessoires pour accroître la sécurité de ma mère, comme des alarmes et des attaches qui lui permettront de mieux surveiller ses mouvements la nuit.

— Est-ce que c'est vraiment nécessaire ? je m'inquiète, détestant l'idée de savoir ma mère entravée par des attaches, mais il se frotte le front en répondant que, ces temps-ci, c'est la meilleure chose à faire.

Avant de partir, mon père évoque l'envie de vendre la voiture de ma mère. Elle est vieille, et puis, si elle n'est plus là, ma mère ne risquera plus de la prendre pour une balade nocturne.

— On aurait dû s'en séparer il y a des années, poursuit-il, et puis l'argent ne sera pas de trop.

Il pense plus à moi qu'à lui en disant cela : il veut vendre la voiture de ma mère et me donner l'argent.

— Oh papa, non, je ne peux pas accepter…

Mais il lève la main pour me faire taire et m'assure qu'au contraire il n'y a aucun problème. Il aura simplement besoin de mon aide pour poster l'annonce en ligne ; il veut savoir s'il peut m'envoyer des photos. Je suis loin d'être une championne en informatique, mais je m'en sortirai sûrement mieux que lui, et il me promet de me les envoyer par mail dès qu'il sera rentré.

— Combien comptes-tu la vendre ? dis-je.

— Cinq mille. Ce n'est pas grand-chose, mais c'est toujours ça, en attendant que la compagnie te verse l'assurance-vie de Nick.

Je meurs d'envie de lui dire qu'il n'y aura pas de versement, que le contrat a été annulé, que je ne verrai jamais la couleur de cet argent. Mais je préfère me mordre la langue, sachant ce que mon père dirait s'il savait que Nick achetait de la drogue à Melinda Grey, qu'il couchait avec Kat, qu'il avait empoché l'argent de l'assurance-vie, qu'il avait une double vie. Une fois de plus, l'avertissement qu'il m'avait lancé il y a six ans, quand je lui avais fièrement montré ma bague de fiançailles, un diamant marquise monté sur un anneau d'or blanc quatorze carats, me revient en mémoire. *Cet homme ne fera que causer ta perte. Ne fais pas ça, Clarabelle. Ne l'épouse pas. Il y a plein d'autres hommes.* Je lui avais répondu que je me fichais des autres. C'était Nick que je voulais.

Il me serre contre lui et me remercie pour le service que je m'apprête à lui rendre, bien que nous sachions tous les deux que c'est lui qui me rend service.

— C'est la moindre des choses, dis-je, après tout ce que tu as fait pour moi.

Nous nous étreignons une dernière fois.

— Je pourrais en faire plus, rétorque-t-il.

À mi-chemin de sa voiture, garée au bout de notre allée, il me dit que son réparateur de climatiseur sera ici demain après-midi à 15 heures, que c'est lui qui paye, et c'est seulement à ce moment que je remarque qu'il a retroussé ses manches jusqu'aux coudes et que sa peau est luisante de sueur, tout ça grâce à notre maison non climatisée. Il règne une chaleur si étouffante que j'ai du mal à respirer moi aussi. À aucun moment je n'ai dit à mon père que j'étais dans une mauvaise passe financière, mais il se débrouille toujours pour tout deviner.

— Je serais bien venu te tenir compagnie quand il sera là, mais cette fois-ci je ne peux pas, Clarabelle. Ta mère a un rendez-vous à 15 heures. Chez le neurologue.

Je secoue la tête en disant que ce n'est pas grave. Je suis une grande fille. Je m'en tirerai toute seule.

NICK

Avant

L'idée me vient au cabinet tandis que je passe en revue des dossiers, en quête de celui de mon prochain patient de l'après-midi, que mon assistante a oublié de sortir. Je me plonge dans les classeurs en cherchant un certain William Grayson, mais je repars quelques secondes plus tard avec celui de Melinda Grey. En droit pénal, tout est une question d'intention — *mens rea*, c'est-à-dire l'esprit criminel. Une chose dont je suis dépourvu. Je n'ai aucune intention de nuire à Melinda Grey. Je n'avais même pas l'intention de sortir son dossier du lot.

Et le voilà pourtant dans ma main.

Je demande à Nancy de remettre à plus tard le rendez-vous de William Grayson. Je dis que je ne me sens pas bien.

C'est une maison de plain-pied petite et vieillotte, dans les quartiers sud de la ville. Elle a de grandes fenêtres carrées en façade, dotées de volets, et des pans de toit trop bas à mon goût. Le jardin est entretenu mais triste, la maison littéralement encerclée de haies de buis. Il y a une berline de couleur foncée garée dans l'allée, noire ou peut-être bleue, un toit ouvrant qu'on a oublié de fermer, le cuir de l'habitacle absorbant la chaleur étouffante de cette journée.

Je gare ma voiture juste devant la maison et j'essaye tant bien que mal de me donner du courage.

En claquant ma portière avant de remonter lentement l'allée, j'ai pour seul but d'essayer de la convaincre de mes meilleures intentions, de lui faire comprendre mon état d'esprit. De lui présenter mes excuses, aussi, une étape essentielle pour éviter d'aller au procès, à en croire tous les sites Internet que j'ai consultés. Peut-être aurais-je dû commencer par là. Mais à aucun moment je n'ai eu l'occasion de m'expliquer.

Et donc c'est ce que je prévois de faire en venant voir Melinda Grey : m'expliquer.

La préméditation, au sens légal du terme, est une intention consciente de causer du tort à quelqu'un, et rien de tel ne m'a motivé. À aucun moment. Jusqu'à ce que la porte s'entrouvre, et qu'elle apparaisse : Melinda Grey. Elle me toise de son regard noir dans l'entrebâillement de cinq centimètres à peine, pesant de tout son poids contre la porte au cas où j'essayerais d'entrer de force.

Et là, soudain, tout ce à quoi je pense, c'est en effet causer du tort à cette femme, physiquement. À cette femme qui essaye de gâcher ma vie.

— Allez-vous-en, siffle-t-elle. Partez ou je crie, et elle dit cela comme si je lui avais déjà fait mal, comme si j'essayais de la forcer à m'ouvrir.

Ce qui n'est pas le cas. Je me tiens à trente bons centimètres de la porte, les mains dans les poches de mon pantalon en toile.

— Je voudrais juste vous parler. Histoire de voir si je peux me racheter, si on peut s'arranger sans avoir besoin d'avocats, de compagnies d'assurances ou quoi que ce soit. On peut peut-être trouver un terrain d'entente, dis-je en levant les mains devant moi. Je vous jure que je ne vous veux aucun mal.

Mais Mme Grey refuse de me parler. La brèche de cinq centimètres se réduit et, bien que je fasse appel à tout mon sang-froid, le bout de mon mocassin entre en contact avec la porte, et l'empêche de se refermer. Elle pousse, en vain, et avant que je comprenne ce qui se passe mes mains sont contre la porte, je pousse moi aussi, et voilà que nous sommes face à face, moi la dépassant d'une bonne tête du haut de mon mètre quatre-vingt deux.

— Vous m'avez l'air d'être une personne raisonnable, dis-je, d'être quelqu'un de bien, mais elle recule, et je me surprends à avancer.

Il y a un chat dans le fond, un siamois perché sur un meuble télé, qui m'observe. Un témoin.

— J'ai tant à perdre, vous ne pouvez pas imaginer, j'ajoute, évoquant ma femme, mes enfants, mon cabinet.

Si je m'explique, peut-être qu'elle comprendra. Peut-être qu'elle abandonnera les poursuites.

Mais, ce à quoi je ne pense pas, c'est à tout ce que Melinda Grey a à gagner avec ce procès : des centaines de milliers de dollars.

— Vous avez essayé de me tuer, lâche-t-elle, et tout son venin ressort dans son regard.

Je la vois alors pour ce qu'elle est : une menteuse, une experte en escroquerie.

— Vous ne vous êtes pas présentée à votre rendez-vous de suivi. Vous étiez censée guetter tout signe d'infection et m'appeler au moindre doute, à la moindre inquiétude, et je vous l'ai dit. Je vous ai même donné mon numéro de téléphone portable en vous disant de me joindre à n'importe quel moment. Ce que vous n'avez pas fait. Vous ne m'avez jamais appelé.

Un petit sourire frise à ses commissures.

— On m'a dit à l'hôpital que j'aurais pu mourir. Si cette infection s'était étendue à mon cerveau, j'y serais passée.

Et, là, je sens comme un déclic. Rien de cela ne serait arrivé, si seulement elle avait suivi mes instructions. Mais elle les a ignorées exprès ; elle a même vécu comme un coup de bol les premiers signes d'infection et a décidé de ne rien faire.

— Espèce de garce, je murmure. Pauvre salope.

Je fais un nouveau pas en avant. Bientôt, elle n'a nulle part où aller. Elle est littéralement dos au mur et je ne sais pas comment j'arrive à me retenir de l'étrangler. Je l'imagine virer au bleu sous mes yeux, battant des bras et des jambes, le regard noyé dans la peur. Je sens presque sa peau sous mes doigts, les artères vitales, la carotide, la jugulaire comprimées, et elle qui essaye, en vain, de respirer.

Et puis mon téléphone se met à sonner.

Clara est allongée sur un lit d'hôpital à mon arrivée, en blouse bleu clair et en chaussettes. C'est une grande chambre, privée, et le médecin, l'obstétricienne de Clara, est en train de s'occuper d'elle lorsque je déboule, hors d'haleine.

— Pas en retard, je réussis à lâcher, dis-moi que je ne suis pas en retard.

— Huit centimètres, annonce le docteur en retirant sa main d'entre les jambes de Clara avant de les couvrir d'une couverture fine comme du papier. Vous n'êtes pas en retard, me rassure-t-elle, mais on ne devrait plus attendre très longtemps.

Elle tapote les genoux de Clara et me sourit.

— Vous êtes prêt ?

Je dis que oui et je me précipite vers Clara pour la prendre dans mes bras.

Elle a l'air épuisée, mais fin prête. Elle est robuste et, à la voir sur son lit attendre la prochaine contraction, je la sais prête à relever le défi. Je caresse ses cheveux mouillés, elle a déjà beaucoup transpiré. Il y a un gant posé près de son lit, je vais le passer sous l'eau fraîche dans la salle de bains avant de l'appliquer sur son front. À l'aide d'une cuillère en plastique, je lui glisse des glaçons dans la bouche, empilés dans un gobelet que je trouve sur sa tablette à roulettes ; ils ont commencé à fondre et à remplir le fond du gobelet. Les contractions s'enchaînent toutes les trois ou quatre minutes, durent trente secondes ou plus, et je ne tarde pas à devenir esclave de la pendule, sachant avant Clara à quel moment va arriver la suivante. Elle serre les dents tandis que l'infirmière et moi lui enjoignons de respirer.

— On n'a pas de prénom, lâche-t-elle dans un souffle, et je vois la panique dans ses yeux, comme si sans prénom le bébé risquait de s'évaporer sous nos yeux.

Je ne sais même plus pourquoi nous n'avons pas de prénom. Nous avons eu neuf mois pour nous décider. Je me dis pour me raisonner qu'il suffira peut-être qu'on le voie pour savoir comment l'appeler, et j'ai soudain une envie folle qu'il arrive. Un sentiment de fierté m'envahit. Bientôt, j'accueillerai un enfant dans ce monde, et je nous vois, Clara, Maisie, mon petit garçon et moi, faisant un câlin sur le lit de la maternité, ce qui suffit à éclipser tout le reste : le cabinet dentaire et Connor, Kat et Melinda Grey, le procès pour faute médicale. Des voix résonnent dans le couloir, celles de deux hommes, un père et un grand-père fraîchement promus à ce statut, ils parlent d'un match. J'essaye d'en faire abstraction, de ne me concentrer que sur Clara, mais c'est plus fort que moi.

Ils parlent de basket. De la NBA. Les Golden State Warriors ont finalement pris la tête du classement, et c'est avec un grand soulagement que j'entends ces mots, sachant désormais que quelque part, sur un compte bancaire liquidable à mon décès, il y a de l'argent. De l'argent qui m'attend.

Une autre contraction arrive, et pour la première fois depuis bien longtemps je ressens un peu moins le poids du monde, l'impression que finalement tout va s'arranger.

Elle crie de douleur, alors je la serre fort en lui disant qu'elle va y arriver.

— Tu es la femme la plus forte que je connaisse, je lui murmure à l'oreille, des mots on ne peut plus vrais.

Clara est une battante. Son corps est luisant de sueur, la couverture toute fine a fini par terre. Elle respire à fond le temps que la contraction passe, sa cage thoracique se gonfle et se comprime à chaque passage d'air. Elle appuie la tête contre mon épaule, je lui caresse les cheveux.

— Charles, chuchote-t-elle. On l'appelle Charles.

Une concession de sa part. C'est le prénom de mon père, et mon deuxième prénom. Mais je ne la laisse pas capituler juste parce qu'elle a peur.

— Non, dis-je en m'agenouillant pour être à son niveau.

Elle a si chaud que le rouge de ses joues s'est propagé à son menton et à son cou. Son regard, d'habitude si assuré, est tout entier en proie à l'angoisse, au doute, à l'épuisement. Je prends sa main dans la mienne et la presse contre mon cœur.

— On le saura quand on le verra, dis-je d'une voix convaincue, et elle acquiesce, confiante.

— Je suis désolée, dit-elle en parlant de notre dispute du matin.

Un conflit stupide, qui n'a pas de sens. Je lui présente mes excuses aussi.

— C'était ridicule, dis-je.

— Tellement !

On s'embrasse, et ce baiser efface la dispute pour l'instant.

L'obstétricienne repasse voir Clara. Cette fois, elle est dilatée de neuf centimètres, et le col est presque entièrement effacé.

— Vous êtes dans la dernière ligne droite. On va bientôt commencer à pousser, dit-elle avant de repartir.

Clara a soif, mais elle n'a droit qu'aux glaçons, une maigre consolation. Je lui donne ce qui reste dans le gobelet et pars en chercher d'autres en disant que je reviens tout de suite. La cuisine est de l'autre côté du couloir, ce n'est qu'à un saut de puce, mais Clara se cramponne à ma main et me supplie de rester.

— Ne pars pas. S'il te plaît, reste là.

Je fonds comme neige au soleil. J'ai l'impression de vivre un rêve. Jamais je n'ai aimé quelqu'un comme j'aime Clara. Je retombe à genoux en lui jurant de ne pas partir.

— Je suis là. Je ne bouge pas. Jamais je ne te laisserai.

L'infirmière me prend le gobelet des mains. Je continue à caresser les cheveux de Clara tandis qu'une nouvelle contraction se prépare, puis ses ongles s'enfoncent dans ma peau et y laissent une marque. Ça m'est bien égal. Je donnerais tout pour être à sa place, pour donner naissance à notre bébé moi-même, pour prendre sa douleur.

— S'il y a une personne au monde qui peut faire ça, c'est bien toi, je chuchote à son oreille, ma voix noyée dans le cri que lui arrache la contraction. Respire, Clara. Respire.

Maisie arrive dans la chambre suivie de son grand-père, un morceau de papier cartonné à la main. Elle entre lentement, les yeux rivés au nouveau venu, à la créature fripée posée sur la poitrine de sa mère et emmitouflée dans une couverture bleue.

— Qu'est-ce que tu nous apportes ? je lui demande en la prenant dans mes bras pour déposer un baiser sur son front.

— J'ai fait un dessin. Regarde, c'est notre famille, dit-elle, et je vois quatre personnes, plus Harriet bien sûr.

— C'est qui, ça ? je demande, pointant chaque fois mon doigt sur un personnage différent.

Papa, répond-elle, puis *maman*, puis *moi*, et quand j'arrive au petit bébé dessiné dans les bras de Clara, pas plus gros qu'une souris à en croire l'échelle, elle me dit que c'est Felix. Un Felix nu comme un ver, ou plutôt comme un insecte, car son corps compte trois parties et quelques jambes supplémentaires. Je vois aussi qu'il a beaucoup plus de cheveux que moi.

— Felix ? je répète, et Clara et moi regardons Maisie en même temps.

— C'est qui, Felix ? demande Clara.

— C'est lui, répond-elle, convaincue, en pointant son crayon vert sur notre bébé, comme si tout ce temps, alors que Clara et moi hésitions, elle connaissait déjà le prénom de son petit frère. Comme Felix à la danse, dit-elle, et Clara et moi émettons un *Aaaah* simultané.

Felix du cours de danse. L'unique garçon, avec ses collants sans pieds et ses T-shirts blancs. L'amoureux de ma fille de quatre ans.

J'entends Clara répéter le mot.

— Felix… Felix, dit-elle, et je perçois dans cette cadence une intonation bien plus positive qu'avec toutes mes autres suggestions, qu'elle accueillait par un non ferme, et décourageant.

Je me tourne vers elle et je vois qu'elle se saisit du dessin pour vérifier que le personnage de souris esquissé par Maisie représente bien le bébé profondément assoupi sur sa poitrine. Un petit sourire étire ses lèvres tandis que je pose Maisie par terre, qui s'empresse de grimper sur le lit pour rejoindre sa mère et son petit frère. Clara quête mon approbation du regard, et je hausse les épaules.

— Pourquoi pas ?

Felix. C'est un mélange parfait de tradition et de modernité et, en me penchant sur les paupières ultra-fines de mon tout petit bébé, je vois que, oui, il s'agit bel et bien d'un Felix. Depuis le début, c'est un Felix.

— Felix Charles, décrète Clara. Bienvenue au monde, Felix Charles Solberg.

Je m'assois avec eux de l'autre côté du lit, et Maisie escalade sa mère tant bien que mal pour venir sur mes genoux. Clara pose la tête contre mon épaule. Je pose une main sur le bras de Felix et, dans son sommeil, il agite l'autre en guise de bonjour.

— Bonjour, Felix, dis-je, et Maisie pouffe de rire, une mélodie majestueuse et pure.

C'est notre famille, me dis-je, et je sens intérieurement que c'est la seule chose au monde qui compte. Le reste, ce n'est qu'un emballage, une garniture. Ça ne veut rien dire.

L'espace d'un instant, je nage dans un bonheur absolu.

CLARA

Le soleil se couche et le soleil se lève. Je dors, bien que mes rêves soient peuplés de zombies qui sortent de terre. Dans mes cauchemars, Nick apparaît en mort-vivant en état de décomposition. Il n'a plus d'yeux ni de peau parce qu'ils ne lui appartiennent plus, ils ont été donnés à quelqu'un d'autre. Il me poursuit en gémissant, ses mains en lambeaux grattent ses orbites vides. Derrière lui, toute une horde de zombies, personnages grotesques à la peau éraflée, décolorée, à la démarche saccadée, traînante, qui tendent les bras vers moi, ayant faim de ma chair.

Je me réveille en hurlant.

Le matin venu, Felix, Maisie et moi accomplissons notre routine. On mange et on allume la télé, le regard rivé aux personnages qui s'agitent à l'écran. Je fais sortir Harriet. Je la fais rentrer.

Tout à coup, je me rappelle que mon père a dit qu'il enverrait les photos de la voiture de ma mère pour que je poste une annonce. Je me lève pour aller chercher mon ordinateur portable, je me rassieds sur le canapé, et Maisie se blottit tout contre moi.

La vérité, c'est que je suis dans une situation intenable. Il me faudrait cinq mille dollars pour tenir jusqu'à ce que je trouve un moyen de gagner un salaire. Je m'en veux de prendre cet argent à mon père, mais ma situation, désespérée, l'exige. J'ouvre ma messagerie pour y trouver les mêmes envois qui polluent ma boîte aux lettres : factures et condoléances. Je les efface tous, *supprimé, supprimé, supprimé*, en quête d'un seul message, celui de mon père. Je le trouve, avec les photos en pièces jointes. Maisie me grimpe dessus, quelque part entre le clavier et mes jambes, et me demande :

— C'est quoi maman, ça, hein ?

Son doigt tout collant de beurre est pointé vers l'écran tandis que les images se téléchargent lentement, pixel après pixel.

— C'est la voiture de ta grand-mère, dis-je.

On attend que la voiture apparaisse comme par magie, l'ordinateur rame à cause de la connexion, et au moment où elle s'affiche enfin Maisie s'en est presque désintéressée, ses yeux allant de l'ordinateur à la télé.

Presque. Mais pas entièrement.

Aussitôt je sens l'urine se répandre sur mes genoux. Elle coule abondamment et s'accompagne d'une odeur prégnante, elle s'écoule jusque sur les coussins du canapé et transforme l'espace qui nous entoure en une mare tiède et humide. Juste après suit le cri, ce hurlement désespéré et haut perché qui fait vibrer les verres dans le buffet de la salle à manger, et qui ne nous laisse un répit qu'au moment où elle reprend son souffle, cette milliseconde de silence au cours de laquelle elle emplit ses poumons d'oxygène pour crier de plus belle. Encore. Et encore. Je ne dis rien, car moi aussi j'ai envie de crier, en découvrant le mot de mon père, l'annonce qu'il voudrait que je poste avec les photos : Chevrolet Malibu de 2006. Cinq portes. Boîte automatique. Cinquante mille kilomètres.

Noire.

J'aimerais croire que c'est une coïncidence, un simple coup du sort. Je gronderais bien Maisie pour avoir hurlé, pour l'urine qui pénètre les coussins du canapé au point que je ne pourrai pas les ravoir. Seulement, il y a cette croix dorée qui me nargue, fixée en travers de la grille du radiateur.

Le ventre noué, je ne peux m'empêcher de voir ma mère attraper la clé de son véhicule dans une poche de manteau pendant que tout le monde a le dos tourné — profitant de la sieste, ou d'une série télé captivante — et décider d'aller prendre l'air en voiture.

Finalement, Nick ne s'est pas suicidé.

C'est ma mère qui l'a tué.

NICK

Avant

Le jour où Clara et Felix sortent de la maternité, je les raccompagne à la maison en voiture et j'annonce à Clara que j'ai quelques courses à faire. À la différence de Maisie, qui exprimait ses besoins par des pleurs qui pouvaient durer des heures étant bébé, Felix est calme.

— Tu peux prendre du lait aussi ? me demande Clara en voyant qu'on va bientôt être à court lorsqu'elle regarde dans le frigo.

— Pas de problème.

Je l'embrasse et je file. Derrière le volant, avant de m'engager dans la rue, je passe un appel à Kat. Je ne cherche pas à éviter toute responsabilité. S'il s'avère que je suis bien le père de Gus comme elle le prétend, alors je l'accueillerai volontiers dans ma vie. J'y ai pensé, allongé sans pouvoir dormir, à la maternité. J'imaginais Gus entrer dans notre vie. Une garde alternée, un droit de visite. Un week-end sur deux et la moitié des vacances scolaires. C'est une perspective étrange que de m'imaginer jouer à faire des lancers de balle avec un garçon que je ne connais même pas. Je n'ai vu qu'une photo de lui. Je ne sais pas s'il est grand ou non, je ne connais pas le son de sa voix, je n'ai jamais respiré son odeur quand il était bébé, j'ignore s'il sait jouer au base-ball. Mais, si je suis son père, je suis prêt à m'engager, parce que je suis quelqu'un de bien. Je m'occupe des miens. Je répare mes erreurs. Je ne néglige pas mes responsabilités. C'est justement le contraire. Je tiens à les endosser, entièrement.

Mais d'abord il faut que j'en aie le cœur net.

Nous nous retrouvons dans un centre qui effectue des tests de paternité et, pour la première fois de ma vie, je rencontre Gus. Il est tout en bras et en jambes, grand et mince comme moi, mais ses traits, ses yeux, ses cheveux sont ceux de Kat, cela ne fait aucun doute. On voit facilement qu'ils sont parents, mais la question est : qu'en est-il de moi ? On se salue dans la salle d'attente, Kat me présente comme son ami. J'ignore si elle lui a parlé de moi, si elle a déjà évoqué mon prénom. Pas en présence de Steve, ça, c'est certain. Mais elle lui a peut-être raconté des souvenirs d'enfance, telle ou telle chose qu'elle a faite avec son ami Nick. Il y a une sorte de lassitude dans son regard, une certaine indifférence dans sa façon de me serrer la main.

Kat se lève de sa chaise.

— Il me semble que je dois t'adresser mes félicitations.

Je ne lui ai jamais dit que j'avais un fils qui venait de naître, mais elle est quand même au courant.

— Merci, je bredouille en détournant le regard vers Gus, qui feuillette un magazine.

Je me demande s'il sait ce qui nous réunit ici. Pour quelle autre raison rencontrer un inconnu dans un laboratoire et se faire faire un prélèvement de salive au moyen d'un bâtonnet ? Mais, bon, Gus n'a que douze ans, et j'ignore si la notion de paternité est très claire pour lui. J'essaye de lui parler.

— Tu es en quelle classe ?

Puis :

— C'est quoi ton plat préféré ?

Ses réponses sont constituées de mots uniques, sans qu'il m'interroge en retour, et je ne saurais dire si c'est dû à l'immaturité, à la timidité, ou à un désintérêt total.

— En sixième, dit-il. Le bacon.

Mon cœur s'emballe. Moi aussi, j'adore le bacon. Est-ce que ces trucs-là sont héréditaires ? Je n'en sais rien. Je tente une autre question pour être sûr, comme si ma propre évaluation pouvait contredire le test de paternité qu'on s'apprête à effectuer, comme si j'étais en mesure de déterminer, après cinq minutes de conversation, si ce garçon est mon fils.

— Ta couleur préférée ?

— Noir.

— Ton sport préféré ?

Il hausse les épaules, bien qu'il soit en train de feuilleter un magazine de sport, où l'on aperçoit LeBron James sur papier glacé.

— Je fais pas de sport, dit-il, et comme pour le prouver il balance le magazine sur la table et sort de sa poche deux petits soldats en plastique vert, du même genre de ceux que j'avais étant gamin.

J'acquiesce d'un air entendu, avec soudain l'intime conviction qu'on ferait aussi bien de laisser tomber ce test de paternité. Steve est du genre costaud, musclé, sportif. Moi, non. J'avais passé les sélections pour faire partie de l'équipe de basket au collège, et ils n'avaient pas voulu de moi. Ils avaient pris tout le monde sauf moi. J'avais trouvé ça terriblement humiliant. Je n'ai plus jamais fait de sport, enfin pas en compétition, seulement pour m'amuser, et toujours avec Connor. Du racquetball, de l'endurance à l'occasion. Assis là avec Gus pendant qu'on attend notre tour, je me retrouve alors à penser à mon ex-meilleur ami et je voudrais pouvoir l'appeler, lui apprendre la naissance de Felix, tout ce qui m'arrive, et puis on se tomberait dans les bras et on boirait un coup, il plaisanterait avec la franchise qui le caractérise — moi soudain avec deux fils de deux femmes différentes, et lui sans personne. On en rirait en descendant des bières.

Mais ça n'arrivera pas.

— J'avais les mêmes quand j'avais ton âge, je dis à Gus, sauf que les miens étaient marron. Je les alignais par terre dans ma chambre et je jouais à la guerre. Tu as les tanks aussi ?

Je repense à la collection de tanks de la Seconde Guerre mondiale qui occupait tout le sol de ma chambre. Quand elle entrait pour faire mon lit ou plier le linge, ma mère marchait dessus et cela la rendait folle.

Gus fait non de la tête. Il n'a pas les tanks.

— J'en ai jamais vu des marron, dit-il en agitant ses soldats, puis l'infirmière nous appelle.

Gus y va d'abord, moi après.

Quand je sors de la salle d'examen, Kat et Gus sont déjà partis. Sur la chaise où il était assis il y a encore quelques minutes est resté un petit soldat vert. Je le glisse dans la poche de mon jean. Impossible de dire s'il l'a fait exprès ou non. Il peut s'agir d'un oubli comme d'un cadeau.

On me dit que les résultats me seront envoyés par mail dans deux jours.

Dans deux jours, je saurai si Gus est mon fils.

J'ai deux autres haltes à effectuer avant de rentrer à la maison. La première à la bijouterie, où j'ai acheté un collier pour Clara il y a plusieurs mois. Elle l'avait admiré en vitrine quelques semaines après être tombée enceinte de Felix — un mois tout au plus —, c'était un collier en argent avec deux pendentifs en forme de cœur.

— Regarde celui-là ! avait-elle dit en me le montrant.

Nous n'étions pas venus pour acheter un collier, mais pour faire ajuster son alliance. Le nez contre la vitrine, elle souriait.

— Deux cœurs. Un pour Maisie, et un pour le bébé, avait-elle dit en se frottant le ventre, pleine d'espoir.

Le lendemain, j'étais retourné au magasin et j'avais acheté le collier en cachette. Si c'était à ma portée, il n'y avait rien que je puisse lui refuser. Je l'avais caché dans un tiroir de la commode pendant huit mois ; dès qu'on aurait trouvé un prénom, j'avais prévu de faire graver les pendentifs.

Je m'arrête donc à la bijouterie et je leur laisse le collier pour qu'ils le gravent. Un cœur pour Maisie, et un pour Felix. Et puis je leur montre une photo de mes enfants parce que je ne peux pas m'empêcher de jubiler. Dans une semaine ou deux, ce sera prêt, et je pourrai faire la surprise à Clara. Le vendeur me fait un clin d'œil.

— Vous savez qu'on vend les pendentifs individuellement. Si vous voulez ajouter un cœur…

Je me surprends à penser que c'est tout à fait du domaine du possible. Un jour, il y aura peut-être Clara et moi, et puis Maisie, Felix, et un nouveau bébé.

Mon dernier arrêt, à la petite épicerie, consiste à acheter du lait. Et puis je rentre.

Je passe les quelques jours qui suivent la naissance de Felix à la maison, une sorte de congé paternité. La chose n'est pas facile. Sans personne pour me remplacer au cabinet, Stacy et Nancy doivent reprogrammer des dizaines de rendez-vous.

— Si quelqu'un appelle pour une urgence, leur dis-je au téléphone tôt le matin en sirotant ma première tasse de vrai café depuis des lustres et en contemplant la longue journée qui s'étire devant moi, appelez-moi. Je viendrai. Mais seulement en cas d'urgence.

Parce qu'il y a parfois des situations qui ne peuvent attendre une semaine. Melinda Grey en est une preuve suffisante.

On m'a remis une ordonnance restrictive d'urgence concernant Melinda Grey, un bout de papier que j'ai glissé dans un vieux dictionnaire dont on ne se sert jamais, et j'attends une date d'audience, tout comme j'attends la date concernant l'arbitrage dans le procès pour erreur médicale. Je ne peux pas me laisser distraire par tout cela. Je suis bien content que l'ordonnance m'ait été remise le lendemain de la naissance de Felix, alors que je rentrais de la maternité pour prendre une douche et changer de vêtements. Le type m'attendait dans l'allée, c'était un messager différent de la dernière fois, qui m'avait aussi remis le papier en mains propres en m'annonçant ma convocation. Qu'est-ce que j'étais soulagé que Clara ne soit pas dans les parages, et Maisie non plus, avec ses éternelles questions. *C'est quoi le papier, papa ? Pourquoi il est là, le monsieur ?* Je lui ai dégoté une cachette où personne ne le trouvera jamais.

On passe la journée ensemble, matin, midi et soir; mon temps est entièrement consacré à tenir mon fils dans mes bras et à regarder ma fille faire des pirouettes, ivre de bonheur.

— Papa, regarde-moi, je vole, je vole!

Puis elle me demande si je veux voler avec elle, et je réponds que rien ne me ferait plus plaisir. Alors je donne Felix à Clara et, les bras tendus à côté de Maisie, je tourne sur moi-même puis dans toute la pièce, je vole avec ma fille. Les journées sont chaudes, s'étirent devant nous comme une longue route de campagne déserte, sans objectifs. Il n'y a rien de mieux au monde. Je suis attentif aux besoins de ma femme, je change les couches de Felix, je le tiens contre moi quand il fait une sieste, je colorie d'innombrables dessins avec ma fille devant la télé. L'après-midi, je sors avec Maisie jouer au loup jusqu'à ce qu'on soit en nage et qu'on tombe de fatigue. On va au parc à vélo, on allume l'arrosage du jardin et on saute sous le jet glacé. Je fais des hamburgers au barbecue, qu'on mange sur la terrasse avec le parasol déployé pour protéger les yeux de Felix. Je m'absorbe tellement dans ma vie de famille que les soucis de l'extérieur commencent à s'effacer, je suis seulement vaguement au courant que les Golden State

Warriors sont champions de la NBA, et que tout l'argent que j'ai parié sur leur équipe n'était pas un geste vain, que quelque part sur un compte bancaire il y a assez d'argent pour couvrir mes dettes, remplacer les économies pour les études de Maisie et commencer à cotiser à une nouvelle assurance-vie.

Ma vie de parieur est terminée.

J'envisage les façons d'apprendre à Clara l'existence de Gus. Je m'entraîne devant le miroir de la salle de bains. Je raconte d'abord la rencontre avec Kat au cabinet, puis le fait que Gus est mon fils. Je n'ai pas encore reçu les résultats du test de paternité — et pourtant, au fond de moi, je sais que c'est vrai. Clara va se fâcher. Il va lui falloir un bout de temps avant de digérer l'information. Mais elle finira par se rendre compte que ce qu'il y a eu entre Kat et moi remonte à de nombreuses années, bien avant que je pose les yeux sur elle pour la première fois et que je comprenne instantanément qu'elle était la femme de ma vie. Elle comprendra que ce n'est pas moi qui ai gardé un secret pendant douze ans, mais que c'est Kat qui me l'a caché.

Ce soir-là, Clara s'endort avec Felix dans les bras. Ils sont sur le canapé ; la tête de Clara repose paisiblement sur un coussin, ses bras entourent fermement le bébé posé sur elle. La tranquillité de l'instant est palpable, et je meurs d'envie de m'allonger avec eux, de les rejoindre au pays des rêves. L'épuisement consécutif à la naissance d'un bébé me fait payer un lourd tribut, toutes ces nuits interrompues, le sommeil toujours si proche mais hors de portée.

Pourtant, je n'échangerais ma place pour rien au monde.

Dehors, le soir tombe. Il est 20 heures passées, c'est une soirée d'été étouffante. Même de l'intérieur, par une fenêtre entrouverte, j'entends le chant des grillons et des cigales. Harriet, allongée par terre contre le canapé, refuse de quitter Clara ou le bébé d'une semelle. Elle est notre chien de garde.

— Bon chien, dis-je en lui tapotant la tête.

Maisie déboule dans l'escalier, un vrai troupeau d'éléphants poursuivis par un lion. Elle rit comme une folle. Comme toujours, elle porte son justaucorps et un tutu, et me supplie pour qu'on aille à la danse. Elle exécute un plié, puis une pirouette maladroite, et se retrouve par terre.

Je ris en pressant un doigt contre ma bouche pour qu'elle fasse moins de bruit.

— On est lundi, tête de linotte, lui dis-je en l'entraînant doucement loin de Clara et Felix pour qu'elle ne les réveille pas. C'est demain, la danse.

Une idée me vient. D'habitude, Maisie se couche à 19 h 30. Mais ce soir, avec le tourbillon qui suit l'arrivée d'un nouvel enfant, on a oublié de la mettre au lit. Je la dépose sur le plan de travail de la cuisine le temps de réunir ce dont j'ai besoin. Un bocal en verre et une paire de ciseaux. Tandis que je pratique des trous dans le couvercle à l'aide de la pointe des ciseaux, Maisie me demande ce que je fais. Je lui demande de patienter. Je veux lui faire la surprise.

Une fois qu'on a trouvé ses sandales roses, on sort de la maison. En temps normal, Harriet nous suivrait, mais elle prend sa tâche de gardienne très au sérieux. Ses oreilles ne se dressent pas, elle ne nous regarde même pas sortir. Dès qu'on fait un pas dehors, la chaleur nous tombe dessus. Il y a peut-être un peu moins d'humidité dans l'air, mais la température demeure élevée. Un couple de chardonnerets perché au bord de l'abreuvoir sirote l'eau que les algues teintent de vert. Je me promets de le nettoyer bientôt, de remplir la mangeoire, puis je prends Maisie sur mes épaules, bocal à la main, et on se met en marche.

Je l'emmène dans le bosquet qui entoure notre jardin, où les lucioles batifolent à cette heure-ci entre amies.

— Qu'est-ce qu'elles font ? me demande Maisie en pointant du doigt les petites bêtes dont la lumière ne cesse de clignoter.

— Elles parlent. C'est comme ça qu'elles communiquent entre elles.

Je vois que ça lui plaît, qu'elle adorerait avoir elle aussi une partie de son corps qui s'allume pour dire bonjour. Sa tête, ou ses mains, ou ses orteils. Je la soulève et lui dis d'attraper une poignée de feuilles, ce qu'elle fait, non sans demander :

— Pourquoi papa, hein, dis, pourquoi ?

On s'assoit dans la terre, et on remplit le bocal de feuilles et de brindilles. L'herbe ne pousse pas ici, c'est trop sec, il n'y a que quelques brins qui sortent de terre. Et puis les arbres empêchent les rayons du soleil de parvenir jusqu'au sol et toute croissance est impossible.

— Il y a des choses, dis-je tandis qu'elle m'aide à fourrer des poignées de feuilles dans le bocal, dont toute créature a besoin pour vivre. De la nourriture, de l'oxygène, un abri, pour n'en citer que quelques-unes. On a fait des trous dans le couvercle pour que la luciole puisse respirer, et ces feuilles sont sa nourriture.

— Est-ce qu'on va en attraper une ?

— Mais oui, bien sûr !

On se lève et je lui montre comment faire. La nuit tombe rapidement, mais la lune brille intensément dans le ciel. Les étoiles, nombreuses, nous aident à y voir et, derrière l'horizon, le soleil, couché, n'émet plus qu'une faible lueur, qui ne tardera pas à disparaître elle aussi.

— Mets tes mains en coupe, comme ça. Mais attention, pas trop serrées. Il ne faut pas faire mal à la luciole. On veut juste l'attraper un petit moment, après on la relâche.

J'en repère une proche de moi, et je l'attrape sans mal. Le petit insecte crapahute sur ma main. Je la montre à Maisie, qui glousse de plaisir, puis la luciole prend son envol et Maisie la poursuit dans le jardin, son tutu flottant tout autour d'elle.

— À mon tour, à mon tour ! s'écrie-t-elle en revenant vers moi.

Elle essaye de m'imiter, mais ses mouvements sont trop lents, trop timides, la luciole échappe toujours à ses mains maladroites. Néanmoins elle rit de bon cœur.

— Ça chatouille ! dit-elle quand enfin elle réussit. Salut, Otis, ajoute-t-elle en approchant son visage le plus près possible de son insecte.

— C'est qui, Otis ?

— Tiens, c'est lui, dit-elle en me montrant sa luciole. Papa, je te présente Otis. Est-ce qu'on peut le garder, dis ?

J'acquiesce, j'ouvre le couvercle, et elle le glisse dans le bocal.

— Mais juste pour un petit moment, dis-je tandis qu'Otis explore sa maison de verre temporaire. Après, il faudra le libérer. C'est rigolo pour nous, mais Otis n'a pas envie de passer toute sa vie dans un bocal.

— Pourquoi ? demande-t-elle d'un air curieux.

Celle-là, elle est facile.

— Toi, ça te plairait de vivre toute ta vie dans un bocal ?

Elle fait non de la tête, déterminée.

— Et pourquoi ça ?

— Parce que je veux voler !

Et elle part en courant dans le jardin, les bras tendus comme les ailes d'un avion, jusqu'à ce que le tournis la fasse tomber.

— Papa, tu voles avec moi ?

Je ne résiste pas. Je la prends à nouveau sur mes épaules, et on part faire des loopings sur la pelouse. Tout autour de nous, les lucioles constellent le ciel.

— On vole, papa ! On vole !

Je ris, en disant que c'est vrai, on vole. L'espace d'un

instant, j'imagine nos pieds quitter le sol, Maisie et moi nous échapper dans l'espace.

— Regarde les étoiles, lui dis-je, comme si on ne faisait qu'un avec elles.

Elle s'écrie :

— Et là, la lune !

On fait semblant d'être dans une navette spatiale, en mission autour de la Lune. On rit comme des fous, pris de vertige, heureux.

Cela fait très longtemps que je ne me suis pas senti aussi bien.

Je ne sais pas combien de temps on vole comme ça. Jusqu'à ce que mes jambes lâchent et que Maisie ait son compte.

— Ouah, c'est ce que je préfère, dit-elle.

— Quoi donc ?

— Voler ! crie-t-elle. Est-ce que je peux emmener Otis dans ma chambre ?

Je la descends de mes épaules et elle s'assoit en tailleur par terre, des feuilles dans les cheveux. Je réfléchis. Clara n'aimerait pas du tout que Maisie fasse entrer cette bestiole dans sa chambre. Mais, dans son bocal, Otis est totalement inoffensif. Et ce n'est que pour une nuit. Si elle était réveillée, je lui demanderais. Je plaiderais en faveur de Maisie : *Laissons-la garder Otis dans sa chambre rien qu'une seule nuit, et demain on le relâchera, on le ramènera dans les arbres.* Mais Clara dort, et je ne veux pas la réveiller. Alors je tranche tout seul et je dis à Maisie que c'est d'accord.

— On le garde juste cette nuit, dis-je en tendant mon petit doigt pour qu'elle l'attrape avec le sien et qu'on passe un marché. Mais on ne peut rien dire à maman, d'accord ? Promis ?

— Promis. Mais pourquoi, papa ?

— Maman n'aime pas les insectes. Demain soir, à la même heure, on libérera Otis. Marché conclu ?

— Marché conclu.

On rentre dans la maison sur la pointe des pieds. Une fois dans sa chambre, on pose le bocal sur sa commode avant que je la mette au lit. Maisie voudrait qu'Otis dorme avec elle dans son lit mais, là, je dis non.

— De là-bas, il te voit dormir.

Je remonte son drap jusqu'à son menton et lui murmure : *Un nid douillet pour ma poupée.* Elle me fait remarquer qu'Otis a lui aussi un nid douillet.

— Bonne nuit, mon cœur, je chuchote, et déjà ses yeux, lourds de sommeil, se ferment. Bonne nuit, je répète sur le seuil de sa chambre.

Une réaction chimique dans l'abdomen d'Otis illumine la nuit de Maisie depuis le bocal.

CLARA

Le rendez-vous que mon père m'a pris avec les ouvriers censés réparer la climatisation attendra. J'installe Felix, endormi, et Maisie, hors d'elle, dans la voiture, ne pensant qu'à la Chevrolet noire, celle de ma mère. Maisie n'arrive pas à se calmer ; j'ai beau lui proposer son ours en peluche, lui promettre une glace, rien n'y fait. Elle pleure sans s'arrêter, terrorisée. Elle me tape les bras quand je la mets dans son siège, et un coup de pied atterrit dans mon nez au moment où je boucle son harnais. Elle continue à gémir, puis elle réclame son père.

— Papa, papa, papa.

En sueur dans l'allée, à bout de souffle, j'essaye de fermer la portière malgré son pied qui tente de faire blocage. C'est à ce moment-là que j'aperçois Emily qui arrive dans notre direction, tenant le petit Teddy par la main.

— Est-ce que Maisie voudrait venir jouer à la maison ? demande-t-elle comme si elle avait oublié notre différend de l'autre matin, comme si rien ne s'était passé.

Teddy m'implore du regard et m'explique qu'avec Maisie ils vont préparer un nouveau spectacle de magie, mais je secoue la tête.

— Non, Maisie ne peut pas jouer aujourd'hui.

Emily précise alors que Theo n'est pas là.

Je la contourne en disant que je suis pressée.

— On a quelque chose d'important à faire.

— Clara, dit-elle en posant une main sur mon bras.

Son cou est toujours marqué de bleus. Mes yeux s'y arrêtent puis regardent ailleurs, tandis que Teddy appuie son visage contre la vitre de Maisie pour lui faire des grimaces. Elle glousse de joie et tape dans ses mains. Elle aime tellement le gentil petit Teddy qu'elle a déjà oublié m'avoir donné un coup de pied en plein visage.

— Tu n'y penses quand même pas sérieusement, poursuit Emily. Un meurtre, dit-elle tout bas pour ne pas que Teddy entende, si près de chez nous. On ne vit pas dans ce genre de quartiers.

En moi-même, je me dis qu'elle est mal placée pour faire ce genre de commentaires. Ce n'est pas son mari à elle qui est mort.

— Ce n'est pas tant que je ne t'ai pas crue, mais plutôt que je n'ai pas voulu te croire. Theo et moi avons choisi cet endroit à cause des taux très bas de criminalité. Du vandalisme, des incendies, des vols de voitures, ça, d'accord. Mais un meurtre ? Clara, c'est impensable. Il doit s'agir d'autre chose.

Je m'excuse pour partir, je ne veux pas entendre un mot de plus. Je monte dans la voiture et je démarre, plantant là Emily et Teddy. Je me demande si ses mots étaient censés me réconforter, me ramener à la raison, ou si c'est autre chose.

Je pense à Theo et à ses voitures. À son irritabilité. À la peur dans le regard d'Emily.

Soudain, je suis perdue. Toute ma logique et ma raison semblent s'écrouler. Impossible de réfléchir. Il y a encore quelques instants, j'étais persuadée que c'était ma mère qui avait tué Nick.

Mais à présent une nouvelle idée me traverse l'esprit, et elle ne remplace pas la précédente mais la déforme, l'absorbe.

C'est Theo l'assassin.

C'est un peu comme les bruits parasites à la radio, il

y a des perturbations qui empêchent mon cerveau de fonctionner normalement. Des interférences. Un fond sonore. Drogue, adultère, mensonges, vol, tromperie. Qui est cet homme que j'ai épousé ? Qui a tué Nick ? Est-il responsable de sa propre mort ?

Est-ce ma mère ?

Theo ?

À moins qu'il ne s'agisse de quelqu'un d'autre, me dis-je en voyant Emily et Teddy rétrécir dans mon rétroviseur. Comme on roule lentement, je vois encore son regard braqué sur moi, sa jupe qui volette autour de ses jambes.

Elle essaye peut-être de se couvrir elle-même.

Elle ferait tout pour Theo, par peur, et par obligation. Nick a peut-être menacé d'aller voir les flics si Theo levait encore la main sur elle. Or Emily m'a confié qu'elle ne pouvait pas vivre sans Theo, non parce qu'elle l'aime, mais parce qu'il paye les factures, fait bouillir la marmite et leur fournit un toit. C'est le seul salaire de la famille et, sans lui, Emily croit qu'elle n'a rien. Qu'elle n'est rien.

Nick a peut-être dit à Emily qu'il dénoncerait Theo pour violences conjugales, maltraitance sur enfant.

C'est peut-être elle qui a tué mon mari.

Je sens la migraine poindre, c'est insupportable.

J'essaye de m'empêcher de hurler.

— Maman, on met la musique ? me demande Maisie depuis la banquette arrière, et je me dis intérieurement, à cause de toutes les voix qui se mélangent dans ma tête : *Comment se fait-il qu'elle n'entende rien ? La radio est déjà allumée.*

NICK

Avant

Immobile sur le seuil de la salle de bains, je regarde Clara faire deux couettes à Maisie de ses mains expertes. Tout excitée à l'idée du cours de danse, Maisie est incapable de tenir en place, bien que Clara lui ait déjà répété que plus vite elle aurait fini de la coiffer, plus vite elle serait partie. Elle lui enfile ensuite un collant blanc, le justaucorps et le tutu rose. Maisie supplie sa mère de lui mettre du rouge à lèvres et, après une légère hésitation, Clara finit par lui appliquer un peu de gloss rose clair.

Mon cœur s'arrête. Ma petite fille déjà si grande.

— Papa, regarde-moi !

Je lui dis qu'elle est toute belle. Je souris ensuite à Clara en lui disant la même chose, mais elle se renfrogne. Elle porte ses vêtements de grossesse, les seuls qui lui vont pour l'instant : pantalon de jogging et chemise tachée de vomissures. Au cours des quatre derniers jours, elle a dormi beaucoup moins que moi, se levant à n'importe quelle heure de la nuit pour donner le sein à Felix. Je lui propose mon aide, j'essaye de rester éveillé pour lui tenir compagnie, mais mes paupières finissent inévitablement par se fermer tandis que Felix tète la poitrine endolorie de sa mère. Je vois à son regard las que le moral n'est pas au beau fixe.

Je l'attire contre moi et lui affirme que c'est vrai, qu'elle est belle, mais elle s'écarte en disant qu'elle doit se changer avant d'emmener Maisie à la danse.

— Je ne veux pas que les gens me voient comme ça, grogne-t-elle en fouillant dans ses tiroirs.

En voyant mon reflet dans le miroir, je me dis que ce n'est pas mieux de mon côté. Je suis coiffé n'importe comment et une barbe hirsute me donne l'air négligé, presque sale. Impossible de me rappeler quand je me suis rasé pour la dernière fois. Mon jean fait des plis, je le porte depuis des jours. Ma chemise à moi aussi est tachée et, bien que je n'aie prévu d'aller nulle part, je ne supporte pas l'odeur que je traîne. Je l'enlève et j'enfile un polo bleu tout propre qui sent bon la lavande.

Le cours de danse ne dure que soixante minutes et, avec le trajet aller-retour, Clara et Maisie seront parties moins de trois heures. Clara a tout minuté et a laissé un tableau sur la table du coin repas au cas où. Felix vient juste de manger, il a fait son rot, et il dort à poings fermés sur une couverture dans le salon. Il devrait tenir jusqu'à ce qu'elle revienne.

— S'il se réveille plus tôt, appelle-moi et je rentrerai, dit Clara.

Nous n'avons pas encore commencé à utiliser le tire-lait que nous avons loué à la maternité. Clara entraîne Maisie dans l'escalier, elle attrape les chaussons de danse et lui dit d'aller aux toilettes.

— Mais j'ai pas envie, proteste Maisie, les bras croisés sur la poitrine comme si aller faire pipi était un supplice.

Je lui dis d'essayer.

Clara a pris son sac et les clés de la voiture, Maisie a mis ses sandales. Elles sont prêtes à y aller. Elles sont à mi-chemin de la porte du garage lorsqu'un bruit de bébé se fait entendre, d'abord tout doux, puis plus insistant. L'inquiétude assombrit aussitôt le visage de Clara.

— Ne t'en fais pas, lui dis-je en posant une main sur son bras.

Ce n'est pas mon premier bébé, je suis déjà passé par là. Il ne peut pas avoir faim, c'est sûrement un sentiment de solitude, ou alors un gaz qui le dérange.

— Ça va aller. Il ne peut pas avoir faim, Clara. Je vais le bercer, le calmer. Tout va très bien se passer.

Mais Felix est déjà en train de pleurer et de crier, et je vois au regard de Clara qu'elle ne me croit pas.

— Il a besoin de moi, dit-elle, à cran, tandis que Maisie, déjà rouge de colère, s'apprête à piquer une crise : si Felix pleure, elle ne va pas pouvoir aller à la danse.

Alors je ne me pose pas de questions et je me penche vers Clara :

— Écoute, reste à la maison. J'emmène Maisie.

Elles tournent la tête vers moi en même temps.

— C'est vrai, tu veux bien ?

Je ne suis jamais allé au cours de danse de Maisie. Je n'ai jamais rencontré le petit Felix de quatre ans dont elle est raide dingue, ni les autres mamans du cours, avec qui Clara aime bien discuter. Enfin, je n'ai jamais vu Mlle Becca, alors je leur dis que, oui, c'est avec plaisir.

On dit au revoir à Clara, qui s'empresse d'aller prendre Felix, et en partant je l'entends dire :

— Tout va bien, Felix, j'arrive, maman est là.

Je décide de prendre la voiture de Clara parce qu'elle est garée au bout de l'allée, même si c'est en plein soleil et qu'il va y faire chaud comme dans un four.

— Ne traîne pas, dis-je à Maisie qui s'est arrêtée pour cueillir un pissenlit dans le jardin. Dépêche-toi, sinon on va être en retard à ton cours de danse.

Elle ne se le fait pas dire deux fois, elle me dépasse même et commence à tirer sur la portière de toutes ses forces. Comme j'ai les clés de Clara, je mets un certain temps à trouver la bonne pour ouvrir.

— Allez, papa, supplie Maisie en sautant sur place.

— Voilà, voilà, j'arrive.

J'aperçois alors une BM noire qui roule au pas dans la rue. Les vitres fumées sont baissées, et Theo braque sur moi son regard derrière ses lunettes d'aviateur. Il tend le bras, un doigt pointé vers moi mimant un canon d'arme à feu, arme le chien imaginaire et tire. Je tressaille, et lui s'esclaffe ; bien que je n'entende rien, je perçois tout son mépris. Maisie doit le sentir elle aussi, son regard fait l'aller-retour entre nous deux. Ce que je peux détester ce type.

Je meurs d'envie de lui adresser un doigt d'honneur en lui disant d'aller se faire foutre, mais avec Maisie juste à côté c'est impossible. Je vaux mieux que ça.

Je fais tout mon possible pour oublier ses menaces — *Je jure que je te tue, Solberg*. Je détourne le regard et j'invite Maisie à patienter, le temps que j'ouvre la voiture. Pendant ce temps, d'un petit coup de volant, Theo oriente le capot de sa BM vers Maisie. Tout va très vite. Prise de panique, Maisie se recroqueville sur elle-même en enfouissant sa tête entre ses bras. Le moteur ronfle avec hostilité. Mais, le temps que j'accoure, tout est déjà fini. Il redonne un coup de volant dans l'autre sens et évite Maisie d'environ un mètre. Cette fois, j'entends clairement son rire.

— T'as vu ça, Solberg ? Alors, qu'est-ce que ça fait d'être du côté de la victime pour une fois ?

— Pourquoi tu t'en prends pas à quelqu'un de ta taille ? je lance, hors de moi.

Tout bas, pour ne pas que Maisie entende, j'ajoute : *connard*, mais, sans que je me l'explique, lui l'entend.

Il ne fait peut-être que le lire sur mes lèvres.

— Répète un peu ce que t'as dit, là ? Mais comment t'oses me parler !

Sans faire attention à lui, je prends Maisie dans mes bras, ses jambes sont encore toutes tremblantes. Theo écrase la pédale de frein, sa voiture s'arrête net. Il sort de la BM et vient me défier de toute sa hauteur. Maisie se cramponne à moi comme un bébé chimpanzé, ses ongles s'enfoncent dans ma peau, et elle me dit :

— Papa, j'ai peur.

Je le garde pour moi, mais je ne suis pas rassuré non plus, face à son air menaçant.

— C'est pas moi le connard dans l'histoire, tonne Theo.

J'installe Maisie dans la voiture et je me retourne pour lui faire face. Il fait bien dix centimètres de plus que moi, alors j'ai du mal à le regarder droit dans les yeux.

J'entends Maisie gémir et, avant que j'aie le temps de lui dire que tout va bien, Theo me plaque contre la voiture.

— C'est toi, le connard, Solberg, t'as compris ? Pas moi.

— Pas devant ma fille.

Mais il se fout pas mal des spectateurs. Son poing atterrit sur ma lèvre inférieure avant que j'aie le temps de réagir. Maisie crie puis se cache les yeux, ce qui est aussi bien, parce que je lui rends son coup de poing sans hésiter, dans la mâchoire. Trois fois de suite. De toutes mes forces. Il chancelle, mais revient avec un crochet et un uppercut, lâchant vraiment ses coups, et la voiture derrière moi est la seule chose qui me tient debout.

Il a un rire hystérique, me traite de mauviette, de lavette et je m'apprête à le frapper à nouveau, mais Maisie crie qu'elle a peur et il bat en retraite en me promettant qu'on n'en a pas fini. Il retourne à sa voiture, l'air de dire qu'il me fait une faveur, que j'ai de la chance d'être avec ma gamine, faute de quoi il m'aurait flanqué une raclée. J'ai l'impression d'être de retour en primaire, le jour où une petite brute m'avait donné rendez-vous sous le drapeau pour me refaire le portrait, et il avait atteint sans peine son objectif, parce que j'ai toujours été nul en bagarre. J'avais toujours des copains comme Connor pour y aller à ma place, sauf que cette fois Connor n'est pas là.

Theo continue de ricaner avec arrogance, certain d'avoir

remporté ce round. J'ai une envie folle de le prendre par surprise, avec une balayette ou un coup de coude entre les omoplates, et d'inverser la tendance. Ce serait ma seule chance de pouvoir vraiment gagner, avec un coup bas, par-derrière. Je l'imagine face contre terre, sur l'asphalte brûlant, en sang, s'avouant vaincu.

Je fais un pas, mais la voix de Maisie me murmure :

— Ça y est, papa, il est parti ?

Ses mots me paralysent. Maisie n'a pas besoin de voir ça, vraiment pas.

Theo remonte dans sa voiture et claque la portière avant de disparaître au bout de la rue.

— Tout va bien, dis-je à Maisie en lui caressant les cheveux.

Ses couettes sont toutes défaites et ses collants blancs sont tachés de terre aux genoux.

— C'est bon, il est parti.

Je m'en assure en jetant un coup d'œil dans la rue. Lui et sa voiture noire ont bel et bien disparu, n'ayant laissé comme trace de leur présence qu'une odeur de gomme brûlée.

— Pourquoi il a fait ça, papa ? me demande-t-elle d'une voix chevrotante tandis que je l'attache et que j'essuie ses larmes.

Je la serre contre moi. C'est passé si près. Un mètre de plus et il la heurtait de plein fouet.

— Hein, pourquoi, papa ?

Elle est tellement innocente. Dans son monde, il n'arrive jamais rien de mal. Les méchants n'existent pas. Maisie connaît à peine Theo. C'est le papa de Teddy, et pourtant on ne l'autorise pas à aller jouer chez lui quand son papa est là. Et j'ai bien l'intention que ça continue ainsi.

Dès qu'on sera rentrés, j'expliquerai à Clara ce qui s'est passé, même s'il faudra que je lui avoue avoir failli renverser Teddy. Elle doit être au courant. Il est peut-être temps qu'on active la vidéosurveillance de la maison aussi, au cas où on vivrait à proximité d'un psychopathe. On pourrait aussi vendre la maison, emménager ailleurs.

Je pourrais dire à Maisie qu'il s'agit d'un accident, inventer une histoire, dire qu'il y avait un écureuil que le monsieur a voulu éviter, qu'il n'a pas vu qu'il y avait une petite fille. Mais non.

J'essaye de me convaincre qu'il ne l'aurait pas heurtée. C'était juste une menace. Mais tout de même…

— C'est un méchant, Maisie.

Je ne sais pas quoi dire d'autre. Je n'arrive pas à trouver un moyen d'édulcorer l'histoire pour ses oreilles délicates. Je veux qu'elle sache la vérité. Theo est un sale type, et jamais elle ne doit se retrouver à proximité de lui. Je la regarde droit dans les yeux, je veux m'assurer qu'elle comprenne.

— C'est parce qu'il est méchant, voilà pourquoi.

Je ferme la portière et je jette un dernier coup d'œil dans la rue. Je ne voudrais pas qu'il me suive jusqu'au cours de danse.

CLARA

En m'engageant dans la rue où vivent mes parents, je ne trouve qu'une voiture dans leur allée : l'épave d'Izzy, qui doit être plus vieille qu'elle. Comme sa propriétaire, elle ne manque pourtant pas de caractère : vert tape-à-l'œil avec des dés en mousse violets pendus au rétroviseur. Le pare-chocs est couvert d'autocollants, un pour chaque jour de la semaine. Sur l'un, *électron libre*. Sur un autre, *gros bêta*. Un véhicule acheté d'occasion, ou transmis de génération en génération, à la peinture écaillée et à la carrosserie rouillée par endroits.

Mais la voiture de mon père, d'habitude garée dans l'allée, n'est pas là, elle. Et c'est tout ce qui compte.

Je m'arrête dans la rue. Je laisse les enfants dans la voiture avec les fenêtres entrouvertes, et je traverse la pelouse en direction de la porte d'entrée.

Je frappe, Izzy vient ouvrir. Elle porte une tenue bien à elle : jupe, chemise et veste antédiluvienne, le tout dans un méli-mélo de motifs : losanges, carreaux, pois. Elle irradie, pleine de panache.

— Bonjour, Clara, dit-elle avec un large sourire.

— Bonjour, je réponds sans m'étaler.

Une odeur très appétissante s'échappe de la maison. Elle m'explique qu'elle est en train de préparer à dîner pour mes parents.

— La route est longue depuis la ville, ils seront sûrement affamés en arrivant. Je ne voulais pas partir sans leur avoir préparé de quoi manger.

Elle me propose de venir les attendre à l'intérieur. Mais je décline, un peu écœurée par sa prévenance et ses bonnes manières. Si j'avais la moitié de son bon sens, j'aurais pensé à apporter à dîner à mes parents, mais ce n'est pas le cas.

J'ai mon appareil photo avec moi, un Nikon DSLR qui pend de tout son poids à mon cou.

— Mon père voulait que je mette une annonce en ligne pour vendre la voiture de ma mère. Je suis juste venue prendre quelques photos, si ça ne vous dérange pas.

J'omets bien sûr de préciser que mon père m'a déjà envoyé des clichés et que ce n'est pas la raison pour laquelle je suis venue.

Izzy, toujours tout sourire, me dit que je peux aller dans le garage sans problème. Elle me propose son aide, que je refuse. Elle me demande s'il faut qu'elle m'ouvre la porte du garage, mais ce n'est pas la peine, je connais le code. Elle rentre dans la maison et je fais un crochet par ma voiture pour donner mon téléphone à Maisie et m'assurer que Felix dort toujours.

Une fois face au digicode du garage, je tape les quatre chiffres que je connais par cœur — ma date de naissance — et qui sont les mêmes pour leurs cartes de crédit, le téléphone portable de mon père, le mot de passe de l'ordinateur. *C'est risqué d'avoir le même mot de passe pour tout,* ai-je dit à mon père il y a des lustres, en expliquant que, si quelqu'un le découvrait, cela pourrait être vraiment dangereux. Mais il a balayé cette idée en disant que c'était plus simple comme ça. Il accorde sa confiance trop facilement, il n'est pas méfiant comme moi. Le seul code qui soit différent, c'est celui de la banque, à cause de la longueur requise ; mon père n'a pas pu faire autrement.

La porte s'ouvre vers le haut et la voiture de ma mère, une Chevrolet noire avec sa croix dorée qui décidément me nargue, apparaît. J'étais à la fac quand ma mère l'a achetée. Je ne l'ai pas aidée dans son choix, je n'étais pas non plus dans les parages tandis que mes parents négociaient un prix avec le concessionnaire, ou quand ils l'ont essayée. Je suis montée à bord très peu de fois, et c'était il y a si longtemps que je ne me souviens pas quand exactement, ni pourquoi. Je n'y connais rien et je me fiche pas mal de savoir quel type de voiture je conduis tant que je peux compter dessus.

Est-ce que cette voiture a tué mon mari ?

Je regarde ma montre : combien de temps avant que les ouvriers appellent mon père pour lui dire que j'ai raté le rendez-vous, qu'il n'y avait personne quand ils sont venus ? Combien de temps avant le retour de mes parents ? Il est déjà 15 h 30.

Je n'ai pas de temps à perdre.

J'explore l'extérieur tel un dermatologue examinant un corps, je fais courir mes doigts sur les chromes, en quête de dégâts : éraflure, bosse, éclat de peinture, jante manquante. Mais il n'y a rien. Je me mets à quatre pattes pour tâter en dessous et regarder les pneus, qui ont connu des jours meilleurs. J'y découvre quelques graviers, et je pense à ceux qui bordent Harvey Road sur un bon mètre de large de chaque côté. Je prélève un tout petit caillou et je le glisse dans ma poche, comme un enquêteur recueillerait des échantillons de terre sur une scène de crime.

Je me relève et je découvre une feuille de chêne plaquée sous un essuie-glace, tel un prospectus de grande surface. Je la retire et l'étudie de plus près, une feuille verte boursouflée par endroits d'écailles jaunâtres, probablement dues à un champignon. Le chêne blanc de Harvey Road était couvert de feuilles la dernière fois que je l'ai vu, vertes pour certaines, jaunes pour d'autres, toutes assoiffées. J'apporterai la feuille et je la comparerai aux autres. S'il y a une correspondance, alors je serai fixée. Cette feuille, avec le caillou, sera la preuve dont j'ai besoin pour confirmer la responsabilité de ma mère dans la mort de Nick.

Je ne trouve rien d'autre à l'extérieur.

Dans le lointain, j'entends un téléphone sonner et je jette un coup d'œil au-dehors, m'attendant à entendre Maisie s'écrier joyeusement *Allô, Boppy ?* Mais ça ne vient pas de la voiture. Je m'inquiète pour les enfants, crains qu'ils n'aient trop chaud. Mais la petite tête de Maisie, que je vois bouger par la lunette arrière, suffit à me rassurer.

J'ouvre la portière et le plafonnier s'allume. L'habitacle est presque vide, il n'y a que quelques cartes routières, et un coffret de CD de Simon & Garfunkel, les chanteurs préférés de ma mère. Si je mettais le contact, j'entendrais leurs voix intemporelles résonner sur les premières notes de « Sound of Silence ». Bien qu'il n'y ait pas grand-chose, je passe quand même l'intérieur au peigne fin, au cas où. Je ne sais pas au juste ce que je cherche, mon esprit est toujours confus, entre Theo et ma mère, Kat et Melinda Grey. Comment ma mère aurait-elle pu forcer Nick à quitter la route ? Ça ne peut pas être elle, c'est impossible. Elle n'est plus capable d'agir délibérément. Presque tous ses gestes sont désormais involontaires.

C'est alors que cela me frappe : si ça se trouve, ce n'était pas du tout intentionnel. La maison que mes parents louent est à deux ou trois kilomètres de Harvey Road. C'est un simple coup du sort si Nick et ma mère se trouvaient sur la même route au même moment, Nick en direction de notre maison, et ma mère cherchant à rentrer chez elle, croyant qu'elle vivait encore là-bas. Ça n'a rien de prémédité. Il ne s'agit que de malchance, et la tristesse me submerge, sans que je sache pour qui j'ai le plus de peine, Nick, ma mère, ou moi.

Il me faut une preuve irréfutable. J'ai besoin de m'appuyer sur quelque chose de tangible avant d'en avoir le cœur net. Sans ça, le tourbillon des visages derrière un volant ne cessera jamais. Ma mère. Nick. Maisie, même. Ma Maisie de quatre ans, les mains agrippées au volant, la pédale de l'accélérateur hors de sa portée.

En continuant mon exploration, je tombe sur trente-huit cents oubliés dans le porte-gobelet, un chewing-gum mâché remisé dans son papier sous un siège, ce qui pique ma curiosité. Que peut-il y avoir d'autre là-dessous ?

Je tends ma main aussi loin que possible sous les sièges conducteur puis passager, m'écorche l'avant-bras au passage, mais ne trouve rien, jusqu'à ce qu'au moment de la retirer ma main effleure un petit objet en métal, plat, pas plus grand qu'un porte-clés ou un miroir de poche. Je le pince entre mes doigts et j'extrais précautionneusement mon bras de sous le siège.

Je serre ma trouvaille au creux de la main et je sors de la voiture pour y voir un peu mieux, comme un archéologue se penche sur son tamis pour découvrir un trésor.

Mais cela n'a rien d'un trésor.

Je n'en reviens pas. Soudain, mes doigts et mes jambes se crispent. Mon cœur, pris de panique, s'emballe, comme un oiseau pris au piège sous le regard de son prédateur. Les rayons de soleil s'immiscent dans le garage et heurtent l'objet de plein fouet au point que son scintillement m'aveugle. Le monde qui m'entoure se pare d'un éclat doré avant de virer au noir.

Je perds la raison, la vue, mais la réponse à ma question se trouve au creux de ma main, claire comme le jour.

NICK

Avant

Le studio de danse se trouve dans une ancienne manufacture de meubles dans la ville voisine de la nôtre. C'est un bâtiment de deux étages en brique rouge qui longe la voie ferrée. La réhabilitation du lieu a mis en valeur les grosses poutres et canalisations métalliques très à la mode en ce moment. Les planchers sont en bois foncé et les bureaux entourés de parois vitrées. L'étage supérieur est occupé par des lofts résidentiels, et le rez-de-chaussée par un studio photo, un décorateur d'intérieur, des avocats, un cabinet dentaire et j'en passe. Et bien sûr un studio de danse. Je ne peux m'empêcher de me demander à combien se montent les loyers dans un endroit pareil, bien que je sois par ailleurs dubitatif sur le passage, dans le coin. Le bâtiment est très en retrait des axes principaux; sans une clientèle déjà acquise, aucune chance d'être débusqué.

Tout le long du chemin, soit vingt-cinq kilomètres et un peu moins d'une demi-heure, j'ai guetté dans mon rétroviseur le moindre signe de Theo et sa BM. Toutes les voitures noires que j'ai repérées m'ont fichu la frousse de ma vie. J'étais convaincu que c'était lui, revenant à la charge au cas où on n'aurait pas bien compris. Je ne suis pas le seul à avoir peur. À l'arrière, Maisie regarde par la fenêtre en silence, elle qui d'habitude parle sans arrêt. Une fois que nous sommes arrivés, elle se cramponne à ma main en regardant derrière elle tandis qu'on se dirige vers l'entrée du bâtiment. Moi, je sens mon œil commencer à enfler, je vais finir avec un coquard.

À l'intérieur, malgré l'écriteau *Pas de chaussures de claquettes dans le hall*, des filles font claquer leurs fers en riant avant de s'éclipser. Une fois dans le couloir, Maisie, tout excitée, oublie l'incident avec Theo et se met à sautiller.

Quand nous faisons notre entrée dans le studio, les mères me jaugent des pieds à la tête puis me sourient. Quelques bonjours sont prononcés à voix basse. J'aide Maisie à enfiler ses chaussons puis elle disparaît derrière une porte fermée. Par une vitre, j'observe la prof, vingt et un ans ou vingt-deux ans à tout casser, qui guide les filles et l'unique garçon du cours au fil de leurs positions. La conversation s'engage avec les mamans, qui veulent savoir si Clara va bien, si le bébé est né. Je leur montre les photos sur mon téléphone, qui circule entre elles. J'entends des *Ohhh*, des *Ahhh*, un *C'est votre portrait craché* et un *Quel joli bout d'chou !*

Je sens soudain tout le poids de cette folle semaine me tomber sur les épaules. Je suis à bout de forces, et pourtant c'est Clara qui assure les tétées à n'importe quelle heure du jour et de la nuit, pas moi. Mais je n'y peux rien, je suis fatigué. Je trouve deux pièces dans la poche de mon jean et je me dirige vers le distributeur, où je prends un Mountain Dew. Je ne suis pas du genre à boire du soda — je sais mieux que personne les dégâts que tout ce sucre cause à la dentition — mais, une dose de caféine, c'est pile ce qu'il me faut. Je regarde la bouteille en plastique tomber, je l'ouvre, et j'en descends la moitié d'un trait avant de glisser le bouchon dans ma poche, où il rejoint le petit soldat de Gus. Il y a aussi deux comprimés d'Halcion que je prévois de jeter dans les toilettes en arrivant à la maison. Je n'en ai plus besoin.

Je me demande quand je saurai si Gus est mon fils.

Cela me démoralise de savoir qu'il faudra que j'en parle à Clara si le test est positif. Je n'ai rien fait de mal, et pourtant ce petit garçon est susceptible de bouleverser notre vie de couple. Il y aura toujours pour elle ce rappel : avant elle, il y a eu une autre femme. Elle n'était pas la seule et l'unique.

Pour les cinq dernières minutes du cours, on nous autorise à entrer pour admirer les performances de nos enfants. On se range contre un miroir mural tandis que les petits se lancent dans une chorégraphie maladroite sur l'air d'un dessin animé Disney. Je n'arrive pas à détacher mes yeux de Maisie, de ses bras maigrichons qui se hissent au-dessus de sa tête, de ses genoux qui flageolent quand elle exécute son plié, du petit trou à son collant qui me rappelle Theo, mais je me concentre vite sur elle et rien qu'elle. Elle me sourit, comme une princesse, comme si tous les yeux étaient braqués sur elle et non sur les autres enfants. Je suis hypnotisée par cette petite fille qui regarde derrière moi pour voir son reflet ; elle fait coucou, et son reflet fait coucou aussi. Les autres mères le remarquent et sourient. Je sors mon téléphone pour faire un petit film que je montrerai à Clara en rentrant à la maison, et je remercie Felix de s'être réveillé cet après-midi, d'avoir cet appétit d'ogre, sans quoi j'aurais raté ce moment magique. Regarder Maisie danser.

De retour dans l'entrée, je lui dis de s'asseoir pour enlever ses chaussons.

— Mlle Becca a dit qu'on va faire un spectacle, me raconte-t-elle tandis que je lui enfile ses sandales roses. On va danser sur une très grande scène avec une très belle robe.

— Ah bon ?

— Oui.

— Quand ça ?

Elle hausse les épaules.

— En tout cas, j'espère que j'aurai une robe rose. Ou violette. Ou bleue. Avec des paillettes et un tutu qui tourne.

Mon ventre gronde, et celui de Maisie en fait de même. Je me rends compte qu'il n'est pas loin de 5 heures. Et la circulation va être dense sur le chemin du retour.

— Papa, j'ai faim.

— Moi aussi, chérie.

J'appelle Clara avant qu'on se mette en route, elle décroche à la deuxième sonnerie.

— Salut, toi.

— Salut, répond-elle tout bas, et je devine que Felix est en train de dormir.

— Tout va bien ?

Je les imagine sur le canapé, devant la télé, Felix dans ses bras ou peut-être par terre, enroulé dans une couverture.

— Impeccable.

J'entends d'ici sa fatigue, tellement palpable, comme si elle pouvait fermer les yeux et s'endormir dans la seconde.

— Felix dort ?

— Ouaip.

Pas besoin d'être une bête en calcul pour se rendre compte que, s'il dort maintenant, il sera réveillé la moitié de la nuit. Et donc Clara aussi.

— Tu devrais peut-être le réveiller, je suggère tandis que deux jumelles du cours de danse font un petit signe à Maisie pour lui dire au revoir.

La pièce résonne de cris en tout genre, les mères essayent de mettre des chaussures aux petites danseuses, mais aucune d'elles ne semble décidée à partir.

— Et comment je suis censée m'y prendre ?

Son ton est sec, même si je sais que ce n'est pas dans son intention. Je ne le prends pas personnellement. C'est la fatigue. Cela fait quatre jours qu'elle ne dort pratiquement pas.

— J'en sais rien, dis-je.

Je mets la deuxième sandale au pied de Maisie et lui suggère tout bas de passer aux toilettes avant de partir.

— Mais, papa, proteste-t-elle, comme toujours.

— Il faut quand même que tu essayes, dis-je avec insistance, et elle disparaît derrière la porte des toilettes pour filles. Je prends quelque chose pour le dîner ? je demande à Clara alors que mon estomac grogne à nouveau.

Je pourrais cuisiner à la maison, pourquoi pas des hamburgers au barbecue comme l'autre jour, mais avec la circulation on n'arrivera pas avant 18 heures, et il sera largement 19 heures le temps qu'on passe à table. Pas de réponse à l'autre bout du fil, j'imagine Clara sur le canapé avec Felix, en train de s'endormir.

— Clara, dis-je en prenant moi-même la décision. Je passe prendre quelque chose pour le dîner. J'arrive bientôt avec Maisie, et après tu pourras te reposer.

Maisie revient des toilettes, je la prends par la main pour qu'on s'en aille. En arrivant à la maison, je prendrai Felix dans mes bras et je dirai à Clara d'aller s'allonger au calme pour dormir.

— Chinois ou mexicain ? je demande en traversant le parking main dans la main avec Maisie.

Clara a envie de chinois.

CLARA

— Ah, je me demandais où il était passé, dit une voix derrière moi.

Izzy, dont je serre le pendentif au creux de ma main, se tient sur le seuil qui sépare le garage de l'intérieur de la maison et, en faisant volte-face, je sens la température monter d'un cran.

La prise de conscience se fait lentement, c'est une révélation progressive que me chuchote le prénom en lettres capitales argentées. Le pendentif d'Izzy, détaché de sa chaîne.

— Je l'ai cherché partout. Merci infiniment de l'avoir trouvé, Clara, dit-elle en tendant la main pour le récupérer, croyant sûrement que je vais esquisser un pas de deux et le lui remettre sans broncher. Je le tiens de ma mère, vous savez ? insiste-t-elle, sauf qu'évidemment je n'en sais rien du tout. Elle me l'a offert quand j'étais petite. J'étais tellement contrariée de l'avoir perdu.

Soudain, la vérité s'impose à moi, on ne peut plus claire : depuis le début, c'est Izzy. C'est elle qui a tué Nick. Pas ma mère. Ni Theo Hart.

C'est Izzy.

— Alors c'est vous, dis-je en refermant mes doigts sur le pendentif de toutes mes forces, au point qu'il m'écorche la paume.

J'attends qu'elle se confonde en excuses, mais elle n'en fait rien. Elle ne lève pas non plus les deux mains en disant

Non, ce n'est pas moi. Je détiens la preuve quasi irréfutable qu'elle se trouvait sur les lieux du crime, à charge pour elle de prouver le contraire. J'attends, en vain.

— Mais de quoi parlez-vous ? demande-t-elle en s'avançant vers moi.

Derrière elle, la porte claque dans un courant d'air. Le bruit me fait sursauter, d'autant que tous les outils accrochés au mur tremblent sous le choc — tournevis, marteaux, pince à riveter, clés Allen.

— J'ai toujours su que ce n'était pas un accident, dis-je brusquement, sans la quitter des yeux car j'ignore de quoi elle est capable. Je ne savais pas qui avait fait le coup, mais maintenant tout s'éclaire. Pourquoi ? je demande, d'une voix plus sonore, plus agressive. Qu'est-ce que Nick vous a fait ?

Je ne comprends pas pourquoi elle aurait voulu sa mort. Il a toujours été agréable avec elle, d'une grande gentillesse. Je sens la sueur perler sous mes bras, ma chemise me colle à la peau et j'agite un peu le tissu, en quête d'oxygène dans cette atmosphère étouffante. Pour quelle raison y aurait-il eu de l'animosité entre eux ? Ça ne peut pas être une question d'argent, il n'y en avait pas. Nick et moi sommes quasiment fauchés. Cela dit, elle s'est peut-être fait une fausse idée de notre statut, à cause du cabinet dentaire de Nick, de notre grande maison. C'est peut-être ça qui l'a poussée à tuer Nick. Mon esprit part alors dans des directions farfelues — des sentiments amoureux non partagés, des pots-de-vin, une rançon, la promesse non tenue de lui donner notre premier fils, que sais-je — mais c'est absurde. Je ne trouve aucune raison valable.

— Pourquoi avez-vous tué Nick ? Pourquoi, Izzy, pourquoi ? Il ne vous a rien fait !

Son visage change, et soudain elle a l'air perdue. C'est une excellente actrice, je veux bien le lui accorder, mais aussi une meurtrière.

— Comment vous vous y êtes pris, hein ? Vous l'avez suivi jusqu'au cours de danse ? Depuis notre maison ? Ça s'appelle un meurtre avec préméditation.

Je m'aperçois que je suis en train de pleurer, bien malgré moi. Les larmes roulent sur mes joues à mesure que j'imagine une rencontre entre Nick et Izzy sur le parking, une dispute dont les raisons m'échappent. Est-ce que Maisie les a vus ? À moins que cela ne se soit produit pendant son cours, et que Maisie, en sécurité avec Mlle Becca, n'ait rien vu ? Je repense à la dernière conversation que j'ai eue au téléphone avec Nick, quand on parlait du dîner. Un échange ordinaire, comme les milliers qu'on a eus de ce genre. Il ne savait pas qu'il allait mourir. Quoi qu'il se soit passé entre eux ce jour-là, c'est forcément arrivé après. Il n'y a jamais eu de méchant. C'était une méchante. Maisie aura été trompée par le soleil éblouissant.

— Mais de quoi parlez-vous, Clara ? Je n'ai pas tué Nick. C'était un accident, tout le monde le sait.

— Non, Izzy. C'est vous qui l'avez tué. Vous. Dans cette voiture, dis-je en désignant la Chevrolet de ma mère. J'en ai la preuve, j'ajoute, en précisant que Betty Maurer a vu une Chevrolet noire quitter les lieux du crime, et que le pendentif d'Izzy la place de fait dans la voiture.

L'arme du crime.

— Oh ! Clara, dit-elle avec dans la voix un mélange d'indignation et de pitié. Vous êtes aussi folle que votre mère.

Son commentaire est un véritable outrage, pas envers moi, mais envers ma mère. Surtout venant d'une femme qui est censée en prendre soin mieux que moi.

— Tout le monde sait que Nick était un chauffard. Il s'est tué tout seul, reprend-elle.

Elle me rappelle que Nick et Maisie étaient seuls au moment de l'accident, que, comme l'inspecteur Kaufman me l'a répété inlassablement, c'est la conduite imprudente de Nick qui a poussé la voiture à sortir de la route et à foncer dans cet arbre, mais il ne faut pas que je la laisse m'entraîner sur ce terrain-là.

— Vous vous faites des idées, poursuit-elle. Vous êtes dans le déni complet. Il vaudrait mieux que vous acceptiez les faits et que vous ne laissiez pas vos fantasmes vous monter à la tête. Nick est le seul responsable, voilà la vérité.

Pour moi, c'est faux. C'est Izzy. C'est tellement évident. J'ai la preuve qui la relie à l'arme du crime. Il ne peut en être autrement.

— Non, Izzy. C'est vous, la responsable.

J'exige par la suite de savoir pourquoi elle était dans la voiture de ma mère si ce qu'elle prétend est vrai, pourquoi son pendentif s'est retrouvé sous le siège.

— Pourquoi ? je crie, perdant mon sang-froid.

J'attrape une batte de base-ball posée contre le mur et j'envisage de la menacer avec jusqu'à ce qu'elle avoue, de la faire tournoyer au-dessus de sa tête comme une nuée de mésanges à tête noire s'en prenant à un faucon.

Soudain, je pense aux enfants, enfermés dans une chaleur étouffante. Au bout de combien de temps un enfant laissé dans un véhicule peut-il mourir ? J'ai pris soin de laisser les vitres entrouvertes, mais l'air extérieur, d'au moins trente degrés, n'est pas plus rafraîchissant que celui qui règne dans l'habitacle. J'ai perdu toute notion de temps, je les imagine, en sueur, déshydratés, pris de convulsions, ayant du mal à respirer, leur température corporelle grimpant dans les quarante ou quarante et un degrés, et je commence à être envahie par la panique à l'idée qu'ils meurent de cette façon abominable.

Au lieu de répondre à mes questions, Izzy hausse le ton.

— Vous êtes complètement tarée, Clara. Bonne à enfermer. Vous ne savez rien du tout.

Le vernis bien lisse de sa personnalité commence à se craqueler.

— Dans ce cas, expliquez-moi, dis-je en approchant avec la batte à la main.

Sans que ce soit intentionnel, la batte se lève d'un coup sec. Je la brandis en direction d'Izzy, et elle tressaille. Mais je ne donne pas de coups, je me contente de la menacer.

— Allez-y, éclairez-moi, dis-je avec insistance, puis, face à son silence : Vous voyez ? Vous n'êtes qu'une menteuse. Vous étiez dans la voiture parce que vous avez tué Nick.

— Vous vous fourrez le doigt dans l'œil, répond-elle, en reprenant cet air de sainte-nitouche que je déteste, cette mine arrogante que j'ai envie d'effacer de son visage. Vous n'aurez jamais le cran de me frapper.

Alors je lui prouve le contraire. Je la tape légèrement du bout de la batte, vraiment pas grand-chose. Mais, à la voir, on dirait que je l'ai cognée de toutes mes forces.

— Mais ça va pas ! Vous m'avez frappée !

J'acquiesce d'un air entendu, parce que je sais parfaitement ce que j'ai fait. En tout cas, son air suffisant a disparu.

— Oui, en effet, et je suis prête à recommencer, dis-je en faisant tournoyer la batte à nouveau.

Cette fois-ci, elle se fait toute petite derrière ses bras en me suppliant d'arrêter, alors que je ne songeais pas à aller au bout de mon geste. Elle me menace de crier, d'appeler la police.

— Vous pensez appeler la police pour vous rendre ? je lui demande en riant, bien qu'il n'y ait rien de drôle. Mais je vous en prie, faites donc.

La batte fend l'air et l'atteint cette fois à la hanche avec un bruit particulier. Izzy hurle de douleur.

J'ai cogné contre l'os.

— Mais qu'est-ce qui vous prend ? s'écrie-t-elle, titubant sous le choc.

Elle tâtonne à l'aveugle pour s'agripper à quelque chose mais ne trouve rien.

— Partez, Clara, allez-vous-en, dit-elle en s'étranglant,

au point que, si je ne voyais pas clair dans son petit jeu, je la croirais au bord des larmes.

Elle est vraiment bonne comédienne.

J'arrête de rire.

— Que faisiez-vous dans cette voiture, Izzy ? je lui demande une dernière fois.

Cette fois-ci, elle répond. Toute trace de condescendance a disparu de sa voix.

— La mienne ne voulait pas démarrer, et Louisa avait un rendez-vous. Votre père n'était pas là, parce qu'il était chez vous, figurez-vous. Il fallait que j'emmène Louisa chez le médecin. Alors on a pris sa voiture.

Mais je flaire le mensonge à des kilomètres. Ses narines enflent, elle se mord la lèvre, les mains agrippées à sa hanche, le corps penché sur le côté, soudain incapable de me regarder dans les yeux.

— Vous mentez ! je crie, hors de moi. Espèce de sale menteuse. Dites-moi la vérité. Dites-moi pourquoi vous avez tué Nick !

Rien ne vient, alors je frappe, en plein dans sa cuisse. Elle émet un cri sauvage. Inhumain. C'est un animal à l'agonie.

— Vous voulez savoir ce que je faisais ? bredouille-t-elle, le regard plongé dans le mien cette fois, les mains enserrant sa cuisse. Je voulais noter le numéro de série. Trouver les papiers de l'assurance. Avant de me débarrasser de ce tas de boue. Voilà ! hurle-t-elle, et cette fois je sais qu'elle dit la vérité.

— Pour vous débarrasser des preuves ? dis-je, comprenant qu'elle voulait peut-être la brûler ou la pousser dans un bassin artificiel des environs, afin qu'on ne la relie jamais au meurtre de Nick.

Mais elle ricane nerveusement.

— Mais quelles preuves ? Ce tas de tôle ? J'aurais rendu un grand service à vos parents en m'en débarrassant, c'est ce que votre père aurait dû faire depuis longtemps. Je ne vois pas de quoi cette bagnole serait la preuve.

— C'est la voiture qui a tué Nick, dis-je, prête à lui montrer la feuille et les cailloux que j'ai fourrés dans ma poche. La preuve que vous étiez sur les lieux du crime.

— Pauvre Clara. Vous ne comprenez vraiment rien. Il n'y a jamais eu de scène de crime, comment est-ce qu'il faut vous le dire ?

À nouveau dans son regard, ce mélange de pitié et de répugnance, de haine et d'incrédulité.

— Non, Izzy, en effet, je ne comprends pas. Alors dites-moi. Expliquez-moi un peu ce qui s'est passé.

Au début, elle se tait. Plantée là, face à moi, elle réfléchit. Je redoute qu'elle ne me dise rien, qu'elle n'avoue pas.

Je brandis la batte, à peine, me demandant où frapper : au visage ou à la poitrine ? Où aurait-elle le plus mal ? Quel coup me vaudrait une confession ?

— C'était pour toucher l'assurance, lâche-t-elle. Pour empocher le fric. Soit la valeur réelle de la voiture au moment de sa disparition. Dans les trois mille dollars, j'imagine, ce n'est pas astronomique, mais c'est toujours ça. C'est plus que ce que me paye mon employeur pour un mois de boulot. Pour vous faire la bouffe, laver Louisa, la torcher, le tout en me faisant traiter de pauvre imbécile. Vous ne trouvez pas que je le mériterais, cet argent ?

Mais je ne comprends pas ce que ce versement a à voir avec la mort de Nick. Est-ce qu'il savait qu'elle prévoyait toute cette mise en scène pour voler cet argent à mes parents ? Lui a-t-il demandé de s'expliquer, à la suite de quoi elle l'aurait forcé à quitter la route ?

— Mais vous étiez dans la voiture, je répète, sur ma lancée. Vous conduisiez la voiture qui a tué Nick.

— Non. Pas du tout. J'étais bien dans la voiture, mais pour recueillir les informations dont j'avais besoin pour appeler la police et la déclarer volée. C'est tout, Clara. Rien de plus. Je n'ai même pas mis la clé dans le contact.

— Mais la voiture n'a pas été volée, dis-je, perdue, me sentant suffoquer. Elle est juste là.

J'insiste en la montrant du doigt, comme si Izzy ne pouvait pas voir à côté d'elle la Chevrolet noire qui a pris la vie de Nick.

Elle part d'un grand rire haut perché, narcissique, qui me met les nerfs en pelote. Je fais un pas vers elle, aveuglée par l'envie de la frapper de toutes mes forces. Pas pour émettre un avertissement ou une menace, mais pour la faire taire. Lui faire passer l'envie de rire.

— Elle n'a pas encore été volée, Clara, me corrige-t-elle. Pas encore. Il a fallu que Nick fasse foirer mon plan.

— Nick était au courant ? Il savait que vous aviez prévu de voler la voiture ?

C'est ça. J'avais raison depuis le début. Nick a découvert qu'Izzy voulait voler la voiture, il l'a mise au pied du mur, et c'est pour ça qu'elle l'a tué.

— Ma pauvre Clara, dit-elle avec une condescendance qui me relègue au rang de demeurée.

Et c'est vrai que j'ai l'impression d'être cinglée. C'est comme si toutes les réponses étaient devant moi, mais hors de ma portée, comme des particules de poussière en suspens. Comme si Izzy parlait japonais, que je traduisais ses paroles en les regardant une à une dans le dictionnaire, mais que, le temps que je comprenne, elle avait changé d'avis.

— Nick a fait foirer mon plan parce qu'il est mort, dit-elle. Il a fallu qu'il ait ce stupide accident. Je n'allais pas davantage attirer l'attention sur vos parents avec une histoire de voiture volée. J'attendais que le soufflé retombe tranquillement.

— Le soufflé ? C'est comme ça que vous appelez notre deuil ?

Elle acquiesce. La mort de Nick, un soufflé. Une bulle d'air. Un petit rien.

— Et donc vous aviez prévu de vous débarrasser de la voiture ? De faire une déclaration de vol ? Pour empocher l'argent de l'assurance ?

Elle fait oui de la tête en m'applaudissant. Ça y est, j'ai compris.

— Ça me paraissait le moyen le plus rapide et le plus facile de me faire un peu de fric, lâche-t-elle.

— Mais cet argent serait revenu à mon père. Le chèque aurait été à son nom.

Ça, j'en suis quand même convaincue : si la compagnie d'assurances avait remboursé quelque chose pour la voiture prétendument volée, c'est mon père qui aurait perçu les trois mille dollars. Pas Izzy. Alors qu'avait-elle à gagner au final à faire disparaître cette Chevrolet ?

— Clara. Ce que vous pouvez être naïve. Autant que votre père.

Je bous intérieurement : qu'elle dise ce qu'elle veut sur moi, mais je ne supporte pas qu'elle dénigre mon père. En plus, il est loin d'être naïf.

— Comme toujours, votre père aurait endossé le chèque puis il l'aurait laissé traîner en attendant d'aller le remettre à la banque. Et, quand on se serait aperçu de sa disparition, on aurait mis ça sur le compte de votre mère. La pauvre Louisa qui égare tout, en permanence. Pendant ce temps-là, moi, j'aurais filé à la banque encaisser le putain de chèque.

La vérité se fait jour en moi lentement, comme l'aube qui se lève.

Tout ça n'a rien à voir avec Nick.

C'est Izzy la responsable de tout ce cirque. C'est elle qui a dérobé le chèque de loyer que l'on croyait perdu, qui effectue les retraits d'argent hebdomadaires sur le compte de mon père, qui a souscrit à une carte de crédit au nom de ma mère. Elle s'est acheté des bijoux, un jonc en jade véritable qui étincelle à son poignet charnu, tout près de la bague de fiançailles de ma grand-mère, qu'elle a également volée. Depuis tout ce temps, elle pille mes parents. Ma mère n'égare rien du tout. C'est Izzy la voleuse.

— Ce bracelet. D'où vient-il ?

Je pose la question pour avoir une confirmation de mes soupçons, mais mes pensées s'emmêlent à nouveau : qu'est-ce qu'un bracelet en jade a en commun avec un reçu concernant le collier avec pendentif que j'ai trouvé dans le tiroir de Nick ? Rien du tout, si ce n'est qu'Izzy et Nick étaient faits du même bois. Lui qui s'est servi de la carte de crédit de mes parents pour acheter ce collier, piochant sans vergogne dans l'argent durement gagné de mon père. Un collier qu'il destinait à Kat, selon moi. Parce qu'il couchait avec elle. Parce qu'il l'aimait plus que moi.

— Ça, c'est votre père qui m'a fait un cadeau, si je puis dire, lance Izzy avec un petit clin d'œil.

Mes mains se resserrent sur la batte de base-ball, tels les anneaux d'un boa constricteur sur sa proie. J'ai la tête qui tourne, il fait vraiment trop chaud. Je suis en train de perdre pied.

Qui a tué Nick ? ai-je envie de hurler, à moins que je ne hurle bel et bien, car Izzy écarquille soudain les yeux. *Qui ? Mais qui, à la fin ?*

— Vous, dis-je en repensant à quel point je me suis fait du souci pour les finances de mes parents et la santé de mon père. Vous.

Je brandis la batte, prête à lui assener un coup dans la poitrine, ou à la tête, mais Izzy, le visage rougeaud, un contraste effrayant avec le blanc de ses cheveux peroxydés, me repousse. Bousculée contre le mur d'outils, je me blesse à l'épaule gauche. Je la regarde, incrédule : ça ne peut pas être la femme qui suit ma mère à chaque pas, anticipe ses mouvements, s'occupe d'elle avec tant de soin et de tendresse.

— Pourquoi me dire une chose pareille ? Pourquoi m'avoir avoué tout ça ?

Mais je connais la réponse. Elle m'a fait ces aveux parce que je ne lui ai pas laissé le choix. Parce que, sinon, je lui aurais flanqué une raclée, ce que je suis encore déterminée à faire.

— Parce que, voler, c'est loin d'être la même chose que tuer. Je suis peut-être une voleuse, mais pas une meurtrière. Je n'ai pas tué Nick, dit-elle, sur la défensive, mais impossible de décider si elle dit la vérité. Il faut me croire, ajoute-t-elle, la voix teintée de désespoir.

Je ne sais plus quoi croire. Tout s'enchaîne trop vite. J'ai d'abord été convaincue qu'il s'agissait de Melinda, puis de Theo, d'Emily, de ma mère, maintenant d'Izzy.

Si ce n'est pas elle, alors qui est-ce ?

— Et pourquoi je vous croirais ?

— Vous l'avez dit vous-même, Clara. Je n'avais aucune raison de le tuer. Lui qui a toujours été si gentil avec moi. Sa mort m'attriste presque autant que vous.

Des larmes emplissent ses yeux, et elle se met à pleurer. Pour moi, c'cn cst trop. Comment ose-t-elle se moquer de moi à ce point ? Essayer de me faire croire qu'elle a autant de peine que moi, quel culot. C'était mon mari. C'était moi qu'il aimait.

Je perds mon sang-froid.

Comme au bord d'un gouffre, j'ai du mal à garder mon équilibre, ma logique, et je lève la batte au-dessus de ma tête. Je n'ai pas dormi depuis des semaines ; les bouffées délirantes et la tristesse me rongent, au point que je ne suis plus que l'ombre de moi-même. Je fonds sur elle.

Une colère inextinguible s'est allumée en moi et je comprends pourquoi : je reproduis toute la violence qu'elle a fait subir à Nick — bien que tout au fond de moi je n'en sois pas si sûre, mais j'ai à tout prix besoin de quelqu'un à qui faire payer la mort de mon mari. La fin justifie les moyens, voilà tout. Tuer Izzy, lui faire porter le chapeau, et en finir, enfin. J'ai besoin de digérer et de tourner la page.

Légitime défense, plaiderai-je plus tard, bien que sur le moment ce ne soit pas ma préoccupation principale.

Ce qui m'obsède, c'est d'en finir.

NICK

Avant

On s'arrête chez le traiteur chinois, puis on prend le chemin de la maison. Comme il fallait s'y attendre, la circulation est cauchemardesque ; les automobilistes, impatients de rentrer chez eux, roulent n'importe comment. Ils accélèrent comme des fous et écrasent la pédale de frein au bout de quelques mètres. Un soleil éblouissant illumine le ciel, il fait encore très chaud. Mon tableau de bord indique une température extérieure de vingt-neuf degrés. À mesure qu'il descend dans le ciel du soir, le soleil darde ses rayons aveuglants en dessous du pare-soleil, de sorte que rien ne peut atténuer sa lumière. Évidemment, j'ai oublié mes lunettes de soleil à la maison. Les pneus arrière de la voiture qui se trouve devant moi me servent de repère. Au-dessus, impossible de voir les maisons ou les arbres, tout n'est qu'un rideau de feu.

Je prends les routes secondaires pour éviter la congestion de la voie rapide, d'abord Douglas Road, puis Wolf Road. La bonne odeur de gingembre et de sauce soja se répand dans la voiture, et mon ventre grogne à l'idée de la nourriture qui nous attend. Assise dans son rehausseur, Maisie donne des petits coups de pied dans le siège passager avant.

— Papa, quand est-ce qu'on arrive ?

— Bientôt.

— Mais moi j'ai envie d'être à la maison tout de suite.

Je jette un coup d'œil par-dessus mon épaule en lui promettant qu'il n'y en a plus pour longtemps. Son regard me supplie.

— Mais j'ai faim, moi.

— Je meurs de faim aussi, dis-je en me tapotant l'estomac. Au point que je pourrais manger un cheval.

Elle éclate de rire et surenchérit.

— Moi un mouton, dit-elle, et on rit de bon cœur.

— Je pourrais manger un cochon.

— Et moi une vache !

Soudain, le véhicule de devant s'arrête et je freine brusquement. La voiture dévie légèrement sur le bas-côté et fait voler les gravillons. Je manque le pare-chocs du type de devant de quelques centimètres. Je maudis intérieurement ces ralentissements incessants qui surviennent sans raison apparente. Après un concert de klaxons, on repart.

C'est alors que mon téléphone se met à sonner. Je me dis que ça doit être Clara, qui veut que je rapporte du lait, mais je lis le nom de Kat sur l'écran, et mon cœur s'emballe.

Elle m'appelle pour me dire si Gus est mon fils ou non.

J'en ai les mains moites, et j'oublie instantanément les bouchons.

— Où sont tes livres, mon cœur ? je demande à Maisie avant de prendre l'appel.

— Juste là, papa, dit-elle en me montrant son petit panier.

Clara laisse toujours des livres dans la voiture, histoire d'occuper Maisie, car ses questions peuvent vite nuire à la concentration du conducteur.

— Tu veux bien en lire un ou deux ?

— D'accord, papa.

J'espère qu'elle s'absorbera assez dans ses histoires pour ne pas prêter attention à la conversation qui se prépare entre Kat et moi, aux mots *Gus*, *père* et *paternité* qui risquent d'être prononcés. Les petites mains de Maisie plongent dans son panier et en ressortent avec un livre cartonné vert et rouge qu'elle a depuis tout bébé. *Bonsoir lune*. Elle se met à tourner les pages.

— Kat, dis-je en décrochant à la quatrième sonnerie.

Je désactive le Bluetooth pour que Maisie n'entende que la moitié de notre conversation.

— Alors, tu as eu les résultats ?

C'est le moment où ma vie bascule.

— En effet, dit-elle.

Maisie se met à gémir que son ventre grogne, qu'elle meurt de faim, qu'elle pourrait manger un chien, un chat, une chouette effraie. Elle essaye de m'entraîner dans son petit jeu alors que j'y ai mis le holà tout à l'heure. En temps normal, je céderais, mais là, non. Là, il faut que je parle à Kat, que je découvre si Gus est mon fils, alors je presse un index contre mes lèvres pour qu'elle se taise.

— Papa est au téléphone pour le travail, je chuchote, en espérant qu'elle comprendra.

Il n'y a rien à faire, elle continue à se lamenter, en se tenant le ventre à deux mains comme si elle avait de terribles crampes. Je plonge une main dans le sac du traiteur chinois et en ressort trois *fortune cookies*. Mon objet de chantage. Je tends le bras en arrière et je les dépose sur ses genoux. Elle sourit avec espièglerie : elle a eu ce qu'elle voulait.

— Et alors ? dis-je à Kat. Qu'est-ce que ça dit ?

Un silence.

— Les résultats, se lance-t-elle, mais sa voix se brise, et j'ai l'impression qu'elle pleure.

— Qu'est-ce qui se passe, Kat ?

Avant qu'elle puisse me répondre, Maisie recommence son cinéma. Je n'entends plus rien, je demande à Kat de ne pas quitter. Maisie n'a plus mal au ventre, c'est autre chose qui l'inquiète.

— C'est qui, ça ? demande-t-elle, la voix tremblotante, alors qu'une voiture nous colle au train, cherchant à nous doubler, à forcer le passage bien que la circulation soit trop dense.

Quel idiot. Il va tous nous tuer, ce chauffard. C'est une zone où il est interdit de doubler, je vois bien la ligne jaune de Harvey Road malgré le soleil. Je tente d'accélérer pour me débarrasser de lui. Mais il me colle de plus belle, faisant mine de me dépasser, et cette fois Maisie crie de peur.

— Papa ! C'est le méchant ! Le méchant, il nous poursuit !

Je lui tapote le genou en lui disant que tout va bien. Mais je le vois aussi. Je vois exactement ce qui l'effraye.

— Papa, il va nous attraper !

La voiture noire, presque à hauteur de la nôtre, se rabat dangereusement et me force à donner un coup de volant pour lui laisser le passage dans une nouvelle volée de gravillons. Maisie croit qu'il s'agit de Theo, mais ce n'est pas lui. C'est juste une voiture noire. Un automobiliste pressé qui force le passage pour rentrer chez lui. Je décélère pour le laisser avancer et le regarde filer comme un fou.

Mais, avant de me laisser le temps de répéter à Maisie de ne pas s'en faire, Kat reprend la parole.

— Ils sont négatifs, Nick. Gus n'est pas ton fils.

Je l'entends sangloter à l'autre bout du fil. Je reste sans voix. Gus n'est pas mon fils.

Je me demande quoi lui dire. Je ne m'attendais pas du tout à un résultat négatif. J'étais persuadé du contraire.

Je ressens un immense soulagement, un poids qui s'envole de mes épaules. L'impression que pour une fois dans ma vie je suis le gars le plus chanceux de la terre. Le vent a tourné. Les affaires reprennent.

Ce n'est pas mon fils.

— Tu en es bien sûre ?

Après s'être calmée, Kat répond par l'affirmative, puis se remet à pleurer en bredouillant qu'elle avait tellement espéré le contraire.

— Moi aussi, dis-je pour l'apaiser, bien que ce ne soit absolument pas vrai.

S'il avait été de moi, j'aurais assumé mon rôle. J'aurais tout dit à Clara, et elle aurait accueilli Gus dans notre vie. Mais, sans Gus, la vie devient soudain beaucoup moins compliquée.

J'appuie sur l'accélérateur, encore plus pressé d'arriver à la maison. De prendre Clara dans mes bras avec la certitude que, cette fois, tout va bien se passer.

Quelle bonne nouvelle, me dis-je, tout sourire, alors que la voiture flirte à nouveau avec le gravier et que je redresse le volant en me forçant à le tenir à deux mains. Je m'intime de conduire sans zigzaguer. De ralentir un peu.

Clara sera là, que j'arrive dans cinq minutes ou dans dix.

Je l'imagine tenant Felix dans ses bras, tous les deux assoupis en nous attendant.

Kat pleure toujours à l'autre bout du fil.

— Ça va aller, lui dis-je, un peu sec. Entre toi et Steve, ça va s'arranger.

Je crois que je vais quand même tout avouer à Clara, puis j'effacerai Kat de ma vie. Pour de bon. Il n'y aura plus de secrets entre ma femme et moi.

Tout ce dont je rêve, c'est d'être avec Clara, Maisie et Felix. Les amours de ma vie. D'être assis sur le canapé avec eux, Harriet à nos pieds. De tout raconter à Clara, tout ce que je lui ai caché, jusqu'au dernier mensonge. Je sais que ça ne va pas lui faire plaisir, mais elle finira par comprendre. Parce que c'est ma Clara. Si indulgente, si compréhensive.

J'ai peine à contenir ma surexcitation, impatient de me retrouver dans ses bras.

CLARA

Au final, c'est Maisie qui m'empêche d'aller plus loin. Ma Maisie, sur le seuil du garage, les yeux rivés sur sa maman qui brandit une batte de base-ball pour la sixième ou septième fois face à Izzy recroquevillée contre un mur, la tête entre ses bras pour se protéger de mes coups. Un filet de sang s'écoule de son nez. Du sang éclatant, rouge groseille, qui goutte sur le sol en béton.

— Maman, souffle-t-elle, et le mot me fait l'effet d'un coup de poing au ventre.

Maman. Dans sa main, mon téléphone portable, qu'elle tend vers moi.

— Maman, répète-t-elle, et je vois son regard faire l'aller-retour entre Izzy et moi.

Elle a l'air terrorisée, le téléphone tremble dans sa main. Et je comprends que ce n'est pas d'Izzy qu'elle a peur. Mais de moi.

Ses yeux s'ouvrent en grand et elle se met à pleurer. Elle porte un déguisement de princesse qu'elle a voulu mettre à tout prix, et je n'y ai pas vu d'objection. C'est une jolie robe en organza, un costume de Halloween que Maisie estime convenable pour tous les jours, avec des cocardes à sequins cousues sur le corsage et des chaussures à talons. Sur sa tête, un diadème couleur lilas, orné de plumes et de strass colorés, posé de travers, menace de tomber.

Ce n'est qu'une enfant. Une enfant qui regarde sa mère passer à tabac une autre femme la suppliant d'arrêter.

— C'est Boppy au téléphone, dit-elle entre deux sanglots.

Mes jambes se dérobent soudain sous moi, la batte me tombe des mains.

— Dis à Boppy que je le rappelle.

Je m'effondre sur moi-même comme un bouquet de fleurs fanées. Izzy, si elle a des bleus, n'a rien de cassé, et elle en profite pour se faire la belle en boitant. Je n'ai pas la force de lui courir après. Elle récupère ses clés et son sac dans la maison avant de se diriger vers sa voiture. Je la regarde démarrer et disparaître au coin de la rue, son pendentif toujours au creux de ma main.

Izzy peut attendre.

— Tout va bien, dis-je à Maisie en lui faisant signe de s'approcher avec mon petit doigt, comme seul Nick savait le faire. Je te promets que tout va bien, je répète, et son petit doigt s'accroche au mien.

Elle fait l'effort de me sourire, bien que sa main tremble et qu'il y ait du sang sur le bout de mes doigts.

Je débarque au poste de police avec Felix dans les bras et Maisie sur les talons. La même personne que la dernière fois m'accueille, et cette fois on ne me fait pas poireauter un quart d'heure avant que je puisse parler à quelqu'un. On appelle l'inspecteur Kaufman, qui arrive sur-le-champ, en me toisant de toute sa hauteur.

— Madame Solberg.

Je ne sais pas s'il dit ça avec inquiétude ou incrédulité. Je m'en fiche. Les mots sortent un peu n'importe comment.

— C'est elle qui a tué Nick.

— Qui donc, madame Solberg ?

— Izzy.

— Et on peut savoir qui est Izzy ? demande-t-il avec cynisme, mais je mets du temps à répondre car je ne trouve pas tout de suite les mots. Madame Solberg, qui est cette Izzy ?

— L'aide à domicile de ma mère. Izzy Chapman.

Je me lance dans le CV d'Izzy, ne sachant au juste ce qui est vrai. Si ça se trouve, elle a tout inventé, et mon père et moi avons mordu à l'hameçon, trop désespérés pour remettre quoi que ce soit en question.

— Et pour quelle raison Mlle Chapman aurait-elle tué Nick ? Elle a un mobile ?

— Je n'en sais rien, rien du tout, mais c'est elle. J'en suis certaine.

L'inspecteur Kaufman m'entraîne dans une salle d'interrogatoire en suggérant qu'on reprenne tout depuis le début. Avant cela, il appelle l'inspecteur Howell, une femme, à qui il demande de venir chercher Maisie. Maisie est trop jeune pour entendre notre conversation et, bien qu'elle n'ait pas envie de me lâcher, c'est dans son intérêt.

— Maman, j'ai pas envie, geint-elle.

L'inspecteur tend une main vers elle.

— Je suis sûre que j'ai vu des cookies aux pépites de chocolat dans le distributeur, dit-elle. Tu aimes ça ?

Maisie cède, mais c'est bien pour les cookies. L'inspecteur promet également de lui trouver des coloriages, et je me demande si elle l'installera dans une salle d'interrogatoire semblable à la mienne et lui demandera ce qu'elle a vu aujourd'hui, si Maisie lui parlera de la batte de base-ball, du sang, d'Izzy me suppliant d'arrêter.

Une fois Maisie partie et Felix endormi dans mes bras, l'inspecteur Kaufman me demande de tout lui raconter, et je me lance dans un récit décousu en commençant par la Chevrolet noire et le pendentif que j'ai retrouvé sous le siège. Je frise probablement le ridicule. L'inspecteur a l'air consterné. Nullement impressionné par mon enquête de terrain, il s'intéresse en revanche aux vols qu'a commis Izzy envers mes parents. Les faits qu'il note sur son carnet sont en rapport avec le chèque de loyer, la fraude à la carte de crédit, l'assurance auto, mais, quand j'insiste sur le fait qu'elle a assassiné mon mari, il me regarde avec désintérêt, à moins qu'il ne s'agisse de pitié, et il me demande d'où vient ce sang sur mes mains.

Je me parjure.

— Légitime défense, dis-je en prétendant que c'est elle qui m'a menacée avec la batte. Elle a tué Nick, je vous dis. Je ne savais pas de quoi elle était capable. Il fallait que je me protège. Que je protège mes enfants.

— Est-ce que vous l'avez frappée avec cette batte ?

— Bien sûr que non.

— Quand avez-vous mangé pour la dernière fois, madame Solberg ? me demande-t-il en examinant ma peau sèche, mes joues creuses, mes yeux fatigués.

Comme par magie, mes kilos de grossesse se sont envolés, je n'ai plus de ventre.

— Est-ce que vous dormez ? Est-ce que vous mangez ? Il existe des psychologues spécialisés dans le deuil, vous savez.

Mais je lui dis que je me fous de ses psys. Ce que je veux, c'est qu'il trouve qui a tué Nick.

— Et où se trouve cette Mlle Chapman en ce moment ?

— Elle a pris la fuite.

— Est-ce qu'elle va bien ? Est-ce que vous l'avez blessée ?

— Elle s'en remettra, dis-je en haussant les épaules.

Mais est-ce bien vrai ? J'étais aveuglée par la colère quand je l'ai frappée. Est-ce que ses mains l'ont efficacement protégée, ou bien souffre-t-elle de blessures internes, plus graves qu'un simple saignement de nez ?

Je regarde l'heure. Presque 16 h 30.

— Elle pourrait être n'importe où à l'heure qu'il est.

Je le supplie d'envoyer un agent surveiller la maison de mes parents au cas où elle reviendrait, et il accepte.

— Vous devez la chercher. L'arrêter.

Mais, tout ce qu'il me promet, c'est de la faire venir pour un interrogatoire en ce qui concerne les soupçons de fraude et de vol. Si tant est que mon père veuille porter plainte.

— Et vous devez l'arrêter pour meurtre, dis-je.

Mais il n'a pas l'air d'accord. Je me trompe peut-être de terme : devrais-je dire « mort sans intention de la donner » ? « Accident de la route », que sais-je ?

— Non, madame Solberg, pas pour meurtre. Mlle Chapman n'a pas tué votre mari, déclare-t-il, catégorique.

— Alors vous savez qui c'est ?

Je suis aux abois. J'ai à tout prix besoin de savoir qui était au volant de la voiture de ma mère lorsque Nick a fait sa sortie de route fatale. Si ce n'est pas Izzy, ça ne peut être que ma mère. Peut-être que mon instinct m'a dit vrai ce matin quand je me suis assise avec Maisie sur les genoux pour ouvrir les photos de mon père. Ma mère a pu se glisser au volant de sa Chevrolet noire, parce que conduire, au même titre que faire du vélo, monter un escalier ou jouer du piano, fait appel à la mémoire procédurale, qui est inconsciente, et donc bien plus difficile à oublier. Elle essayait de rentrer chez elle. Elle n'a pas voulu le tuer, il s'agit simplement de malchance. Nick était au mauvais endroit au mauvais moment. Il aurait pu s'agir d'un autre véhicule, d'un autre automobiliste mais, par un banal coup du sort, c'est tombé sur Nick.

Bon. Voilà. Ma mère a tué Nick. Ce n'est pas Izzy. Depuis le début, c'était ma mère, mais toutes ces suppositions dans lesquelles je me suis perdue continuent lentement à me faire perdre la boule. Je suis prise au piège d'une baraque de foire où tout est de travers, où une force centrifuge me déséquilibre. Le sol bouge sous mes pieds, menace de m'avaler tout entière par une trappe. Tout est déformé, je ne comprends pas ce que je vois.

J'ai besoin de tourner la page.

J'ai besoin de savoir avec une absolue certitude qui a tué Nick.

— J'ai quelque chose à vous montrer, dit l'inspecteur en sortant pour revenir avec un ordinateur portable. Je vous préviens, ça ne va pas être une partie de plaisir.

— De quoi s'agit-il ?

Une vidéo en cours de téléchargement apparaît à l'écran, je distingue une vignette, des champs clôturés, des arbres.

— La qualité n'est pas des meilleures, dit-il en s'excusant.

Il me parle d'un homme et d'une femme, M. et Mme Konig, qui vivent en bordure de Harvey Road, dans une maison qui surplombe la route. Il me montre une photo sur son téléphone. Une ferme à la façade peinte en jaune avec des ornements couleur rouille. Je la reconnais aussitôt, la ferme couleur citron avec son cornouiller en pleine floraison. Je me rappelle Maisie assise sous cet arbre, son short mouillé à cause de l'herbe humide parce qu'il y avait eu un orage.

— J'ai parlé au couple qui habite ici, dis-je.

— Oui, répond l'inspecteur. Ils se souviennent de vous.

J'acquiesce, en repensant au gentil couple. Je ne connaissais pas leur nom, mais c'est chose faite à présent.

— Mais ils n'étaient pas chez eux au moment de l'accident, ils n'ont rien vu.

— En effet, approuve l'inspecteur.

Je me rappelle la vue qu'ils auraient pu avoir depuis leur galerie s'ils avaient été chez eux.

— Mais il s'est passé une chose étrange.

Il pose son téléphone et caresse sa moustache en me regardant droit dans les yeux.

— M. Konig est venu au poste de police ce matin. Sa propriété a subi des actes de vandalisme. Tags à la bombe sur la grange, dégâts dans le pâturage des chevaux.

— Quelle honte, dis-je, bien que mon ton manque probablement de compassion, moi qui ai perdu mon mari en comparaison.

— Comme vous dites. De la délinquance juvénile sans gravité, mais vous vous doutez bien que les Konig étaient sens dessus dessous.

— Oui, j'imagine.

J'ai de la peine pour eux mais, franchement, tout ça n'a rien à voir avec moi. Est-ce qu'il essaye de gagner du temps, de m'expliquer qu'il ne peut pas enquêter sur le meurtre de Nick parce que ces actes de vandalisme passent d'abord ? Je suis sur le point de faire un scandale, d'exiger de parler à son supérieur.

— Qu'est-ce que tout ça a à voir avec le meurtre de Nick ?

— Les Konig disposent d'une caméra de surveillance à l'extérieur de leur maison. En retrait de la route, dans une partie aussi peu habitée de la ville, ce n'est pas la première fois que leur propriété est vandalisée. M. Konig a fait installer ce système il y a quelques mois pour pouvoir coincer les petits malfrats, et ça a marché. On les a sur la vidéo, on n'a plus qu'à les identifier.

Je lui lance un regard interrogateur, le feu aux joues. Il ne me croit quand même pas liée à ces actes de vandalisme ? Je retiens mes larmes comme je peux.

— Et vous croyez que je sais de qui il s'agit ?

— Non, madame Solberg, pas du tout. Voyez-vous, dit-il en me tendant un mouchoir en papier, cette caméra enregistre en continu pendant trente jours. Après le dernier incident en date, M. Konig a regardé l'enregistrement dans l'espoir d'attraper celui ou ceux qui ont vandalisé le jardin. Mais il a trouvé bien plus que ce qu'il cherchait, ajoute-t-il en appuyant sur « Lecture ».

La vidéo commence. L'image est pixélisée, mais j'y vois quand même. Un technicien a probablement zoomé sur l'endroit que l'inspecteur veut me faire regarder : la propriété des Konig n'est qu'un détail dans le paysage, tout converge vers une portion de route déserte. L'angle est assez bizarre : la rue semble descendre le long d'une pente à quarante-cinq degrés. Les arbres et l'herbe sont vert pâle, la rue est gris béton. Le vent agite les branches des arbres et, bien qu'il n'y ait pas de son, j'imagine le bruissement de leurs feuilles desséchées dans l'air étouffant, tandis que sous mes yeux un écureuil ramasse une noisette qu'il enfourne dans sa bouche avant de traverser la route comme l'éclair. Bien que les maisons aient quasiment disparu du champ, j'aperçois une boîte aux lettres, le bord d'une allée, un sac-poubelle sur une pelouse. Une clôture en bois affaissée. Il n'y a pas une seule voiture sur la route. Pendant presque deux minutes et demie, il n'y a rien à voir.

Dans le coin de l'écran, je vois que la vidéo date du 23 juin. Le jour où Nick est mort.

Il est 17 h 47.

J'en ai le souffle coupé. Je ne veux pas voir, mais je ne parviens pas à détourner le regard. Complètement hypnotisée, je ne sens même plus la chaise sur laquelle je suis assise. Tout autour de moi disparaît, il n'y a plus que cette vidéo et moi, je suis littéralement téléportée en bordure de Harvey Road l'après-midi où est mort mon mari.

— Vous êtes sûre de vouloir continuer ? me demande l'inspecteur.

Ses mots sont étouffés, comme si je nageais dans une mer déchaînée, à deux doigts de me noyer. Sa main se tend vers le clavier pour interrompre la vidéo mais, machinalement, la mienne l'en empêche

— Oui, je réponds d'une voix déterminée. Laissez.

Le moment de vérité est venu. Je vais enfin découvrir qui a tué Nick.

À côté de moi, l'inspecteur Kaufman croise les mains sur ses genoux. Il m'observe, obnubilée que je suis par l'herbe et par la route, par ce sac-poubelle qui frémit dans la brise humide.

Soudain, un véhicule entre en scène.

Il est noir, et je songe évidemment à Maisie et à sa phobie récente des voitures noires. Il longe la route très lentement, et l'inspecteur m'explique qu'ils se sont permis de ralentir la vitesse de lecture pour améliorer le visionnage.

— Cette voiture, précise-t-il en désignant le véhicule noir à présent au milieu de l'écran, était probablement en excès de vitesse.

À l'approche du virage, les feux arrière se teintent de rouge lumineux, preuve que l'automobiliste a freiné, puis il disparaît après le tournant, dans le coin inférieur de l'écran.

Mes yeux reviennent machinalement au coin opposé, attendant l'apparition de Nick et Maisie, talonnés par leur poursuivant. J'imagine ma mère cramponnée au volant de sa Chevrolet Malibu noire, le pied droit enfoncé sur l'accélérateur, impatiente de rentrer chez elle.

Je soupire longuement, incapable de dire depuis combien de temps je retiens mon souffle. J'ai un léger tournis, probablement à cause d'un manque d'oxygène. Je reprends peu à peu une respiration normale sans que l'inspecteur remarque rien.

Un éclair rouge apparaît au bord de l'écran. Ma voiture, que Nick a prise ce jour-là pour emmener Maisie à la danse.

— On peut faire une pause si vous le souhaitez.

— Non, je veux regarder.

La voiture avance comme un escargot le long de Harvey Road. C'est en tout cas ce qu'il me semble, bien que je sache que la vidéo a été ralentie, et que Nick, comme me l'a déjà expliqué l'inspecteur, roulait probablement à quatre-vingts kilomètres-heure ou plus.

— Il essayait d'échapper à quelqu'un, dis-je, mais l'inspecteur ne réagit pas.

La vidéo, assez large, englobe une quinzaine de mètres avant le virage. Le souffle court, je m'attends à voir débouler ma mère d'une seconde à l'autre, tandis que Nick et Maisie passent devant mes yeux. La silhouette de Nick est floue à cause de la mauvaise qualité de l'image. Je me penche en avant et je tends une main pour effleurer la joue de mon mari une dernière fois avant qu'il meure.

En ce moment précis, savait-il qu'il allait mourir ?

Nick est là. Maisie aussi. Et il y a le grand chêne, ce mauvais présage, dans le tournant. Des panneaux annoncent le dangereux virage en épingle. Des panneaux d'un jaune très voyant, impossibles à rater, doublés d'une limitation de vitesse que l'inspecteur me montre en précisant que la vitesse est limitée à trente kilomètres-heure. Le virage est en effet extrêmement serré.

Mais où est ma mère ? Où est la Malibu noire ? Elle devrait être là, les suivant de près avant que Nick heurte l'arbre. J'ai beau regarder partout, je ne vois rien. Ma mère n'est pas là.

— Où est-elle ? je demande à l'inspecteur.

— Qui ça ?

— Ma mère, dis-je, mais il se contente de me considérer bizarrement sans rien dire.

La voiture noire est passée depuis longtemps. Il ne reste plus que Nick et Maisie. Leur véhicule passe dans un nid-de-poule, qui les pousse à mordre la ligne jaune lorsqu'ils en ressortent.

Alors que la voiture amorce son virage, elle dérape en biais, laissant dans son sillage des traces noires sur le bitume, l'empreinte de ses pneus. Il n'y a personne derrière Nick, personne qui le force à quitter la route.

Ce n'est que lui.

Avec sa manie de conduire trop vite.

Dans une dernière tentative désespérée de ralentir la voiture, les feux de freinage s'allument, comme une fusée de détresse dans la nuit, puis le véhicule se soulève de terre et heurte l'arbre avec tant de violence que les branches tremblent, qu'il perd des feuilles et des morceaux d'écorce.

Puis tout est calme. Plus rien ne bouge.

— Je ne comprends pas.

J'appuie sur des touches au hasard sur le clavier, persuadée d'avoir raté quelque chose. Il faut que je la revoie.

— Ce n'est pas la bonne vidéo, dis-je.

Il s'agit d'une regrettable erreur, la voiture à l'écran n'est pas la bonne, rien qu'une autre voiture rouge qui a percuté le même arbre, rien qu'un accident similaire qui aura aussi coûté la vie à un automobiliste.

— Il devrait y avoir une autre voiture, j'insiste. Où est-elle ? La voiture qui a forcé Nick à quitter la route ?

Je m'impatiente : il ne voit pas qu'il se trompe ?

Mais il y a des photos. Faites à partir d'arrêts sur image qu'on a agrandis. La plaque d'immatriculation arrière correspond bien à la mienne.

Un cliché de Nick, le visage flouté par une vitre.

L'inspecteur Kaufman remet la vidéo, mais cette fois sans le ralenti. À vitesse normale. La voiture rouge fonce comme un bolide, seule sur la route, dérape à l'entrée du virage, perd de l'adhérence, heurte l'arbre de plein fouet. Il n'y a aucune autre voiture. Personne ne le suit. Pas de sortie de route forcée. Pas de méchant.

— Je vous le dis depuis le début, madame Solberg : votre mari roulait trop vite. Il a pris ce virage trop vite. Toutes mes condoléances, conclut-il en ramassant ses affaires. Il y a des psychologues spécialisés dans le deuil, des professionnels qui peuvent vous aider à tourner la page, ajoute-t-il, comme s'il pouvait lire dans mes pensées, savoir exactement de quoi j'ai besoin.

Il avait raison depuis le début. Il m'a dit il y a longtemps ce qui est arrivé à Nick, et j'ai choisi de ne pas le croire, de m'inventer une histoire différente, fondée sur des mensonges et des erreurs.

Ça n'avait rien à voir avec Nick. Mais avec moi.

Épilogue
CLARA

Le jour se lève. Un matin tout neuf.

On frappe de bonne heure à la porte, je suis persuadée que je vais tomber sur le livreur de fleurs. Encore. Mais je me trompe. En traversant l'entrée, je la vois attendre derrière le verre biseauté. Kat. Je laisse ma main posée un instant sur la poignée, en me demandant ce qu'elle peut bien me vouloir.

Je finis par ouvrir, accueillant le soleil matinal et Kat, qui cette fois est venue sans Gus. Dehors, de l'autre côté de la rue, Emily, en peignoir, dit au revoir à Theo qui part faire un tour dans son dernier joujou, une voiture de sport rouge à deux places dont le profil aérodynamique lui donne l'air d'une fusée sur la route. Emily me fait un signe timide de la main. Je ne sais pas si nous redeviendrons amies.

— Lors de notre rencontre, dit Kat, je n'ai pas été totalement honnête avec vous, je ne vous ai pas tout dit.

Je ne me rappelle pas l'avoir invitée à entrer, mais elle est là, à l'intérieur, et referme la porte derrière elle pour bloquer la chaleur et le brouhaha des oiseaux et des insectes. On est en août, le mois le plus chaud de l'année, le pic de l'été, le temps des cigales, qui entament leur chanson matinale et réveillent tout le monde. Maisie. Felix. Je les entends à l'étage, chacun dans sa chambre, se parlant à eux-mêmes, pleins de ressources, sans avoir besoin de moi.

Kat a l'air à cran. Ses mains s'agitent. Je lui viens en aide, il est inutile de prolonger son calvaire. C'est suffisamment pénible de la voir, et je n'ai pas envie de l'entendre me dire qu'elle couchait avec Nick, que c'est elle qu'il aimait et pas moi.

— Je sais ce qu'il y avait entre vous, dis-je.

— Qu'est-ce que vous savez, au juste ? dit-elle, le visage inquiet, les yeux écarquillés.

Elle enfonce les mains dans ses poches, les retire. Elle croise un pied devant l'autre, croise les bras sur sa poitrine.

— Il s'apprêtait à me quitter, dis-je, je sais que c'est vrai. Pour vous.

J'essaye de faire comme si ça ne m'affectait pas. J'ai encore beaucoup de choses à accepter, la mort de Nick, sa trahison. J'ai parlé avec Jan, l'assistante dentaire de Nick. Elle m'a appris la vérité au sujet de Connor, licencié depuis un bout de temps, et c'est là que j'ai compris qu'il n'y avait qu'une seule chose à faire : vendre le cabinet. C'était le sien, pas le mien. Sans lui, il est temps que je m'en sépare. Jan m'a également parlé de Melinda Grey comme étant une simple patiente.

Nick était amoureux de Kat, et ce n'est que plus tard, en triant ses dossiers, que j'ai découvert la plainte de Melinda Grey pour erreur médicale. Alors j'ai compris.

— Oh ! Clara, me dit Kat, au bord des larmes.

L'entrée en matière de ses aveux : *C'est vrai, c'est moi, je suis coupable*, me disent ses yeux bleus. Elle fait un pas vers moi, pose ses mains sur les miennes.

— Je l'aimais, dit-elle, et je suis sûrement censée l'étreindre, lui présenter mes condoléances, lui donner les fleurs fanées qui encombrent l'entrée, parce que c'est elle qui est en deuil, pas moi. Je l'aimais, répète-t-elle, au cas où je n'aurais pas entendu.

Elle veut s'assurer que j'ai bien compris. S'ensuit un silence interminable. J'ai l'impression qu'on va rester bloquées là à jamais, dans cette confession qui n'en finit pas.

— Je l'aimais, dit-elle pour la troisième fois.

Elle s'étrangle, une cascade de larmes ruisselle sur son visage.

— Je l'aimais, mais ce n'était pas réciproque. C'est vous qu'il aimait. Vous, Clara. Pas moi.

Puis elle se lance dans son explication.

Nous nous apprêtons à sortir lorsque le téléphone sonne. Je décroche pendant que Maisie joue à faire coucou à son petit frère dans son cosy.

— Elle est où, Maisie, hein ? Elle est où ? demande-t-elle en se cachant les yeux derrière ses mains potelées.

Puis elle découvre son visage en lâchant un *Bouh !* sonore. Felix sursaute à chaque fois, les yeux écarquillés, et agite ses petits pieds. Il ne peut pas encore rire, alors sa bouche esquisse un grand sourire sans dents, et sa petite main attrape le doigt de Maisie sans faire exprès.

— Regarde, maman ! Felix me donne la main.

Mais oui c'est vrai, dis-je, formant les mots en silence.

— Puis-je parler à M. Solberg ? me demande une voix masculine.

Je sens un pincement au cœur et me demande si le jour viendra où je ne ressentirai plus rien quand quelqu'un appellera pour parler à Nick.

— Non, dis-je en m'isolant dans la pièce d'à côté pour éviter que Maisie m'entende.

Je lui dirai la vérité plus tard. Bientôt.

L'homme m'explique qu'il a laissé des messages sur la boîte vocale de Nick, messages que je n'ai pas encore écoutés. Après avoir extrait les informations dont j'avais besoin, j'ai laissé la batterie se décharger et n'ai donc pas vu les appels entrants.

— J'appelle de la bijouterie Mark Thames, à propos d'un collier que votre mari a acheté.

Le souvenir me revient, désagréable : le collier que je croyais destiné à Kat.

— Il est prêt, me dit l'homme.

Le collier est au magasin. Il ne l'a pas offert à Kat !

— J'arrive tout de suite, dis-je, et j'embarque les enfants en voiture, direction la bijouterie.

Nous étions censés aller au cimetière, mais le cimetière peut attendre. J'appelle mon père et je lui dis que nous aurons un peu de retard.

La boutique se trouve dans une galerie proche du supermarché. Je me gare, je porte Felix dans son cosy, et Maisie nous suit.

— Bonjour, je suis Clara Solberg, dis-je à l'homme grisonnant derrière le comptoir.

Il sort une boîte qu'il dépose dans mes mains. Je demande combien je lui dois, mais il me dit que la facture est déjà réglée ; bien sûr qu'elle l'est, j'ai vu le ticket chez moi. J'hésite à ouvrir l'écrin, pas sûre d'être prête à voir ce qu'il contient. J'aimerais le fourrer dans mon sac à main et l'ouvrir une fois seule chez moi, avec un verre de vin, mais le vendeur me regarde avec un sourire, encore plus impatient que moi.

— Alors, vous l'ouvrez ? demande-t-il.

— Allez, maman, ouvre-le, s'écrie Maisie.

Lentement, je rassemble mon courage et je m'exécute. Je découvre à l'intérieur une chaîne en argent et deux pendentifs en forme de cœurs, un pour Maisie et un pour Felix, avec leurs prénoms gravés en lettres cursives.

Je manque défaillir.

J'ai déjà vu ce collier.

Les larmes me montent aux yeux, et je sais au plus profond de moi que c'est vrai.

C'est moi que Nick aimait le plus.

***

Le cimetière est presque désert. Tout est calme, on n'entend que le bruissement du vent dans les arbres. Mon père et ma mère sont assis sur un banc en ciment à l'ombre d'un érable. Felix est sur les genoux de ma mère, avec les bras de mon père autour d'eux en guise de double sécurité. Il ouvre de grands yeux curieux face à ce nouveau visage et sourit.

— Regarde, maman, dit Maisie. Felix l'aime bien, et je réponds que, oui, il aime sa grand-mère, avec l'espoir qu'elle en fera peut-être bientôt autant.

— Tu voudras peut-être t'asseoir à côté d'elle quand on reviendra ?

— Peut-être, dit-elle en haussant les épaules.

— Bon, on revient, je lance à mon père en prenant Maisie par la main.

— Prenez votre temps, Clarabelle, me répond-il, bien qu'on ait promis de la glace à Maisie au retour.

Mais avant, lui ai-je dit, on a une chose à faire.

Je ne suis pas venue ici depuis des semaines. La terre, qui était nue, est maintenant herbeuse, et la dernière demeure de Nick n'a plus l'air si nouvelle. La stèle ne peut pas être installée avant que la terre soit complètement stabilisée et, pour l'instant, c'est une simple zone légèrement en cuvette avec des brins d'herbe. *Où est papa ?* m'a demandé Maisie au moins une centaine de fois. Aujourd'hui, on va s'asseoir à côté de la tombe de Nick, et je vais tout lui expliquer.

— Qu'est-ce qu'on fait ici, maman ?

Je lui demande de s'asseoir, et elle s'exécute gaiement. Un carouge à épaulettes vient se percher dans un arbre tout près, nous fixant de ses petits yeux noirs. Je me tourne vers lui et j'abrite mon regard du soleil, attirée par son chant mélodieux, ses couleurs franches qui contrastent avec le feuillage vert. Au-dessus de nous, le ciel est d'un bleu lumineux, barré par la traînée blanche d'un avion de ligne. Il n'y a pas un nuage. Soudain, l'oiseau quitte son perchoir et se fond dans l'après-midi d'un battement d'ailes, libre de sa destination.

— Je sais que papa te manque, dis-je, et déjà ma voix tremble, mes yeux s'emplissent de larmes. Tu m'as beaucoup demandé où il était.

Elle hoche la tête en souriant et dans ses yeux brille l'espoir que son père est là, quelque part. Elle regarde par-dessus son épaule, scrute l'horizon : il est assis sous un arbre, il va surgir de derrière cette colline.

Mais il n'est nulle part. Son sourire s'efface et la tristesse assombrit son regard.

— Il est où, maman, hein ? Il est où, papa ?

Cette fois, je lui dis. Elle ne pleure pas. Sans rien dire, elle regarde le ciel bleu, suit la trajectoire d'un oiseau qui plane dans le ciel, jusqu'à ce qu'il ne reste plus qu'une poussière noire dans le bleu immense.

— Tu sais quoi, maman ? me dit Maisie, et je sais déjà qu'elle va me sortir une de ces réflexions géniales dont elle a le secret.

— Non, ma chérie, quoi ? dis-je en lui caressant les cheveux.

Elle sourit et pointe son doigt vers l'oiseau disparu pour de bon.

— Je crois que papa est en train de voler.

Remerciements

Il va sans dire que la publication d'un roman est une aventure collective. J'ai une dette éternelle envers ma formidable équipe, au vu du travail acharné qu'ils ont fourni pour mener à bien ce projet. *Ton dernier mensonge* n'aurait pas vu le jour sans la patience, l'application et l'extraordinaire intuition d'Erika Imranyi, qui lit et corrige sans relâche mes manuscrits pour qu'ils atteignent la perfection, ni mon incroyable agent littéraire, Rachael Dillon Fried, dont les discours rassurants et l'enthousiasme sans faille (appels nocturnes, centaines de kilomètres effectués en avion juste pour déjeuner et motiver les troupes) me permettent d'exercer un métier que j'adore. Merci aux équipes de HarperCollins et Harlequin, et aux personnes formidables de Sanford J. Greenburger Associates pour leur soutien de tous les instants. Je suis on ne peut plus fière de faire partie de ces familles. Un remerciement spécial à Nathalie Hallak pour sa fabuleuse aide éditoriale, à Emer Flounders et Shara Alexander pour toute la publicité, et à toutes les équipes de vente et de marketing, tant ici qu'à l'étranger, pour m'avoir permis de partager mes livres avec le monde entier. Et à tous ceux qui ont mis la main à la pâte éditoriale — relecteurs, correcteurs, les graphistes géniaux responsables des couvertures — merci, merci, merci !

Ces dernières années, j'ai eu la chance de rencontrer, de par le monde, des libraires, des bibliothécaires, des blogueurs, tous exceptionnels, qui m'ont accueillie pour des signatures, ont rédigé des critiques de mes romans, m'ont fait venir dans leur cercle de lecture, ont suggéré à leurs amis certains de mes livres. Je le disais, il faut la participation de nombreuses personnes pour qu'un livre rencontre son succès et, à tous ceux qui ont joué un rôle dans la propagation des miens, je veux dire que rien n'aurait été possible sans vous !

Enfin, un immense merci à ma famille et à mes amis, surtout à mes parents, mes sœurs, Michelle, Sara et leurs familles, la famille Kyrychenko, ainsi qu'à Pete, Addison et Aidan pour leur soutien indéfectible, leur défense sans faille de mes livres, le fait qu'ils se soumettent de bonne grâce à mes sondages incessants et qu'ils conduisent jusqu'à toutes les librairies de Chicagoland — et d'ailleurs — pour m'entendre parler de mes livres. Bien que je ne le dise peut-être pas toujours, cela représente énormément pour moi. Je vous aime tous !

Composé et édité par HarperCollins France.

Achevé d'imprimer en janvier 2018.

BRODARD & TAUPIN

La Flèche
Dépôt légal : février 2018.

Pour limiter l'empreinte environnementale de ses livres, HarperCollins France s'engage à n'utiliser que du papier fabriqué à partir de bois provenant de forêts gérées durablement et de manière responsable.

Imprimé en France